时空轶事

一笔 著

作家出版社

目录

故事一　走进红砖楼

003 / 引　言
003 / 不是开篇的开篇
006 / 大肚子女人
012 / 陪许冬梅罚站
020 / 不能叫她于婆婆
027 / 刘校长带头鼓掌
034 / 我讨厌花裙子
043 / "吊死鬼"的秘密
053 / "灵异事件"发酵
062 / 小提琴被砸了
070 / 稀饭锅里的干树叶
079 / 六个素菜包子
087 / 悬崖上的婚姻
096 / 故事结束了
103 / 结　语

故事二　风卷研究院

107 / 引　言
107 / 赵辉到底进了监狱
114 / 热腾腾的咖啡凉了
120 / 科研有时也虚伪
129 / 是谁在"装 ×"
137 / 汇报稿写砸了
144 / 京城来的院士
150 / 讲座背后的秘密
158 / 在山外山酒楼喝酒
166 / 因为你是季副省长
173 / 爸爸，我来看你了
181 / 到许冬梅家
190 / 邻居叔叔没离婚
201 / 实验室发生火灾
211 / 托梦真实吗
218 / 结　语

故事三 迷幻"疯人院"

221 / 引　言
221 / 这里是哪里
232 / 你、我现在几次元
240 / 山城大厦的迷局
248 / 我与出狱后的赵辉见面
257 / "垃圾分类"起风波
265 / 这是天知道的问题
274 / 梅椐是小三吗

283 / 小脚老太太闯病房
294 / 雷院长的自我批评
304 / 原告、被告全是疯子
312 / 山城大厦迷局之迷局
322 / "夸克禁闭"与"人头移植"
331 / "药王菩萨"终于来了
342 / 没有结局的结局

356 / 结　语

357 / 后　记

故事一　走进红砖楼

引 言

据媒体报道，世界上第一个用于修补动物大脑的人工器件经过科学家近十年的研制终于问世。这个"人工脑组织"实际上是一块能发挥大脑"海马"部位功能的芯片。"海马"的功能可能是对生活经历进行编码，使之能够作为长期记忆信息存储于大脑。

人的大脑大约有十亿个神经元，每一个神经元都与其他神经元之间形成一千个左右的连接，这样，一个神经细胞可以同时参与许多条记忆，这使得大脑的储存空间约达一百多万 GB。

不是开篇的开篇

海舟市有一座医院相当不错，坐落在绿水青山之间，挨着负氧离子满满的白云山森林公园。它像一个遗世独立的世界，也像一座妙不可言的乐园。

我倒挺钟情这座医院，可海舟当地人却叫它"疯人院"。

死是一件容易的事，有时候需要做的不过是轻轻一跳；死是一件不易的事，有时候需要做的必须是牢牢一拽。

我对我说，很多事情可能都是以一种看似不经意的方式注定被记录下来。在这种记录中，有时难免会混淆生与死的界限。

这是春日晴朗的一天，空气中弥漫着青草的香气。在海舟这座医院的晒台上，我和她面对面坐在一张石桌旁，周围挂满了晾晒的白色被单。

"我认识你已经快五十年了。"我说,"有点难以置信,不是吗?"

"我听不懂。"她说。

"听不懂?"我顿了顿,"为什么?"我温和地注视着她。

"我才九岁呀。"她又圆又亮的眼睛写满不解。

"欧阳兰。"我喃喃地呼唤那个在时空间真实存在的人。

"您叫我?"

"我叫你?"我一愣,愣了一会儿,我依旧温和地注视着她,"我看到了从前的我。是看到,不是想起。因为那个我还在那里。"

"那,那里是哪里呢?"她紧跟着我的话问。

"那里是362基地。"我稍稍犹豫一下,"也许是海舟市江南应用技术研究院?"压在我眼皮上的往事正在变得沉重。

"我就在362基地呀。"她纯真的面庞跳跃着惊异。

"你见过鬼吗?"我话锋陡然一转,同时心下嘀咕:人死了会变成鬼,但,是不是每个人死去都会变成鬼呢?人有时候特别矛盾,害怕鬼,又渴望遇见一个能够解救自己的鬼。

"我见过鬼,鬼是黑色的。"

"哈哈……你个小屁孩就吹牛吧。"我大笑起来。

"我没骗您,我见过鬼,我在放棺材的屋子里住过三个月。一到晚上,黑乎乎的鬼就会从棺材里爬出来。"她很认真地辩解道。

"是吗?"我顿一下,"那是个空棺材。"

"空棺材!"她大吃一惊,"您咋知道?"恐惧爬上了她的脸。

"鬼也有自己的生死轮回。"

"听不懂。"她小声道,想来内心的恐惧还在。

"你当然听不懂。量子力学让人们对时空、因果、概率有了与传统物理学不同的新认知。"

"更听不懂了,它们跟鬼有联系吗?"她满脸问号,一脸呆相,依旧低声道。

"你知道爱因斯坦吗?"我不答反问。

"不知道。"她死命摇头。

"爱因斯坦的相对论告诉我们,在思考时间和空间时,不能相信自己的感官。所以,自古以来,热衷于讨论鬼和神的都是些大物理学家。"我看似在回答她,其实,我是对牛弹琴,指望九岁的她理解这一切岂不是天方夜谭?继而,我对她宽厚一笑。

她回我一个傻傻的又很胆怯的笑。

我把目光扫向一排又一排晾晒的白被单,看见一簇春光在上面不停地晃动。忽地,我在一张被单上看见,有一双眼睛注视着我。

"欧阳兰!"我侧过头去。她静静地坐在那里,上身穿一件白衬衣,套一件红色的羊毛衫,头发梳成两个小辫子。她只是静静地看我,脸上带着童真的"沉思"。

"我不知道怎么办,欧阳兰。"我说,"我只是想离秘密的真相近一些。"

那一簇碎碎的春光溅在我涌出的泪水里,光斑扩大,欧阳兰消失了。

我的脑子里还住着一个我,有时那个我情不自禁就会走出来和我说话。

两个我?

是的。

我经常把过去和现在的事情搞混。很远的事,我记得住,但越是近的就越模糊。在欧阳兰面前,我觉得自己特别真实。

"我要回家了。"她小心翼翼。

"你要回家?"我有点生气。

"嗯。我家住在362基地生活区红砖楼。"她边说边冲我调皮地做了个鬼脸,"那儿有很多秘密。"话音刚落便起身飞跑了。

"红砖楼……"我喃喃着,视网膜上被不知从何而来的雾气团团罩住了。

她只开了个头,便跑了。那么,我来说下去。我承认这算不上个什么新奇故事,但我愿意讲这个故事——

大肚子女人

这个春天让我讨厌——春光拂过青沧江不远处山峦上的青石嶙峋，便一派粉碎，硬是将温煦逼迫成了冷峻。九岁的我感到很奇怪，追着母亲问，这个春天为什么是这样。

这天清晨，被粉碎了的春光奔向我家的时候，屋外树上的黑知了声也同时跑进我的耳朵。

"太奇怪了！春天还有黑知了，为什么？"我发问。

母亲若有所思："春天应该是没有蝉的，假如有，蝉也应该是躲在地底下。"

我直晃脑袋："不是这样的，我明明听见是从树上传来的黑知了声。"

"你还能听出是黑知了声？"母亲显然不相信。

"咋不能？咱们362基地黑知了很多，我们常抓着玩。"我振振有词。

362基地地处川北深处的大山沟沟里。二十世纪六十年代，我军与外军在发生冲突后，某大国军方强硬派主张动用远程攻击武器，对我国军事、政治等重要目标实施"外科手术式打击"，十万火急，京城基地总部发（5）535绝密电，指示抢建一套"靠山、分散、隐蔽"的能源试验场和后处理工程——362工程。于是，万名抢建大军来到这个大山峡谷里。

我家住在362基地生活区红砖楼三楼东头。

红砖楼是苏联的建筑风格，典型的火柴盒式样，分甲、乙两个单元，一栋楼只有五层高，住了四十户人家。

最初，362基地建的"火柴盒"红砖楼房是没有客厅的，一进屋门就是厨房，厨房进去就是一间房，我们习惯称它外屋。家家户户基本上把这间房兼做客厅、餐厅加孩子们的卧房，再进去又是一间房，称为里屋。外间大，里间小，里面这间一般人家都是做父母的卧房。卫生间则是在每一层楼道的中间，一层两个卫生间，非常小的蹲厕式。每一层共四户人家，每两家合用一个。东西两头是一厨二房，挨着东西两头旁边的那套房子只有一厨一房。一厨一房最初是分配给尚没孩子或孩子不在身边的夫妇的。

每天清晨，四十户人家，无论大的小的、男的女的、老的少的，都习惯就着咸菜啃馒头，喝稀饭。咸菜就是基地后勤分部供给的榨菜，因为榨菜是当地的名特产品，鲜有其他品种，更罕见有水煮蛋什么的。

困难时期，它虽是当地的名特产品，却也是稀缺物，一般进不到普通百姓家。当地老乡大多是自家腌制土榨菜，不过味道也挺好。我们362基地特殊，享有国家"供给"保障。

四川榨菜与法国酸黄瓜、德国酸甜甘蓝并称世界三大名腌菜。当年它还承担着"进贡"与"出口"的光荣使命。

榨菜是用芥菜的肥嫩瘤状菜头做的。它的做法主要有两种：一种是比较传统的做法，风脱水；一种是现在流行的，也是最简便的，即盐脱水法。工艺特殊，配料考究，鲜香肥嫩，回味悠长。

于是乎，榨菜味、米汤味、蜂窝煤烟味，甚至还有屎尿味，与粉碎的春风一起在清晨的楼道里乱飞。

我家与同住一层楼的其他三家略有不同，星期四的这一天，我的父母会更早一点起床，父亲先打开封好的蜂窝煤炉子的炉门，然后洗漱干净，便去后勤分部食堂买馒头和稀饭。母亲边收拾家务边等炉火慢慢升起来，等父亲回来后，她把买回的馒头切成薄片，往炉子上架上煎锅，倒上一滴油，真的是只有一滴油。那年月，油票、粮票、布票、肉票等全是定量的，油珍贵得如同黄金。她把切好的馒头片浅浅地抹一层冷开水，母亲说，这样煎省油。然后，放进煎锅里煎成两面微黄，又香又脆。

我生生地被这个香气馋醒，嘴里的馋虫统统被勾引了出来，再也没心情赖床了。我穿衣服时就看到春光透过窗户照进屋子里,有许多灰尘在空中上下跳动,觉得好奇怪,我从来没看到过屋子里有这么多灰尘。我喊起来:"爸,为什么春光是碎的?"父亲走到床前,一边敦促我快点穿,一边说:"是小灰尘。人眼能看到的灰尘,是灰尘中的庞然大物,更细小的灰尘只有在高倍显微镜下才能看得见。在阳光下,灰尘吸收太阳光线的同时会向四周散射光线,所以,你看到了小灰尘。"

"噢。"我好像听懂了。

我不想再问了,馋虫早已爬满嘴边。我穿好衣服,袜子也没穿,光脚就冲向厨房。耳边飘来父亲的声音:"穿上鞋。"他跟着也到厨房,把鞋放在我脚边,然后对母亲说:"我去方便下。"

那时家里有三四个孩子,甚至更多的,相当普遍。我的家里却只有我这一个独生女。我不止一次地问父母,我为什么没有兄弟姐妹。父母他们一定是目光对视,然后同时转向我说,爸爸妈妈有你就好了。我若是单独悄悄问父亲或母亲,得到的同样也是这句话。时间长了,我关于独生女的好奇心便也渐渐地淡了,可我那双黑色的眼珠却不停地转动,像含有探索不尽的秘密似的。

我的父母是二十世纪五十年代末清华大学核物理专业毕业的高才生。他们被国防建设的激情所感召,从沿海大城市来到川北这个小山沟沟里"献青春",还好没有"献子孙",但却献出了他们的一生,直至生命。我大学毕业分配,回到他们的老家江南省会城市海舟工作。

我父亲丰神俊朗,我母亲白皙的脸上永远挂着安静的笑,声线柔柔的,典型的江南美女,也是才女。他们一个祖籍是海舟市城郊区,一个祖籍是海舟市福江县。

我顾不上穿父亲放在我脚边的鞋子,用手指从盘子里夹起一块油煎馒头片送进嘴里就咬嚼起来。一个眨眼,油煎馒头片就进了肚子。我又夹起一片,母亲急了:"别噎着。"并蹲下身子帮我穿上鞋。

这当口,聒噪的黑知了一声连一声叫。"咦,是从树上传来的蝉鸣声。"母亲也深感意外,喃喃自语道。

当年的 362 基地，每天清晨，家家户户房门大多是敞开的。人睡了一夜，门关了一晚，也需要通风换气。那时的人似乎从未关注过"隐私"这个概念，人们个个也都是敞亮的。

突如其来，一个挺着大肚子、左右手各牵一个男孩一个女孩，身后还跟着一个高个大男孩的女人不由分说闯进我家厨房。

我和母亲怔住了，站在那儿不明所以。

等母亲缓过神，盘子里的油煎馒头片一个不剩，全被那几个孩子扫荡光了。高个儿大男孩仍不罢休，从我手里夺下我刚才夹起的那片油煎馒头一把塞进嘴里。

空气顿时变得紧绷绷的，好像随时要爆炸。我又害怕又委屈，抱住妈妈的腰，头贴在她的胸前，仿佛这样才安全。

照理，这是我家，我母亲应该理直气壮，可她因为不知道这个大肚子女人是谁，为什么一大早带着几个孩子闯入我家，冒犯我们，惊吓凝固了她的思维。

那个大肚子女人面无表情地杵在煤炉旁的水泥池边，任由她的几个孩子抢吃油煎馒头片。厨房小，我们挨得很近，彼此都能听到彼此的呼吸声，她的几个孩子身上有一股很难闻的味道。她穿着看不出原本是什么颜色的衣服，脸颊上顶着两团红。

我一个反胃，恶心，差点把刚才吃的那片油煎馒头给吐了出来。

"你是主任家的？"是那个大肚子女人问母亲。她的嗓音嘶哑，好像很久没有说过话。

母亲的目光落在她的大肚子上，背后一阵凉，一时不知说什么。

前后不过一二分钟，或者二三分钟。

父亲从厕所回到家，眼前的一幕让他大吃一惊："你？"

"主任。"那个大肚子女人见父亲进门，便急急地叫了一声，声音依旧嘶哑。

"你……"忽地，父亲意识到什么，他觉得自己的心脏仿佛炸开，面容写满了事态严重。

"来，屋里坐。"父亲表情复杂，但他只能还以热情招呼他们。

他又转头对母亲说:"你赶紧先吃饭,'进沟'别迟了。"他们进屋后,外屋顿时逼仄起来。

"主任,你要替我做主。"那个大肚子女人嘶哑的声音很急促。

"早饭还没吃吧?"

"没钱吃,娃们饿急了。"

父亲没想到她这么说,脸绷紧了。

"那个死东西就是不给俺钱。"

那三个孩子一脸呆相,站在外屋,这会儿倒很安静。

一瞬之间,空气僵了。

"娃们饿急了。"突然,大肚子女人音调高了八度,目露凶光。

你的小屁孩把我的油煎馒头片全抢光了,我险些喊出声。

父亲的心情更加沉重:"哦。"他顿了顿:"兰兰。"

听见父亲喊,我走进外屋,脸上挂着嫌弃,我讨厌这个大肚子女人和她的孩子,他们饿跟我有啥相干?凭什么跑到我家来要饭?母亲跟着也进来,她低语与父亲用海舟方言讲了两句,便扭头进了里屋。

"乖,去食堂买几个馒头。"父亲边说边递给我食堂饭票。

为什么要给他们买?我满腹的不乐意全部写在脸上,不情愿地接过饭票,不经意间与那个高个儿大男孩目光一个触碰,瞬间有了对峙。很多很多年以后,我和这个高个儿大男孩在一个我完全料不到的地方发生交集,这是命吗?我不知道。

我出门买馒头去了。

那个大肚子女人没完没了:"光有馒头不顶事,你得让死东西给俺钱。这趟来的车费俺还是借的。"

"哦。"

这当口,母亲从里屋出来,她将一沓钱递到大肚子女人手上:"先拿着应急。"

"这个……"那个大肚子女人惊讶得合不拢嘴。

父母显然都不擅长这样的谈话,很快把最表层的话都说完,就陷入了沉默，他们想不出继续谈下去的理由……

我双手捧着装满馒头的搪瓷盆走进家门，父亲仿佛盼救星终于盼来了，嗖的一下站起身双手接过盆子，母亲从厨房拿来一个网兜，走到父亲跟前双手将它撑开，父亲将一盆馒头都倒了进去。

容不得母亲犹豫，她似是恢复了正常思维能力。她将网兜直接塞到那个高个儿大男孩手里："叔叔阿姨上班要迟到了，你赶紧带上弟弟妹妹陪妈妈回招待所。"

我的目光充满了对他们的排斥与厌恶，眼角余光似是看到那个高个儿大男孩临出门前狠狠地瞪我一眼。

母亲赶紧去封蜂窝煤炉子。

封炉子是个技术活，封不好，炉火熄灭，得重新生火，累人，更烦人。最初时，父母亲总是掌握不好，从"沟里"下班回来，碰到炉火熄灭，两人又累又饿，连讲话的劲都没了，可还得重新点火燃烧蜂窝煤，忍受着呛人刺鼻的煤烟味，炉火燃起来了才能烧晚饭。每每这种时候，我都是被遗忘的"角落"，自始至终，父母没有和我说一句话。后来，母亲坚持由她来封炉子，她要琢磨透如何才能不熄火，慢慢地，她还真掌握了炉火不易熄灭的窍门——封炉子时不能把炉门关得太死，留一点缝隙让它透点空气，换煤时尽量将上下蜂窝煤块的藕眼对齐整。

父亲快速收拾一下，抱来饼干桶对我说："你赶紧垫垫，上学别迟到了。"一眨眼，他们就离开了家，他们着急赶班车进"沟里"上班。

后来我才知道，原来这个大肚子女人是"三废"处理中心军工刘炳奇的老婆。

我父亲是基地二分部"三废"处理中心的主任。一般他只负责技术，这类琐事都是由中心的书记处理。恰好那阵儿书记正在陕西咸阳休探亲假。书记是个转业军人，很擅长协调"家长里短"。他眼下是"暂时性"的单身汉，他的老婆孩子都在咸阳农村，正在苦苦熬着"农转非"的指标。

当年，有一批从西北大漠的试验场成建制转业到362基地的军人，被人们习惯性称呼为军工，刘炳奇就是其中的一个。我听父亲说过，刘炳奇人很聪明，学技术很快，是他们那批军工中的佼佼者。他最早被提为工段长。只是刘炳奇有个毛病，爱打扮，其他军工一件工作服从年头可以穿到年尾，他不是这样做，除了进"三废"处理中心自控室穿工作服外，其他场合全穿便装。他爱模仿362基地工程师或者小青工们的打扮，跟风追逐大上海的流行趋势，因为362基地上海、江浙一带的人挺多。为此，362基地的军工们人前人后没少讥嘲他，他根本不予理睬，我行我素，照样打扮不改初心。每月37.8元的工资哪经得起这样折腾，月月亏空，自然就少寄，甚至不寄钱给河南乡下的老婆孩子。更何况布票是定量的，人们也不晓得他用了什么法子解决的这道难题。

　　这些年，一年一度单身汉的探亲假他也放弃了，双职工是每四年一次探亲假。他不回河南乡下老家，他老婆当然会急，便每年借生产大队的钱带着孩子千里迢迢来362基地。就连很会协调"家长里短"的书记也拿刘炳奇和他老婆没办法，不得不"缴械投降"。他和"三废"中心的工会主席，还有我父亲，只好经常自掏腰包给刘炳奇老婆，让她还钱，帮助解决往返路费。远水解不了近渴，日子是一天天过的，差钱也的确恼人。"三废"处理中心党支部、班组支部没少召开批评教育会，一对一帮教刘炳奇，效果还真不明显。他老婆来362基地倒是上瘾了。

陪许冬梅罚站

　　我急着往学校赶，目光扫过路上的行人，大人们个个行色匆匆，但大多带着勃勃生机，反倒是孩子们有些睡不醒的蔫巴样。基地广播站正播放歌曲《北京颂歌》。

　　362基地落在川北境内的大山峡谷里，峡谷中有一条江奔腾不息，当地叫它青沧江。青沧江发源于甘肃，最终汇入嘉陵江。青沧江西侧十里长的峡谷是362基地的三个分部——一分部、二分部、后勤分部，东侧较平缓的小山峦是基地总部和生活区。362基地的人戏称三个分部是在"沟里"，因而把上班叫"进沟"。每天早上七点开始从生活区发车进"沟里"，晚上六点开始从"沟里"发车返回生活区，接送上下班职工。三个分部各设一个站点。我父亲的工作部门"三废"处理中心、我母亲的工作部门分析室都隶属于362基地二分部。

362基地自建的子弟小学、子弟中学均在生活区内。子弟小学距离我家红砖楼步行只需十分钟。

我奔进教室坐好，头上一层薄薄的汗珠。还好铃声没响，还没到上课时间。班上的同学们都在叽叽喳喳。我左首隔个过道的桌子，坐的是周卫与许冬梅，周卫神秘兮兮地告诫许冬梅说："今天要考听写，你不许抄我的。"

许冬梅哼一声："谁稀罕抄你的。"

同桌郭琳琳问我："你干吗迟到？"

"没迟到。"我立刻顶回去，"上课铃响了吗？"

"我是说马上迟到。"郭琳琳诡辩。

"张老师还没……"我话没说完，我想说张老师还没进教室呢。语文张老师，也是我们的班主任就在这一刻走进教室，直接走上讲台，上课的铃声响起。

我心下嘀咕，张老师太能掐会算了。

教室里顿时鸦雀无声。

郭琳琳冲我做个鬼脸，意思是她赢了。

"今天，我们讲第八课。"黑板上，张老师用粉色粉笔写下漂亮板书：高举红旗向前进。平时她大多用白色粉笔，极少用彩色粉笔。

"现在请同学们翻到第十八页，跟着我一起朗读。"

我大惊：我的语文书明明放进了书包里，书包里怎么会没有呢？难道……我想了想，心发虚，语文书不会还在家里书桌上吧，我好恼火，都是那个大肚子女人和她脏兮兮的孩子们搅和的。

郭琳琳一脸幸灾乐祸。许冬梅看到了我的狼狈样，赶紧把她的语文书递给我，她又从周卫手中夺过他的语文书，双手端着往周卫那边挪了挪，让周卫能够看得到。

在张老师的带领下，我们整整朗读了三遍课文。我们的声音很响亮。

张老师问："有哪位同学知道红旗为什么是红色的？"

周卫又开始臭显摆。他举手。

"请周卫同学说说看。"

"红色象征着革命，代表着千千万万的革命先烈流过的血。"

"很好。请坐下。"张老师一脸满意，道。

周卫从小就调皮捣蛋，特别爱捉弄同学。但他一向懂得多，到高中，也没见他费什么劲，竟然考进清华大学数学系，和我父母成了校友，只是专业不同罢了。

当然，这是后话。

"你呢？"张老师看看语文成绩不错的学习委员李冬生，"你有什么心得体会？"

"我生在新中国，我要高举红旗向前进，做一个合格的基地事业接班人。"

"非常好。不愧是学习委员，心得体会谈得非常深刻，同学们要向李冬生学习。"张老师满容满口都是赞许。看得出她非常欣喜。

李冬生的父亲是我们学校工宣队队长。

李冬生挺聪明，看出了张老师的巴结态度。他故作谦虚："都是张老师教育得好。"

张老师的脸笑成了一朵花。

"现在开始默写。"张老师大声道。果然被周卫言中。不是听写，是默写。默写上一节课学习的内容。

我很快就默写好了。扭过头看一下许冬梅，发现她眨巴眨巴眼示意我：让她抄一下。我内心很害怕，又想帮帮她，她是我最要好的朋友。给她抄，万一被张老师发现了怎么办？可许冬梅一个劲眨巴眼睛，我只好让她抄。我刚把默写本子斜立过去让她抄，郭琳琳就站起来揭发："张老师，欧阳兰让许冬梅抄她的默写。"

"欧阳兰，你这样做是错误的，不是帮助同学应有的态度。郭琳琳勇于斗争的精神可嘉。"张老师语气严厉，批评我的同时，表扬了郭琳琳。

下课铃响了，同学们走出教室，上厕所的上厕所，嘻嘻哈哈的嘻嘻哈哈，三五一群的互相打闹。

我憋了一泡尿，赶紧往厕所跑。我最讨厌厕所的尿臊气，每回上厕所，我都先让肺部憋足气，让鼻子不通气，很像感冒，自欺欺人，让自己闻不出臭味。上完后，穿好裤子跑出来，猛吐几口气，再让鼻子恢复正常嗅觉。

上完厕所，我就回到座位上等上课铃响，我还在恼火刚才郭琳琳的告状和张老师的批评。不一会儿，郭琳琳也回到座位，对着我哼了一声，一副得意的样子。

我压根没想理她，抬头看见周卫神情自得地走进教室。他走到我们桌旁，扔下一句："告状的人很可耻喔。"

郭琳琳的脸腾地红了，顶周卫："你骂谁可耻？"

"谁告状谁知道。"周卫一副打抱不平的样子。

这当口，上课铃响。

上午放学了，大家嘻嘻哈哈地走在回家的路上。许冬梅看着郭琳琳左晃右荡的马尾辫很不舒服："不就那么一绺头发吗？得意个啥。"郭琳琳每天放学后，都要将头发上的橡皮筋拿下来，套在手腕上，头发自动哗啦散开。她先用手顺几下头发，然后两手把顺好的头发抓拢来，把手腕上的橡皮筋再套回去扎紧。为此，许冬梅没少骂她臭美。

我倒是很佩服郭琳琳，小小年纪能将头发梳得这样顺滑。我的两个小辫子，全是我母亲给梳的。

许冬梅还在记恨语文课上郭琳琳告状。她紧跑两步到郭琳琳的前面，突然一个转身，趁她不注意，伸出腿故意绊倒了她。郭琳琳倒在地上哭了，许冬梅跟没事人似的，一蹦一跳走了。

我只好走上前去扶郭琳琳,结果被她狠狠一甩手——我自讨个没趣。

下午第二节课,张老师把我和许冬梅叫到她的办公室罚站。

放学了,许冬梅的检查还没写过关,张老师已经叫她重写了三遍。张老师让我先走,我没走,我很难受,到底难受什么,其实我自己也不清楚。我坚持站在那儿,一会儿看看张老师,一会儿又看看许冬梅,要不就是看看办公室,反正无聊便看来看去。张老师大部分的时间是在批改我们的作业。

直到有人通知张老师教导主任找她,她离开了办公室。许冬梅看看其他老师并没注意我们,伸手拉住我低声说:"快帮我写检查。"我忙点头。我在我那份检查的基础上,改了两句话,写好后交给许冬梅让她赶紧抄。许冬梅抄好了,张老师还没回来,而办公室其他的老师陆陆续续下班了。

张老师返回办公室,检查许冬梅写的检讨:我错了,我不该伸腿让郭琳琳摔倒,我虚心接受张老师的批评教育,努力做一个合格的基地事业接班人。看完,她两眼盯着许冬梅的脸:"你写的?"

"嗯。"许冬梅拽拽辫梢。

"同学之间要互相爱护。"

我和许冬梅异口同声:"知道了。"

我们俩走出学校大门,天色明显偏暗了。

"郭琳琳真坏。"许冬梅气哼哼道。

"是坏。"我赞同。

走到生活区转盘路十字路口,我朝东,许冬梅朝南各自回家了。

到家后,母亲已经从"沟里"回家。她问我:"怎么这个时候才回家?"

"我在许冬梅家写作业。"我撒谎了。

好在母亲没有追问下去。我生怕被母亲知道真相,提心吊胆过了几天,发现没什么事,开心极了。更何况我还是个孩子,不光玩性大,忘性也大。

这周三下午的主题班会内容是爱劳动。当时，基地小学是五年制，时兴以班为单位，四、五年级大同学结对一、二年级小同学。我们三年级，自己结对子。

基地生活区的北面，有一条小沟，沟两边全是空地。我们刘校长与后勤分部商量，以教育学生热爱劳动为名，把沟两边的空地要了过来，带领全校师生在那些空地上种各种植物，像甘蔗啊，向日葵啊，蓖麻啊……

学校低年级同学就会跟在高年级同学的屁股后头，妥妥的跟屁虫。高年级同学帮助他们与老师一道，把地刨起来，把土整细了，在焦黄色的土壤里撒进植物的种子。还有好些跟屁虫闹不明白这样撒下的种子会发芽，会开花。

我们班种的是蓖麻。在张老师的安排下，每隔两天就为蓖麻浇一遍水。除了浇水，还为蓖麻施肥，比赛看哪个同学不怕脏，不怕累。我只对蓖麻浇水很上心，不敢沾肥料。

张老师交代我下午去蓖麻地劳动，要从家里带一壶凉白开，就是凉开水。她让全班女同学轮流带，这次轮到我了。我是父母的掌上明珠，从来没沾过厨房的活，我也不会烧开水。我不像许冬梅，打小就帮父母干家务。她母亲是个精神病患者，我们私底下都叫她母亲女疯子。我不敢跟张老师说我不会烧开水，父母还在"沟里"上班，怎么带凉白开？

突然，我灵光一闪，干脆往铝壶里直接灌进自来水，不就是"凉白开"了吗，我为自己的小聪明得意万分。

我拎着装满自来水，不，"凉白开"的铝壶直奔学校。我们班从来都是列队去小沟边的地里劳动。

"哎，你会烧开水啦？"许冬梅一脸惊奇压低音量。

我支支吾吾。

"不会是自来水吧？"郭琳琳贼精贼精。

"我帮欧阳兰烧的开水。"许冬梅不容置疑的语气。

"是这样。"郭琳琳哑口无言了。

"三个女人一台戏。"周卫总能语出惊人,臭显摆他懂得多。

我家和周卫家同楼不同单元。他住乙单元五楼,我住甲单元三楼,因为是邻居,所以我更加烦他动不动就臭显摆,显得我好傻的样子。

几个月后,我们种的蓖麻长得可好了,壮壮的,绿绿的,密密的。暑假期间,除了张老师的统一安排,我和许冬梅结伴去了好几次,就为了看深红色的蓖麻花,可漂亮了。国庆过后,张老师带着我们全班同学摘蓖麻,原来,这就是蓖麻子呀。蓖麻可以榨油,我就像在看《十万个为什么》。可难题来了:我们没有果树剪刀,更不会用镰刀剪割成熟果穗,用手摘蓖麻果又有刺,很扎手,眼睁睁看着果实不知所措。还是张老师有办法,她跟刘校长请示后,请了362基地总部后山的东风生产大队的农民叔叔阿姨来收割,收割下来的蓖麻果也送给了他们。

我们班就跟过春节似的兴奋了好久,这是我们的劳动果实。同学们每个人都带着一种认为自己合格,能够担负基地建设重任的神情,但又不骄傲自满,一切都自然而然,脸上闪着光亮。

一眨眼,星期天到了,我又可以睡懒觉了。

暖阳透过窗户洒满我的床头,我赖着不起。母亲喊了两遍要起床了,我无动于衷。其实我醒了,就是想赖床。父亲故意走到床边轻声说:"兰兰,你看好家,我和妈妈去赶场。"

"赶场"二字让我腾地爬起身,抓起床头的衣裤就穿起来:"我要去。"

赶场,一种川北当地民间风俗,其实是商品经济不发达时代或地区存在的一种贸易组织形式,一般每月逢五、逢十是赶场日。赶场这一天,买者卖者从四方汇集于地方九公里公社集市上做买卖或玩耍,从我家步行约四十分钟就能走到赶场的集市上。在那个单调的年月,赶场无疑成为我们生活中的一大亮色。

我们走出门,母亲转身上锁,我看见西头大红、小红姐妹俩站在家门口正吵架呢。

"你偷了我的玻璃糖纸。"大红气呼呼地说。

"我没偷。"小红一脸委屈。

"你看我敢不敢扇你,你赔我糖纸。"

"妈,大红打我。"小红尖着嗓子喊起来。

她们的母亲走出门,一巴掌甩向大红后脑勺:"给我闭嘴。"

这让大红有一瞬间害怕,有一瞬间委屈,有一瞬间羞惭。

我母亲赶紧过去摆笑脸吐软话:"孩子嘛,说说就好了。"

大红呼吸重了几重,一扭头回屋了。我当然不会知道,此刻的大红心里窝火得很,她母亲每打她一次,就加深她对母亲的一点厌憎。她总认为她母亲过于偏心小她两岁的妹妹,我曾亲耳听过她在背地里骂她妈是狗屁校长。

她们的母亲是我们小学的校长,一把手,姓刘。刘校长在家在学校都挺威严,可以说是绝对的权威。我们这些小学生是很怕她的。大红上五年级,因为肝炎休学过一年,小红大我一岁,上四年级。因为害怕刘校长,我很少跟大红、小红玩,虽然住在同一层楼。

她们的父亲是基地后勤分部车队小车班班长,是司机的头头。听说他在家寡言少语,反正他见人只点头笑笑,很少开腔打招呼。每次大红或小红挨刘校长打骂时,他从不劝架,只开窗望天。这还是我成年后,偶尔一次闲聊,小红无意中说漏嘴的。

那年月,女孩子的一大爱好就是收集玻璃糖纸。剥糖吃时,要格外小心,要保持糖纸的完整性。糖纸剥下来,糖含进嘴里,手马上抚压糖纸,每一个皱褶都要拉得平平的,然后夹进书里,再用力摁摁书,满意地拍拍手。过一段时间就要看一下糖纸平整不平整,再过一段时间再看是不是更平整了。

当时,并不是每个孩子都能吃上糖。那是稀罕物,要家境相对好的孩子才有机会吃。

我常带夹玻璃糖纸的书到学校,课间或课后拿出来显摆,让班上同学们欣赏这些平整、干净又颜色各异的糖纸。小屁孩的我,是真不懂这个理:让同学们眼热眼红,满足自己的虚荣心,只会更加孤立自己。

至于何时玻璃糖纸退出我的生活,已经无从记起了。只记得结婚前的一个晚上，我整理书籍，无意从一本老书里看到几张压得相当平整的玻璃糖纸。糖纸蕴满古旧色彩，顿时让我感到温馨，继而又无比怅然，童年的快乐无影无踪了。

没有手机，没有电脑，也没什么娱乐生活，女孩子们常玩的除了收集玻璃糖纸，就是跳皮筋，跳方格，沙包抓嘎拉。

跳皮筋是我的"短板"，只能跳过腰际，有时还不一定，不像许冬梅，可以跳到脖子的高度。但沙包抓嘎拉是我的强项。沙包，就是用六块同样大的布缝在一起的袋子，里面密密地塞进玉米粒或黄豆，鲜有塞大米的，不能漏。沙包不能大，女孩子手小。嘎拉，是北方话，又称羊拐，即羊后腿的膝盖骨。也有用牛拐的。玩时，把沙包向上扔起，然后凭记忆去抓相同面的嘎拉，在沙包落下时接住。我很少出错，称得上"常胜将军"，惹得班上女同学都不愿意跟我玩，甚至孤立我。好在我有一个装大米的沙包，一副棱角磨得光滑的羊嘎拉，有时她们还不得不跟我玩。

这副羊嘎拉是一次赶场时，母亲用三斤全国粮票从农民手中换来的。

扯得有点远了。

赶场回来，母亲烧开水，父亲杀鸡，他将滚烫的开水浇上去褪毛，母亲再清洗干净，然后，用砂锅炖母鸡，鸡汤的香气飘出了门外，馋虫爬满了我的嘴。这是我最幸福的一个星期天，也是我最最期盼的星期天。

不能叫她于婆婆

这天下午放学回家，我看到大红家的蜂窝煤炉子放在屋门外的走廊里，炉上放着一只铝壶正在烧开水。这只水壶像从没擦洗过，表面黑乎乎的，蜂窝煤炉子更脏，上头有溢出的汤汁攒起的污垢。我心说，刘校长真不爱劳动，不像我母亲总是把壶、锅和炉子擦拭得干干净净。

从书包取出钥匙开门进屋后，我直接坐到小饭桌前，做老师布置的算术应用题。"小明今年6岁，小强今年4岁，2年后，小明比小强大几岁？"

我演算起来：今年　　6-4=2

明年　　（6+2）-（4+2）=2

2年后，小明比小强大2岁。

这么简单的算术题，许冬梅咋学不会呢？真笨。在背后我骂了她一句，反正她也听不见。

母亲先父亲一步从"沟里"回来。第一件事就是打开炉门，等炉火升起来。母亲正在淘米时，父亲回来了，他放下图纸，就去帮母亲择四季豆。我收拾好课本，倚着外屋门框对父母说："学校明天不上课，去九公里公社坝子上参加现场会。"

"现场会？"母亲问，"什么内容？"

"接受革命传统教育。"我说，"批斗于婆婆。"

"别胡说，批斗地主婆。"爸爸赶紧放下盆，顾不得手脏，把我拽进屋里，压低音量，"千万记得，别胡说。"

时光被我拉回到抢建之初：

一个峡谷大山沟沟，呼啦啦一下子涌进我们362基地近万人，吃、喝、拉、撒、睡，谈何容易。最初，基地总部动员有家有口的自个去联系当地老乡家，哪怕有一席之地安家也成。基地自个建的"席棚子"，就是用竹篾、草席临时搭建的棚子，全是大通铺，显然只适合单身汉群居。

我父亲费尽周折终于在九公里公社坝场街找到一处院子里的一间小阁楼。这个院子平房瓦顶、四合头、大出檐，典型的川北山区民居。有四个院落、前堂、后寝、厨房、阁楼、茅房等。彼时早已成了杂乱无章的大杂院，没人能说得清里面住了多少户，又有多少人。

这间小阁楼的房东是一位五十出头姓于的妇女，和她一起生活的还有一位比较年轻的女人。听人闲说，没多久，这个年轻女人就嫁给了一位菜农。很多年后，我才知道这个年轻女人其实是她的小儿媳妇。

阁楼很小，搁张床，摆个吃饭桌，转身都困难。安顿下来不到一周，便发生了一件"有惊无险"的意外事。

当时，362基地抢建高于一切，先生产，后生活，幼儿园、学校尚未建设，除非家里有老人帮衬，否则，孩子们便自己"放羊"。我那时七岁，正是让大人烦心的年龄。这天，我因为贪吃院子里其他老乡家的萝卜泡菜，想用母亲从北京出差回来带给我的酥糖去换。我急着下楼，看都没看梯子，脚踩空了，从楼梯上滚下来。看见腿上出了血，我吓得大哭起来。房东于婆婆闻声过来，把我抱进了她的屋子，她仔细查看我的伤情后，和气地对我说，娃莫怕，莫得事，只是右腿划破了，婆婆给我娃止止血就好喽。她让我躺在她的床上，从床头角落里摸出一个小盒子，打开往我流血的地方敷上黑乎乎的粉，很神验，不一会儿，血就止住了。她又倒了一碗开水给我喝，说喝开水压惊。我在她床上睡着了。

父母从"沟里"下班回来，听闻此事后，十分后怕，好在我无大碍。他们很感激于婆婆，迭声道，谢谢，谢谢。当时，院子里的老乡无论大人还是孩子都是称呼她于婆婆。

哪料，第二天一家人围坐在小桌旁吃晚饭，只有清水煮萝卜配稀饭，桌上点着煤油灯，刚来那会儿这个山沟沟尚未通电。父亲压低音量："房东于婆婆是地主婆，我们不能再称她于婆婆了。"

母亲惊得倒抽一口气。

"今天下午基地保卫处处长来找我，严厉地批评我思想太麻痹，警惕性太低。362基地是重点工程，来不得半点疏忽。保卫处为我们找好了另外一个老乡家，明天一早我们就搬过去。"

母亲急了："啥都没收拾呢。"

"现在就整理。"父亲不容置疑，头转向我，"兰兰听话啊，别乱动，伤还没好。"

当时，我只有七岁，尽管懵懂无知，但绝对知道地主婆是坏人，电影里的地主婆哪个不是凶巴巴的坏人？可我实在无法与一脸和气的于婆婆挂起钩来。

我们新搬去的这户老乡家，他们把放着一口棺材的屋子挪给我们住。屋子一面直通菜地，另一面连着猪圈，棺材被挪到了墙角。

这间屋子挺潮的，空气中总有一股霉味，没有电灯，只有厚厚的灰尘和浓浓的黑。夜深沉时，那股霉气在屋子里四处浮动，像鬼的阴影。夜晚，我听到过屋子里的窃窃私语，认定是鬼从棺材里爬出来摇摇晃晃，我想象鬼应该是穿着黑色的衣服，只是奇怪它在和谁讲话。每个夜晚，我都得紧抱母亲才能入睡。

鬼的传说在362基地难以听到，却生长在这个老乡家、这个村子里。

老乡家有三个男娃子和一个女娃子，老四女娃子小我两岁，老大男娃子上初中二年了，我只和老大玩，我用我的北京小孩酥糖换他家的萝卜泡菜吃，玩疯了，便和他一块上树摘桑葚，粘黑知了。我还和他进山砍柴火，摘松子引灶火做饭。他教我用他家地里的红苕（地瓜）秧子掐成一小截一小截当"辫子"，然后挂在自己的小辫子上。谁承想，当年的红苕秧子是拿来喂猪的，现如今，改良改良，竟成了餐桌上的"绿色"蔬菜。我一看见老乡家那个脏兮兮的女娃子就讨厌，躲得远远的。有一次，我勇敢地左手捏着鼻子，右手给她揩鼻涕，手指碰到那坨黏糊糊滑叽叽凉冰冰的东西，真是恶心，强忍着擦了一下，根本没揩干净，倒是用水用香皂洗了好几遍手。

我父母亲和房东夫妇关系处得挺好，虽然只住了三个月。

我们在这样的"家"住了三个月，才搬到四家合住的一个大仓库，相互之间，象征性地用席子隔了半截。仓库是堆放杂物的，我想应该最可疑。于是，每晚睡觉前，我需要把床底下亲眼看一下，确认下面没有藏着鬼才肯上床。母亲会在我额头上亲一口，说不怕，和爸爸妈妈一起睡不怕。

不到一年，我家首批搬进二室一厨的红砖楼。那年月，基地首长还真是吃苦在前,享受在后。红砖楼优先分配给一线技术人员和老工人,他们等到最后才搬离"席棚子"。成年后,我对"特权"一词一时理解不透,最后认定是362基地让我"变傻"了。

第二天一早,全校师生排着队,唱着歌,精神抖擞地步行去九公里公社坝子上。到了坝子,按年级从高到低站好列队。刘校长与三个中年叔叔站在主席台上,我自然不可能知道他们是什么人,只听见刘校长介绍说什么王书记、什么邵主任……于地主婆低垂着头站在主席台前,她的头发衣衫异常凌乱,我看不清她的脸。

坝子上群情激愤,我嘴里跟着人群喊口号,眼前闪过于地主婆给我流血的腿上敷黑乎乎药粉的情景,心如惊弓之鸟,浑身开始发抖……

现场会结束返回生活区的路上,同学们议论纷纷。

"地主家的钱都是欺诈农民得来的。"许冬梅说。

"地主是九公里的头号恶霸,早被枪毙了。"周卫又开始显摆他懂得多,"平时九公里公社的社员们忙挣工分,不大喜欢开会,但开现场会还是踊跃的,因为要分清敌人和朋友。"

事实真相是,土改工作队在地主家的后院里搜到了一批枪支,这还了得?妄想复辟,颠覆新生政权。镇压反革命运动开始,地主和他的小儿子是第一批被九公里区政府镇压枪毙的,当时还没有人民公社。这批枪支是地主当土匪的大弟弟埋在家里后院的,地主本人知情却不报告和揭发。他的大弟弟是川北地区一带实力最强的地霸武装,解放后躲进大山里,凭借险山恶水拦劫军车,抢夺钱财,杀人越货。1950年秋,川北人民地方武装力量运用铁壁合围战术,与人民解放军一起,秋风扫落叶,把他的土匪武装彻底一窝端,真是大快人心。

我想来都心惊肉跳。

"这个地主婆是地主的小老婆。"郭琳琳神秘兮兮。

"什么?是小老婆?"许冬梅很惊讶。

"思想不健康。"李冬生义正词严。

"谁思想不健康了？"许冬梅反驳过去。

"排好队，不要交头接耳，要提高思想认识。"张老师训斥道。

大家抬头看向前方，不敢再吭声。终于走回生活区，各回各的家了。

安静的午后，我从食堂打饭吃好后，碗也没洗，就一直趴在三楼楼道的栏杆上毫无目的地看天。一声"刘校长回来了"传进我的耳朵，我好奇，伸出头往下看，原来是一楼东头苏阿姨与她打招呼。苏阿姨是个家庭妇女，家务就是她的主业，她老公是基地后勤分部赫赫有名的六级车工。"哦。"刘校长似乎漫不经心。"刘校长真是大忙人。"苏阿姨讨好的语气。我吓得赶紧溜回屋里，我可不敢直面刘校长，有时难免会碰上，硬着头皮喊声"刘校长"便赶紧跑走，我实在是能躲就躲。

我讨厌刘校长和大红、小红，特别是刘校长，她给我的感觉好像她的心没有温度。

午后的阳光透过树叶的缝隙，碎碎地洒在阳台上。匪夷所思，我突发奇想，利用这会儿午休时间去看看于地主婆。这个念头很强烈。

这时，距离现场会已经过去一个月了。我走了一个小时才走到她家，她正在屋门口洗一大盆衣服。

她一个抬头，惊愕了。须臾，一脸和气："娃来了？"

我点点头。

她笑眯眯道："我给娃倒点热水喝。"

我使劲摇头，表示不需要。她略一沉思，便继续埋头洗衣服。

我有点不好意思了，但又警惕性很高地环顾四周，见院子里没什么老乡，偶尔几个也都忙忙乎乎，进进出出。我走到洗衣盆前蹲下来，很好奇地问她："你一个人哪来这么多衣服？"

"帮人家洗的。"

"噢。"我看她头发梳得很整齐，包了黑色帕子，就是缠一块黑头巾，跟那天现场会上判若两人。我轻声问："你家很有钱，都是剥削来的对吗？"

她显然被惊到了，手一抖，正搓洗的衣服掉进盆子里。她一脸惶恐："娃，莫得乱讲……"她的话还没说完，我看见院子里一个老乡正朝我们这个方向走来，赶紧站起来，装着问路，大声喊："是这边吗？"一个转身就跑出了院门。

学校成立歌舞队，队长是教音乐的范文老师。范文老师身材高挑，两只眼睛大大的，皮肤又白。我们背后偷偷喊她范春玉。因为她和朝鲜电影《看不见的战线》里的女特务长得像，很洋气，那个女特务叫吕春玉。范文老师歌唱得好，舞也跳得好。在362基地，节庆的演出会上总有她的身影。

张老师让班上同学踊跃报名，勇敢接受挑选，暑期期间歌舞队要集中排练。

这天下午，学校一楼大会议室门外站满了排队报名的同学，一个个进去接受范文老师的面试。我不知道其他同学是怎么想的，反正我觉得参加校歌舞队一定很好玩。好玩归好玩，谁会被选上呢？

报名前，我问许冬梅报不报，许冬梅说她不报，她没空排练，放学她要急着回家，照顾生病的母亲，做饭做家务。我征求父母的意见，他们高兴地鼓励我去报名，母亲还说我挺适合跳舞。

轮到我面试了。我一下子觉得自己什么都不会，怎么办？我一紧张就想上厕所拉小便，来不及了，我只能低着头紧憋小便走进大会议室。

站在会议室中间，我不敢抬头看范文老师。

范文老师和气地对我说："会唱歌？"

我摇摇头，脸发烫。

"会跳舞？"

我还是摇摇头，一副傻了吧唧的样子。

"长得蛮灵秀，哪能身体这样僵？"范文老师自言自语，她哪知道我正憋着小便害怕当众出丑呢。

"你回吧。"

我转身就冲出会议室，冲向厕所。

回家后，我赖在床上，瞎想自己要是这会儿死了就好了，死了就不会被同学们嘲笑。我要是真死了，父母会怎么样？他们肯定会伤心难过地痛哭，其他我就想不出来。

父母从"沟里"下班回来见我赖在床上，猜到了是怎么一回事。他们做好饭，一起走到床边，母亲说："爸爸做了你最爱吃的鸡蛋羹。"她又用手上的毛巾给我擦脸擦手。"起来吃饭，我的乖女儿。"父亲硬把我拽起来。

满天星光，晚风徐徐。

我和母亲坐在单元门前的空地上，母亲手指天空，说："你看，多亮的星星。"我知道母亲是在安慰我。

"我就要参加歌舞队，那一定好玩！"我内心其实很怕被刷下来，那是很丢人的。

"你不能只知道这好玩那好玩，应该学会处处都优秀，许多时候这需要加倍努力，知道吗？"母亲很少用这种语气说话，有严肃，有期待，也有叹息，"你的乐感天生就好，像你爸爸。"

"我参加歌舞队，也是为了想表现好一点。"

"妈妈知道，但是，你更需要磨炼。"

我似懂非懂，冲母亲点了点头："天上的星星会祝福我，妈妈你信吗？"

"妈妈信。"

转天，张老师在班上宣布，我和李冬生被校歌舞队录取了。我顿时傻了。我是压根没想到幸运这么突然地就降临了，太好玩了！

刘校长带头鼓掌

离正式放暑假还有一个多月，范文老师已经行动起来了。每天下午放学后，她把我们留下来练一个小时的功。她说不管唱歌还是跳舞，功都是要练的。

她教我们劈腿、踢腿、下腰、甩腰、压腿、压肩、绷直、翻身（以身体的中心为轴心，翻转上三百六十度）、小跳组合等等。范文老师根据我们天性活泼，又好玩的特点，就把练功的动作结构进行分解，让我们有能力学会，又能激发我们的学习兴趣。歌舞队的同学个个干劲十足，不叫苦不叫累，进步都不小。范文老师总夸我灵是灵的咧。她是上海人，我们背后称呼上海人是上海鸭子，戏谑"上海鸭子呱呱叫，上火车不要票"。但唯独对范文老师，我们没叫过她上海鸭子，喜欢称她范春玉。

歌舞队排练的第一个节目是舞蹈《北京的金山上》。范文老师跳舞的姿势非常好看，腰软软的，长长的马尾在脑后晃过来晃过去。

她选了五个女同学、五个男同学，个头差不多。我自然被她选中了，虽然我的个子最矮。范文老师说："大家要放开跳，动作不能僵硬。"

校歌舞队的同学，组成了一个小世界。在这个小世界里，男同学女同学彼此不再有太多的"三八线"之分，我也会主动和同学们搭话，说一说怎样把舞蹈跳到更好。甚至，有时候还会把自己不多的零食拿出来和同学们一道分享。

这个星期天的上午，我父母都在家。父亲拽住我看他制作的红茶菌，他要换纱，我问还要几天能喝，父亲说还要一周。

制作红茶菌的大玻璃口杯，是父亲利用出差机会，千里迢迢从青岛一路抱在怀里抱回家的，就怕不小心磕碎了。七八十年代风靡大江南北的一款饮料就是红茶菌了。基地的家家户户都在养红茶菌。那酸酸甜甜的味道能让人的舌尖顿时变得清凉。

父亲的红茶菌菌苗是从隔壁乙单元魏叔叔家拿来的。魏叔叔是父母清华大学的学长，高好几个年级，而且专业研究方向也不同。魏叔叔没有孩子，家里被魏伯母收拾得挺洁净。我好奇地问过母亲，他们为什么没孩子，母亲脸色顿时变得严肃起来，教训我小孩子不要乱打听别人的家事。

多年后我才知道，他们唯一的儿子在那个疯狂的岁月里被乱枪打死了。

红茶菌的菌苗可以自己培植，制作方法也不复杂，主要原料就是菌苗、红茶、白糖和清水。

父亲用拿来的这块菌苗，配上茶叶五克、白糖一百克、清水约一千克。当年白糖是稀罕物，是基地总部特殊供给父亲从事放射性工作的保健品。他先将茶叶、白糖、清水放在小锅中煮开，煮开后晾凉备用。然后将那块菌苗放进大玻璃口杯，倒入晾凉的过滤掉茶叶的茶水，用一块干净的纱布蒙在口杯上套住套紧，放阴凉处一周。一般一周后会有新菌苗长出，但这时的菌苗很薄，菌液还不能喝，需要换上一块新的干净的纱布继续套住套紧放阴凉处。发酵两周，菌苗开始变厚实了，有两厘米的厚度时，样子与海蜇皮很相似，这时就可以喝了。可父亲突发奇想，把他搞技术研究的劲头也用在了制作红茶菌上。他自己发明了一种方法，发酵两周后，先不喝，而是将玻璃口杯中的一半菌液倒出，剩下的再按一比一的比例加新茶水继续发酵，养菌苗，如此反复，菌苗更厚了，更大了，父亲就把它分出来送给左邻右舍。

趁父母在"沟里"上班之际，我偷偷地喝过好多次红茶菌，酸酸甜甜的，实在是挡不住的诱惑。偷喝完，我也知道"擦嘴巴"——学父亲的样子用纱布把瓶口套住套紧。我庆幸没被父母发现我偷喝。细细想来，他们怎么可能没发现？只是不戳破我而已。

父亲把新纱布套住套紧后，摸摸我的头："咱们去基地副食品店转转。"

"我想快点喝上红茶菌。"

"发酵好了才能喝。"

工作之后，我的味蕾常常会回忆"红茶菌"的酸酸甜甜味，只是奇怪它为什么就莫名其妙消失了呢？于是，我上网查了查，好像是说某地某医院发现喝红茶菌后肚子里长出了菌膜，而菌膜是致癌物，于是，红茶菌所食的微生物对人体有害这一结论迅速阻止了人们对它的狂热追捧。网上还说,现在又有一种结论,科学研究证实,红茶菌不会致癌,为它平反正名了。近年,红茶菌在日本及欧美掀起一股应用和研究的热潮。谁是谁非让我蒙圈。

我们一家三口悠闲地走出红砖楼,由东往西,穿过灯光球场旁的小路,走到转盘路。转盘路正中就是副食品店,左侧是百货商店,拐角处是一家规模很小的新华书店。东西之间有一座桥连接,桥下是一条浅浅的小溪。

走上桥,我看见李冬生双手捧着一本小人书边走边看。我们由东向西走,他由西向东走,我正犹豫要不要叫他,他一个抬头,也看见了我,紧跑两步到我跟前:"你也去买《水浒传》吧。"他晃了晃手中的小人书《水浒传》。

"噢。"

"《水浒传》里有一百零八位好汉,宋江是投降派。"

"噢。"我有点摸不着头脑了。

"你快去新华书店吧,晚了小人书就卖光了。"

"噢。"

接着,李冬生朝东,我们朝西,彼此分开了。

"我同班同学李冬生。"我对父亲说。

"他是校工宣队长的儿子。"母亲扭头对父亲强调了一下。

走进副食品店,店内冷冷清清的。临门一排柜台是放蔬菜的,此时的柜台却空空荡荡,也不对,还有一小堆蔫黄瓜。母亲买了两根,自嘲道:"中午炒鸡蛋。"父亲一笑点点头。

右边的柜台上放了几个有瓶盖的大玻璃瓶,里面装着当时武元市生产的糖果、饼干。糖的颜色是深咖色,不是话梅糖,糖挺粗糙,含在嘴里有一粒一粒沙子的感觉。如果说北京小孩酥糖、上海大白兔糖是在天上,那么武元糖就是在地下。家里没有其他糖给我吃时,父母也会买一些武元糖给我当零嘴。吃了几次后,我对母亲说,武元糖太难吃,我不要吃了。武元饼干就更难吃了,不香不甜,还噎人,吃稍微快点,眼泪都会呛出来。

"要不要买点饼干？"妈妈笑眯眯地看着我。

我坚定地摇了摇头："不要。"

"买点豆腐吧。"父亲建议。

"好。"

我们拐到左边的柜台前，母亲对营业员一个微笑："买两块豆腐。"

"嗯？"营业员盯着妈妈，像看怪物，"买豆腐？这个时间点买豆腐？"

母亲忽地明白了营业员的言下之意，豆腐早就卖完了。脸上露出一丝无奈："那买一斤粉条吧。"

"一人只能买三两。"

母亲皱了一下眉头，目光空了，父亲赶紧接上去："就三两。"

走出副食品店门口，我抬起头望向父亲："爸，我想买小人书。"

"走。"父亲非常干脆。

新华书店挤满了人，大部分是孩子。爸爸说我在门口等你们。我和母亲挤进书店，里面排了两支队伍。我排哪支队伍会快些？想了想，我决定走到左边的那支队伍去排队。排了一会儿队，我发现看热闹的孩子多，真正买书的孩子没几个，我很快就排到柜台前，小人书一摞一摞摆在架子上。"我要这本。"我手指给营业员看，这是一本电影连环画，封面上一位漂亮的阿姨满脸笑意地正在摘苹果。这是根据朝鲜电影《摘苹果的时候》改编的彩色连环画小人书，电影里的"自行车班长大叔"给我的印象最深刻。

"也买一本《水浒传》？"母亲建议道。

我还没拿定主意要不要，正犹豫着，就听母亲对营业员说："买一本《水浒传》。"

我捧着几本小人书，在别的孩子羡慕的眼光中，一脸小得意地走出新华书店。

我们返回家，走上桥，无意中我看到桥下小溪边，一个女的翘着屁股跟一个男的说笑。我看得莫名心跳，太不正经了！这才是刘校长、张老师常常愤恨的腐朽的生活作风。走在他俩的"头顶"上——

桥上，我红着脸，抑住心跳，仔细看下去，发现是郭珍珍。

郭珍珍是郭琳琳同父异母的姐姐，大她十五岁。她在基地总部阅览室工作。郭琳琳还有一个上高中的同父异母哥哥，和一个上初三的同父同母的姐姐郭芳芳，以及上小学一年级的弟弟。她的父亲是362基地后勤分部车队队长，参加过抗美援朝，是响当当的战斗英雄。

郭琳琳仗着母亲是亲生母亲，在家里骄横霸道惯了，敢惹姐姐们。她们家常常爆发"内战"。同父异母的大姐、大哥从来不喊继母一声妈，彼此针尖对麦芒。她父亲是中间派，往左不是，转右不妥，掌握不了"话语权"，他的家长地位早已名存实亡，与他在车队说一不二的军人风格判若两人。而二姐郭芳芳则成了一个姥姥不疼、舅舅不爱的孩子。

郭珍珍与362基地总部计划处的一位英俊帅气的转业军人爱得死去活来，哪料转业军人被推荐到北京上大学后，一脚蹬了她。她受此刺激，大脑神经似乎出了严重问题，变得神道道的，三天两头请假不上班，看见帅哥，不管认识不认识，就黏上去。整个362基地都流传着她的"奇葩"爱情史。许冬梅私下对我说，郭珍珍得了"花痴"病。"花痴"病是什么病？成年之年我才明白。

谁料，郭琳琳的二姐郭芳芳后来也这样，也与男人干"丑事"。到底是什么让她们把芳华过成了一堆令人厌恶的"垃圾"？362基地的人似乎都希望离她们远远的。

是什么？到底是什么？这个疑问在接下来漫长的岁月里，一直回旋在我的脑际，芳华走在虚空茫然中……

我一把牵住母亲的手，拉着她加快脚步往家里走，父亲紧跟着。郭珍珍这个样子真是丢死人，谁要跟她学，谁就是不正经。还是她自己死掉的好，省得她全家人跟着她丢脸。郭琳琳以后再平白无故欺负我，我就揭她家里的丑。这样一想，我心里忽地有了底气。

终于到了歌舞队汇报演出的日子，汇报演出是在学校操场上进行的。

这天，天有点阴沉沉的，没有太阳，母亲却说："老天爷帮忙啊，要是被太阳曝晒，你们这些演的人，我们这些看的人，都是挺熬人的。"我格外兴奋的是，母亲罕见地请了假，专程看我表演。

离演出还有一会儿，我静静地躲在一旁，默默回忆舞蹈《北京的金山上》的每一个动作，正式表演时可不敢出丁点差错，这个机会对我来说多么不容易。我的心情愈发紧张，我捂住自己的胸口，听得清清楚楚，心里有一只鼓在敲。

小红负责报幕，她的普通话的确比我们都标准，又一向自傲，自然不怯场。她有模有样地走到舞台中央，其实就是在操场上划出一块类似舞台的空地，声音清脆："校歌舞队汇报演出，现在开始——"

范文老师站在台边。她既是指导老师，又是舞台监督，她的眼睛一一扫向每位同学，一个细节都不放过。我们跳完后，刘校长带头鼓掌，接着，全校师生、家长一起鼓掌。

自从进了歌舞队，我这个小屁孩，迷上了歌舞队里的一位高年级男生。他唱歌唱得特别好。我喜欢听他唱歌，更喜欢看他唱歌的样子，看着看着，心中竟会涌起莫名其妙的奇异感觉，心会跳，脸会红。汇报演出中他表演男生独唱。当然，这是我的秘密，谁也不能告诉，包括父母。

《十万个为什么》一书中说，植物的种子是"大力士"。

那么，我心里的这个秘密也会像种子一样破土而出，长出芽来吗？我莫名害怕起来，仿佛瞬间我就长大了似的，明白秘密背后的可怕，我要是管不住心中的秘密，它要钻出来，那会是怎样的后果？无论如何我都要守住这个秘密，甚至碾碎这个秘密。

汇报演出不久后，这位高年级男生随父母调回京城了。多年之后我才知道，他的爷爷是位老红军，是很高级的大干部，但身体不好。所以，他的父母离开362基地，回京照顾他老人家。

末了，我喜欢这位高年级男生——这颗"秘密"的种子还是失去了生长的土壤。我和他之间间隔着无限的时空，谁也不知道谁了。

汇报演出结束，我们歌舞队的全体同学，在范文老师的指挥下排成整齐的两排，向台下观众鞠了三次躬。

刘校长站起来又一次带头鼓掌，于是全校师生、家长也全体起立，为我们鼓掌，掌声持续了好久。

校歌舞队一下子火起来，我也神气起来。我自我感觉好极了，走路胸脯挺得老高。许冬梅羡慕死我了，上学、放学更是非要等我一起走，她说我很神气，让她沾沾光。郭琳琳也不敢再像以前那样明目张胆欺负我了。

许冬梅、郭琳琳都不喜欢念书，如果让她们选择，许冬梅宁愿去跳皮筋、踢沙包；郭琳琳最盼能有什么机会整一整同学。现在，终于轮到我神气了。

母亲说，她真喜欢看我跳舞，我跳得确实好，我的乐感强。连班主任张老师也明显对我关心起来。

我讨厌花裙子

我这个小孩子，兴趣不仅仅停留在跳舞上，突然又喜欢上做好人好事，觉得这也好玩，我向来三分钟热度。

学校班班都成立了"学雷锋小组"，利用课余时间做好事。红砖楼里有不少同学，不管小学的还是中学的，不管同班的还是不同班的，不管高年级的还是低年级的，每天一放学就拿出家里的扫把和簸箕去打扫楼道卫生，然后再用脸盆泼洒清水，个个都干得很卖劲，我也不甘落后，生怕被别人数落"骄、娇"二气，何况刘校长还是我的近邻。家长们常常夸奖我们是"向阳院里的好孩子"。《向阳院的故事》是长春电影制片厂拍摄的一部少儿片，讲的是向阳院的红领巾，在退休老工人石爷爷的带领下，利用暑假，开展学雷锋活动，参加集体劳动的故事。

我和周卫不约而同都盯上了刘校长的丈夫崔奇师傅。有时是我自己，有时是周卫，有时是我们俩一起，只要发现他要进单元门口，就立即跑过去帮着他提包什么的，特别上心，还把他送到家门口，央求他给我们讲一讲开车的技巧。他除了笑笑，一次也没开口说什么。

这个周末，父亲邀请"三废中心"一帮男军工来家里玩，他们天南地北地聊天，母亲则不停地为他们倒茶水。茶叶是稀罕物，是362基地总部奖励给我父亲的保健茶，母亲倒也一点不吝啬，全都拿了出来。我对他们的交谈兴趣不大，便在厨房偷偷喝了几口茶水，又苦又涩，真不好喝。但是，他们聊天当中聊的一件事被我听进了脑子里。

362基地总部提出机关干部不能脱离生产劳动，要求他们每周五乘班车"进沟"下车间。听到这里，我马上去乙单元周卫家找他，告诉他这个情况。周卫也很感兴趣，他说下星期五看他的，他一向鬼点子多。我本意是想进"沟里"去捡废铜烂铁，这样做好事能够一鸣惊人，轰动全校，纯粹是虚荣心作祟。

好不容易到了星期五，我们分别骗自己的父母，是周卫教我的，今天学校上劳动课，内容由学生自己选择。我们俩赶到一分部班车点，他和好些叔叔、阿姨都认识，因为他母亲是总部计划处的工程师。我们俩就这样混上班车进"沟里"了。

班车到了一分部，下车后，我们俩正商量着到哪儿捡废铜烂铁时，来了两位叔叔，二话不说就把我们逮到一分部机关办公室，也不和我们说话，我们俩就傻傻地待在那儿。过了很长时间，这两位叔叔把我们"押上"一辆吉普车送回生活区。之后，我们才知道，这两位叔叔是"沟里"安防处的保卫干部。

"沟里"是工程重地，绝不允许陌生人进出，更何况孩子。为此，我们两家的父母，分别在各自单位做了深刻检查。

第二天下午，张老师加开一场班会，专门批评我和周卫无组织、无纪律的错误行为。我和周卫在讲台上念完自己的检讨书，李冬生、郭琳琳轮流上讲台发言。

"你下次还犯不犯纪律了？以为自己跳舞好，就可以不讲纪律。"郭琳琳怒气中不乏酸气。

我挺害怕的，又不想理睬郭琳琳，也不敢转头去看站在我旁边的周卫是个啥态度，垂下眼帘不吭声。

郭琳琳的脸已经走了形，像是用油彩笔画出来的，充满争斗劲。这是后来许冬梅告诉我的。

"你凶什么凶？"周卫不服气，顶了一下郭琳琳。

我快速瞄了一眼周卫，不禁打了个冷战，我挺佩服他的勇敢。

张老师很生气，语气严厉地道："周卫，你这是什么态度？不但没有深刻认识到自己的错误，还不虚心接受同学们的批评与帮助。"

我目光慌乱地扫了一下走下讲台的郭琳琳的背影，鼻孔不自主地吸进张老师嘴里散出的一股酸腐气，使劲忍住，才没呕吐出来。

李冬生上台发言："我建议，让周卫去扫厕所，衣服不干净好洗，思想生病要用药。"到底是工宣队长的儿子，说出的话就是不一样。

张老师开始总结："放学后，周卫打扫二楼男厕所，欧阳兰打扫三楼女厕所。你俩先回座位上去。"

我的泪水扑簌簌流下来，模糊了眼睛，不小心被板凳绊倒，膝盖直接跪在地上，教室里哄的一下划过此起彼伏的笑声。张老师赶紧走下讲台，走到我跟前，扶起我坐到座位上，见我无大碍，松了口气。

"你得意什么！"许冬梅冲着郭琳琳压低音量。

"就是。"同桌的周卫接话。

我坐在位子上，膝盖很疼，但他们的每句话我都听得清清楚楚。

张老师返回讲台，满容严肃："同学之间要友爱，要互相帮助。对待犯错误的同学，也要像春天般地温暖。"张老师一直说一直说，说得嘴角都是白沫，直到下课铃声响了，她才罢休。

周卫谁都不理，一个人走出教室，走到走廊角落处拿扫把去了。

许冬梅挽着我的胳膊，看也不看郭琳琳。我看上去像生了一场大病，好像有一阵大点风吹过来，就会把我吹倒。许冬梅希望我不要这么害怕，希望我能够如往常一样，她嘴里一直说："我帮你扫，我帮你扫。"

很多很多年以后，又是许冬梅把"走投无路"的我接回了362基地。那时，我的父母都在天上，这是后话。

为了回报许冬梅的"大义"之举，我帮她写完当天的家庭作业后才回家。星期一一上课，我们俩又被班主任张老师叫到语文教研室罚站，批评我们屡教不改，星期三的班会上要做出深刻检查。又是检查，没完没了的检查，我在心里祈求这时最好能够听到喜鹊叫，因为当地老乡讲，喜鹊叫一定有好事情要发生。结果，我听到的却是黑知了叫。是幻觉，还是真听到，我也不清楚。

我们俩被罚站了整整一天。

362基地的家长们都是"抢建第一，工作第一"，基本无暇顾及孩子。由于缺乏家长约束，362基地的孩子们大多很调皮，但也很聪慧。

362基地生活区有一个公共洗澡堂，大人、孩子去洗澡，往门口桌子上的小木箱孔里塞一毛钱和五分钱即可。有一回，基地后勤分部八级钳工徐炳成老师傅的小儿子，排行老三，我们都叫他徐老三，他和我们同班，趁看门的齐大爷不备，将木箱锁撬开，把里面的钱据为己有，跑去副食品店买了糖、饼干等零食。被发现后，在全校大会上做深刻检查，搞得全基地人人皆知，有同学当面就喊他小偷。刘校长还责令他把偷的钱退还回去。

许冬梅悄悄告诉我，徐师傅被气得半死，喝令老大、老二用他的工具板斧揍老三的屁股。

"用板斧？"我顿一下，"肉会被打烂的。"我惊得两眼发直。

"不会，屁股肉厚。"许冬梅若无其事。

话说回来，362基地的孩子们淘气归淘气，品质都不坏。

这天天空很蓝，阳光经过这样的蓝时畅通无阻，阳光似乎也是蓝色的了。

操场凉风习习，上午的课终于结束了，同学们像监狱放风似的一下子都涌出来透气。

我蹲在离家不远的路旁杂草地，低着头，吹一朵结了绒的蒲公英。我把一口的气都憋在了两个腮帮里，脸鼓得圆圆的，也很红，红到脖子里。可我到底还是没能把那口气憋到最后，结果没能一口气吹散蒲公英的白绒。

我肚子饿了，还不甘心，干脆又摘下一朵蒲公英，憋足气想一口吹起白绒毛。这当口，轻轻的绒毛竟然在我眼前飘起。我还没吹它呀？我感到很奇怪，身后传来的声音钻进我的耳朵："你气没憋够。"是周卫，我站起转过身看见了他。这些飘飞的白绒毛是他吹的。

白绒毛在凉风里悠悠地飘着，飘了一会儿才慢慢地落到地上。一眨眼的工夫，周卫就没了影子。我想问周卫，蒲公英是草还是花。我曾经问过母亲，蒲公英是小草还是小花，母亲回答我，是草也是花，是花也是草。

那时，我对世界的认知，更多是凭孩子的直觉，比如用气味、颜色、长相、样子甚至温度，我的认知让我认定蒲公英是花。

成年后，我在一本书上看到是这样写的：蒲公英是草本植物，但是也能是花。它在我国的分布十分广泛，在中低海拔的林间、草地、路旁都能看到。它最大的特点就是果实，也就是花的种子，种子上面有白色冠毛，可以随风飘走。

这周的星期天，父母带我去赶场，集市上有老乡在卖小鸡小鸭，一大群孩子围在那儿看。以往赶场，要是遇到老乡卖小鸡小鸭，我也喜欢围着看，有时甚至赖着不走，想让父母给我买小鸡小鸭来养，只是从来得不到母亲的许可。她说住了楼房，没地方养，卫生也没办法做，而且气味很臭。

这一刻，我不管不顾地想挤到这群孩子的前面去看小鸡小鸭，母亲却硬要把我拽走，我极不情愿，想挣脱她的手挤进去，我实在想买一只小鸡或小鸭，母亲使劲拖住我，厉声道："不能买，有臭味。"

我使坏："妈，你嫌农民伯伯臭。"

母亲被我呛住了，气得脸都青了："这孩子……"

父亲走过来拉住我："小孩子不可以胡言乱语……"没等父亲说完，我抢过话头，仍不罢休："本来就是嘛，鸡和鸭都是农民伯伯养的，是农民伯伯的劳动结晶，妈妈却嫌臭。"

父母一个对视，无语了，气氛有些尴尬。但他们每人拽着我的一只胳膊，我动弹不得。我知道我孤单一人是斗不过他俩的，也只好"缴枪不杀"。父亲见我不闹了，便说："走，咱们买豌豆尖去，刚刚上市，新鲜得很。"

当天的晚饭，桌子上便有了一大碗豌豆尖豆腐汤。把豌豆尖洗干净，一焯，一勾芡，配上豆腐，真是香极了。我吃得满口春风得意，买小鸡小鸭一事早忘到后脑勺了。

上学的日子过得可慢了，上学，放学，值日，做作业，一天仿佛好长的。许冬梅对我说，她越来越不想上课，尤其讨厌上算术课，一上算术课就犯困，放学后就只想玩，跳橡皮筋。我可怜许冬梅，就连这一点点心愿她都难以实现，她母亲时不时就犯病，一放学，她就急着回家去做本该由她母亲做的家务活。

许冬梅对我的依赖现在有点大了，单单帮她做算术作业还不够，连语文作业和每天的一篇日记都要帮她完成。这天下午放学后，我和许冬梅结伴去她家，她做家务，我替她写当天的家庭作业，写完后我才回到自己家。一进家门，我伏在小方桌上开始写自己的家庭作业，写了还没一会儿，母亲从"沟里"下班回来，见我埋头在写作业，很高兴地夸奖了我，又问："今天作业很多吗？"我赶紧点点头，不敢讲我刚刚帮许冬梅写作业一事。

第二天上午的算术课，着实叫我和许冬梅一顿难堪。拿到课堂临时测验卷子，许冬梅一脸空白，歪着脖子斜着眼想偷看我的，不料被郭琳琳发现，她马上举手报告算术徐老师这个"地主婆"。

我们这群小屁孩嘴里的"地主婆"，是特指朝鲜电影《卖花姑娘》里的那个恶霸地主婆。那会儿，我们特别喜欢给老师、给同学起绰号。

徐老师走过来，用手敲了敲许冬梅的头，嘴上却说："同学们抓紧时间做。"我心里一阵发慌，目光虚虚的，仿佛是我自己作弊被老师当场抓个现行。

考完收卷子，徐老师看了看许冬梅的卷子后，绷着脸叫她站起来，当着全班同学的面问她："我很奇怪，你每天的作业完成得很好，为什么一考试，就一道题都不会了呢？你老实说。"

许冬梅被吓到了，傻傻地站在那里，低垂个脑袋，一句话也没有。城门失火，殃及池鱼。我也被吓得一脸哭相，就差哭出声了。

徐老师又看向我，这个"地主婆"难得会用轻声细气的口吻："欧阳兰，你站起来，你替许冬梅说吧。不然，我要叫你们的家长来了。"

我浑身发软，站在座位前，两只腿不停地抖。

全班同学齐刷刷看向我俩，有的同学张开了嘴巴就没合上。

"欧阳兰，你不说是吧？"她顿了一下，"那我只好叫你家长来了。"徐老师两眼冒火，完全不顾及还是小屁孩的我的感受。

课后，徐老师通过班主任张老师给我母亲打了电话，向她复述了事情的经过。班主任张老师把我和许冬梅叫到她的办公室，她怒气不息，手指着我们："都不讲是吧，那我只能交给校长处理了。"我一听要交给刘校长处理，眼泪唰地滚落下来，不停地抽泣，似是受到多大的委屈。

"我说，我说。"许冬梅也吓哭了。

傍晚，父母从"沟里"下班回家。父亲面色铁青，气喘如牛，我见状，吓得心脏跳到喉咙里：难道他知道什么了？因为当时我并不知道徐老师给母亲打了电话。父亲喊母亲拿搓衣板来。

搓衣板来了，我自己乖乖地跪上去，两只膝盖不到十分钟就跪得疼痛难忍。他们俩谁都没理我，去厨房忙活晚饭了。

我想我的膝盖应该是跪破了，不然，为什么痛得发昏，眼泪哗哗流下来。小孩子的我，又哪里会明白，我的眼泪实际上是流在父母的心里。

饭做好了，母亲放我站起来，我这才低头看膝盖，还真跪破了，白皮肤上鹅蛋大的紫色瘀青。

母亲一边吃饭，一边问我："知道错了吗？"我点点头，赶紧塞满一口鸡蛋炒饭。"妈妈不是不让你帮助同学，帮助同学要真心，但不能作假。"

"爸爸最讨厌骗人的孩子。"父亲这会儿语气倒挺平和。我点点头："爸爸，我再也不敢了。"母亲接上话茬："要帮助许冬梅学习，教她做作业，不是替她做作业，更不能去骗老师。"

父亲看一眼母亲，示意她结束这个话题："兰兰已经明白错了。"

这之后，我发现许冬梅越来越不喜欢上课，不喜欢做作业。她对我说，上课她会想家里有什么家务要做，下课只想赶快离开学校，又担心作业交不上。

这天下课早，我准备去许冬梅家，教她做作业。我俩手拉手走到校门口，不料碰到郭琳琳，郭琳琳给我俩一个奇怪的笑："欧阳兰你还替许冬梅做作业呀？"

"没有呀。"我翘着下巴，"根本没有，我教她做作业。"在"做"字上我加重了语气。

"哼。"郭琳琳自讨没趣，转身跑了。

"郭叛徒，郭甫志高。"许冬梅气不消。

到了许冬梅家，我准备从书包里拿出算术书和作业本，帮助许冬梅补习算术。谁料，她的母亲这当口犯病了，嘴里叨叨不停，又不知道说些啥，一刻也安静不下来，还在屋子里面窜来窜去。许冬梅的弟弟、妹妹见姐姐回来了，就像终于盼来了大救星似的，把疯妈妈交给她后，全都跑出家门。

许冬梅母亲身上散发着难闻的臭味，臭味在屋子里打旋，我中午吃的饭给她母亲臭味一熏，说不出的难受，直想吐。补习算术肯定是补习不成了，我赶紧和许冬梅含糊一句，逃也似的跑出她家。

我站在她家楼前的空旷地上一口口吐气，似是要把她母亲身上的臭气全吐出来。

"沟里"的大人们尚未下班，生活区还未到喧嚣的时刻，路边不知名的小花开得正艳，一丝微风吹来，空气中有了小草的青涩味。

我呼吸顺畅了，便朝家里走去，走到单元门口，碰见邻居大红，我刚想和她打招呼，她仿佛没看见我似的头一扭径直走了。我一脸悻悻，无趣地上了楼。

傍晚，父母从"沟里"下班回来。母亲从手提包里取出一包东西，告诉我包裹到了。三个月前，在上海社科院工作的二姨寄来一封信,说她给我寄了好看的花布料、小皮鞋和大白兔奶糖。我天天盼星星,盼月亮,盼包裹早点到,可包裹就是不理我,一直没动静。

"真的呀。"原本无精打采的我,一下子高兴地蹦起来,"妈,快点打开,我去拿剪刀。"

当时,362基地生活区的供给比较单调,因为交通不便,通邮更差,人们只能利用出差的机会购买一些好看的衣料,或者收音机一类的"奢侈品"。要不就是老家里的亲人从各自所在地寄来各自地方特色食品和物品。

"不用拿剪刀,包裹已经被撕开了。"妈妈边说边把包裹递给我,我接过来一看,只有一双小皮鞋,花布料和大白兔奶糖毫无踪影。"大白兔奶糖呢?大白兔奶糖呢?"我急得连声喊起来。

母亲摸摸我的头,告诉我说,等她找到当地邮递员取寄来的包裹时,已经过了三个月,小皮鞋取回来了,可我"盼星星,盼月亮"的大白兔奶糖、花布料却没有了。她还特别强调,邮递员说,糖应该被耗子吃了,花布料没得见哦。

我立马顶嘴:"耗子能吃那么多'大白兔'吗?肯定是被邮递员偷回家了。"我顿一下:"哼,还有花布。"

善良的母亲没有为难邮递员,还对他说:"谁吃了都一样,没浪费就好。"

这一晚,我伤心"大白兔"没了,新衣服也泡汤了,无比气恨那个偷东西的邮递员,一点也没心情吃饭……后来,等我学到"监守自盗"这个成语时,脑子里冒出的头一个人就是这个从未谋面的邮递员。

那个时候,362基地绝大多数人家都是自己给孩子做衣服,母亲的手特别巧,做出来的衣服就跟买的似的。在学校里,老师、同学们总夸我穿的衣服像从大上海买来的,又洋气又特别,其实,这些衣服都是母亲一针一线做出来的。为此,我总是昂着头,得意得不得了。母亲还给许冬梅做过两条花裙子,不知为何,竟被她穿成了用现在的话说就是"地摊货",还总是脏兮兮的。

这天天挺热,空气里没有花香,我身上的这条花裙子,却洋溢着月季花般甜媚的气息,在校园里确实有点"招摇"过分了。放学后,一群调皮的高年级男生,跟在我身后起哄:"花裙子,穷讲究,资产阶级的臭思想。"我又惊又怕,要不是许冬梅帮我去找班主任张老师,没准我会蹲在地上大哭的。班主任张老师好像变了一个人,目光冷冷地似是铁锥子朝我刺来——上下打量我一番,语气非常严厉:"你要树立远大理想,洗掉脑子里不健康的东西。"

我被惊得下巴颏都快贴到胸脯了,根本不知道是怎么走回家的。我不甘心啊,我思想健康,很健康。哼,张老师,等我长大了,我再也不要理您。此后,我一见到张老师就像见到陌生人,很生分,我甚至不能忍受跟她单独相处,同学们都巴不得贴近她,我不!偶尔躲不开和张老师面对面时,就像空气突然长出了刺似的,抵触、别扭、难受,恨不得钻进地缝。对张老师我,当然不敢顶嘴,但也绝不主动搭话,除非不得不回应她。

这以后,直至成年,我几乎不再穿花裙子。

"吊死鬼"的秘密

我是典型的三分钟热度。

这天下午是劳动课,张老师叫我们全班同学去修剪蓖麻叶,还要浇水、施肥。我对撒进土里的蓖麻种子会不会开花、会不会结果已然失去了往昔的热度,更讨厌张老师又交代我要带一壶凉白开。于是,我破天荒撒了一回弥天大谎。

一下课,我硬着头皮走进张老师办公室,说我肚子很疼,母亲已经替我约好了基地医院的医生,下午要去看病。张老师一脸疑惑地上下打量我,那个冷冷的目光又闪现在我眼前……我抿嘴不吱声。

"你下午去看病?"张老师语气很严厉,"无论什么时候,学生都要诚实。"办公室的空气变得千钧重,这个重量就是来压迫我的。

我垂下眼帘,点点头,心却跳得很快,好像马上就要按不住了,下一秒心就会从里面冲出来。万幸,张老师挥挥手:"你回家吧,好好看病。"

很多年以后,每当回忆起这件事,我都禁不住自责:张老师,确实是我欺骗了您,只是,这是个秘密,每个人都有秘密,秘密就像一团浓雾。

我逃出办公室,莫名其妙,竟有一种大祸临头的感觉。

"你肚子真的疼?"许冬梅迎过来。

"真的疼,我向你保证。"我有气无力地应道,心跳得更快,斜眼偷偷地看了一下许冬梅,她那张漾满怀疑的脸显得很不真实。对许冬梅我也保守了自己的秘密,我知道她爱劳动,一向很积极参加劳动课。

一路上我都不吱一声,直至和许冬梅分手回到家。一进门,我来不及放下书包,打开碗柜,将母亲给我备好的午饭,热都不热,冷冷地扒进嘴里,我一直吃,吃得很快,好让自己没法想撒谎的事。

吃完饭,碗往水槽里一放,就上床了。我用枕头紧紧地蒙着脸,仿佛这样才安全似的。

我根本睡不着,我这个年纪的小屁孩,竟然也会感知撒谎的杀伤力。

大中午,整个楼道静悄悄的,上班的人没下班,不上班的人都在家里歇息。

我取下枕头,垂下双手。因为撒谎,因为害怕,自己跟自己较劲实在没意思,要不上到顶楼去看一看,逛一逛?我完全不知道自己上楼要去干什么,好像有一股无名的力量将我引出了家门。

还差几个台阶就到顶楼五楼了,东边的屋子里忽然传来一个女人的哀号声,我着实被惊吓到了,一缩头,停在那儿不敢动了。

"我没病。"

"你就是脑子有病。"一个男人气愤的声音,"现在想离婚,没门。"

"天天这样，我过得够够的。"女人哭出了声。

"你再哭……我再打。"男人凶巴巴的语气。

原来是从501房杜师傅家里传来的声音，他们两口子在吵架。他们的儿子也是跟在我后面喊"花裙子，穷讲究，资产阶级的臭思想"的那群高年级男生中的一个。我记得母亲曾叹息说，杜师傅的儿子长得很像妈妈，很漂亮，可生性太顽劣了。

吵架声戛然而止，干吗不吵了呢？我想了半天，没想明白。我轻轻地，尽量不发出声响地上到五楼楼道中间，站了好一会儿，直到确定他们不会再吵了，我才反身轻轻下楼。懂事之后，每每想到这一幕，我都感到自己极其可笑：你确定他们不吵了？你凭什么确定？是的，一个小毛头，一个小屁孩，凭什么确定他们不会再吵了？

世上的事谁又能讲得清？我这个母亲眼中的乖乖女，一向听话的小囡囡，因为不想劳动，竟然撒起谎来。

整个楼道变得一片死寂。

大学毕业那年，我回到362基地，跟许冬梅闲聊起杜师傅两口子大中午吵架这件事。结果，她对我说，他俩本来就不是一个道上的人。

杜师傅来362基地抢建前，是上海机床二厂的八级钳工，长得人高马大。他的技术在362基地无人能敌，连362基地的一把手党委书记都得敬着他，是响当当的一个老师傅。杜师母原是上海机械研究院的一名技术员，她的父母都是从国外留学回来的，在上海交大任教授，特殊年代双双成了特务间谍，关进上海提篮桥监狱。杜师母正要被调到大西北工作之际，经一位好心人介绍，嫁给了根正苗红的杜师傅，彼时他刚刚死了老婆，两个男孩子一个进厂当了学徒，一个上初中二年级，他们都生活在上海的奶奶家。杜师傅大杜师母近十六岁，婚后又生了一个男孩。就这样，杜师母跟随杜师傅来到362基地支援抢建，并顺利进入362基地一分部设计室当绘图员。改革开放不久，杜师母就去了国外，斩断了与362基地的一切联系，连她亲生的儿子也不要不管，足见这段婚姻给她造成的伤害有多么深重。

"杜师傅经常在家里揍杜师母。"许冬梅看着我，脸上笑容忽然消失了,"我也是后来才知道。"

"什么?"我心中一凛,惊讶得合不拢嘴。

"本来就不该在一起。"许冬梅一字一顿地说。

我屏住呼吸,心问:那到底是谁把谁毁了?又是谁毁了他们的家?

我悄悄下楼,站在单元门口好一会儿,突然,有一股凉风吹来,我打个寒战:要是被父母知道我撒谎了,会不会打死我?要不,我就假模假式去一趟基地医院?就这么办。

我穿过两条马路,再斜过一条小道,终于看见了那个山坡前面的平地上,矗立着五层高的医院大楼。我刚走进医院门诊大厅,一个穿白大褂的护士姐姐上来招呼我:"小同学,你是来看病人吗?你家大人病了?"

我摇摇头。护士姐姐又抢着问:"那你来医院干什么?"

"我……我自己看……看病。"我声音小得连蚊子都听不见。

"小同学,你的声音能稍微大点吗?尽管这是医院,可是,你说的得让我听明白呀。"护士姐姐的面孔拉长了。

谎言无处可躲,我低垂着头。

"小同学,既然不看病人,就赶快回学校去上课,来医院搞什么搞。"护士姐姐的语气霎时变得冷了。

我傻傻地立在那儿好一会儿,转身跑出了医院。

我听母亲讲过,抢建之初,362基地医院的院长常常带着医护人员到附近的山上采集中草药。他们每次都兵分两路,年轻力壮的到远处高山采集铁马鞭、花斑竹根等稀有药材,年长体弱的就在附近山坡采集马齿苋、败酱草之类的常见中草药。每个医护人员都背个背篓,手拿短把锄头。

无巧不成书,好巧不巧,正是我说谎逃避劳动的这天下午,医院的军代表带领一群青壮年医护人员专门采集花斑竹根去了,这药主治湿热黄疸。物资奇缺时期,362基地很多职工营养都有些跟不上,任务又重,山坡流水处杂草丛生,滋生的苍蝇蚊子也多,因而住院的肝炎病人、肠炎病人比较多。

医院军代表带领他们爬上当地老百姓称为武梁山的高山，先是沿着山坡找，找到了少量花斑竹根，于是一鼓作气，爬到山顶，居然发现了许多花斑竹根，大伙那叫一个高兴，手舞足蹈起来，完全忘了一路劳顿。真是天有不测风云，突然间，天下起了大雨，山区就这样，雨说来就来，天霎时变得好黑好黑。大伙赶紧背起沉甸甸的背篓，沿着崎岖山路下山。

一位刚从广州中山医学院毕业分配来的住院医生，一不留神滑进深沟里，大伙都慌了，拼命喊他名字，他没应答，大伙就更慌乱了。所幸，军代表有经验，他让大伙不要乱，教大伙每人捡一根手握得住的树根当木棍，把手电筒集中到前面、中间、后面几个人手中统一照明，让大伙原地不动。他则带几个身强力壮的医护人员，顺着山坡寻找滑进深沟的那位住院医生。

那是个没有手机等任何通信设备的年月。晚上七点多钟了，还不见他们回来，医院院长紧张了，赶紧向362基地总部报告，总部一把手党委书记，指示基地警卫营派一个班的战士去武梁山寻找他们。万幸，大伙最后在战士们的帮助下平安回到生活区，只是那个滑进深沟的住院医生摔折了左胳膊。

唉，话又扯远了。

跑出医院大门，我不敢直接回家，怕碰到人，尤其怕碰到同学、老师，只好一个人跑到医院大楼后面的山坡上坐下来，一副天下大乱的模样。突然，天降大雨，把我浇成了落汤鸡，我只能起身往家的方向跑。跑到马路上，我发现路上有很多人，我这才知道已经到了下班和放学的时间，我更怕碰见老师和同学，低着头一路小跑往家赶。

不料，母亲今天回来得早。

"劳动课这么晚才结束？"她顿了顿，"怎么不穿雨衣？这样要感冒的。"母亲絮絮叨叨。

我呆呆地站在外屋，垂着脑袋，不敢看母亲。我一个小屁孩，为什么要撒谎不上劳动课？根本没有理由，就是三分钟热度，就是不想劳动，我整个下午似乎都在做着某种努力，掩饰撒谎一事，但是，显然我做不到。

母亲手脚麻利地给我洗了头，用热水擦了身体，让我换上干净的衣服，便去忙活晚饭了。

我没有吃晚饭，全身都是软的，头昏沉沉的，嗓子和胸都像着了火，刺辣辣地痛，却又感到冷。于是，母亲让我先上床躺一会儿。

晚饭后，张老师竟然来家访。她问我病得要紧不要紧，关心我下午看医生的情况，医生怎么说的，需不需要在家休息，如果需要，她会安排班上学习好的同学轮流来给我补课。

母亲满脸羞愧，她不知道该对张老师说什么，只是迭声道："谢谢张老师……"

张老师走后，父亲一脸铁青，命令我马上从床上爬起来。我不等他开口，主动从厨房拿来搓衣板自己跪上去，直到膝盖跪破，母亲才让我站起来。父亲操起鸡毛掸，冷不防向我受伤的膝盖狠狠地抽打下去："叫你撒谎！叫你不学好！"我痛得昏过去，母亲哭喊一声抱起我望向父亲："别再打了。"

天暗沉沉的，我在床上昏睡。我梦见张老师站在讲台上，可是讲台与以往的讲台不同，讲台的前面长了两只眼睛，连着张老师的眼睛，一共四只眼睛，它们凶巴巴地盯着我，我惊恐得喊起妈妈来……这时，一个解放军叔叔冲进教室，怒斥我，不许喊妈妈了；手一挥，又进来三个解放军叔叔合力用绳子把我捆绑住，那位解放军叔叔又说，小同学，你敢撒谎耍赖，立刻押到警卫营去。

"我不敢了，妈妈，我再也不敢了，叔叔……"我高烧到不停地说胡话。已是凌晨两点了，父亲抱着我，母亲打着手电筒，着急忙慌地把我送到医院，挂了两瓶点滴，高烧才退下来。

隔天上午，母亲请了半天假在家陪我，给我熬了菠菜粥。

中午放学后，许冬梅来家里看我，说张老师不放心我的病，特地让她先来家里看看，问问我需不需补课。母亲叮嘱许冬梅代她谢谢张老师，告诉张老师，兰兰明天就可以正常上学了。许冬梅什么都没问我，母亲还盛了一碗菠菜粥给她喝。

一周过去了，平安无事。

一周又过去了，平安无事。

这天下午，班主任张老师通知放学后义务劳动，愿意留下来大扫除的留下来，不愿意的也可以回家。结果，不出张老师的所料，全班同学一个不少全笑嘻嘻地留下来参加大扫除。

班长李大个儿，他的真名叫李红强，个子高全班同学一个头，好事的同学便给他起个绰号叫李大个儿，慢慢地叫开了，叫久了，反而忘了他的真名。李大个儿自己没动手，却指挥同学们搬东搬西，周卫不服气："班长要起模范带头作用。"李大个儿一张胖嘟嘟的圆脸，挤出一丝笑："我有更重要的任务。"可惜了，如果这张脸是女孩子，倒蛮喜气的，长在他的脸上，有股说不出的怪异感。

还真是十根细线能拧成绳——不一会儿，教室被打扫得干干净净，团结就是力量。

李大个儿喊话了："全都坐到座位上去……"因为他是班长，有话语权。同学们情愿也好，不情愿也罢，纷纷地在自己的位子上坐好。李大个儿站在讲台上，出其不意地把同学们说傻了："我要挑几个劳动好的同学留下来，把二层楼道也来个大扫除。"

同学们回过神，便七嘴八舌起来，张老师只布置教室大扫除，又没叫我们给楼层大扫除……

李大个儿像是看穿了每一个同学，提高音量："不是全留下，我挑几个，劳动不好的不要。"

自然，我不在李大个儿的眼里。许冬梅被留下来，她喜滋滋地对我说："你自个先回家吧。"

我背起书包，一抬头看见李大个儿的后脑勺，怪怪的，赶紧走出教室。

已是下班时间，马路上的人很多，基地大喇叭在播放歌曲《革命青年志在四方》。

"欧阳兰！"一个人在背后喊我，不用转身，听声音就知道是郭琳琳，我装着没听见，低着头继续走。

"欧阳兰，等等我。"郭琳琳跑上来拽住我。

"干啥？"我不耐烦。

"干吗不理我？"郭琳琳一脸不满。

"没听见。"

"许冬梅不跟你好了。"她缓口气，"她爱劳动，你不爱。"

"你乱讲。"我抢辩道。

"本来就是嘛。"

"我今天没得罪你啊。"我急急地蹦出一句，低头就走。

郭琳琳不满地也掉头拐上另一条马路走了。

我走到楼前，看见乙单元门口前围了里三层外三层，我很好奇，也想挤进去看看发生了什么，但人太多，围得紧实，根本挤不进去，又怕被母亲骂，她总教训我不许管闲事。一抬头，发现整栋楼从甲单元到乙单元、从一楼到五楼全挤满了人，个个脖子都伸得老长老长。我这个小屁孩被激起的好奇心根本放不下来，干脆硬塞进去，亲眼看看到底发生了什么。这当口，"兰兰，兰兰"的急喊声钻入我的耳膜，这是母亲的声音，顺着声音的方向，我看见母亲从自家厨房小窗户伸出整个脑袋："兰兰，快回家。"

我磨磨蹭蹭想要赖，突然，人群闪开，一辆挎斗摩托车停在楼旁的马路边，下来两个基地公安处的公安民警。挎斗摩托，我们那时叫它挎子。大家自觉分成两侧，让出一条通道，没人敢再吱一声，也没人敢靠前，母亲也不再叫我。二公安的面容是有些杀气的。

过了有一会儿，一共四个公安带着一个大姐姐出来了，怎么变成四个公安？咦，这不是住周卫家楼下的漂亮姐姐吗？她正在基地中学上高中。一瞬间，犹如一颗炸弹在我心里弹片横飞，我眼前的一切都是那么触目惊心。

漂亮姐姐昂着头，一个公安呵斥她，让她低下头，她竟然戴着手铐。太可怕了，我浑身哆嗦。这个姐姐又和气又漂亮，每次见到我，喜欢摸摸我的脸："你的眼睛好灵气。"她常常给我们红砖楼的孩子们读小说，她的声音像收音机广播里的播音员那样好听。

漂亮姐姐被公安带上"拷子"车，呜呜……几声便无影无踪了。人们这下七嘴八舌议论起来，我听见一个老阿姨说，我怎么也想不到雯雯（漂亮姐姐叫孙雯雯）不仅看黄色手抄书，还抄手抄书；另一个长得黑黑的年轻姐姐说，孙雯雯这是流氓罪，会判刑的。你一句，我一句，我不敢再听下去了，我非常害怕，害怕秘密背后的秘密……我也不明白漂亮姐姐为什么会被铐上手铐，难道真是流氓罪吗？人群终于散了，我也回到了家。

"妈，什么是手抄书？"母亲一惊，斟酌怎么回答我，还没等她应我，我又问，"没书看吗？还要自己抄书？"我顿了一下："嗯……他们讲抄的是黄书，书皮是黄颜色的对吗？"心下却在嘀咕：我见过手抄的书，只是书皮和书都是用作业本抄的，不是黄颜色。

忽地，我心里的那颗炸弹，此刻它嗖嗖地飞出来，硬邦邦地立在书桌上，愤怒地看着我……我蒙了，眼前闪出无数小金星。

末了，母亲没有回答我的问题，又是老生常谈："不要多管闲事。"

漂亮姐姐给我的最后印象就是她戴着手铐被公安呵斥低下头的样子，永远停在了这一刻。她看的手抄书叫《少女之心》，她抄的手抄书也是《少女之心》。成年之后我才得知，当年基地中学，常常有同学，男生有，女生也有，偷偷摸摸、神神秘秘地把《少女之心》抄在作业纸上，最多不超过三页纸，彼此传看、传抄。但漂亮姐姐抄的是全本，家里竟然还藏有一本，抄整本就不同了，就成了犯罪。

时间层层叠叠，抹去这一层，又覆盖上另一层，漂亮姐姐的故事远远没有结束……

隔天上学的路上，许冬梅拽着我一个劲问漂亮姐姐被公安铐起来是咋回事，我一声不吭，她竟会生气不理我，先跑去学校了。我走进教室，那个闹呀，像赶场的集市。我巡视一遍，发现只有周卫默默地坐在位子上，并没有掺和议论，这让我很意外，按说他和漂亮姐姐是上下楼的邻居，他应该知道得更多。

铃声一响，同学们四下散去，一个眨眼已经分别坐回自己的位子上。张老师阴沉个脸，这回她也和朝鲜电影《卖花姑娘》中的地主婆差不多。她语气严厉，现在想来，应该还带着凶气："同学们要加强思想建设，消灭腐朽的东西，做一个合格的基地建设接班人……"她顿了顿："绝不能去看黄色的手抄书。"

我们坐在下面听她滔滔不绝，教室鸦雀无声，但我相信，我们这群小屁孩压根不理解这些抽象的概念，自然也听不懂这些抽象道理。

星期天一大早，基地广播站的大喇叭就哇啦哇啦喊得震天响，没法让人安静，我想睡懒觉自然泡汤了。

昨天的班会上，张老师特意叮嘱："明天虽然是星期天，但是，接受正确思想教育的现场会每个同学都要参加。"

许冬梅拉上我几乎小跑到基地广场上。所谓广场，其实就是一个较开阔的坝子。马路上，男男女女，老老少少，全往广场跑，好些人满脸印着讲不出的神秘。

基地保卫处的叔叔阿姨在维持秩序，各分部、各机关、医院、学校等等，按照划定的位置区集中站立。

十点整，大喇叭喊起："流氓刘炳奇你伏法吗？"

刘炳奇？是"三废"处理中心的那个军工吗？我好惊疑，眼前流星划过刘炳奇的大儿子从我手里抢油煎馒头片吃的那一幕。

大喇叭又喊起来："破鞋贺彩花你伏法吗？"

贺彩花又是谁？我不敢喘息，两眼直直盯住他们：他们的面孔失去血色，眼睛闭得死死的，像个吊死鬼，我垂下眼帘。

还真是"三废"处理中心的刘炳奇，我毛骨悚然。

事后，许冬梅告诉我，她说贺彩花是地方九公里公社小学的一名民办老师，和刘炳奇搞破鞋，破坏了362基地与九公里公社的"鱼水情"，也破坏了362基地与老乡们的"鱼水情"。

这天晚饭后，我很想告诉父母许冬梅讲的事。又因为母亲总教训我不要管闲事，要不要讲犹豫了好一会儿，到底没忍住，便把许冬梅告诉我的事说给父母听，末了还问父亲："你是中心主任，你知道吗？"

母亲赶紧接过话头："刘炳奇犯错误，你爸怎么会知道，只有档案才有记载。"

"档案是啥？"

"不该知道的你就不要问。"

父亲深叹一口气，像是对我说，更像是自言自语："早先，从基地生活区到当地县城火车站，是没有公路的，只有一条简陋的窄窄的土路，勉勉强强通行一辆解放牌卡车。从县城火车站再到基地'山沟'里，完全没有路。大型施工机械要运进'沟里'，只能拆零，挑担子或背背篓步行至'沟里'。九公里公社的老乡非常勤劳纯朴，犹如当年对待红军那样无条件地支持我们抢建，拿很少报酬，甚至不拿。我们和九公里公社关系处得如同亲人一般。"

成年后，我喜欢问自己，每个人的记忆都是不同的，九岁之前，我记得多少？尤其是我看见"吊死鬼"的事。

"灵异事件"发酵

这几天，362基地生活区的一个十分离奇的"灵异事件"，搅得人们唾沫星满天飞，没完没了，也给一成不变的庸常生活涂抹了一层神秘的色彩。

更让我出乎意料的是，这个"灵异事件"的来源竟出自我的邻居——刘校长的两个女儿大红、小红之"口"。那些天，我"傻子"似的一直揪着许冬梅不停地问："真的吗？是真的吗？死人还能从棺材里爬出来？"

"棺材里有鬼，鬼是黑乎乎的。"我想起房东家那口棺材。

"你见过鬼？"许冬梅嫌我吹牛不打草稿，"你也太能吹了。"

"我在放棺材的房间里住了三个半月，你爱信不信。"我生气许冬梅不相信我，"鬼能看见我们，我们很难见到鬼。撞上鬼，倒霉的是自己。这些是房东孃孃告诉我的。"

"鬼能看见人，所以，鬼救活了大红、小红的姥姥，是这样吗？"许冬梅问我。

"不知道。"我一字一顿道。

回家后，我把从许冬梅那儿听来死人复活的故事复述给父母，瞬间，我也成了妥妥的一个"唾沫星子"——

刘校长的母亲，也就是大红、小红的姥姥病危，刘校长大哥拍电报，让她带着全家火速赶回老家山西临汾。

刘校长的老家有一个风俗，那就是亲属中的女性需要跪在棺材前放声大哭死人，至于真哭假哭没人管。大红自己说，她跪在棺材前，根本哭不出来，只是干号，又怕被老家长辈骂是不孝子，就用自己的吐沫涂脸，一边干号，一边偷偷地不停地往脸上涂唾沫，真是滑稽、恶心。

刘校长带着大红、小红，不知为何她丈夫，小车班班长没去。等娘仨赶到老家，她母亲已经咽气，最后一面也没见着，刘校长十分难过，也深感悲凉。但是，她与老家长辈亲属对她母亲丧事如何举办产生了意见分歧。她力主丧事简办，不搞封建迷信那一套，应该破除"四旧"。她的父亲早些年间就过世了。因为刘校长是公家人，又是学校校长，兄妹几个都听她的，刘校长的意见就是他们的意见。见他们兄弟姐妹如此，其他亲属也就没有了坚持的必要。

刘校长的大哥从亲属中挑了四个身强力壮的汉子抬棺材，待女人们聚在一起跪在棺材前放声大哭程序走完，便把棺材抬到墓地埋好，然后请大伙吃一顿，葬礼就结束了。

四个壮汉同时用力，抬起棺材盖盖上。奇了怪了，怎么盖都盖不严实，不是左边翘，就是右边斜；或者不是右边翘，就是左边斜。刘校长大哥一头冷汗，手足无措。

还是一个腿勤的亲属后生，主动找来村子木匠，他又瘦又高，是个中年男人。他深弯腰，用工具尺前后、左右、长度、宽度、高度、厚度统统地量了又量，然后，对刘校长大哥说，棺材盖尺寸没问题。

四个壮汉再次同时发力，抬起棺材盖盖上，结果，依旧盖不严实。刘校长大哥一筹莫展，就差没哭了。

又是那个腿勤的后生眼尖，对着刘校长大哥大喊："舅，棺材缺了一个角。"

"怎么可能？棺材是我亲手做的，你少胡说八道。"中年木匠很恼火，快速接上话茬。

突如其来，刮过一阵阴风，刘校长大哥浑身打起寒战。一位长辈走过来警告他："棺材缺个角，风水很不好，不利于子孙后代，赶紧换一副吧。"

刘校长脸一板，环视着众人训斥道："什么风水不风水，这是封建迷信。不就是缺一个小角吗？不去看，谁看得见？我母亲生前是个勤俭持家的劳动妇女，我想，要是她真从棺材里活过来，也不会对这个缺角的棺材说三道四。"

在场的人都觉得刘校长纯属嘴硬，是不孝之女。同时，他们也能体谅刘校长大哥的苦衷，因为棺材钱是刘校长付的，棺材在那个年代绝对是奢侈品。

万万没料到，刘校长一语成谶。

刘校长话音才落几分钟，他母亲竟然神情恍惚地从棺材里坐起来，一眼不眨地盯着在场的人看……在场的人全都惊吓得目瞪口呆，胆小的人纷纷落荒而逃，葬礼场面一度陷入混乱。几个长辈上下嘴唇不停颤抖："罪孽、罪孽……风水破了，风水破了……"

村里无聊好事者，纷纷跑来看"灵异事件"，个个神情在胆怯中透露着好奇。围观的人把刘校长大哥家的院子都拥堵死了，谁都不敢相信青天白日能闹鬼。

刘校长母亲的面色从苍白到逐渐红润，神情却像丢了魂似的。她将目光扫向这群熟悉的亲人和邻里，最后停在刘校长的脸上："你啥时回来的？"刘校长恐惧万分，一下子瘫软在地上，大红、小红也吓得哇哇大哭，这会儿还真不用唾沫抹脸了。她母亲好像意识到自己的问话给女儿带来了麻烦，目光虚了，不知该怎么办。

"我怎么会坐在棺材里？"刘校长的母亲问，一众打量的目光惊奇地刺向她，她发觉了人们的慌乱无措，她的生活里还从来没有遇到过这么难堪和无措。

大队赤脚医生赶过来，是个年轻的女知青。她强装镇定，但声音却是颤抖的，她问刘校长母亲："您心慌吗？"刘校长母亲摇摇头。赤脚医生也诊断不出来啥原因，便让刘校长大哥他们把她送到公社卫生院去检查一下。刘校长母亲一听要送卫生院，顿时露出惊恐神情："我不去，我不去，送去没死也要死了，你们扶我回家吧。"

刘校长大哥这一刻仿佛灵魂才回来，招呼小弟、小妹赶紧将母亲从棺材里抬出来。抬的时候因为手忙脚乱，她母亲哀号起来，哎哟，我的骨头要散了，我要死了。

这场丧事竟然这样戏剧性地收尾。村子里的人离开院子的时候忍不住频频回望，嘴里叨叨着："他家风水坏了，见鬼了……"

刘校长在葬礼之后陷入了一种言不清的复杂心绪，难道真有阴鬼附体之事？第二天，刘校长就带着大红、小红返程回362基地了。

哪料，大红、小红嘴无忌，心无志，毕竟还是小孩子嘛。"灵异事件"被362基地生活区人们的唾沫喷得到处都是，各种离谱的推断在马路上无限蔓延，让刘校长处于一种十分尴尬的境地。她得知一切真相后，勃然大怒，把大红、小红狠狠地揍了一顿，大红的屁股活生生被打烂了，躺在床上一星期不能下地。那次徐老三被哥哥们用板斧打屁股，许冬梅还说屁股肉厚，打不烂，看来她说的根本不准。

楼上楼下的邻居，包括妈妈陷在一种无以言状的沉默里，谁都没去阻止刘校长疯狂般打孩子的"暴行"，任由她发泄……

这周三，学校组织全校师生去九公里公社井田大队种红苕，我们几个凑在一块听李冬生扯闲话。他说："刘校长这些天很恼火，她对我爸讲，她要让全校师生来一次思想洗礼，清除脑子里的封建残渣余孽。"

周卫接过他的话："她对传播'灵异故事'耿耿于怀呢。"

我心说，周卫，好像就你懂得多，还用成语臭显摆。

周二下午，全校师生站在操场上听刘校长作动员报告：

"我们这次学习种红苕，不要基地后勤分部派车，步行去，师生们自带干粮和水，中午咱们就在田间地头吃。农民伯伯种粮很辛苦，所以，我常常教导你们要珍惜。明天，你们亲手种一下红苕，就能深刻体会到农民伯伯的劳苦功高。高年级大哥哥、大姐姐要帮助低年级小弟弟、小妹妹……"

刘校长站在那儿足足讲了半个小时。我看着她，那张脸还是"校长脸"，一点也看不出"闹鬼"给她带来了什么变化。不对，变化还是有的，我觉得刘校长的脸更凶了。

我自然也有改变，我自认为我思想觉悟提高了，积极要求进步了，我为能参加学习种红苕，感到十分自豪，情绪也十分激动。

动员会结束，我看见从我身边经过的同学，不管高年级还是低年级的都很兴奋，叽叽喳喳议论着。

许冬梅告诉我说，从生活区出发，要走将近两个小时才能到九公里公社井田大队。

"真的啊？"我快速转动一下圆圆的、亮亮的眼睛，不能让许冬梅看出来因为要步行两个小时瞬间产生的一丝畏难情绪，"你别从家带干粮了，我让我妈给咱俩烙糖饼。"我显然是在讨好许冬梅，我怕到时万一我种不好红苕，得靠许冬梅帮忙。我要显示我的积极，更要显示我的进步，不能被同学嘲笑，甚至批评我有拈轻怕重的倾向。在362基地生活，来自江南的母亲早就学会了北方面食的做法。

转天一大早，许冬梅就在我家单元门口等我了，我跑下楼把母亲事先装好的一包糖饼塞进她的书包。

全校所有班级都在操场上列队，每个班站成两列纵队。每个同学的书包都比平时鼓，还斜挎一只军用水壶，一个个扬着沉甸甸的脸，似乎担着实现理想的重任。

列队完毕，在刘校长的带领下，全校师生意气风发，迈着大步向九公里公社井田大队出发。

"你带的啥干粮？"郭琳琳斜一眼许冬梅。

许冬梅抢白她："要你管。"她俩站在一排，郭琳琳也不理她了。

郭琳琳边走边伸手到脑后，解下马尾辫上的橡皮筋，套到右手腕子，晃一晃脑袋，抖开头发，然后又收拢来，扎紧橡皮筋。

站在她俩后面的李冬生高声喊道："臭美。"同排的周卫紧跟一句："思想不干净。"

郭琳琳马上扭过头："死周卫，你造谣。"她不敢骂李冬生，谁叫李冬生的父亲是学校工宣队队长呢。

站在班级第一排的班主任张老师，听见了后面吵吵闹闹的声音。她应该是没听清什么，转过整个身子，边后退边大声道："谁都不许交头接耳。"

郭琳琳哼一声，李冬生、周卫不再接话。

足足走了两小时十三分钟，我们才走到井田大队。层层的梯田间，站了好些个农民伯伯、叔叔，还有阿姨，他们是来指导我们种红苕的。

高年级每个班种两块田，还负责帮扶低年级一个班种一块田，三年级不高不低便自己种自己的。

我们班全部集中好后，站在田埂上听农民伯伯的指导：先在田里挖一个长约十五厘米的小坑，然后在坑里撒上一颗种子，接着再用手抓一把已经晒干的农家肥铺在上面，盖上土，用小锄头背把土压得实实的。这样一窝红苕就种好了。

听着简单，看着示范似乎也不难，但真正挖起坑，撒进一粒粒小的红苕种子埋好，是相当艰辛的。我本以为撒种子不会那么累，也不难，便指使许冬梅挖坑，我撒种子。至于许冬梅挖的坑，有没有十五厘米，我们俩也是蒙蒙的，又没带尺子量。所幸一位农民伯伯专门为我俩挖了一个示范坑，让我们比照着挖。我心想，管它有没有十五厘米，反正是许冬梅挖坑。

完全出乎我的意料，撒种子也挺辛苦，需要弯腰，需要把自己的手放进又黏又稠的泥土里，最最不能接受的是，我需要用手抓肥料。近距离甚至零距离看着那一堆黑乎乎的肥料：猪粪？牛粪？人粪？我直犯恶心，实在下不了手，又不能让旁边的同学有所察觉，万一被检举揭发给刘校长或张老师，我会成为全校的"反面教材"。

还是好朋友许冬梅帮我解决了难题，她挖好一个坑，我撒进种子，她抓肥料，我再盖土，就这样干了一天，我的腰骨子酸痛极了。

张老师却说我："你个小学生哪儿来的腰？八十岁才长腰芽呢！克服'骄、娇'二气。"我很不服气，又不敢顶撞她，心里恨恨的：八十岁怎么可能长腰呀？骨头都要断了，看来您也有犯错的时候。

种红苕结束走回生活区，已是暮色四合了。

母亲昨晚就答应我，今天炸牛奶丸子给我吃。我们家很少油炸东西，因为费油，定量油票一人一月才三两。

我父母享有国家特别供给的放射性防护保健品，每季度二袋奶粉和一斤白糖。偶尔，母亲用珍贵的奶粉和白糖，掺一些面粉，搓成一个个小丸子，再用少许油炸。

我母亲最拿手的是炸花生米，每年的春节才炸。花生炸到七分半熟就出锅，余热就能让花生没熟的部分熟透，而且刚刚好。母亲说，花生出锅早了不熟，晚了会有焦煳味，都不好吃。

我伏在吃饭桌上做父亲额外给我布置的算术题，心早飞到厨房，盼快点吃到牛奶丸子。那时物资匮乏，母亲喜欢把好吃的东西藏起来，让我找不着，要吃，必须她给我。

"主任，主任……您得帮帮俺……"声音未落，人已经闯进屋子，母亲急得跟在后面："你……你……"只好叫父亲，父亲正在里屋看书。

闯进来的是刘炳奇老婆。我气急败坏，为什么家里一做好吃的，刘炳奇老婆就来，还好，这回跟她来的只有她怀中抱着的一个"小不点"。

父亲请她坐下，她不坐，站在那儿，她怀中的"小不点"两只小手乱抓她的衣领。母亲去厨房给她倒了一杯热茶端进来，她也不喝，哇里哇啦开了："刘炳奇被公安抓了，活该。可我们娘几个的生活费你们得给。"边说边用袖子抹眼泪："刘炳奇被抓了，他还敢跟俺提离婚。"

母亲打圆场："他是不该提离婚。"她顿一下："这事归'三废'中心书记管。"

"狗屁书记，他躲着俺。还是你们好，上一回的路费也是你们给俺的。"

想起刘炳奇被示众的那一幕，我就心惊肉跳，心里恨恨地骂道，流氓刘炳奇，你真是害人害己。

母亲走进里屋取了一些钱过来塞到她手中，与父亲对视一下，父亲便转头对刘炳奇老婆说："咱们现在去362基地总部工会，看看有什么解决的办法。"

只要刘炳奇老婆来，我家就免不了"鸡飞狗跳"。她还在嚷嚷："我们娘几个的生活你们基地一定得管。"

父亲带她出门了，家里顿时安静下来。

牛奶丸子炸好了，我兴奋地吸了好几口气，开吃喽。这当口，又来了一位不速之客，再一次烦到我——这真是个奇怪的星期天。

母亲对我使了个眼色，我一对圆圆亮亮的眼珠看得明白：她不允许我当着客人的面吃东西，牛奶丸子又吃不成，真是皇帝不急，急煞太监。我舍不得离开"牛奶丸子"，可"牛奶丸子"被母亲端到了里屋，我只好搬了个小板凳坐在厨房，假装翻看小人书，可心里却有一只猫，它的爪子在那儿不停地挠啊挠。外屋，母亲和来客的讲话我听得清清楚楚，还时不时伸长脖子去偷偷看一下。

来的是一位肩膀宽阔、个头很高的叔叔，看样子比父亲年轻。只是他的左脸颊靠近眉毛的地方有一小块褐色的斑，让人一眼看去有点怪怪的。他对母亲叫了声"袁工"，母亲是362基地二分部分析室工程师，如此，他也应该是分析室的。"我……我很唐突……"这位叔叔一脸窘迫，母亲请他坐下，他的双手在膝盖上来回交叉，不知怎么放才好。

"我，我想向您借点钱。"这位叔叔仿佛费了好大劲才蹦出这句话。

母亲一怔，转瞬，她的面容竟也染上了羞窘，嘴唇嚅了嚅，没出声。

"我老父亲上山砍柴，不小心跌入山谷，下半身完全瘫痪，生活不能自理。老家乱得一团糟，凡是值钱的东西都卖了，还欠了一屁股债，眼下住院费还是生产队帮忙凑齐的……"

"这样儿？"母亲愕然。

"老家现在冷锅冷灶，连一条被子都没了，母亲和弟妹只能和衣躺在土炕上，用找来的几捆稻草盖身子。"

"这样啊。"母亲流泪了。

"我老婆说我们家是填不满的空洞，一分钱都不再给我了。我……我……实在没办法，只能求袁工……"

母亲打断他："别说求……"起身进了里屋，不一会儿出来，她把一沓钱塞进他的手里。

"我会想办法还……"这位叔叔满含感激，母亲截住他的话："再说，治病要紧。"母亲拍了拍他的胳膊："都会过去的，这世上没有过不去的事。"

当时，我和这位高个儿叔叔自然不会知道，我母亲把这个月的生活费（工资）全部给了他和刘炳奇的老婆。我能够知道的是，从这一天起，将近一个月，我们的菜不是啃干榨菜，就是嚼榨菜丝，最奢侈的便是用一滴滴油炒榨菜片，吃到最后我都要成榨菜头了。

这位高个儿叔叔离开后，我端起母亲递给我的一小碗牛奶丸子便大快朵颐，我的魂早就被牛奶丸子勾走了。我一小碗吃到一半时，才想起什么似的冒出一句："他家好穷。"母亲生气了，训斥我："不许没礼貌，这位叔叔可是哈军工的高才生。"

这位高个儿叔叔后来成为京城基地总部的权威专家。

午饭后，许冬梅跑到我家，要拉我去她家的那栋楼，和几位约好的女同学跳皮筋。许冬梅是跳皮筋的高手，长长的皮筋两头分别挂在两个女生的脖子上，她双脚也照样能钩得到。我差远了，挂在腰上有时也钩不到。

"妈妈身体好些？"母亲关切问她。

"嗯，这几天挺正常的。"许冬梅应道。

"你今天不用做家务？"我抛出疑问。

"做完了。"许冬梅语气有点不耐烦。

我俩走下楼，看见楼前站着一楼的住户苏阿姨，她是家庭妇女，正和另一位面容我似熟非熟的阿姨大声说话。我拉住许冬梅的手想快点离开,偏偏许冬梅就喜欢管闲事,她甩开我的手,非要站在稍远一点听她们的"闲话"。

当时,362基地中学的中学生也要上劳动课,比我们小学生要多很多。

苏阿姨一脸嗔怪地道:"我家大丫头是个实在的孩子,干活儿不惜力。晚上回到家累得贼死,可第二天到了劳动现场却照样吭哧吭哧玩命。听她说,教她的老师傅好像不大满意她,万一老师傅给她的鉴定不好,那可不成。咋办呢?"

那位阿姨点拨苏阿姨:"孩子没有眼力见儿,你这把岁数了也没有?"她顿一下:"这么说吧,这帮师傅可都是大爷大妈,你得敬着他们。"

"我大丫头可尊敬她师傅了,脏活累活抢着干,还怎么着?"

那位阿姨有点意外,直视苏阿姨一两秒钟后,她侧头翻了一下白眼:"不是这意思,我老家有句老话,不打勤不打懒,专打不长眼儿。"

苏阿姨瞬间开窍了,敢情大丫头的师傅在等她长眼呢:"回头,我就让大丫头拿一瓶她爸爸喝的二锅头孝敬孝敬她师傅。"

两个阿姨彼此意会地笑起来。

许冬梅斜愣一下我:"干吗要孝敬呢?"

我烦了:"不知道。赶紧去跳皮筋吧。"红砖楼好多人都讨厌苏阿姨,背后喊她"大嘴巴",意思是她爱传闲话,爱管闲事。

小提琴被砸了

今天的第一堂课是张老师的语文课。她的一堂语文课在我眼里实在太长了,她转过身在黑板上写字的时候,教室里总是安静得可怕,这种时候,我总有想要大喊一声的念头,我当然不敢。我挺烦张老师，她总是教训我，你要树立远大的理想。好在第四节课是范文老师的音乐课，我非常喜欢，音乐课一周就一节。

范文老师，尽管我们背后叫她范春玉，但当她真正站在我们面前和讲台时，我们都是很乖的，并不像我们背地里偷偷讽刺她妖里妖气，跟女特务似的不待见她。相反，我们同学们活像打了鸡血般兴奋，扯起嗓子跟她学唱歌。

夏天，她喜欢穿一条黑色裙子，上身要么白色的确良，要么淡绿色的确良，独特的装束为她赢得了不少注目礼，也带来了很多非议。我听郭琳琳传闲话，说刘校长没少批评她，教育她要艰苦朴素。奈何，她丈夫是基地警卫营的营长，父亲又是上海江南造船厂的老工人，刘校长也不敢把她怎么样。

范文老师的身上有一种让人瞬间着迷的奇特气息，我说不上来那是什么，我真的好期待寒假的歌舞队活动。

张老师从讲台上走到我的书桌前，敲了敲桌面："上课思想不要开小差。"

我着实被吓到了，望着张老师发呆。等她走回讲台后，郭琳琳幸灾乐祸低声道："哼，活该，该剋。"

难道张老师有特异功能，能够发现我的秘密——我喜欢范老师，不喜欢她？

下午放学，班长李大个儿却招呼全班同学多留一小时，一道做作文，作文的题目是《我的老师》。

我坐到许冬梅座位旁，帮扶郭琳琳的那位女同学坐在了我的座位上。两张书桌隔着一个过道。

"我写张老师。"许冬梅有些神秘地对我眨眨眼。

"那你先写，写完咱俩一道再看。"我挺谦虚的。

"你写谁？"

"嗯……写完你就知道了。"

"还保密。"

许冬梅坐不住，一脸兴奋样："全班同学一道写作文，太好玩了。"

郭琳琳烦她话多："你不会写，就虚心学，别吵我们。"

许冬梅不甘愿，顶郭琳琳："好像就你会写作文似的。"

"安静，好好写作文。"班长李大个儿站起来，"欧阳兰你要帮助许冬梅写好作文。"

"比张老师还凶。"许冬梅不服气，放低音量，低得只有她自己才听得到。

我转身看向许冬梅，也压低音量："写作文和做算术题不一样，作文要有想象力。"

"你比张老师还会教？"

我不理她，继续讲："作文的题目是《我的老师》，你准备咋写？"

"写张老师关心我呗。"

"怎么关心？你形容来看看。"

"我哪记得了那么多形容词。"她顿一下，"让我看看你咋形容的。"边说边抢过我的作文本大声读起来。

"我的音乐老师有一个很好听的名字，叫范文。"这是开篇第一句，所有同学听到后都抬起头望向我们。郭琳琳手疾眼快地从许冬梅手里抢过作文本，站起来朗读："我最喜欢范文老师的那条黑色裙子，她走起路来，或者遇到小风，那条黑色裙子就会微微飘起来，好洋气。她的普通话虽然有'上海鸭子'的味道，我一样喜欢……"

郭琳琳念完我写的部分，因为我还没有完成这篇作文，班里霎时一片寂静。

李冬生腾地站起来："欧阳兰不是咱们基地的接班人。"

"她怎么这样啊？"

"她还穿过花裙子。"

"她的思想有问题。"

同学们七嘴八舌起来，李大个儿站起来"结案陈词"："许冬梅你是怎么帮助欧阳兰的？你要帮助她永葆艰苦朴素的作风才行。"许冬梅也站起来："我有很大的责任。"好像她有多大的错似的。

作文课，变成了批评我的班会。这之后，我被全班同学孤立了，活动课我一个人玩，放学后我独自回家。母亲很快察觉了，她问我什么原因，我哭了，哭得好伤心，就是不肯说。后来她去找许冬梅，找班主任张老师。不久，许冬梅上学、放学又和我一道走了，她告诉我，全班同学除了我，作文《我的老师》写的都是班主任张老师。

出乎我的意料，周卫的这篇作文竟成了全班的范文。

许冬梅的功课一直没长进，倒是我的思想觉悟用张老师的话说就是有了一点点进步。这天晚饭时，我对父母亲说："我帮得不好，许冬梅的学习还不开窍。"我显得委委屈屈。父亲放下筷子摸摸我的头："别这么说，你们都在进步。"

"周卫说，范师母会拉小提琴，他妈妈想让他跟范师母学。"我抛出一个新问题。

小提琴在当时可是稀罕物。周卫思想才不健康呢。我很不服气，可又在想象，如果是我，我一个人站在舞台中央，把小提琴放在肩膀上，演奏一曲《心中太阳红又红》，那该有多么神气！

"是吗？"妈妈显然很意外。

"唉。"父亲叹口气。

"她是浪漫主义的身子，活在现实主义的日子里。"母亲也喟叹一句。

这个他是谁？强烈的好奇心使我超越了自己这个小孩子的理解能力，我猜测母亲说的应该是范师母，这个他应该是"她"。又一想，这个他会不会是周卫的母亲呢？

隔天早晨我刚醒，一颗牙齿从嘴里掉了出来，我开始换牙了。我把那颗牙齿托在手心，观察上面发黑了的蛀斑。母亲说，上排掉的牙齿要埋在土里，下排掉的应该扔向高处，这样新牙才会长得好。我拿上家里铲蜂窝煤炉子的铁铲，顾不上吃早饭，跑到红砖楼的后面，蹲下身子，用铲子铲出一个浅浅的坑，然后把牙埋好。当时，所有楼房的周边都是土石路，一到下雨便泥泞不堪，所以，小坑很好挖。

母亲没有告诉我，把牙齿埋在哪里，就是把根种在了哪里。很多年之后，我竟然被许冬梅接回362基地生活，我到底把"根"种下了。

整个上午，不管什么课，许冬梅都没有把课本打开。放学后，我俩结伴回家。她手上拎个水桶，路上来回换手，一会儿右手拎，一会儿左手拎。许冬梅邀我这个星期天还去她家那儿跳皮筋。然后，她左右看了看，接着神秘兮兮地放低音量：

"郭琳琳像她姐姐一样是个女流氓。"

"啊？"这句话顿时勾起我的好奇心，我拉住她的胳膊不让走，望向她，示意她快讲。

"站马路中央咋讲？前后都有同学。"许冬梅小心翼翼道。

也是，我想了想，说："咱俩先到我家，拿上我妈给我留的午饭再去你家，咱俩一块吃。"

许冬梅点点头，不再说话了。

我俩跑到我家，我用网兜装好铅饭盒，拿了几块饼干偷偷塞在裤袋里，不想让许冬梅知道。

我们跑到她家，一进门一股很难闻的味道沉在屋子里，我一阵一阵恶心翻上来，只能使劲呼气，忍着没呕吐。

我又故技重演——让鼻子主动"不通"气。我说："你不用做饭了，这饭你们吃。"鼻音很重。

"你咋啦？鼻音这么重。"

"上下楼跑急了。"

"跑急了该拼命喘气，怎么会有鼻音？"

"我跑急了就会有鼻音。"

"我怎么从来没发现？"

"快吃饭吧，你妈他们都饿了。"

我带来的午饭，被许冬梅的弟妹一抢而光，她和她妈只能啃干馒头。许冬梅拿了一个馒头给我，我谎称不饿，其实，我是怕被她家那股难闻的味道刺激，吃东西会呕吐。

"快点告诉我，郭琳琳咋流氓了？"我急不可耐。

"昨天，昨天晚上……"许冬梅边啃馒头边说，被馒头噎了一下。

我夺过许冬梅手里的馒头:"先说,再吃。"

许冬梅对我讲起来:

"昨天晚上,我伺候我妈上床,又招呼弟妹赶紧睡觉。这时,我爸喊起来:'咱家的水桶呢?'应该是他想提水冲身子。我这才想起下午大扫除,我从家里带去的水桶忘记拿回来了。我怕被我爸打,赶紧说我去取,打开门就跑向学校。我们大扫除用的扫把、拖布等工具都是堆在楼层走廊角落里,班级在几楼,就堆放在几楼。

"我一路小跑到学校,学校大楼门口只有一盏昏黄的灯光,楼前的操场静悄悄的,我挺害怕。突然,一种奇怪的声音传来,我吓了一大跳,不会是坏人吧?我循着声音的方向望去,吓得打了个冷战。学校大楼右边角,紧挨墙根的地方,竟然有两个人,天暗,灯光又照不明,一时看不清楚。我踮起脚跟,咬着嘴唇不敢呼吸,想悄悄挪近些看看是谁。

"'你怕痒,怕痒……'这不是郭琳琳的声音吗?我大吃一惊。

"'你不怕痒?我用指头挠你的腋窝试试……'这是班长李大个儿的声音。郭琳琳咯咯地快活地笑起来。我被惊蒙了,猛地掉转身子跑回家,不知道有没有惊到他们。我只能撒谎对我爸说,学校大门锁了,进不去,没法取回水桶,明天我带回来。结果,我被我爸狠狠地踹了一脚。"

直到谜底被揭晓,我们才知道:郭琳琳喜欢一切可以嬉闹发疯的游戏。那天傍晚,她妈和她大姐大打出手,她发疯似的跑出家,风在耳边唰唰作响,她就想这样一直跑下去。跑到日杂店门前,她看见了班长。班长是来买橡皮擦的。郭琳琳喊了一声李大个儿,眼泪哗一下流淌下来,抽泣道,阿庆嫂和沙奶奶又打起来了(她姐和她妈),你陪我跑步好不好?只有天知道,李大个儿为何会答应了她。他们俩跑着跑着,竟跑到学校操场,疯出了童年嬉闹的游戏,一场游戏而已。

成年后的郭琳琳爱说:"我需要爱,需要很多爱。"

下午第二节上美术课,我不可思议地射出与年龄极不相符的冷冷目光,斜睨着郭琳琳——你才有思想问题,我不会怕你,你别想再欺负我。以往自习课上做作业，我一向都是缩着胳膊，用手腕贴着桌面写，因为郭琳琳用粉笔在书桌上画了一道粗线，告诉我这是"三八线"，我的胳膊不能越过线，她霸道惯了。"三八线"那边的她，两条胳膊放在桌面还绰绰有余，"三八线"这边的我就可怜了。

美术老师让我们用毛笔字抄写一篇课文。他规定每个同学必须完成了才能回家，先完成的可以先回家。我认真地用毛笔蘸上墨正准备写，郭琳琳用胳膊撞了我一下，意思是警告我不许越"三八线"。我瞪了她一眼，也用胳膊撞了她一下，她愣住了，大概还没想好怎么回击我，美术老师就走到我们书桌旁，我马上低头写毛笔字。

我写得挺快，郭琳琳、许冬梅她们还在写，我收拾好书包，和美术老师打个招呼，便昂头走出教室门，很骄傲的样子。

马路两旁的地里长满了野草、野花，小花黄色居多，夹杂着一些淡蓝色、淡橘色。当年，基地一切以抢建为要，只有生活区主干道和进"沟里"的路是水泥路，大部分都保留了"原生态"。我们这些顽皮的孩子常常捉蜻蜓呀，蝴蝶呀，花大姐（瓢虫）呀，疯玩一气，还自编儿歌疯唱"花大姐、花大姐，你家房子着火了……"。

我蹲在马路边，望着地里的野花愣神，这一丛野花里淡橘色比较多，我挺喜欢这种颜色。刚才写毛笔字时，我还是个傻丫头，这一刻，脸上有了大人才有的"忧郁"，仿佛人长大起来是一眨眼的工夫。

"欧阳兰……"

"欧阳兰，你干吗蹲在这儿？"我知道是周卫，他的声音刻在我的脑子里，可我不想睬他，他竟然把我拽起来，我像触电一般浑身颤起来，周卫很奇怪："你发烧了？发烧身子才会发抖。"

他拽我胳膊的那一刹那，我眼前想象郭琳琳和李大个儿在一起的疯事，慌忙道："别拽我。"和他拉开了一些距离，脸涨得通红。

"我不学琴了。"周卫脸有点扭曲。

"我不听。"我转过身，朝家方向跑去，我这会儿满脑子都是母亲不让我管闲事的叮嘱，可我死缠着许冬梅讲郭琳琳和李大个儿的疯事时，又怎么把这个叮嘱抛到脑后了呢？

夜幕一点点染黑了窗户外的空气，我的家庭作业写完了。父亲轻轻地抚了一下我的头发，我渴望留住那只手，仰头望着他："周卫说他不学琴了。"我咽口唾沫："爸爸，您知道原因吗？"他的手从我背后掠过，离开了我。"咱们不管闲事。"母亲接上话茬，就让我去洗漱。

"兰兰大了，该懂事了，不妨讲给她听听。"父亲的目光落在母亲的脸上，用商量的口吻道。

"要不你讲吧。"母亲同意了。

"几天前，范师母轻生，去跳青沧江。万幸，被船工救上来，断了一只胳膊，保住了命。"

"爸爸，你骗我吧？"听到范师母自杀，我惊讶得两个眼珠似是都要跳出来。

"别打岔，听爸爸讲就好。"母亲嫌我多话。

"一楼苏阿姨是咱们这栋楼的治保委员。一天傍晚，她带着基地保卫处的两名干部，敲响了范师母的家门。他们对范师母说，你业余教拉琴是允许的，但是，你用靡靡之音毒害小学生，公安也是可以把你抓走的。我们本着治病救人的方针，先帮教你，以观后效……苏阿姨他们走后，范师傅就把范师母打得浑身青一块紫一块，没有一处好皮肉。这是从基地医院抢救她的医生、护士那儿传出来的。"

父亲讲到这里，长叹一口气，停了一会儿才说："周卫的妈妈听说范师母轻生，吓得不得了，赶紧把小提琴砸烂掉。"

我仰起脸盯着天花板，着实吓坏了，鼻子一酸，有点想哭。父亲的叙事，我听得似懂非懂，更多的应该是迷惘，只明白一点，周卫拉不成小提琴了。

母亲的脸上流下一行行泪水，伤感道："谁都不知道会发生什么，有的时候也没人能控制，最好就是什么都不说，什么都别管。"

这晚之后，我这个小孩子的"人生"开始有了"沉思"二字，喜欢把各种发生过的事塞进脑子去"沉思"。

很多年过去了，我几乎完全遗忘或者说根本不去想父亲告诉我的这件事。我一个不懂世事的小孩子,按理说父亲是不会告诉我的,但他偏偏告诉了我,我不知道什么原因。确实,这一小段记忆被我抹掉了。

稀饭锅里的干树叶

　　同学们背起书包,三三两两离开教室。我就坐在自己的位子上愣神……毫无征兆,眼前流星划过昨晚的梦境——梦里见了不能见的人:范师母站在基地广场上,胸前挂着一把小提琴,她的头很诡异,一半有头发,一半没头发,一张脸死灰死灰的。"吊死鬼",我惊恐得大喊一声,把自己喊醒了。后来,我光脚走到里屋,挤在父母中间才敢睡觉。

　　许冬梅过来拽起我:"走啊。"

　　傍晚一到,整个红砖楼就变得很热闹,人们陆陆续续从"沟里"、学校、总部四面八方回来,大人叽叽喳喳的谈笑声,孩子们奔跑的叫嚷声,厨房里油锅的炒菜声,浓浓的烟火气招引着我有时爱跑下楼,直到天光渐暗,一盏盏窗户点起灯来才肯上楼。父母下班回来,有时他们让我马上回家,有时也会允许我疯玩。

　　这个傍晚,我没有下楼,趴在窗户上往下张望,脑子里似是在"沉思":范师母最后会不会成为"吊死鬼"?那种不确定的"沉思"让我恼火得很。未来有一天,我能够破解范师母的秘密吗?未来的未来,能让我知道真相吗?那未来是啥时候?是哪一天?

　　暮晚的光从窗户里漫进来,越过我的脸和肩膀。

　　"兰兰,洗手吃饭。"母亲唤我。

　　母亲盛好了饭菜,我从厨房洗好手就坐到外屋小饭桌旁,一看又是炒榨菜丝,肚子的饥饿感霎时就飞到了九霄云外。

　　"妈,我想吃酱油拌饭。"我抗议道。

母亲正想怎么说服我，门外传来两声敲门声。门是虚掩着，那个人自己走了进来，"赶得早不如赶得巧。"我们循声看去，一个戴一顶草帽的老头，站在了我们面前。

草帽老头，我在心里大喊一声。

父母赶紧招呼：

"老书记。"

"您请坐。"

"老书记，您坐啊。"

"你小名叫兰兰。"草帽老头语气和蔼，弯腰面向我。

我一脸呆相，很奇怪他能叫出我的乳名。

我当然知道草帽老头，362基地大人们当面叫他老书记，背后叫他"草帽书记"；我们这些小屁孩，都喜欢叫他"草帽老头"。他是362基地一把手，是基地党委书记。他曾经在基地生活区的广场上，给362基地全体员工，也包括家属和中小学生作抢建动员报告。报告结束，他又带领大家庄严宣誓——保证完成抢建任务。在现场的我也握紧了拳头，像大人一样，举起右手宣誓。

"叫'书记伯伯好'！"母亲拽了拽我的袖子。

草帽书记把手上拎的一个网兜放在饭桌上，摸摸我的头道："听说你吃榨菜吃成了榨菜头。"他顿一下："很漂亮的一个小姑娘嘛。"转过脸看向父母："是吧！"

我们一家满容疑惑，草帽书记咋啥都知道？

"来，吃包子，豆角肉馅的。"他招呼道。

原来，他拎的网兜里是大肉包，网兜里装有三个铝饭盒。我的馋虫瞬间就爬满了嘴边，眼睛盯着桌子一动不动。

"今天'沟里'现场做的'示踪核素排放实验'相当成功。京城能源专家对我说，这样的厂房工艺流程设计在国内尚属首次，完全达到规定的排放限值，很了不起。这个肉包是奖励你的，你们这些专家可是咱们基地的宝贝。"草帽书记由衷地赞叹道。

这个科研项目1978年获全国科技大会重大成果奖。

我到海舟工作后，有一年探亲假，专程拐到川北都城干休所去看望草帽书记。他又一次讲起那次实验，夸赞我父亲敢"第一个吃螃蟹"，非常了不起。那个时候，没有手机之类的通信工具，实验的时候，上下楼梯六七层，来回地跑，记录数据，心情又紧张，汗水把衣服湿透了。实验现场的"军工"调侃父亲："您身上到底是汗还是水？"

有点扯远了。

噢，肉包是奖励父亲的，可馋虫已经爬出了嘴巴，我的心凉了。草帽书记似是看穿了我的心思，解开网兜，从一个铝饭盒里取出一个肉包递给我："奖励你一个，因为你支持爸爸妈妈的工作。"

一个？一个就一个，我毫不客气地接过包子，狼吞虎咽起来。母亲一半责怪一半心疼："这孩子。"

"谢谢老书记……"父亲激动地迭声道。

"别谢我，应该谢小谭。我这个书记是要检讨的，没有照顾好你们这些专家。"

"小谭？"母亲低语一声，望向草帽书记，外屋陷入片刻的沉寂，只有我狠吃包子的咀嚼声。

"小谭真有心。"母亲一个顿悟，眼里盈满感激。

"是的，该给小谭记一功。"草帽书记露出了赞许的微笑。

他们口中的小谭，就是紧挨我家隔壁的邻居——我最喜欢的谭菁阿姨。362基地好些人念错别字，叫她谭青，她也应人家。我问她："你到底是谭菁阿姨，还是谭青阿姨？"她说谭菁是她，谭青也是她，然后，哈哈一笑。

谭菁阿姨是362基地医院内科护士长，她有一个三周岁的儿子寄养在天津市她父母家，她的丈夫是一分部设计室工程师。轮到她休班的时候，我爱上她家玩。她玩"沙包"玩得非常好，常给我小零食天津麻花吃。因为只有夫妇俩人，她家住的是小套房，一间厨房，一间卧房。进门就是厨房，厨房进去就是卧房，也是书房，也是吃饭的地。

草帽书记离开我家后，父母感激的心情久久无法平复。

后来，母亲告诉我事情的来龙去脉：谭菁阿姨发现咱们家顿顿吃榨菜当菜，以前不这样，她感到很奇怪。当时，草帽书记的老伴因为风湿性关节炎病犯了，住在她的病区。有一天，谭菁阿姨与草帽书记的老伴聊天聊到这件事，猜测咱家是不是遇到了什么困难，要怎样才能帮助到咱家。草帽书记的老伴女兵出身，参加过抗美援朝，为人热情，行事果敢，是362基地总部工会主席。她把这件事又对草帽书记讲了，草帽书记一番调查研究，搞清了咱家吃榨菜的原因。

草帽书记的老伴腿脚行走不便，便把办公地点挪到病房，让工会的同志把基地所有职工的"家底"扫一遍，成立"工会互助金"，专门帮助那些急需要帮助的职工。她带头把自己一个月的工资拿出来，大家以她为榜样，纷纷尽所能捐出一部分工资。要知道，那年月，只有死工资，奖金长啥模样根本就没人知道。家家都不富裕，家家都是上有老，下有小。

工会互助金资助的第一个人就是来我家的那个哈军工高才生、高个子叔叔。

362基地，从大人到孩子，都知道草帽书记这个响当当的人物。他是"三八式"的老革命，我问父母啥叫"三八式"，父母解释半天，我这个小屁孩也没搞明白，只记住了他是1938年奔赴延安找党组织的。

362基地抢建初期，遇到雨季，工地上人们总能看到一位头顶草帽、身披雨衣、裤脚挽起的人，与大伙一块搬砖头，还到临时搭建的职工家属住的"席棚子"——一种用竹篾、草席搭起来的棚屋，看看漏不漏雨，晚上睡觉冷不冷，怕冻到孩子。这个人就是362基地党委书记——于是，男男女女、老老少少都亲切称呼他"草帽书记"。当然，当着他的面，大伙还是尊称他"老书记"，毕竟他是基地"一把手"嘛。

有一次下暴雨，包括父亲在内的三位技术专家坐在草帽书记的车上，从沟里"三废处理中心"工地返回生活区。途中经过一个山坡，一块大石头突然间滚落下来，差一点就砸到吉普车上，父亲他们吓得脸色煞白，两腿发软，草帽书记却安慰他们说，咱们命大，死不了。

父亲说他才明白什么是老革命的气质,草帽书记就是老革命的气质。我并不想深究草帽书记为何会让父母感激不已,我只想吃包子,而且是肉包子,这是我的头等大事。草帽书记带来的包子个头特别大,我连吃三个,眼睛还没饱,可肚子实在太撑了。

母亲只好带我去楼下散步消食。

我手指天空:"最亮的一颗星一定是草帽书记的化身。"

"是的。"

"像他带来的大肉包。"

"你这孩子。"母亲哭笑不得。

隔天下午自习课放学早,毫无征兆,我突发奇想想去医院看一看范师母咋样了。我找了个要去日杂店买文具的借口,让许冬梅先回家。她是个放学之后需要急着回家的孩子。

我磨磨蹭蹭走出校门,觉得没有同学注意我,才快速拐上去往医院的那条路。到了住院部门厅,看到指示牌上写有外科四层,住院大楼总共才五层,那年月362基地可是没有电梯一说。我爬楼梯到了外科病房,壮着胆走进去。走廊里人不少,除了"白大褂",还有其他人,是看望病人的人,还是陪护病人的人?管他呢。我走到护理站,问一位前台当班老护士,"阿姨好,姜玉玉住几号床?"姜玉玉是范师母的名字。老护士手指右边:"8号床。"我转身往右走,身后响起她的声音:"又来一位小同学看姜玉玉。"护理站有了几声议论。还有人来看范师母?我低头擦过几个人的身子,尽量不撞到他们。

我站在8号病床房门前不敢贸然进去,目光扫了扫,发现周卫竟然在里面。我们彼此都看见了对方,都深感意外和吃惊。范师母显然也被惊到了——我为什么会来?没有理由。她教过周卫拉小提琴,好歹算师生关系。她右手打了石膏,吊着绷带半靠在床头。另外两张病床上的病人和一位不知是不是陪护都在好奇地打量我。

瞬间的沉默,漫长的煎熬。

还是范师母先开口:"进来呀。"

我这才从门口走到床边:"姜阿姨好。"这是我在病房里唯一说过的一句话。

周卫手足无措地站在那里，没有和我搭话。范师母目光是飘的，飘到我脸上，我霎时有了一种恐惧感，觉得面前的她真像一个"吊死鬼"，不禁打了个冷战。成年之后，我才明白，她的目光如此飘忽应该是缘于她的内心无比枯萎，她的家庭冷着对她，她也冷着对这个家庭。

一阵刺耳的救护车声传进病房，打破了怪异的沉寂。靠窗户那张床上的病人是位老奶奶，她对坐在她病床前的那位阿姨说："该是又来病人了。每天都有新病人，每天也有回家的。"她长叹一声："也有来了却没法再回去的。"

中间病床是位大姐姐，她抢话道："王奶奶，咱们都要充满信心。"

她们的对话我似懂非懂，我想，我今天来看范师母，肯定是一种假象，一种错觉，一种虚幻。

我和周卫一道回的家。我问在来的路上怎么没见着他，他说他是抄山间小道来的，他不想让同学们发现他的秘密。他还伸过两只手臂让我看，手臂上被荆棘挂了一道道划痕，但血量不多。

这学期好像特别长，秋分才过没多久，我就开始盼着过寒假，盼着范文老师组织歌舞队。

这周六下午，学校组织全校师生去基地礼堂看电影《闪闪的红星》。班长李大个儿左手拿一沓电影票，右手食指和中指一张一张捏起大红色电影票发给全班同学。

去年八一建军节，全国公映新拍摄的电影《闪闪的红星》。基地工会在最短的时间内，就让职工家属看到了这部新电影，当时还是露天电影，礼堂是在这年的国庆节才正式投入使用的。

看完电影，班主任张老师让我们写观后感，结果我的观后感成了全班的范文。张老师让我在全班同学面前朗读。读完之后，教室一片安静。下课后好些个同学围过来对我说："你写得真好。"我满脸得意，却假装谦虚："写得还不够好。"

今天又看《闪闪的红星》，老电影新看，百看不厌。电影散场后，放眼望去，马路上全是362基地的小学生，叽叽喳喳，嘻嘻哈哈，打打闹闹……

走回家，我一点也不喘气，不累。我看见周卫站在甲单元门口，挺奇怪的，问他："你等谁？"

"明天抢建加班，大人们都'进沟'。十点半，做完作业你下楼，我有个秘密要告诉你。"

秘密，又是秘密，我讨厌秘密。怎么又有一种很不好的感觉？我打了个寒噤，转身就进单元门，什么"答案"也没给周卫，十点半是来，还是不来。

知道别人的秘密会有什么样的结果？知道了又能怎么样？

第二天上午十点半，我从家里的窗户偷偷往下看，周卫已经站在那儿等我了。我最终还是下楼了，我到底是个小孩子，哪能战胜得了好奇心。

四周静悄悄的，我们面对面就站在楼前。

周卫一脸恨气，放低音量："真正的告密者是谭菁阿姨。"

我被震惊得整个人呆了，毫无反应。

"她让苏阿姨……"说到这儿，周卫抬眼看了看苏阿姨家，没什么异常，才接着说，音量更低了，"她让苏阿姨陪她去基地保卫处告状，说范师母是'破鞋'，勾引她丈夫。"

我张大嘴巴，忽然发出一声尖叫。

周卫好紧张："你别叫。"他紧张的模样一下子把我激怒了："你撒谎。"

周卫急了："我没有。"

我横了周卫一眼，问："你咋知道的？"身体发出一阵闷响，那是痛苦的闷响，毕竟我是个小孩子，不懂这种感觉。

周卫又急又紧张，但还不忘压低音量。他说那一晚，他的爸妈以为他睡熟了，事实是他还没睡，也是奇了怪了，他那晚感觉浑身燥热，就是无法入睡。他爸妈许是大意了，没关里屋门，结果他们的讲话被周卫听得一清二楚——

"谭菁疯了嘛！"周卫母亲说，"我看她是脑子有病了！"

"脑子肯定没病，不然，她的病人不遭殃了？"周卫父亲说。

"那也不能这样害姜玉玉啊。"

"她是不该去保卫处，还拉上大嘴巴，凭闲言碎语就认定姜玉玉勾引她丈夫。他们只是设计室同事，他设计，她绘图，走得近而已。"

"不行，这事不能让周卫知道，以后还怎么跟姜玉玉学琴啊。"

"她是嫉妒心作祟，人性都有阴暗面。"

"别乱讲，小心祸从口出。"周卫母亲赶紧制止周卫父亲。

……

为什么是谭菁阿姨呢？

我转身跑上楼回家，心慌得厉害。周卫的话反复折磨着我，应该怎么做我毫无头绪，毕竟年幼无知。

这以后，我对谭菁阿姨说话总是小心翼翼，生怕流露出一丝异样的情绪被她察觉，对她有了不可否定的排斥。是这个秘密，离间着我对谭菁阿姨喜爱的感情。

一个星期天，谭菁阿姨要带我去九公里公社采野花。她说："那沟沟岔岔开满了野花，淡黄色、浅粉色、深紫色，好像无数张小朋友的笑脸，还有花蝴蝶在飞呢……"

我忍无可忍想打断她，责怪她干吗要告密……我忍住了，但欢喜的眼神暗下去："我不去。"母亲训斥我怎么能这样对谭菁阿姨没礼貌。委屈的泪水在我眼眶里打转，越转越厉害，直到谭菁阿姨离开，它哗地流了下来。

起风了，叶子落了很多，放学的路上，我捡起一些树叶，用手绢包起来塞进书包。

这个星期三，我家刚吃完晚饭，母亲还在洗碗，刘校长竟然来家访，虽然是邻居，但她很少来我家。我在心里大喊一声，糟了，她来准没好事。心怦怦地乱跳。

刘校长对父母说："欧阳兰最近很不对头，值日卫生、班级大扫除，全叫许冬梅代她干，她待在一边吃零嘴。和同桌郭琳琳同学三天两头吵架,以前她可从没这样,是班级甚至全校公认的乖孩子。班主任张老师今天向我反映,昨天下午班会,不知怎么了,欧阳兰竟和班长吵了起来,她骂班长思想肮脏,人性阴暗。听听,人性?什么人性?咱们讲同志感情。一丁点大的小孩子,就有腐朽思想,这还了得,咱们培养的是基地建设的接班人……"

刘校长一走,父亲怒火万丈:"拿搓衣板。"我拿过搓衣板就跪下去。父亲发疯般扑向我,摁下我的头,拿起鸡毛掸子死命抽打我上身。我疼得直犯恶心,觉得自己就要死了。母亲哭着问:"你怎么知道这些词?你看了什么书?"

我咬紧牙关不吭声,泪水像断了线的珠子纷纷滚落下来。这是个秘密,既然秘密不想让大人们知道,大人们还是不知道为好。

母亲抽泣道:"你要学好。"

第二天上学,我的长裤、长袖很好地遮掩住我膝盖、手臂、后背被父亲揍的伤痕,我跟没事人似的。

一大早,许冬梅就在单元门口等我了,我俩会合后便直奔学校。

"欧阳兰。"听声音就知道是小红,她气喘吁吁跑到我们前面。

"干吗?"我很烦。

"昨晚被你爸揍得很厉害吧。"小红那张好像什么都知道的脸让我更烦。

"昨晚你爸揍你?"许冬梅显然一惊。

"没有,她乱讲,别理她。"我拽过许冬梅就跑,把小红一个人晾在后面。

挨打后,我又变回乖孩子,天天一放学就回家,还帮母亲洗菜,认真做家庭作业。

时间无孔不入,又过了三天。

这天,我正在厨房择小白菜,把黄叶子、烂叶子先剔掉,用清水泡泡,然后再洗。这时,我听见大红声音很大,喊小红去拿火柴,我把门打开一条缝,偷偷往外看,应该是她家蜂窝煤炉火熄了。大红把炉子拎到楼道,点火生炉子,她是怕烟在屋里乱窜,炉子火着了,可烟很呛人。生好火，大红又麻利地把一个锅放在炉子上，便跑进屋掩上门。

没啥看头啦，我便掩上门，继续择小白菜。忽地，又响起大红的声音，喊小红把锅盖取了，小心稀饭溢出来。我扒门缝上偷看，只见小红取下锅盖回屋了。小红仗着刘校长的偏爱，一向不做家务，这会儿被大红支使得团团转的样子挺逗。我的脑子突然灵光一闪，赶紧拿过书包，取出手绢包打开，抓了一大把干树叶，钻出门缝，蹑手蹑脚走近炉前，朝稀饭锅里一撒，又蹑手蹑脚钻回门缝，轻轻地把门关死了。

我忍不住要狂笑。

过了有一阵子，我听见大红的尖叫声："谁干的？谁这么缺德？"

"一定是欧阳兰。"小红大喊，"欧阳兰，滚出来。"大红似乎也反应过来："欧阳兰，你给我滚出来。"声音比小红更气更急更大。

大祸临头的干涩堵住了我的喉头，我害怕得胃也抽搐起来，一动不动地缩立在洗水池前，脚底发软。

休班在家的谭菁阿姨听见喊叫声，赶快跑出屋，看见稀饭锅里浮着不少树叶，似乎猜到了什么："别急，别急，阿姨帮你们弄。"她生怕俩姐妹火起来再出什么乱子。

我把秘密吞进肚子，绝不能让父母亲知道。大红、小红又没有证据能证明是我干的。

六个素菜包子

这天天气不错，但风刮到脸上挺寒的。一切都像从前一样，每天早晨，许冬梅照旧站在单元门口前等我，等我下楼，然后我们一起朝学校走去。晚饭后，我还抢着帮母亲洗碗。

我说我能看见风，许冬梅不信。空中的风很不礼貌，想来就来，想走就走，从不事先通知我。我又说风经常竖着，贴着墙面跑。许冬梅嘲笑我，净瞎想象，怪不得作文写得好。

这天是周日，又逢"赶场"，我的兴致很高，因为父母准备买一只老母鸡回来炖汤。前一段日子，顿顿榨菜，吃得我不仅成了榨菜头，情绪也低落。

"快点啊。"一大早，我就起来了，也不赖床，反过来可劲催促父母，我一脸欢快的蠢相。其实，所有孩子气的东西都是蠢的。

在集市上，我东看看，西瞧瞧，看见两米外有一个大竹篮里的豌豆尖鲜绿鲜绿，似乎还滴着露水，我便走到这个摊位。父母他们正在鸡蛋摊位前讨价还价呢。

"啷个卖滴？"我说着不够地道的川北话。

"两毛钱一把。"摊主是个老婆婆，她的声音很沉。

我正欲喊父母过来买，猛地发觉这个老婆婆面好熟，定睛再看，于婆婆，不对，是于地主婆。她什么时候开始卖菜了？以往赶场咋没见到过？

"你是从前住过我屋头里的女娃子？"

"嗯。"我怔怔地看着她，觉得她哪里不对，一时又说不出哪里不对。

"你的声音我记得到。"

声音？什么意思？我这才回过神来："你……你的眼睛……瞎……瞎了？"我大吃一惊，下意识连忙逃开了。我跑到父母跟前，他们已经买好了鸡蛋。

"于婆婆在那边卖豌豆尖，她的眼睛瞎了。"我忽然哭起来，一边抽泣一边伸手指向于地主婆的摊位。

父母一个对视，彼此心领神会，父亲对母亲低语："你千万小心。"母亲转身走了，我和父亲立在原地。

母亲再走过来时，手上多了两把豌豆尖。"于婆婆眼睛真瞎了？"母亲好像根本没听见我的问话，把豌豆尖放进父亲拎的网兜里，拉过我的手，我们一家三口急匆匆地往回家的方向走去。走了好一会儿，母亲似乎意识到自己对眼前这沉闷的气氛负有不可推卸的责任，便开口对我说："你不要管闲事。"声音很轻。

我很想知道于地主婆眼睛是怎么瞎的，我的好奇心再也压不住，我央求母亲告诉我："她挺可怜的，现在眼睛又瞎了。"

"不要乱讲话。"父亲训斥道，"你现在长大了，应该懂事了。"

我愣住了，僵立在那里，这是我最烦听到的话，我不喜欢长大懂事，那意味着拥有的秘密会更多。

"咱们回家好吗？"母亲语气温和得好像是在恳求我，但我还是听出了她的担忧。

当晚，我做了一个非常古怪的梦。梦里我被三个"吊死鬼"团团围在床上，我要起身，他们就摁住我，连头都不让我抬一下。按理"吊死鬼"应该是很恐怖的，可由于他们的脸被披散的长发盖住了，我根本无法看清他们的脸，也许他们根本就没有脸？怪就怪在：没脸的他们或看不清脸的他们，身体却散发出异样的光芒，这种光芒罩满我的床铺，也罩住我整个人，慢慢地，我觉得自己的心变得暖暖的，丝毫没有恐惧感。

他们在商量着什么，最后一致同意把"同情"首先塞进我的心里。听他们说话的声音全是女人的声音，我明白这是三个女"吊死鬼"。

"你们为什么要这么做？"我试图弄明白。

其中一个女吊死鬼对我轻声道："我更想把真相塞进你的心里。""真相？"真相又一次令我烦恼，甚至有一点受伤。

屋子里一片漆黑。我想翻身，于是翻了个身，嗯，我可以动啊，那刚才……梦境像残余的火苗，在暗夜中嗞嗞燃烧尽了。我闭上眼睛，想让自己退回正常的睡眠里去，我脸朝下趴着。

这个梦，在这一时刻让我这个小孩子忽然长大了，有了与年龄不相符的成熟，我明白我的童真永远失去了，这个世界有很多和我想象的不一样。

这周五下午轮到自习课，不用赶时间，我想利用午休时间去九公里公社坝场街看一下于婆婆，不对，是地主婆；也不对，我怎能关心地主婆？一想到她眼睛瞎了，咋生活呢？我心里还真不好受。"沉思"了好一会儿，自己给自己讲道理，既然横竖都不对，那就负负得正，看一下应该是可以的。

一放学，我就跑到基地后勤分部食堂买馒头，预备带给于地主婆。于婆婆也好，地主婆也罢，干脆就叫婆婆吧。

我运气真好，食堂居然有豆角粉条素菜包子。在物资匮乏的年月，别说肉包子，就是素菜包都极为罕见。

"我买十个素菜包子。"我排队到窗口后，迫不及待地道。

"一人只准三个。"窗口打饭的是个胖胖的面相不和气的老阿姨。接过老阿姨递出的三个素菜包子，我蛮失望的，嫌少。不甘心，站在旁边转了转眼珠，有主意了，我重新再排一次队，但不能是老阿姨的打饭窗口，还必须离她的窗口要远些。食堂一共有七个打饭窗口。

我走到靠墙的打饭窗口重新排起队，把买好的三个素菜包子塞进书包里，做贼心虚，四下张望有没有人注意到我。好不容易排到打饭窗口，一看是个漂亮的大姐姐，说话一点不急，很温和，难怪这个窗口队伍比其他队伍都要长挺多的。我又拿到三个素菜包子，别提心里有多乐了。

我今天真是好运气。

大中午，马路上没什么人，我一路小跑到婆婆家的那个院子。我走进院门，走到婆婆家的房门口，门是半掩着的，我伸头去看，发现有三个比我还小的小孩子。啥情况？没看清到底是男孩还是女孩，或是男孩女孩都有，应该不会是婆婆家里的。"赶场"那天母亲不是说她还住在原来的地方吗？那她现在住哪儿？我急了，下午还有自习课，手上拎着六个素菜包子，我连一口都没舍得吃。我一急就想小便，没法子，只好拎着菜包先上茅房，我还记得茅房的位置。

我走到茅房，竟看到婆婆坐在茅房旁的那间小屋前。我记得这间小屋原来是堆放农具的，屋内没有窗户，即使白天也是一片昏暗。

我跑到婆婆面前蹲下，心咚咚乱跳："你住在这屋？"已然忘了小便急。

"听声音像娃。"她顿一下,"娃是你吗?"

"是。"

"娃。"

"你肚子饿吗?我给你带包子了。"

婆婆张开嘴巴,连吃两个我送上去的包子,瘪嘴上下翻滚:"娃心肠好。"

我想把剩下的四个素菜包放到屋里,便起身走进去。屋子太昏暗,我的眼睛适应了好一会儿才看清楚,里面除了一张床,什么都没有,床上堆放了杂七杂八好些东西,一股酸臭腐烂的味道强烈刺激着我的鼻腔胸腔,我赶紧把包子放到床上,一秒都待不下去,跑出屋。

我忍住呕吐,再次蹲在婆婆面前:"包子我放在床上了。"

"娃心肠好。"突然,她伸出双手,应该是想拉我,或抚摸我?我惊吓得身子猛地后仰,结果摔了一个"屁蹲儿"。她的双手悬空了一下,便无力地垂落下去,继而喃喃道:"我命苦。"瞎眼流出几滴泪水。

我站起来"嗯"了好几声,看见院子有人走出屋子朝这边看,我连忙逃开了。

我想不明白,婆婆的眼睛为什么瞎了?一个小孩子哪儿那么多想不明白。更令我想不到的是,不到三个月,婆婆死了。

婆婆是自杀的。一天晚上,她用镰刀割断了自己的手动脉,血流了一整夜,染红了又脏又乱又臭的那张床。

第二天没人发现。

第三天,几个小屁孩玩野了,跑到她的小破屋要去玩什么"躲猫猫",人们这才得知她死了。

她死后过了好些日子,母亲才得知这个消息。这天傍晚在饭桌上,母亲伤感地告诉我于地主婆死了。我顿时丧失了吃饭的欢喜心情。

夜深沉!

我躺在外屋的小床上,眼前出现的画面横亘在她伸出双手,我后仰摔了个"屁股蹲",随即她的手无力垂落下去,嘴里叨叨着"我命苦"。

不知过了多久,我在床上翻来覆去睡不着。忽地,里屋灯亮了,父母好像在轻声说着什么……我没有一丝犹豫,轻轻地下床,轻轻地挪到门口贴耳偷听。听了一会儿,竟听到母亲的低泣声:"她也是穷苦人家的女孩儿,被抵债卖到地主家,命苦到她这份儿上……"母亲哽咽着说不下去。

"声音轻点,别吵醒兰兰。"父亲虽用很低的声音制止母亲,但还是被我偷听见了。"听说她嫁过去后于地主对她也不好!"

我屏住呼吸偷听到这里,心下很奇怪,父母怎么会同情起可怜的于地主婆呢?

婆婆死了,她的血会变凉。我怕吗?我很害怕。

我轻轻挪回到床上,我闻到了一股股的血腥味……

自习课前,许冬梅问我放学干吗那么急,比她这个需要急着回家的人还急。我没解释,只用目光撞了一下她。显然,我无法忽略于地主婆的存在,一切开始了变形和走样。也许,有些事我这个小孩子就不该知道,或者,小孩最好别操心大人的事。

在过去的一个星期里,我的心一直悬着,保卫处和公安人员迟迟没有出现,这让我的心悬得越来越高:我咋能同情于地主婆,还给她包子吃?也许他们正在商量一场对付我这个小孩子的秘密行动?万一他们行动了,父母该抬不起头了,我想到了那个漂亮姐姐,不禁打了个冷战。对父母,我选择隐瞒看于地主婆的事。可是一天又一天过去了,保卫处或公安人员都没有来找我,我自以为我这个小屁孩干了件震惊362基地的事,可事实却是一切都像平常一样,一点声响也没有。

我没等来"保卫"与"公安",倒等来了"发扬抢建精神,继承优良传统"主题教育班会课。周卫自豪地接受了班主任张老师布置的光荣任务,此时此刻正站在讲台上讲他父亲的故事:

我的爸爸清华大学毕业后分配在大城市京城基地总部

搞研究，他是主动申请参加362基地的抢建任务的。他是坐"专车"来362的……

周卫刚讲到这儿，班长李大个儿未经张老师同意，腾地站起来："周卫乱讲，他爸爸又不是基地首长，只有首长才有资格坐专车。"

我心下说，你说得真对。

班长的父亲是362基地总部党委副书记，首长之一，他也是"三八"式抗战老干部。有一次他"进沟"到三班倒食堂检查伙食，发现一张桌子上不知谁扔掉的极小的一块肉，他大声训斥道，这么大一块肉，就上面有几根小猪毛就不能吃了？生活好了也不能忘掉艰苦奋斗的精神……他气得说不下去，捡起那一小块肉直接放进嘴里吃了，周围的人看得目瞪口呆，很快这件事便传遍了全基地。听到班长这样说，另一位同学也站起身马上附和："就是嘛。"

张老师露出不满的表情："不许擅自发言。"班长和那位同学腾一下又坐回位子上。

周卫继续演讲："我爸爸是坐'拉砖的车'——'砖车'来的。"全班同学哄堂大笑，连一向严肃的张老师都笑了。

我爸爸说，公家的事，再小也是大事；个人的事，再大也是小事。他是这样说的，也是这样做的。

能源试验场主热交换器由于夏天青沧江水浑浊，杂物多，时间一长，就有杂物卡在主热管道里，不得已就得用天车把主热上方的楼层水泥盖板吊开，把主热法兰的几十个螺栓拆去，再用天车把主热大"帽子"吊开，然后人工"捅管"，难度太大。而青沧江水清时因为水的硬度大又会结垢，日积月累，坚硬的垢把管道完全堵死，酸洗时酸根本进不去。

怎么办？基地一分部成立了由首长、老工人、技术人员"三结合"的技术革新组，让我爸爸当组长。他们先对一台主热交换器进行捅管作业，工人师傅们把两根四米长的碳钢管对焊成一根，下端插进堵管，然后轮番上阵，每次三个人捅。捅了整整一个星期，才捅通几根管，剩余的都捅不下来。这一次革新没成功。

恰恰在这个时候，我家收到一封加急电报，我爷爷病危，让我爸爸赶紧回老家。

怎么办？

是我妈妈给爸爸的老家拍了封回电，表示等革新试验一完成爸爸就回老家看爷爷。我爸爸的老家是江苏镇江，那儿的老陈醋可有名了。

"三结合"革新攻关组又把主热交换器大"帽子"用吊车吊开，插入不锈钢管，通过压力水清除杂物，再通入压缩空气把堵管里的水吹干，灌入硝酸进行酸洗。这个方法，对个别的管道有效果，更多的是不起反应。这次革新又没有成功。

我爸爸住在"沟里"半个月没有回家。他查阅了大量资料，看到一则科技简讯，说上海交通大学一位化学家做实验，将两种不同的物质混到一起，理论上应该发生化学反应，但试验中却没有反应。后来，这位化学家采用玻璃棒去搅拌，竟然发生了反应。我爸爸深受启发。他设计让"三结合"革新组老师傅们在不锈钢管端头切出齿形，插进去，在坚硬的垢上面不停地"捣"，这是受化学家搅拌启发的，果然发生剧烈反应，反应一阵儿后，酸性弱了就吹干再灌酸再捣，把二十台主热交换器所有"顽固不化"的堵管全部搞通，革新大获成功。从这之后，主热交换器没有一根管子报废。

革新成功了，可我的爷爷早在半个月前就去世了。我爸爸没能见上他爸爸最后一面。

周卫演讲完,他的脸上有了泪水。

教室里先是鸦雀无声,即刻便是一阵阵热烈的掌声。

放学后,在校门口,我看见周卫,真诚地对他说:"你讲的故事真感人。"我有一种深深被触动的感觉,又想起草帽书记跟我说过的我的父亲的故事,我想把自己装进这些故事里,身临其境般去体验一番。

我不想马上回家,让许冬梅先走了。我就站在校门口漫不经心地看着高年级的学生打扫操场,一个女同学拿着扫把追打另一个女同学,她们笑着叫着,满操场撒欢跑。

悬崖上的婚姻

立冬一到,我就开始数着手指头等还有多少日子到寒假。范老师说我舞跳得蛮灵气咧,那样我就又可以参加歌舞队活动了,想想都美滋滋的。我一直盼着,越来越近了,就快要到了。

距离放假还有两个星期的时候,这天是星期六,我们正吃晚饭的时候,母亲说她也刚刚得到消息,我们的房东孃孃病故了,她准备明天带我去看看那些孩子,没有妈妈的孩子可怜。

星期天一大早,我们就出发了,我又失去了一个睡懒觉的机会。

我和母亲走了一个半小时才到房东家。房东家院子里有一帮小孩在玩什么游戏,吵哄哄的,好热闹。我看他们玩的那"架势",像是在玩"农民伯伯种庄稼"这个游戏,因为我住在这里时,也和他们一道玩过这游戏。

那个时候,我们一帮小孩子在院子里用除草的小镐头挖坑,每个孩子的力气不一样,于是有的挖的坑深,有的挖的坑浅,像一个一个手牵手的癞痢头,可当时我们这帮孩子却乐在其中。坑挖好后,便种上从旁边地里采来的野草,把它当作水稻种。种水稻需要浇水,就是给野草浇水，有用水瓢的，有用碗的，装上水来灌溉，只有房东家老大会把厨房里的木桶挑起来，里面也只有一点点水。

老大没少挨他父亲骂，骂他"你个龟儿子，啷个把院子搞成这个样子"。骂归骂，我们一帮孩子照玩不误。

玩得正上瘾，我家搬走了，去大仓库住了。

我们走进院子，其他孩子都在，没看见老大，最小的女娃子头发结成了饼，穿一件长到膝盖的衣服，应该是哥哥们的。兄妹身上的酸臭味特别浓，带着重量，直接压进我的五脏六腑，胃里的东西开始翻腾，直顶喉咙，我掉头奔向院子大门口，仰天大口呼气……

邻居的孩子们看见他家来了客人，好奇地站在那儿一直看我们，是老二把他们撵走的。

母亲问老二："大娃子呢？"

老三抢着回答："在屋头。"

此刻，老大正蹲在灶台炉口前烤红苕，这应该是他们的午饭。他看见母亲进来，站起身："孃孃好。"

"你爸爸呢？"

"上山砍柴去了。"

母亲想先给女娃子梳梳头，结果发现她头发上长满了虱子，结饼的头发梳也梳不通。她喊来老大，让他去井里打水，她帮老二烧开水。木柴在灶里熊熊燃烧，铁锅里的热水滚烫滚烫，母亲舀上三大勺热气腾腾的开水，哗哗倒进木桶里，再用勺子舀老大挑来的井水兑进开水里。然后，母亲把木桶提进里屋给女娃子洗澡。她让老大再去挑井水，老二继续烧开水，他们兄弟三人也要洗澡。

女娃子洗好澡穿上我的衣服，临来的时候，母亲挑了几件我六七成新的衣服带来。女孩子一双大眼睛装满了笑意，其实，她脸上没有恶心的鼻涕，长得还是挺漂亮的。

母亲让三兄弟先后洗了澡，换上干净衣服。她开始洗兄妹四人的脏衣服，懂事的老大又去井里挑水。利用这个空隙，我和女娃子跑到后山坡，我们东逛逛西走走，走烦了就停下来看远处，连绵的丘陵，灰色的山峦，没有看见一条大路，收割过的梯田也失去了可爱。我往各个方向看，不知从哪里可以去362基地的"沟里"。

我们要离开房东家时，母亲把老大拉到身旁，把带来的十个馒头交给他，又给了他一些钱和布票，叮嘱他一定要收好，等爸爸砍柴回来交给他。又压低音量："跟爸爸说，是孃孃说的。"母亲学了一点当地话："给女娃子把头发剃光，不然虱子弄不干净，小孩子的头发长得很快的。你是大娃子，要帮爸爸带好弟弟妹妹，要做好个人卫生。"

"嗯，嗯。"老大点头迭声道。

回家的路上，母亲沉默不语。

房东家的院子里，一切都是那样令人酸楚。

临近期末考试的一天，中午放学后，许冬梅陪我，我们一起去房东家完成母亲交办的任务。母亲担心期末复习考试体力消耗大，孩子们吃不饱，让我带一些食品给那四个娃儿。这回带的是十个馒头、六个菜包、限量买的两个肉包，还有一包黑乎乎的武元当地产的水果糖和一小包北京饼干。母亲把我吃的北京饼干分了一大半给他们。

期末考试一结束，我们班就召开了家长会。张老师告诉家长，寒假期间，学校要求以班级为单位，自行组织若干个学习小组，学习抢建精神，继承优良传统。

母亲回到家，就把张老师的决定告诉了我。

完了，完了，我日思梦想的范文老师的歌舞队活动泡汤了。我赌气，其实，我也不知道跟谁赌气，不吃晚饭，就一个字：气！父母教育我，继承优良传统很重要。

夜幕一点点染黑了屋里的空气。我躺在床上，自己对自己说：再见了，歌舞队！再见了，我的歌舞队。大颗泪珠滚落下来，冲走了那个洋气的范文老师的身影。

不久后，范文老师跟随她丈夫转业去了广州。

这一年的寒假特别短，就要过年了。

我喜滋滋地跟母亲到362基地副食品店排队，买了一堆凭各种券票、定量供应的年货。我好欢喜，有瓜子、花生，有成都小果糖，有烟台大苹果，红红绿绿好不热闹。

晚上九点多，母亲坐在蜂窝煤炉旁加水煎蛋饺，黄色的蛋饺一直在引诱我，我没经受住考验，伸手去抓盘子里煎好的蛋饺塞进嘴里，那叫一个香啊。母亲笑眼看看我，并没责备我，但就是这个笑眼让我止住了手，我还知道不好意思了。

过年，我家一定要蒸红糖年糕，寓意年年高，红红火火，这是老家海舟市的民俗传统。基地后勤分部供应给家家户户的糯米只有五斤，父母一粒不留地提前一周用水浸泡好，然后，父亲去基地后勤分部食堂借来小石磨将糯米磨成水磨粉。通常父亲掌磨子，母亲加米加水，我蹲在跟前看热闹。待全部磨好后已是凌晨两三点钟了，这时的我早已进入梦乡。父亲把水磨粉放在米缸里沉淀，一般一个晚上粉水就分离了，再由母亲用碗从缸里捞出粉倒进干净的米袋里，再把米袋吊起，直到袋里的水沥干。水磨粉量不够，母亲便会掺一些大米粉、玉米粉混合好后倒入适量的红糖，放进家里最大的那个铝锅笼屉里蒸。蜂窝煤炉火不好掌控，蒸四十分钟后，母亲在煤火上盖上一个小铁片，遮住半边煤火，然后继续蒸三小时，年糕才会彻底蒸熟。蒸熟后，母亲把铝锅笼屉里的年糕平整地倒在案板上，待红糖年糕彻底晾凉后，她再切成一小块一小块码好。母亲在切的时候，我寸步不离盯着，嚷嚷道别切太大了，别切太多了，咱们家该不够吃了。母亲笑话我，真是小气鬼。

大年初一一大早，母亲就分给上上下下的邻居，讨个好寓意——年年高嘛，邻居们都非常高兴。

实际上，父母蒸的这种红糖年糕是他们自己创新的，并非老家海舟市的传统年糕，称它是混合面年糕更贴切。但偏偏就是这个混合面年糕永久地留在我的味蕾里，以至于我回海舟上大学和工作后，每每吃到海舟传统红糖年糕，怎么都觉得年糕变味了，不正宗了。

除夕夜，我们一家三口下楼放烟火。烟火是父亲从基地生活区日杂店买的，烟火也是定量供给。父亲划根火柴，把烟火点燃，没燃，再划根火柴再点，幽幽的火苗燃了一小会儿，就灭了。怎么搞的？我急不可耐了。父亲又划根火柴，火苗很快又灭了，没有等到我期待的一团突然腾起的焰火燃亮夜空。

"烟火可能潮了。"母亲小声道。

除夕夜放烟火就这样没劲地结束了。

大年初一在一家人的守岁中眨眼就到了。这一天是基地生活区最热闹的一天。人人都去拜年，家家都在迎客，孩子们可以吃到平时吃不到的零食，别提多快活了。生活区的马路上从早到晚几乎就没断过去各家拜年的人：

"拜年、拜年。"

"祝孩子们好好学习，天天向上。"

"祝您老身体健康！"

"新年新风尚！"

"祝362基地来年大发展。"

……

春节三天就这样在忙碌中结束了。懂事以后我才明白，这是幸福让时间过得飞快。

九公里公社革委会后山坡的蜡梅花开了，明黄明黄的。在一切以粮为纲的年月，能有这样几棵蜡梅树实属罕见。一楼苏阿姨说，在她老家蜡梅花开，精神病人就会犯"花痴"。谭菁阿姨说不是这样的，油菜花开才是"花痴"病的发作期。

那么，她们俩到底谁说得对呢？

反正这一天362基地生活区上演了一出"家庭闹剧"或者说"家庭悲剧"。

郭琳琳的二姐郭芳芳一进家门就伤心地大哭，边哭还边骂郭琳琳的母亲，其实也是她自己的亲生母亲。

她是从362基地知青点九公里公社柳桥大队悄悄地溜回来的，搭了大队到362基地运送蔬菜的拖拉机，吃了不少灰尘，脏兮兮的，整个一个乡下妹子，"基地傲气范"荡然无存。

郭琳琳放学回来，看见家里如此热闹，很诧异，竟没认出眼前这个乡下妹子是她同父同母的二姐。还是二姐先跟她打的招呼："琳琳，回来啦！"

郭琳琳父亲这时正在带队跑长途拉运输，她母亲是362基地后勤分部总务处的一名干事，身体不好，常请病假。这会儿她正伤心地抹眼泪："你个没良心的，我待你不薄呀。你自己做下的丑事怪谁？"

"丑事？"郭芳芳冲过去抽了她亲生母亲一巴掌。

郭琳琳愣在那儿不知所措，隔壁邻居赶紧过来劝架拉开两人。

郭琳琳大姐郭珍珍下班回来，冷冷地看了一眼，砰的一声关上门躲进她自己的屋里了。郭家一向热闹得很，这是很长时间没有闹事之后的突然闹事。一时间，楼里楼外的邻居们都赶过来看热闹，像黄鼠狼到鸡窝口探头，谁都不想放过"看戏"的机会。

郭琳琳脸上蒙了一层黑气，她把书包往桌子上一摔："你们都给我滚，滚出去。"边骂边把邻居们往门外撵。

郭芳芳已经怀孕四个月了。她和知青点大队的指导员夜晚在空无一人的大队部被抓奸是必然的。指导员是个复员军人，家属孩子在陕西农村老家。郭芳芳这是自投罗网——跟破坏军婚也差不离，腐蚀干部那哪儿成？

青春绚烂而花朵残败。

她的父亲跑运输回来后，郭芳芳就被他叫来的两个壮实司机一边一个架着胳膊，拖到基地医院做了人流。自此，"破鞋"成了郭芳芳的代名词。

那时，362基地的人，包括孩子们都有一种天生的优越感，总觉得高人一头，虽然和当地百姓关系处得挺好，但骨子里的傲气始终都在。

郭芳芳的"丑事"一下子传遍了知青点，传遍了九公里公社，传遍了362基地。连当地老百姓都喊她"破鞋"，这让362基地的人情何以堪？

不久，郭芳芳的精神失常了，和她大姐一样。看在她父亲是抗美援朝的战斗英雄，是362基地老同志的分上，基地后勤分部专门派车派人把她送到都城精神病院治疗。两年后，她回到362基地休养，终身未嫁。家里也任凭她一点点枯萎下去。

每年蜡梅花开，郭芳芳便从家里径直走到青沧江大桥桥头，那是全基地风最大的地方，江风吹起她的长发，挡住了她的半边脸，她对着青沧江唱了起来：

蓝蓝的天上飘着白云，美丽的青沧江畔是火热的362基地……

披头散发的她，在青沧江大桥上终日徘徊，不停地唱，她是为青春逝去而疯的吗？或是为那个指导员而疯的吗？

我仅仅见过一次这样的郭芳芳。那一次是我专门跑到青沧江大桥去看她到底啥模样。我看见站在桥头她的一刹那，脱口而出"吊死鬼！"。那时，我已上初中，功课压得我喘不过气，我不敢过多停留。

世界上的事谁能讲得清？既然上天将一把烂牌塞给了郭芳芳，她也只有握着它玩下去。

命，命中注定，一切都是命运的安排。

我敢断言，362基地没有一个人会料到，郭家三姐妹最先走上不归路的是郭琳琳。郭琳琳从武元护士学校毕业后，回到362基地医院任外科护士。她死命追求同科室的一位长相帅气的医生，这位医生被她追得烦得不得了，只好表面上应付一下。结果，给外人的感觉是他俩在谈恋爱。

不久，这位医生考上广州中山医学院的研究生，出发前，他当着全科室医护人员的面，说他根本没有和郭琳琳谈恋爱，全是她剃头挑子一头热。整个医院，不，随即整个基地炸开了锅，以致唾沫星子飞得到处都是。

这位医生前脚离开362基地，郭琳琳后脚就跳进青沧江，再也没能回到家。她的母亲哭得死去活来，她的二姐披头散发站在青沧江大桥桥头不停地唱歌！

郭琳琳的后事是许冬梅、李冬生他们帮忙料理的。当然，这是另一篇小说的内容。

过完年很快就开学了。

过了一个寒假，好像多了不少的新奇事。周卫由小提琴改学画画了；郭琳琳沉默了，叽叽喳喳似乎溜走了；许冬梅开始讲卫生了。

"你有什么不高兴的事吗？"许冬梅的问话让我不舒服。

"不高兴的事？"我不答反问她。

"因为歌舞队活动取消了。"

这么说来，只有歌舞队活动取消这一件事让我不高兴？我断然顶回许冬梅："不是的。"

周卫也发现我的兴致不高，总是一副无精打采的样子，他也问我干吗不高兴。他当然高兴了，他在跟基地中学的美术老师学画画，我不想搭理他，目光斜他一眼便走了。

我在等一个消息。两个星期过去了，这个消息并没有来。那天晚饭后，我看见谭菁阿姨休班在家，征得父母同意，我便去她家"串门"了。在有那个"秘密"之前，我常去她家玩，我喜欢和她玩。

谭菁阿姨打开门看见是我，她显然很意外，我已经好久没有来她家了。

进屋后，我抬起眼看她，一脸和气，灵动的双眼清澈无瑕。奇怪，真奇怪，她没啥变化呀？疑问跳到我的脸颊上。

谭菁阿姨拿出天津麻花给我吃。这个春节我虽然没上她家玩，但她家的麻花可没少吃。

我熟门熟道，腾地坐上她家唯一的一张椅子上。

谭菁阿姨靠在床头，摆了摆双腿，她应该是想让她自己的身子尽量靠得舒适些。她拿起钩针钩织起来。

一筒白色宝塔线，一把钩针，钩出窗帘、桌布、茶几布、床单……一双灵巧的手可以钩出各种图案，像向日葵啊，竹叶啊，熊猫啊，还能钩出北京天安门的图案呢！可洋气了。钩织是362基地女人们追捧的时髦款式，她们人人都会钩织出几种图案或花样，让单调乏味的生活有了温暖的滋味。

"谭姨,您钩的是桌布吧?"我打破尴尬,没话找话。没想到,我这个小孩子还有这能耐。

"是床单。"

"床单啊?"我有点意外,吱溜滑下椅子,走到她跟前,"让我看看。"

谭菁阿姨摊开一堆白线钩织物给我看,图案是花,非常漂亮的花。"这是合欢花。"她告诉我。我根本没有合欢花这种花的概念,在362基地也从没听说过,更别提见过。我只会一个劲说:"好看,真好看。"

"叔叔加班?"我小心翼翼地问,这是我今晚来她家想打探那个秘密的目的。

"嗯。"

"我爸我妈也爱加班。"

"哦。"她顿一下,"不一样的。"

"加班还有不一样?"谭菁阿姨不理我,手不停地钩织,空气中弥漫着一丝让我想哭的感觉。我屏住气,不让自己哭出来,那些眼泪是留着等到那一天为谭菁阿姨伤悲的时候用的。

那一天又是哪一天?

我一无所获地回了家。

在两个星期之前,那个周日的下午,邻居叔叔来我家找父母想谈一点事。父亲去"沟里"加班不在家,母亲热情地招呼他。

"到楼下去玩一会儿。"母亲支开我说。

我很想听一听他和母亲要谈什么,会谈他老婆谭菁阿姨吗?便抗议道:"我作业还没写完。"

母亲右手牢牢地钳住我胳膊,左手打开门,轻轻地把我推出来:"听话,下楼玩会儿。"

我不甘心,眼珠四下"巡逻"一番,见楼道没人,心想一时半会儿应该也不会有人,便悄无声息地贴在门上偷听。他们的声音太小了,我一句话都没听到，真没劲。我正准备放弃不偷听了，这当口，"我是真想离婚"，邻居叔叔的声音穿破我的耳膜，音量很足，我一个激灵，把刚想挪开的耳朵更紧地贴在门上。

"这不好，想想孩子，想想你自个的前途。"母亲一个停顿，"在咱们362基地，离婚是很严重的问题。"母亲语气很重，声音陡然高了好几倍。我极少听见母亲用这样的口吻讲话。

我浑身哆嗦了，差点弄出声响。离婚，我当然知道这个词语，它距离我的生活理应很遥远才是，可现实偏偏不是这样——范师母讲离婚，邻居叔叔也讲离婚。

漫长的等待，伴随着我耳朵听不见屋内的谈话声，我也怕被母亲发现我偷听，又要跪搓衣板，便起身下楼去找邻居的孩子们玩"跳方格"去了。

我不知道邻居叔叔啥时离开的我家，我玩到吃晚饭的时候才回的家。我忽地觉得一些熟悉的东西变成好陌生的样子，我又知道了一个不该知道的秘密。

故事结束了

我看见田野里的小花开了。黄的，粉的，蓝的，紫的，蝴蝶在上面飞。

眼睛一眨不眨，就到七月了。

这个炎热的暑假，我们一家休探亲假回老家海舟市。双职工四年一次的探亲假，因为抢建高于一切，父母均放弃了。

我第一次坐绿皮火车，还在母亲的怀里，不到一岁。

我们先从362基地坐两个多小时的破旧长途汽车到川北武元市，在哐啷哐啷声中，混浊的汽油味，带着重量从四处压向我，我脸色发青，一大早吃的豌豆尖面条从胃里直顶喉咙喷吐出来，溅到我自己的身上、腿上、鞋上，到处都是。好不容易到了武元市，跌跌撞撞又步行了半个多钟头，才到武元火车站。

武元火车站，是川北第一大铁路枢纽站，建成于1955年1月。目前设有六台十五线，日均发送一万四千人。目前武元火车站主要途经线路有宝成铁路、兰渝铁路、西成高速铁路、广达铁路等，并是铁路交会点。

父亲一个人拎了三个旅行袋，母亲左手拎一个包，右手牵着我。一直到我们坐在武元火车站的候车室里，我好像才活过来。

没料到，更难受的是在火车车厢里。脚气味、屎尿味弥漫整个车厢，人们在臭气中照样谈天说地，碎屑垃圾满地都是，我也没见列车员来扫一扫。我实在受不了，"故伎重演"——自己让自己鼻子尽量不通气，缩在位子上，头躺在母亲的腿上，除了吃几块饼干，几乎啥都吃不下，熬了三天二夜才到上海，然后从上海转车去海舟。

在上海转车时，我们特意停留了一天半，逛了上海城隍庙和上海外滩，在上海百货大楼，母亲给我买了一双丁字形黑色小皮鞋，她自己买了一件湖蓝色的的确良衬衫。的确良的发明解决了当时中国老百姓的穿衣难题。的确良其实就是一种化纤，又轻又薄还耐磨，容易晾干，是当时人人渴求的高级面料，颜色挺丰富多彩。在几个副食品店，父母两个人分开轮流排队，为此，我们买到了不少定量供应的上海话梅糖、粽子糖、大白兔奶糖、五香蚕豆。我们住在上海社科院二姨家，她请我们吃平时很难吃到的上海灌汤包，送我一条白底有细细红色格子的的确良连衣裙，把我臭美得不知东南西北了。

我们终于到了海舟城郊父亲的祖屋。彼时，奶奶早已不在人世，眼下是父亲远房的一位叔伯哥哥一家住在这里。他们热情地接待了我们一家。

父亲只有一位亲叔叔，曾经有一位大姑，还在幼儿就因出天花病死了。父亲的父亲、我的祖父从小身体就不好，也早早地离开了人世间。这位叔叔在内战时期就远渡重洋去了美国，跟家里再也没有任何联系，也不知道他是死是活，也许他早就死了。父亲填干部登记表，从第一张到最后一张，填的都是这位叔叔"死亡"。

看热闹的近邻远亲很多，男的女的，老的少的，挤在门口，伯父、父亲就招呼他们进屋坐，递烟倒茶。他们夸父亲是办大事的人，地下的奶奶也就是我父亲的母亲一定会知道，也会很欢喜。母亲见到小孩子便抓几颗糖果塞在他们手中。

第二天一大早，父亲带我们去海舟市中心转转。小桥流水的海舟一下子就俘获了我这个小屁孩的心。海舟河湖交错，灵动飘逸，不像362基地崇山峻岭，磅礴大气。海舟市的街道非常干净，街上穿花裙子的女人也不少，甚至年龄挺大的也在穿。海舟为什么允许这样的生活方式存在？海舟充满了不健康的东西，为什么没人管？一连串的问号在我脑子里旋转。算了，想也白想，因为根本想不明白，管它呢，这里又不是362基地，先紧着好吃好玩，吃才是我的头等大事。

父亲还带我们去海舟北湖公园划小船，他和母亲一人拿一支桨，边划边唱起了歌。他俩唱歌的声音很轻很低，歌曲曲调挺好听，牢牢地吸引了我。可听了一会儿，我就觉得不对劲了，这首歌太靡靡之音了。看来，父母他们也有我不知道的很多秘密。

我到海舟工作后，有一次去北湖公园游玩，忽地想起当年探亲时，游北湖公园划船父母唱的那首歌，便拿起手机打给母亲，问那是一首什么歌，母亲回复我说，这是老电影《生活的浪花》插曲，歌名叫《划船曲》。

  小船儿轻轻地飘荡
  夕阳映照着波光
  是什么，是什么扣打着姑娘的心房
  是青春的欢乐
  是美好的理想
  是幸福的祖国要我来歌唱
  ……

从北湖公园出来，我们又去东街电影院看才上映不久的新电影《长空雄鹰》，讲抗美援朝空军英雄事迹的故事。压轴戏是父亲把我们带到海舟赫赫有名的福聚楼吃特色小吃。

我头一次吃用米磨成浆做成的米片汤。在362基地，改善生活时，偶尔才能吃到面片汤。米片汤里有芹菜，还有根本不在我见识范围内的蚬子，我就像个小傻子，只顾埋头吃，吃完用舌头把碗舔得干干净净才罢休。

我边打嗝边问父亲："蚬子是啥东西？"

父亲耐心给我科普："蚬是一种具有很强环境适应能力的双壳类水生生物，吸取周围环境介质中的元素，通过软体的分泌作用形成碳酸盐成分的壳体。蚬肉营养丰富，既可鲜食，又可制成蚬干，还可入药……"

父亲讲了很多，我啥也没记住，只记得蚬肉好吃，是我从未吃过的好吃东西。看来，为了吃，吃好东西，我也得留在海舟。我傻傻地冒了一句："爸，咱们申请调回海舟吧。"

父母显然被惊到了——孩子气的东西就是蠢。不等他们回答，我跟上一句："362基地没有好吃的。"

父亲摸摸我的头，说："吃好了，咱们回去吧。"

其实，我知道这一刻父亲说的"回去"，是指回伯父家，但我就是想使性子，问他是回362基地，还是回伯父家。我张大嘴巴，音尚未发出来，便抿住嘴唇，我又不想问了。

我们在海舟城郊伯父家只住了两天一夜，就去母亲的老家福江县乡下了。

到福江乡下才三天，一封加急电报到了生产大队队委会：中心事故，速归。父亲二话没说，当天就坐长途公共汽车返回海舟，时间急，只买到站票，站票就站票，抢修事故十万火急！

在外婆家，我认识了从来不认识的"酒酿圆子"，它是江南一道传统的甜品。圆子糯糯的，汤甜甜的，混合着酒的醇香，吃完满口都是"外婆的味道"。

吃人家的嘴软，我嘴巴变甜了："外婆，我最爱你！"

外婆落泪了："我的乖囡囡。"

外婆非常疼我，用她的十八般武艺，天天变着花样给我做好吃的，我几乎把外婆的"家底"吃空了。外婆还特意去邻居家借银鱼干烧给我吃，我的贪吃和能吃完全出乎她的意料。

母亲心疼外婆，语气却带着责备："妈，你会惯坏兰兰的。"

外婆撩起围裙擦眼泪："我的乖囡囡……"

外婆在我上初中二年级的时候安详地走了。外公很早就病逝了，是外婆一个人拉扯大三个女儿。三个女儿一个比一个优秀，尽管没有儿子是外婆人生的一大憾事。大姨在当地公社中学教书，二姨在上海社科院历史研究所当研究员，母亲是老三。

母亲放心不下 362 基地的事故，也是真怕我把外婆家"吃空"了，便决定提前一周就带我返程。我好伤心——我远离了外婆，更远离了"好吃的"。

好在"废液"事故处理得当，不影响能源试验场试投产运行。父亲又立了一大功，受到基地京城总部首长的表扬。父亲的口头禅传遍了 362 基地，传到了基地京城总部："豁上这把老骨头，也要把废液治理搞上去。"

一大早，基地广播站转播了一条新闻，震惊了基地上上下下，老老少少：

我国河北省唐山市今天凌晨发生里氏 7.8 级大地震，目前唐山地区交通中断，通信中断，中国人民解放军抢险救灾部队正紧急开赴唐山地区……

362 基地的人都在担心，地震带这东西六亲不认，咱们基地会不会跟着震？要是真震了，怎么逃出去？逃出去吃啥？

一语成谶！

1976年8月16日，在四川省北部阿坝藏族自治州松潘县与平武县之间发生了7.2级强烈地震。8月22日和23日又先后发生了6.7级和7.2级强烈地震……

362基地受到很大波及，当时正是能源试验场运行试投产阶段，地震的威胁无疑是雪上加霜。后勤分部火速划好地块，搭好帐篷，基地家属、孩子们以及老弱病残职工住帐篷，吃食堂配送的馒头、榨菜头、海带黄豆汤。

"沟里"一线抢建人员全部在岗，在草帽书记的带领下，举起右手宣誓："人在基地在，就是天塌地陷，我们也要顶住！"他命令将调度电话总机垫上枕头，上面再架上床板，万一房屋震塌，只要电话完好，他照样可以指挥调度。

这年九月初，基地京城总部首长亲临362基地指导，在"沟里"二分部，他慷慨激昂的讲话通过有线大喇叭，迅速传遍"沟里"和"沟外""362人的精神是永远打不倒的。"

他对草帽书记说："你们轮班值班，其余的都回家安心睡觉。睡个好觉，这也是能源试验场运行的需要。"

这是个湿漉漉的夜色，有一轮披着烟雾的月亮，烟雾忽聚忽散。我整张脸贴在窗户上，眼睛一眨不眨地望向月亮。倏忽间，烟雾散开，月亮圆圆的像结结实实的同心圆，我心怦一下跳动加快，好像拥有了不可言明的惊喜和快乐。可是很快地，烟雾又蒙住了月亮，眼前的一切都变得扑朔迷离，难以捉摸。我感到有些怅然——一个孩子不该有的怅然。这的确是个奇怪的夜色，362基地鲜见有这样湿漉漉的夜晚。

母亲把我"押"上床去睡觉了。

第二天，整个362基地陷入无边的悲痛——一位伟人撒手归去了！

这天，我一大早就醒了。母亲特地叮嘱我："今天去学校，不许笑，更不许玩沙包。"

我看着父母，他俩一脸严肃又眼含悲伤地看着我。我懂事地点点头，他们放心赶班车"进沟"去了。

科学的春天终于来了。

这个早春，春光是和煦的，照在青沧江上，波光粼粼；射在远处的山峦上，一片温暖。

我的学习时代从此步入"临战状态"。

这节音乐课，范文老师一走进教室，便有一股香味弥漫开了。同学们大口吸着空气，真香！香得有点奇怪了。

下课后，同学们议论纷纷，范文老师是怎么把香味带进教室的？

周卫一脸不屑："你们好傻。她用香水了呀！"

"香水是啥玩意？"许冬梅好奇地问。

"说了你也不明白。"周卫一向看不起许冬梅。

周卫上头还有一位姐姐，大他四岁，从小寄养在浙江嘉兴外婆家，偶尔放假会来362基地。我见过她，穿连衣裙，很洋气的。他姐姐是城市人，见多识广，肯定是她告诉周卫的，周卫拿来臭显摆。

我后来才知道世界上有香水，女人用，男人也用，是从各种各样花卉等植物身上提炼出来的。

父亲参加全国科学技术大会，从京城回到362基地像个大英雄，草帽书记亲自到车站去接他。我春风得意，高昂着头，走进学校，走进班级，结果又挨了张老师一通批评："'骄、娇'二气要不得的。"

我脸上不敢反抗，心下很不服气，我就要上初中了，你管不着我了。

邻居叔叔考上上海同济大学研究生，昨天就出发去学校报到了。我悄悄问父亲："谭菁阿姨怎么办？"

父亲看我一眼："小孩子别乱讲。"

母亲紧跟着又教训我："管好自个的学习。"

哈军工高才生，那个高个子叔叔也要离开362基地了，他考上了清华大学的研究生，临行，他特地来我家告辞，母亲一脸笑意地对他说："学完回362基地吧。"

奇怪，初春的这个早晨，我又听到了树上黑知了的叫声。

结　语

　　一本书上说:"人的记忆是'真实—想象—叠加态'——一定是真实现实的记录,又有当下感受推演……须有历史的眼光。过去的善,可以变成今天的恶。"

故事二 风卷研究院

引　言

《论坛报》报道，精神心理问题是全球性的重大公共卫生问题和突出的社会问题。因为，事实上多数人需要的是给他们幻想的空间，不用去知道真相，毕竟真相只存在少数人的心中。

从量子物理学角度看，人死后并不意味着消亡，死或许只是人类意识造成的幻觉或妄想。诚如宇宙本身或时间、空间并不会创造生命，是意识才使浩渺的世界具有了非凡意义。

赵辉到底进了监狱

从京城开全国科技园区创新大会回来，我又陷入焦虑，不可名状的焦虑。我害怕，害怕某一天的临近。某一天又是哪一天？这四处无着的"某一天"仿佛是深不见底的黑洞入口，把我的灵魂无限地逼近空和无。我想，应用技术研究院的其他人也会这样吗？我似乎不清楚，似乎又很清楚，他们的内心我自然无法透视。

这天上班的路上，我脑子特别活跃，一直沉浸在自己的妄想里，脸上盛着焦虑的表情，某一天，我可以不进实验室，不参加会议，不问窗外事，不按常理出牌……有这样的某一天吗？我走几步，莫名其妙地停下来，停一会儿，然后又走。我看好几个人朝我回头。

走走停停，我终于走到公交车站。很奇怪，等车的一拨人一直盯着我的脚，鞋是我常穿的富贵鸟牌低跟黑色皮鞋，并无新意呀，我顺着他们的视线低头一看，终于明白一路上不停打量我的目光是为什么了，我穿了一双红色缎面绣花拖鞋，搭配的却是浅黑白格端庄套裙。我恨不能有条地缝钻进去，脑子里轰轰响着往回走去。

这天上班我迟到了。

我在江南应用技术研究院工作二十多年了。

海舟是江南省一座拥有两千多年历史的文化古城，城在山中，山在城中。风光旖旎多姿，文物古迹星罗棋布。母亲河舟江绕城而过。华灯初上，舟江碧水潋滟，景色迷人。而我老是嫌海舟苏醒得太过于早——昨夜的浮尘尚未来得及涤净，道路两旁晕黄的灯光尚未尽兴，晨曦仿佛急不可待而至，催促我快点，再快点上班。

这些天，我半夜老被心悸搅醒。有一次我捂着胸口不得不靠着床头坐着，坐着，坐着，竟陷入幻觉：

知道应用技术研究院是干什么的吗？

笑话。1987年我从江南理工大学毕业就来到应用技术研究院工作，岂能不知？

自以为是。应用技术研究院是"机构"，给海舟市、江南省领导提供研究决策。噢，能不能转化为生产力，似乎不重要。

哦，在院里我发表的论文最多。

又自以为是。笨事都是精明人干的。

哦？迟疑一下，你想对我说"君子讷于言而敏于行"？

不，我想说，不是性格决定命运，而是现实决定命运。

这句话我听明白了。瞬间，我的心脏开始"翻江倒海"，我听见自己的胸口里有"咚、咚、咚"的声响，我差一点背过气去。

你何德何能，竟也成为研究院副院长？

我研究能力强。

强吗？……我，我哑然。

最近我的脑子总是很混乱，常常坠入虚无里，感觉自己一点点与时空脱节。我的内心一片空荡，百无聊赖中拿起手机问母亲："我和爸爸一样，也是个优秀的研究员吧？"

母亲迟疑了一下，颤抖的声音从手机里钻出来："咋说呢？说不好。"

"那就是说，我不是个优秀的研究员了？"

"也不能这么说。"

"那还是优秀的。"

"真说不好。"

母亲声音颤巍巍的，有年龄大的成分，也有挂念、担忧我的成分。

我优秀吗？

这是个雾气腾腾的一天，匪夷所思，海舟也会有严重的雾霾。

又一个不眠之夜。晨曦已至，我却祈求夜长点，再长点，好埋葬我的心悸。结果，我的睡眠与我的祈求建构了鱼和天空的关系，风马牛不相及。我的祈求得到了馈赠——天亮了。丈夫李孟结宽慰我，说他帮我去请假，让我在家休息一天。

李孟结是江南理工大学物理学院的资深教授，博士生导师，今天一大早就赶去学院实验室做实验。他的头发有点自然卷，个头近一米八，脸部轮廓刚硬，线条却很柔和，自带一股勃勃英气。难怪被学院师生戏称少女、少妇不二"杀手"。

我去京城开会的前一天，江南省科技厅召集全省科研机构副高职称以上的研究员开会，推荐省数字信息研究院院长人选。数字信息研究院前院长赵辉严重贪腐入狱后，主持工作的第一副院长也兼党组副书记的谢清远收拾烂摊子不容易，面上只字不提，不言一声苦。我曾经问过谢清远，赵辉这件事怎么样了，他似乎面有不愿，只轻描淡写地说，钱能搞定的事，都不是事。我没有再问下去，这句话我似乎也不大懂。曾经听人八卦，研究机构圈子里，赵辉最兜得转，有的是手段，在数字信息研究院一向掷地有声，该使心计时使心计，该斗狠劲时斗狠劲，"度"拿捏得十分好。哪料，最终却把自己兜到监狱里去了。

江南省研究机构之间是没有秘密的，在各种层面的人脉交往中，赵辉要被"双规"的消息,早就传得沸沸扬扬。谢清远一定会积极配合办案组工作,也渐渐浮出水面。我从李孟结那里听说过,谢清远拿着赵辉的事儿,含蓄地试探科技厅厅长的态度,得到的结论仅仅是不知所以的一脸威严。

演绎出来的版本,近似黑色笑话。

想想也是,赵辉风光的时候也没什么知心的朋友。就算有,我是吗?我应该算是他知心的朋友吧。我和他是纯粹的同学关系,不存在利益。问题是,现实中真存在这种"纯粹"的关系吗?显然这是"稀缺资源"。更多的人则是淡淡地远远地注视着事态的走向与结局。这亦是科研机构研究人员社交的常态,保持距离,以策安全。

不过,赵辉最终还是满足了大家的"观赏"心态——在一个风和日丽的早上,他去科技厅开会之际被专案组带走了。说不出为什么,我在谢清远的身上清晰地看到一种深藏不露的幸灾乐祸。李孟结为此还批评我是"小人之心"度君子之腹。都是同学,至于这样黑他吗?

得知赵辉"双规"后,我来到他家。

他夫人见到我泣不成声。我奇怪自己如此平静,一丝波澜都没有。他岳父,我们物理系老主任,头发乱蓬蓬的,脸色灰暗,衰败得让我心惊肉跳。老主任看到我就说:"你也了解他的对吧?他不是贪得无厌的人,他知恩图报对吧?早知如此,还不如好好当他的研究员,至少不会有这种无妄之灾。"

没有人能真正安慰他们,我也一样,除了说赵辉会回来的,还能说什么?我的眼神却下意识地游移下去——怎么有种做贼心虚的感觉?

大维从美国回来了,这倒是我没想到的。大维是赵辉的独子,比我儿子小两岁。老主任把他从卧室叫出来。他的个子比他出国前又高了许多,超过了赵辉。

他很冷漠地盯了我一眼,算是打了招呼。我轻声对他说:"爸爸是爸爸,你是你,你要照顾好妈妈和外公……"

我话没说完,他的鼻子里嗤了一声,耸耸肩,转身进卧室了。

我一脸愕然，难道他知道什么？

晚上，我对李孟结说："有一天，大维会给他爸爸报仇吗？"

"报仇？你怎么这么想？大维从高中起就赴美国留学，是个被生活逐渐西化了的'香蕉人'，我想他怕是不会懂你口中报仇的意思吧。"

自古文人相轻，"各以所长，相轻所短"。同样两个优秀的男人，较起劲来自然可以不加掩饰；如果有缘成了知己，关系里也容易藏着一丝只可意会，不可言传的微妙。李孟结与赵辉属哪种？谢清远与赵辉又属哪种？他们似乎都靠不上这两种情形。

躺在床上，我弄不清自己为什么会想这些事，会想赵辉。我下意识拿起枕头边的手机，拨完一串号码，顿感大脑一片短路般空白，胸口如压着磐石沉重无比。

赵辉曾经对我说，我是唯一理解他的人。

他在我的生命里应该消失掉。他被判了十二年刑期，我去监狱里看过他。第一次看他，他一句话都没说，隔着会见室的厚玻璃墙，看了我几眼，便转身走了，把狱警都搞蒙了。

在科研和权力之间，赵辉被完整地撕裂了，而在爱情与友情之间，准确地说，赵辉迷失了。

当我走出监狱大门时，天色已暗沉起来，要下雨了。路上几乎没人，只在我的右前方有一位男子在疾行，穿着藏青色西裤、黄棕色夹克衫。初春时节，乍暖还寒，我裹紧了风衣，望向他的后脑勺，是简洁朴实的一个平头。我停下脚步，再也没有抬头去看他，他像世界上另一个赵辉，我不敢超过他，更不敢看他的长相，不敢绝望，或者万一我没有绝望呢？那我会不会跌入深渊万劫不复？

欧阳兰！欧阳兰！这会儿，从我身后传来的这个叫声很熟悉，又很陌生。我的心猛颤一下，转过身去。赵辉，没错！是赵辉。赵辉变了许多，我还是一眼认出了他。几乎同时，蛰伏在脑子里的记忆被激活了，我发出一声恐怖的叫喊：你？你越狱了？

我瞬间预感到了危险。扭头就跑，只顾跑，离赵辉越远越好。我必须从赵辉的视野里消失。如果他能在我的记忆里完全消失，那是再好不过了。

　　欧阳兰，欧阳兰……赵辉一直喊。他见我越跑越快，越跑越远，于是停了下来，只是我不知道罢了。我拼命跑，跑不动了，蹲在地上伤心地哭泣起来。

　　赵辉已经不是过去的那个赵辉了。他是囚犯。他想回到那个赵辉，回不去了，永远回不去了。

　　之后是如何走回家的，我一片茫然。有时候，真实与虚构殊途同归，这两者又有多少区别呢？我的心像一口深井，井口堵满了伤感的往事。我的大脑好像停止了转动，整个人也变得反应迟钝，对一切都漠然，提不起劲。我怀疑自己是不是精神上出了毛病，甚至有了悄悄去精神病院看医生的念头，我想不出逃脱的辙。

　　新世纪的突飞猛进不可能只体现在衣、食、住、行上，还有悄然的与无所不在的专业培训和学术交流。这种培训与交流模式很有创意与革新，充满了生机与活力，一扫此前的培训——听课的昏昏欲睡，授课的味同嚼蜡。

　　赵辉称这种培训是"高级培训"。它既是官方主办的，又是民间操办的，它是组织行为，也浸透了商业模式。

　　那一天，应该是赵辉被纪委带走的两周前的一天。

　　赵辉的数字院牵头承办了一场他口中的"高级培训"。另辟蹊径，别开生面，摒弃以往培训放在培训中心或会议中心，他把培训放到了一组被修旧如旧的民国老建筑里。

　　经过修旧如旧的老建筑，只有外部风格还是老款式，内部功能完全获得了新生。交流中心、住宿中心、餐饮中心一应俱全。我对谢清远调侃道："数字院成了'民国为体，时代为用'的典范。复古主义的现代性就这样获得了它的合理性。"谢清远不答反问："你啥时候喜欢上尖酸刻薄了？"我恼火得扭头就走，不睬他了。

　　培训班的开班式倒挺简朴和低调。科技厅科教处处长主持，分管厅长和承办方赵辉院长分别讲完话就总结了，接着从京城请来的一位重量级专家开始讲座。不过，我总觉得培训中心里弥漫着一股隐匿的亢奋。亢奋什么？我说不清。

晚餐是自助餐，餐厅造型灯饰熠熠生辉，长长的桌台上铺着白色的餐布：海鲜、肉类、禽类、蔬菜、甜品、水果一应俱有，竟然还有果酒。参训的人员随心所欲取吃食，然后自由组合，坐在餐桌上大快朵颐。谈论的是菜品、房价、孩子、旅游，甚至婚外恋……与此次培训内容毫无关联。

我和赵辉一桌，坐在他旁边。当然，同桌还有其他人。我低语："培训这样铺张浪费，当心犯错误。"赵辉苦笑一下："培训内容并不重要，参训人员心满意足才是我的目标。"

一语成谶。

我的灵魂在谵妄中不知飘逝了多久，等到我恢复了意识，发现卧室光线有点暗。我看了看床头柜上的闹钟，已是下午三点四十分了。我打开了灯，早饭、午饭都没有吃，却没有丁点饥饿感。年过半百，竟然还沉浸在一片虚无中，我实在不堪这种享受。

李孟结回来了。我敏感地捕捉到，就在进卧室门口的那一刻，他的眼神里掠过一丝温暖的光，我心头一热。

他从书包里拿了一本书递给我，书面印着《现代物理学研究创新集》，作者李孟结。我知道这是他刚出版的，是他对现代物理学研究的最新论文合集，共二十三篇科学创新论文，我还曾帮着他一起校对。第一部分六篇文章，论述 Casimir 效应、光子、虚光子和超光速研究。第二部分七篇文章，分析揭尔电磁波中的消失态、Goos-Hanchen 位移以及表面等离子波。第三部分十篇文章，论述了现代物理学中的若干困扰、涉及时间、空间、质量、波动力学和物理学中的负参数，以及电磁理论和导波理论的若干进展。我翻了翻，望向他："真不容易。"

我们家的书太多了，整个书房都搁不下了，好多书都放在儿子床底下。他在浙江大学读大三。有时，想找一本书找不到，为此，李孟结经常买重书。

"今天许点点来我这儿。"许点点曾是他的博士生。"他说他上周去了趟京城。京城那几天都是雾霾，下午就跟傍晚似的，灰沉沉的。我以为他要抱怨天气，结果你猜他说什么？"

我用眼神回他：说什么？

"他说京城就是京城，即使灰沉沉的，也诠释着霸气和不可替代。"

"怪论。"

晚饭，李孟结做了他拿手的菠菜粥。我喝得五脏六腑都是暖意和舒心。饭后收拾完，李孟结打开 iPad 音乐链接，他拉着我的手，我靠在他的肩头，我们静静地听着舒伯特的《小夜曲》。渐渐地，我们俩进入了音乐所引领、所想要我们进入的世界。这感觉让我一下子回到了新婚时的浪漫与多情、充盈与富有。

我内心很厌恶俗人评说的"理工男"——仿佛只有刻板乏味，与浪漫绝缘。

经过了最空虚的折磨，你会觉得一切事情都不过如此而已。

热腾腾的咖啡凉了

我与罗盈盈有一搭没一搭地聊天，罗盈盈是我大学同班同学。这个周末的傍晚，我和她在上岛咖啡店面对面坐着，从来都是她约我，足见，我真不如她热情似火，也不会真诚。

我本不想喝这杯咖啡，没有任何理由，尽管这样，我到底还是来了。反正我在周末也无聊。罗盈盈把菜单递给我："你点。"我推回去："随便。"她盯着我的眼，片刻又低下头看菜单。"咖啡拿铁是必需的。"她知道我的偏好。

我发现我们今晚无话可说，似乎她引起的话题我很难顺畅地接下去，她说的都是数字研究院院长谁来接任。

在海舟，我和罗盈盈走得比较近，除了同学这层关系，应该还有我们俩都属于"新海舟"人吧。她是从东北农村考到江南理工大学，我是从362基地考过来的。最初，同学们都以为她和李孟结会成为夫妻，却未料她与谢清远结了婚，而我和李孟结倒成了夫妻。她大学毕业后，横竖都要留在海舟市，心甘情愿留在母校当了一名图书馆的资料员。时至今日还是个资料员，不过多了顶"资深"的帽子而已。实话实说，她的专业课一向在班级"垫底"，同学们也都见怪不怪了。

当初，她从说话的口吻、穿衣的打扮，日常生活的点点滴滴都向江南女子靠拢，好在她五官清秀，个头一米六三，被她这么一捯饬，搭眼望去活脱脱一个江南佳人。只是相处长了，她的东北"大楂子"味便藏不住了。

362基地是我儿时的梦，在那儿我看什么都饶有兴味，跟周围环境很融洽。正吃着饭，心血来潮想去看青沧江，放下碗就出了门，那迷人的碧绿碧绿的青沧江隐藏了我许多不想让人知道的秘密。

父母自从到了362基地，由于抢建任务高于一切，工作性质又属于国防机密，便很少回老家探亲。我们一家三口一块回老家海舟探亲，还是我上小学三年级放暑假的时候。此后常常是母亲独自带我回海舟，父亲总是忙啊忙，还爱说要把已经失去的时间夺回来。

我父亲是遗腹子，从小与他的母亲相依为命。他的母亲、我的奶奶在他读初中二年级的时候不幸病故，父亲是靠政府的救济和亲戚的帮助才完成的学业。

海舟的山水风景，是我父亲至死都念念不忘的"乡愁"。我不忍违逆父亲的意愿，高考报志愿全部填的是江南理工大学。

我曾经做过一个怪梦，梦到死去多年的父亲。梦中的我还是个孩子，我站在能源试验场旁的小溪边，地上有一具尸体，旁边一个人指着尸体对我说，这是你爸爸。我惊恐地把头扭向一边，这个人又执意地把头给我拧回原处。忽地，尸体站立起来走近我，把我拉进怀里紧紧地抱着。我浑身战栗，大喊，不……耳旁又听见一个人说，他想他女儿了。惊醒后，我脸颊上全是冷汗，枕头上已经濡湿了。

很奇怪，我最近总是恍恍惚惚，好像要把从前的经历都回忆一遍似的。

我没觉察罗盈盈剜了我几眼，人依然在发呆。罗盈盈也不言语了。很长的一个沉默。

"想什么呢？"罗盈盈打破沉默。

"开春了，青沧江的水应该绿了。"我显然答非所问。

"你咋啦？"罗盈盈的目光落在我的脸上。

"哦。"我苦笑一下。

"哎……"罗盈盈话音刚起，左边斜对过邻桌的三个小年轻突然拔高的音量，吓了我俩一跳。其中一个留着非主流发型的小男生惊诧道："英国议会大楼发生恶性枪击事件，有一名中国游客在枪袭中受伤……"

我和罗盈盈同时转过头望向他们，须臾，一个回头，两人目光对视，都有点茫然。

"意大利面凉了。"罗盈盈自言自语道。

"咖啡也凉了。"我接她的话。

"凉了怕啥，再叫两杯。"罗盈盈那叫一个干脆。她转过头："服务员……"这就是东北女子的热情与豪爽。

在她和服务员哇啦哇啦点咖啡时，我发现右边紧邻桌的两位年轻女子齐刷刷地拿一种眼神和脸色看罗盈盈——她们俩抬起脸，斜着眼睛，朝罗盈盈这侧抬了抬下巴，一副不屑、轻蔑的样子，我皱起了眉头。

不一会儿，服务员就端来两杯热腾腾的咖啡。

我了然无趣，懒得搭腔，想早点结束回家。心说，就让你的谢清远当院长吧，难不成我当？只有赵辉完蛋了，你的谢清远才有机会。

我回到家。

分手时，我被罗盈盈好一顿数落，嫌我今晚老走神。事实是，我一直拒绝跟着她的思路走。罗盈盈在暗示我什么吗？我与在书房伏案的李孟结招呼一声。李孟结告诉我，他刚刚和儿子视频了，儿子一切正常，让我放心。

"好的，我去洗澡休息了。"我跟着说了句。李孟结"嗯"一声，继续伏案了。

洗澡水冲刷着我的身体，我连看都不愿看它一眼——早没了苗条，只有松弛的皮肤。看着它，只有沮丧。

夜深了，我们两个都睡下了。我又失眠了，黑暗中睁着眼看天花板，身子一动不动，怕惊扰了李孟结。

我的眼前在叠影，一会儿是父亲，一会儿又成了赵辉，还有谢清远。那些情景短暂地从我脑海里划过，像快镜头，最终只留下一地碎片。

大学新生入学第一次班会，我左侧隔着一条过道的书桌前坐着一个高大、健康、有点孩子气的男生，我侧目看了他几眼，竟发现他穿着应该是家里人做的那种布鞋。我的记忆里，这种鞋应该躺在民俗博物馆。再看他那张孩子气的脸，也不像赶时髦的人，迎合当下刮遍歌坛那股强劲的"西北风"呀。

我忍不住又侧目多打量了他几眼，目光盯在他的布鞋上。许是他有感觉了，两只脚不自然地并拢在一起，神情有点落寞，似乎硬生生要把自己与周围的同学区别开来。

这个穿布鞋的同学就是赵辉。

赵辉还真就是从"西北风"刮进江南的。他从陕北榆林一个很贫瘠的山村来到流水潺潺、灵秀妩媚的海舟市，这让赵辉一度很不习惯，但比之更不习惯的是窘迫的生活，他每周的生活费到底有多少，估计全班同学没人真正清楚。我也是很久以后才知道，他父亲在他上初一的时候病故了，全靠母亲面朝黄土一点一点熬更做活把他们姐弟四人拉扯大的。

赵辉在食堂吃饭，几乎顿顿喝稀饭，因为便宜，食堂卖的荤菜，我从来没见他买过。和他相熟之后，我常常不动声色买好一份荤菜，悄悄地递给他。是的，向别人表达同情很容易，难的是不能有丝毫的居高临下，更何况我这人自带所谓的优越感。

我时至今日都不确定，赵辉看着班上那些家境好、人又帅，嘴里动不动就"指点江山"的男生，心里是一种什么样的感受。但有一点可以肯定，曾有的"窘迫"是他最大的"软肋"。

想到赵辉，我心里的难受开始膨胀，甚至要冲出喉咙口。这种难受百味杂陈，如此，才会一直膨胀。

某一天？哪一天？

某一天是那一天。那一天省科技厅组织直属研究院在海舟滨海新城召开科技创新政策解读会。开了整整一天，我脑子都木了。晚饭后，我们三位老同学结伴去海边转悠转悠。

"烦哪！唉。"我莫名其妙脱口而出。会上政策解读的内容过于庞杂，我认为毫无意义，令人生厌。

"怎么了？"赵辉神情闪过不易觉察的疑惑。

"怎么了？"谢清远面容浮起神秘。

"这是毫无收获的一天。"我在一瞬间陷入虚无。我朝哪儿走？我又身在何方？他们俩是谁？

我站定不动好一会儿，耳边传来哗哗哗的声音——那是海浪在拍打礁石。远处一个人，好像是个中年男子，脚踩沙滩径直向我走来。他的头一动也不动。一种不祥的预感令我身子有些发抖，我想张口问他到底是谁，又觉得自己过于神经了。

我等那个人走近我，等啊，等，那个人始终没过来，一个眨眼不见了。我茫然四顾，搞不清楚今晚的我还是我吗？

"你认为政策解读不必要？"

"政策解读当然必要，但是核心技术不突破的话……"

"没有政策引导……"

是谁？

谁在喧哗？

对话的声音，突然之间就把我拉回现场，我好像明白了什么，便朝声音发出的方向看，他们俩也正盯着我。

"你说说看，政策解读必要不必要？"谢清远目光直视我，仿佛我是政策制定者。我摇摇头说："你别问我。"谢清远不依不饶："你的看法？"我迫于无奈，想尽早摆脱他的无聊，便把目光转向赵辉，朦胧中，我分明感受到他强烈的克制气息。

"回去吧，天黑了。"我的话音落在海里，被海浪声淹没了。我们似是相依为命结伴往回走，又彼此心里提防。

科研不像社会现实那样有心机，基本秉持"1+1=2"的朴素原则，但这样的时代已经过去了。现在的科研环境并不干净，科研的事情往往和现实的事情纠缠不清。科研机构喜欢把年轻研究人员当民工使，杂活多，杂事多，怎么看都有点像包工头一样最大限度地剥削年轻研究人员的剩余价值。我担心，用不了几年，这些年轻人的科研兴趣和意志就被拖垮了。如此，政策解读不解读，确实没必要，解决不了存在的现实问题。

耳边总听到赵辉要被"双规"的议论，他也很久没有和我联系了。我觉得有必要打个电话问一问。我选在午休这个时段，应该是个相对合适的时刻。

一切证明是我多虑了，我太紧张赵辉了，他根本没事，就是很忙。科技部科技司来验收数字院数字应用"平台建设"项目，里里外外忙成一团，同时，还有几场学术论坛，几个汇报会，接待，应酬，参观，他恨不能克隆出几个自己，否则分身乏术。我从他的声音里听出了深深的疲惫，还有平常鲜有的焦虑。

这一刻，我灵魂深处无比自责。我应该信任他，不能人云亦云，也把他往那个绝望的路上推，他有更值得他做的事。

我紧张？赵辉凭什么让我紧张？不是老公，不是情人，仅仅是大学同班同学，对我来说，李孟结、谢清远、罗盈盈也都是我的大学同班同学。

一个月过去了，两个月过去了，赵辉依然忙碌，依然疲惫，我开始觉得很焦虑，你再忙，给我个电话总可以吧？

那段时间，我确实无法接受他真的走到了绝望的路上——"双规"。我一直在幻想，一直在等他。我不觉得做这样的幻想是种幻想，相反，我很想一直保有这个幻想。

我到底绝望了！

一腔欲说还休的往事，一段不堪重负的纠缠，一个自我毁灭的灵魂。

我时常困惑，我父母他们那辈，集体永远比个人重要，革命人永远是年轻。我是他们的女儿，流着他们的血液，为什么与他们截然相反，常在无聊中挣扎？基因发生了突变？我不清楚。但我清楚，人的"欲望"倒是不会变，甚至有时还很强烈，但是，欲望也总是难以满足的。说来也怪，当你得到一种欲望之后，对于其他欲望就会产生更大更强的获取和渴求。

当下的社会出现了一个新的状态，人们的存在变得非常轻——原子化的个人出现，让生活变得特别地轻：不愿赡养老人，不愿承担责任，不愿结婚，不愿繁衍后代，不愿有负担，宅在家里自己为自己付出，甚至啃老。而我的心却变得越来越沉重，重到我甚至不堪承受。

我现在需要什么？我需要闭上眼睛去一个不被打扰的空间，去哭一场，去问清楚，甚至去骂个痛快，但，我能骂赵辉什么呢？我根本不知道该怎么骂他。

我发现，当我站在心灵的悬崖峭壁上，一切物质上的后路都毫无意义。从什么时候起，我有了一种想毁掉一切的冲动。

科研有时也虚伪

从京城一回来，我就向柯院长汇报了会议精神，近一个月了，应用院似乎没啥动静。这天上午，我坐不住了，把属于我分管的科研处处长叫到办公室来谈一谈，他说"贯彻意见已经下发了"，这我当然知道，他又说"院部各处室和直属研究所正在落实"。我心里很清楚，至少眼下，落实之前与落实之后应该不会有什么明显区别。科研越来越好做了，科研越来越不好做了，科研项目和经费呈几何级增长，有核心价值的成果却越来越少。有的项目立了项，领了经费，召集几个听话的科研人员，在高校就是几个助教和学生，躲在实验室里，策划一下，走个过场，反正最终项目都会结题，至于项目的研究价值和社会效益似乎可以忽略不计。

应用院里有的研究员爱争项目，一些"精兵强将"都进了他们的研究团队。有人劝我也多多立项目，包括李孟结。他说申请项目经费越多越好，至少可以撑一撑身价和底气，带几个科研人员抖一抖威风，爽一爽心情。说实话，年轻时还有这个激情和冲劲，人到中年，便只想立自己喜欢研究的项目了，钱多钱少还真无所谓。其实，我挺专注论文的发表，至于论文的价值有多高倒无关紧要，能在权威的C刊发表就成。别以为这是我的本事，论文能够顺利发表，赵辉和李孟结都是出了力的。

我觉得自己善于注意其他科研人员不大在意的一些细节或暗示，因为我相信因果随处可见，无处不在。你今天得到可观的项目经费，明天、后天，却可能由它招致不幸，赵辉便是典型中的典型。欲望、风气和争斗……样样都会与你较量，人更多靠的是运气。在应用院里，我一向明面上不与人争项目，争经费，争会招致不满或嫉妒，甚至平白无故树敌，莫名其妙受伤。

运气这个东西，真是不可思议，你对它格外在意，也许挡不住它毅然决绝；而你对它漫不经心，它却常常亲近光临。因为很多事情的发生，都由不起眼的偶然因素引发，在蝴蝶效应中，变成冥冥的定数运气。

我的身体仿佛被钉子钉在座位上，灵魂却在四处游荡。

窗外高楼大厦被雾霾包围了。这时，我听见有一个人说，快看，院长被抓了。我一惊，忙问，是谁被抓了？这个人说，你自己往窗外看。我赶紧起身朝窗外探头出去，因为霾，什么也看不清。你快告诉我是谁？一回头，办公室里一片黑色。我看见我急匆匆地奔向赵辉，手里扬着法院传票，担心道，真完了！赵辉，怎么办？你要坐牢的。把传票小心翼翼递给他，他接过来一看，对我说，这是支票。我大惊，伸头看去，心下呼、呼、呼乱跳一气。天哪，金额有七位数。

又听到谢清远在我耳边厉声道，支票怎么在你手里？我惊诧不已，心悸得几乎晕过去——他怎么也会在这儿？谢清远扶我坐回椅子上，倒了一杯水给我。我想说，你……喉口被什么堵住似的，一个字也发不出。他揽过我的肩头，接过我手里的支票，我浑身哆嗦，听到一声长叹。赵辉运气不好。竟然是李孟结的声音。

我跌回在座椅上。办公室里只有嗡嗡的响声，似是有什么东西要引爆的感觉。

"欧阳院长……"有人在摇我，把我摇醒了。看见眼前摇醒我的人竟是科研处处长。我浑身发颤。"您……"仿佛我才从险象环生中挣脱出来。

大白天也会做噩梦。

赵辉！赵辉的名字不由分说从我脑海里窜出来，可赵辉脸孔的样子却完全被屏蔽掉了。

"在所有的脸中，我只怀念你的脸"，读工科的我，也有自己喜欢的诗人，是英国的诗人拉金。时间的确无情，这才距离赵辉进监狱不足一年。

我缩在座椅上，像什么尖利的东西，在胸口那里挠，火辣辣地疼。

研究停止，生活清零，万事万物一切重启。人，只有活着与死了的分别。

不知过了多久，听见有人敲门，敲得很急促。恍恍惚惚中，我抬眼看去，科研处秘书科小张探进半个头："欧阳院长，您身体不舒服？"我摇了摇头，周身却疼痛无比。"我给您倒杯水。"小张的声音一如平时那么甜腻。

赵辉什么时候变得这么有杀伤力？

事后想来，科研处处长应该是这个时候离开我的办公室的。

下班后，我的脚步声在办公楼的走廊里渐渐隐去，有气无力地，虚无像无边无际的夜，一点一点，悄然弥散在我的心里，渗入每处肌肤。

因为雾霾，天很快就暗了下来，不像春天。街灯还没有亮，街上的行人显得影影绰绰。

吃晚饭的时候,我对李孟结说:

"这周末我想回362,给我爸烧点钱。"

"嗯?"李孟结显然惊到了,以为听错了。

"我想回362基地。"

李孟结反应过来:"还没到清明。"

我完全不在状态,是真的累,说什么都累。不想解释,根本也解释不清。

到底是谁魔鬼附身。到底是什么样的人,杀完人,再去参加被杀这人的告别仪式。听到人们议论"法网恢恢"的时候,还一脸正义地附和——对腐败分子就得零容忍。

啪的一声,我手中的筷子掉在地上。

李孟结一怔:"不舒服吗?"他赶紧盛了一碗汤递给我:"喝点汤,早点休息吧。"眼神却透着异样。

我的目光迅速逃遁,埋头喝汤,有种被窥破秘密的尴尬。须臾,我抬头:"我最近总头疼,我想看医生。"我这个温室里长大的人,照样会虚伪与言不由衷。李孟结轻声道:"没关系,是累的。休息休息就好了。想看医生我陪你去。"

这晚我们两人紧紧地拥在一起。什么也不说,什么也不做,就是紧紧拥着。我把头埋在李孟结的纯棉睡衣里。他轻抚我的后背。我渐渐进入梦乡。李孟结替我撑起了一片天。

第二天一大早,我走进办公室,就有一种说不清道不明的不祥预感,心慌得厉害。没一会儿,秘书科小张就跑来说柯院长找我,我的心开始发毛。柯院长的办公室在八楼最东头,走廊深处,隐秘性好,隔音效果也不差。但这天柯院长显然生气了,声音凶得从门缝里传出来,让人听了个真切。诸如,你从京城回来一个多月了,创研中心(创新研究中心的简称)一点影子都不见,贯彻意见停留在一纸公文上。你是分管院长,又是院党委指定筹建创研中心的负责人,你看你,如此不作为,等等。我被柯院长好一顿数落,弄了个灰头土脸,跟着我的灵魂被吓得从我的躯体里也跑了出去。

我从柯院长办公室出来，迎面与一个人撞个正着，两人目光一碰，我的脑袋是空的，想不起这个与自己很有关联的人是谁。他扬了扬手里的一沓公文抢先道："柯院长让我列出的创新项目责任表和路线图。"我突然有了想破口大骂的感觉，就好像是一种本源的生理冲动。但他脸上闪现的讳莫如深，让我很快怀疑这是不是我的错觉。我出了柯院长办公室，这个人进了柯院长办公室。我并不知道，他的心此刻也在颤。下楼梯时，我心口隐痛，心悸得无根无据。

我回到办公室，跌在座椅上，这个人在我脑子里开始不停地转悠。似曾相识，不，似是相当熟识。

我心慌得难受——无法一下子从浑浑噩噩中清醒过来，无法回到现实。

这当口，奇迹不请自来：噢，这个人是科研处处长。

柯院长是应用院资深的院长，已有十几年的研究员资历。我的记忆中，柯院长一向挺器重科研处处长。他的机锋从来都是藏在木讷的背后，这一点误导了应用院好多人，都把他当老实人。

我一想起科研处处长常常闷声做事，写工作总结时那般兢兢业业，也有些替他惋惜，似乎也能理解他的不地道、不敞亮。他的发际线明显后退，霜染两鬓，过了知天命年纪的男人，那样子更像是一个勤恳的政府公务员，还不是有一官半职的那种，单从外表一点儿看不出他处事时显露的机锋和果敢，他脸上的表情近于木讷，总是一副俯首帖耳的样子。我在任何时候走进他的办公室，都看到他端坐在电脑前苦苦思索，办公桌面上摆满红头文件以及各类统计报表等，他长我六岁，在现在的位子上似乎扎下了根。"惋惜"这个词，我常常会用在他身上，他让我看到毫无意义的生活，每天都在我眼前持续和重复，有种百无聊赖的感觉，对过往、研究、前程一概提不起劲头。因为，人很难预知哪一天会遇上什么事，到底是好事还是坏事。

前几年，省科技厅给应用院一个赴新加坡学习科技管理半年的名额。院党委决定名额给工业研究所所长，可最后的结果出来，却出乎全院人的意料——参加培训的居然是科研处处长。新加坡培训半年回来后，他自然多了张"洋皮"——海外学习经历。科研机构上升管道窄，呈宝塔形，工研所所长学术强于科研处处长，而科研处处长官居"管科研"的院本部中层，此消彼长，两个人算是旗鼓相当吧。

科研处处长临出国前来我办公室，把院里正在结题的项目清单交给我，貌似玩笑，实则话中有话说："这下要辛苦欧阳院长了。"

事实是，他半年培训结束回来，这些项目差不多也结题了，他正好可以水到渠成地享受这些项目的"政绩"。这些项目有他太多的辛劳，他可不放心就这么交给别人。有我帮他撑着，毕竟我是他的分管院长，项目不会打水漂。那一刻，我恨不能用针缝上他巧舌如簧的嘴巴，他平时没什么声音，今天这么多话？想到能看到那张嘴渗出一片血色，应该是件大快人心的事。

接过他递来的项目清单，我一笑："放心吧，项目跑不了。"

科研处长点头哈腰迭声道："谢谢，谢谢。"

各人有各人的运气。各人也有各人的对立面。

应用技术的发展，从学术理论上讲，是一种物理现象。它一旦与社会学科，更确切地说，与政治学科发生关系，它就是一种化学反应。

《环球周报》曾报道，美国前总统克林顿说过，他想念冷战。没有敌人，它就得造一个敌人出来。美国曾以德国为敌，以苏联为敌，眼下美国现任总统特朗普又以中国为敌。谁是谁的敌人也是一种化学反应。

我拨了一个电话后，陷入某种不可知的等待中，感觉把握不住自己了，我要发狂，我想跳楼！

江南省只有江南理工大学这一所211大学，省直属高校也不多。到了省城海舟市，扯来扯去，大伙不是师兄师弟，就是学姐学妹，要么同是某某老师的弟子，要么彼此老师之间是同学，或是老师与老师同一个老师，都是校友，自己人——情面上自然抹不开。仅凭这点，我都不能不心仪海舟市。理论上，生物都有自己的基因序列，这种现象许是一种"基因突变"吧。

"这是什么？"我问。

另一个我看着办公桌面上一沓文字材料——那是自己亲自打印出来的，不知道该怎么解释它。

"说吧，这份材料准备送哪儿？"我语气严厉。

另一个我似是一头雾水。

"说呀。"我穷追不舍。

另一个我沉默。可是沉默在此刻显然心怀不轨，它也想试探自己什么。"我听您的。"另一个我脱口而出。天知道这是什么样的想法，这个"您"又是谁。

"你想说什么？"我惊诧。

两个我莫名其妙在那儿掐架。

突然之间，我好像确定了目标——手机铃声响了。他说他已经约好季副省长，让我十一点到季副省长那里。

他叫江寒冬，是江南省政府办公厅工交处副处长，季副省长（分管科技）的工作人员。他是李孟结的硕士研究生，他们俩的师生感情特别好。毕业后，他通过公务员考试考进省政府办公厅，甘愿放弃物理学专业。李孟结为此难过了好久。他是典型的"凤凰男"，出生在江南省北部一个贫困山区农民的家庭，不知他家祖坟冒了多少青烟，才冒出他这么个"公家人"。

"乍暖还寒时候，最难将息"。我走出应用院大门，太阳红红的光束直射过来，空气中弥漫着湿热的气息。我舒口气，雾霾到底走了。不过，初春再和煦，终究莫测多变。但总算能让我毛孔里浸满久违的暖意了。

我坐上公务派车，直奔省政府。到省政府大院门口，我下了车，应用院的车是不能直接进入省政府大院的。我主动掏出工作证，门口站岗的警卫员"叔叔"，不，应该是警卫员"小弟弟"仔细盯了我几眼后埋头看证件，确定安全了，这才放我进去。我心慌意乱地走到省长办公楼下，掏出手机打给江寒冬，他下楼接我。他很敏感，看到我神情有点异样，问："师母您不舒服吗？"我摇了摇头。

两人坐电梯到了六楼。他马上报告季副省长，得到许可后，我被江寒冬引到季副省长的接待室，这才注意到，已有好几拨人在等候"召见"，我捷足先登了。突然，心中涌起一种莫名的感觉，仿佛我确有什么见不得人的目的。

我想人在一生中会有许多至关重要的时刻，而我未曾料到，从我踏入省长楼开始，我就无时无刻不处在一种忐忑不安的心境里，但我当时对这里不可撼动的权威毫无感知力，甚至比平常还要麻木、迟钝许多，我惘然四顾，只觉得这里散发着一种严肃的、让我心生紧张的气息。

见面照例寒暄几句。

"李教授专著出版了，可喜可贺。"季副省长先开口。

我一个愣怔，"嗯"。灵魂开始凭空旋转。

季副省长曾经很赏识赵辉。当初，季副省长还是科技厅厅长的时候，他想考江南理工大学经济学院院长的博士，是赵辉一手操办的。经济学院院长的夫人是李孟结的同事，那会儿她死命想当普通物理教研室主任，可她的教学水平摆在那儿，毫不夸张，十回上课有十二回被学生"投诉"。赵辉来我家里对李孟结讲季厅长报考博士生的事，特别强调季厅长就是想读书，真读书，真拥有学问，别无其他杂念。我直截了当斥责赵辉，想当婊子，就别立牌坊。李孟结很恼火，说我怎么这么粗俗。我斜睨了一眼李孟结，算是回应了他。赵辉接茬说，别看孟结老兄研究的是理论物理，他可比你接地气，他的学生毕业后都挺出息的。我顶他一句，你的出息指什么？他对我笑笑，人不接地气就会迷失方向。

无聊！我自然无从料知，"无聊"一词为何这个时候冒出来，为何与我总是如影随形。整个客厅的气流都那么轻盈，而我成了其中唯一一堆凝重的暗物质。

李孟结把赵辉从客厅拉到书房商量去了。

经过他俩一番上下折腾，最终各得所需，皆大欢喜。但事后也证实，季副省长是真下苦功读博士的。

这之后，季副省长请我们吃过几次饭，大都谈的是科技发展成果或发展前景，间或穿插些家长里短。"运气"这个词与季副省长很友好，他总能踩到鼓点——到点提拔。是偶然的必然，还是必然的结果？

萧伯纳曾说过："理性的人应该改变自己适应环境，只有不理性的人才会想去改变环境适应自己，但历史是后一种人创造的……"季副省长博士毕业，提拔为副省长，与其说是他的努力成功，不如说是他的命运使然。

仅此而已？不，绝非仅此而已。这以后，李孟结申请省级项目似乎容易了些。

我突然怀疑我是否真的坐在季副省长的办公室里，因为我身体开始发冷。我怯怯地看一眼季副省长，惊了一下，他正面无表情地看着我——请说。

我第一次得了"记忆丧失"的疾患，不知道我来此到底为什么。

季副省长微微点点头，像是鼓励我——请您说。

人心浮躁，实验数据。田野调查。企业创新主体。科技成果转化。统计数据掺水……我的思绪满天飘飞，没有一片是完整的。真不知道说什么了。

气氛很沉闷。

季副省长似乎看透了我的心思："说说您的想法？"一个不经意间，便流露出他的居高临下。我一向自以为的优越感早就不堪一击，无影无踪。

"我……"我退缩了，一脸受挫的表情。

匪夷所思，我竟然还知道把自己草拟的《江南省创新发展若干建议》交到他手里，季副省长看了看我，还没开口，"谢谢季省长"，我便疾速离开了接待室。直到电梯门合上，我才长长地吐了一口气——人最愿意做的，就是逃避自己。此后，我完全不知道接下来的事。

是谁在"装 ×"

从省政府出来,我还是不在状态,无奈,让车把我直接送到江南理工大学。本质上我是个社交恐惧者,尽管为了科研、为了生活不得不和各色人打交道。也是,我也不想想,大领导是好见的吗?权威机关到底与学校不同,我成事不足,败事倒有余。

此时此刻,我只有校园这一个可以喘气的地方,尽管世界之大。校园就是这样,无论什么景致,都洋溢着青春之美。

我在校园草坪旁的石凳上坐了好久,百无聊赖,一地碎片,手机铃声响过几回,我毫无知觉。虚无有时候令人无语,我陷入一种完全不知该干什么的境地,干什么都有可能干错,不干又憋得发呆,这世上总有些道理无法解释的东西。

人陷入虚无之后会是什么样子呢?这几年,我经历了许多意想不到的事,甚至多过了之前的总和。当"某一天"到来,问题是什么才算"某一天"?这一天真来临时,我志在必得,还是不知所措?我厌恶这一刻的我自己,有种与真实隔绝的疏离感,仿佛隔着一层透明的玻璃,我在这头,真实在那头。我似乎只剩下一个肉体躯壳,一个没有内容的生命,而那头的真相,漠然望着我,不为所动。这简直比死亡还可怕,令我无比抓狂。白天,我仪表端庄,精气神似乎还在;晚上便不同,黑夜让我原形毕露,再折腾,终究是个"更年期"妇女,衰败得没姿色、没混头、没活路。

铁窗下的赵辉,在世俗的目光里,曾是何等的风光,其实也只有他自己才明白,不过热闹一时罢了,也许他是带着太多的憋屈、无奈和挣扎走进监狱的。有谁真正理解他?有谁能走进他的内心世界?即使至亲的人对于他来讲也是很生疏的。当然,这是我的揣度。

撇开科研工作不说,今天这样唐突地去找季副省长为了什么?

装×？

"装×"这个词，最初是从儿子口中出来的。他大一放寒假回来，我们一家三口一块聊天，聊到他们班班干部时，他说他们班长特会"装×"。当时，我并未在意，更不会去深究啥叫装×，心想这是孩子们口中时髦的"网络词语"。可这一刻，我的脑子里莫名冒出这个词。我下意识拿起手机，点开百度百科：

装×，又写作装B，是一种人类行为，有两种意思：一种是以卖弄、做作获取虚荣心的自我满足甚至欺骗性质的行为，向别人表现出自己所缺少、不具备的气质。另一种意思是指向别人假意掩饰自己的才能，却实际上给别人暗示，别人真上门求助，将毫不留情不给予别人帮助（只是为了表现自己才能）。

看完，我的心被刀狠狠刺中。

我变得疑神疑鬼。我听着心底里那个已然听烦了的问句——我是个优秀研究员吗？

我感到无边无涯又悄然无声的水，从胸腔一股一股向我涌来，我似是四分五裂摊开在石凳上，聚不成一个完整的人。想起刚才去省政府，越发感到自己很怪异。路过的几位同学见状，关心地围过来扶起我，所幸，他们的脑子里还没有"被人讹"的深刻意识，他们要将我送往校医院，我摆摆手，呼了呼气，低声道："谢谢，没事。"

无法形容今天的我。

我的背影，被路灯拖得时长时短……

我以为这个夜晚我注定不会入睡，谁知恰恰相反，竟睡得很沉，没有任何梦境出现。

只是我不知道，李孟结因为担忧我，反倒整晚失眠了。

我每天待在应用院，就意味着回归实验室，回归日常生活，而不待在应用院，又能去哪里？难不成一把年纪了还折腾？显然，我没有这样的心智和锐气。待在应用院实验室，就是曾经的那个我，那个我更熟悉的没有魂灵的我。

这天上班，我没去实验室，百无聊赖地坐在办公室看向窗外的东南方，那是李孟结的家乡清水县——它坐落在海舟市的东南面。据说清水县有一座黛色的深山，里面有一个香火很旺的宋代佛寺，叫黄檗寺，不过我至今没去过。哪天去烧炷香？

其实，我应该清楚，我自己也有俗不可耐的一面，甚至还诚惶诚恐。

秘书科小张悄悄进来，故弄玄虚道，张副院长与工研所所长又在打80分。我面无表情地微微咧咧嘴角。他俩上班有时打80分，这在应用院是公开的秘密。80分是种扑克牌玩法。由四人对打，玩两副带大小王的牌，自家和对家为一家，打牌时打家跑分，闲家得分。两家均从"2"打起，双方谁先打到"A"级就算"转一圈"。双方都要抢先转一圈过去。先转一圈的为赢方。80分在海舟市官场非常"流行与畅销"。

应用院一正三副，张副院长迷恋80分院里无人不晓，他与工研所所长拿过海舟市80分大赛一等奖。而李副院长则喜欢喝茶，品茶功夫极其了得，堪称应用院冠军。

应用院的科研人员照样爱八卦，说张副院长和李副院长面上风和日丽，面下风刀霜剑；说我与他俩的科研路径南辕北辙，但野心不可小觑。

反正，张副院长80分照打，项目照完成。自然他的项目层级不高。工研所所长与他不同，研究能力在院里有口皆碑。他经常把张副院长的名字挂到他的项目组里，每每到结题出成果或发表论文时，张副院长便主动把自己的名字拿掉。如此，他在江南研究系统里被戏嘲为"聪明的傻子"。

至于项目成果，无非也就是论文，再就是项目报告。有无原创性、前沿性的科技创新显得无关紧要。结题的时候，评审专家都由项目负责人自己请，"原告"与"被告"都是一伙的，你好我好大家好。

评审专家个个侃侃而谈，头头是道，专拣中听、好听的讲，即便睁着眼睛说瞎话，又有谁会去理会、会去追究呢？甚至有的专家连鉴定报告看都不看，就签上大名，拿了评审费，皆大欢喜。然后，项目便可以宣布结题了。

赵辉曾对我说，江南现在不缺钱，不缺人才，缺的是创新的文化土壤。江南传统文化中原有的灵动，早已被层层利益熏浸得只剩下功利味了。更荒诞的是"前门进人，后门流失"——曾几何时，留过洋的专家风光无限。像咱们这种"自家人"要么枯坐"冷板凳"，熬年头；要么拍屁股一走了之，去别处讨一口好饭吃；要么投机钻营，走歪门邪道，混一口美味佳肴来显摆显摆。于是有了需求，就有了市场，有了市场，就有了喧嚣。人才的"引进"前所未有地热闹起来。

李孟结的言论更是怪论。他说理工大几千个老师，其中大牛少，犬儒多。所以校级领导多数时候不需要压抑。而理工科教授，他们的项目，不论是横向的还是纵向的，或者合纵连横的，动辄上百上千万，白天黑夜连轴转，实验项目做都做不过来，"压力山大"，自然不能不压抑！

突然，手机响了，我的心脏也跟着跳起来。

我心如杂草丛生……

"有空吗？我现在过来。"竟然是谢清远。现时约，现时来，确实突然。我愣了几秒，仿佛已失去一切语境。

我走进卫生间，看见镜子里的自己，刘海吹得蓬松，衣着端庄，皮肤白净，圆脸，笑起来眼睛弯弯的，很是温婉。

咚、咚，听到敲门声，我拉开门，半官方半同学地跟谢清远握了握手，关照秘书科小张倒杯茶进来。面前的谢清远，烟灰色毛衣，衬着崭新的深米色夹克衫，棕色西裤，让仅有一米七三的他显得很挺拔。他脸上有种东西在毫不掩饰地发光，深深地刺中我，这种东西名曰"优越感"。

谢清远在沙发上坐下，端杯喝茶。我打量他几眼："你这么空闲？"

谢清远笑笑："刚从省科技厅出来。"

我无话可说。

"数字院院长马上要任命了。"

我被谢清远这句话砸蒙了。须臾，静了静，我竟起身往门口方向走。

"你去哪儿？"我停下脚步茫然若失地看着一头雾水的谢清远——"我去哪儿？"愣了片刻，我冲口而出："赵辉院长。"很莫名，更诡异。

"你到底怎么了？"谢清远向我发问。然后，反客为主，把我拽回到沙发上坐下。

片刻的尴尬。

我儿子曾对我说，妈妈，成长是很无情的。无理取闹的青春已经一去不复返，妈妈您也到了该装 × 的年纪了。这一刻，我算领悟了。

到底是我儿子，也有"高瞻远瞩"的一刻，明明只是人到中年而已，他却能洞察我的心路历程：从想装 ×，到真装 ×，到装 × 失态……因为，时间永远是无情而残酷的。

也许我走出门外，他的脸上就会流露出难测的笑容，我为自己这一瞬间的这个想法感到骇然。一个猛醒，再次打量他，心里突然升腾起无穷的厌恶。我厌恶谢清远周身散发的那种优越感，优越感让他显得成熟和居高临下，仿佛他在各个研究机构里失态的可能性为零。

许久以前，还是我儿子上幼儿园大班的时候，我和李孟结带他去咖啡屋吃提拉米苏蛋糕。儿子的嘴边沾上了奶酪，李孟结对他说，擦擦嘴。他不动弹，我看不下去，伸手取过纸巾替他擦了，几乎在一瞬间，我从儿子的眼里捕捉到一抹得意。那神情太过微弱和快速，我几乎同时以为是自己的错觉，继而有些忧心——这真是儿子吗？他还那么小。他的得意是因为他执意不擦净嘴巴熬到我替他擦的"胜利"，还是因为得到了我和李孟结的关注？李孟结悄声对我说，你这样娇惯儿子，他只会得意。

当父亲的一语中的。难道父子关系或是母子关系也是一种无形的角力，需要克敌制胜？这个复杂课题，我绝对兜兜转转不灵的。

"佩服你！"

我哆嗦了一下。

谢清远话锋一转:"你为了创新中心敢向季副省长直言,佩服!"

这句话十分刺耳,瞬间撕破了我的耳膜,我愣了一下,似乎哪里不太对,但我又想不出哪里不对。

当现实中戴着的假面具被人用力揭开,感觉就像血肉相连的皮肤被撕开一样,假面具之下,血淋淋的创痛里并不是我们以为的那样,以为应该的那样。通常,陌生人的面孔对我们而言是不存在的,像快递小哥、送餐小弟、餐厅里的小妹、街上的交通协管员、地铁的志愿者等等,我们看见他们的面孔,包括听见他们的话语,可是谁又能真正记住他们中的任何一个人的面孔呢?

陌生的熟悉人,和熟悉的陌生人不一样,我们往往对他们的面孔记忆深刻。可眼下的谢清远却成了让我既不陌生,也不熟悉的面孔了——一片模糊,混淆了我对他面孔的辨识和评判。

我并没意识到,当下,我的这种心境竟是自己潜在的、很在乎的,也想追求的某一种东西的表露。这个东西是什么?

"没必要。"谢清远的眼神泄露了一切:真的没必要——欧阳兰,你还在燃烧幻想?透出让我仰天大笑的愚蠢。想来,我在他的眼里,就是这么蠢过来的吧。

他把"没必要"说得硬邦邦,一点余地不留。

这之后不久,我才知道谢清远当晚就知道我找过季副省长。巧也是巧,他与省政府科教文卫处姓黄的处长是"死党"。我曾听说,谢清远常常替他打点个人生活"杂事",姓黄的处长也成了他上面的一个关系。

我心里很窝火,难堪到了极点。

毋庸置疑,我铁定是一个愚蠢者。

情形所迫,我也可以是一个疯女人。

谢清远,你从正面看到的是我,其实身后的影子才是我。

"我——"我张开嘴,又拼命压抑住要喷出的怒火。"还真是没有不透风的墙。"我阴阳怪气道。

我最讨厌的就是谢清远这个人太注重实际了，说得难听一点就是一个势利眼。李孟结反驳我，别把人都看得过于阴暗。如此看来，我的认为也不是没有一点道理。

"你怎么这样说。"谢清远有些不自在。

能说的已经说了。如此——请你离开吧。我心在下逐客令。

"咱们在研究院，李孟结在大学，混了二十几年，能不知道科研创新是怎么一回事？科研是一件高成本、高风险的事情，能够掌握和支配项目经费的话语权才是最重要的。"谢清远话题陡然一转。

我懒得再搭腔。

在赵辉当院长的那些年，他默默地替我争取可以争取到的研究项目和经费，惹得大学班上的其他女同学总调侃他，说他像一颗卫星似的围绕着我这颗行星旋转，语气酸不溜秋。

我以为赵辉只是茫茫宇宙中一块孤独的陨石，从不确定下一秒会落到哪里。想来，这几个女同学崇拜的是院长赵辉，而非同学赵辉。

这是怎么了？我的思绪这样飘忽不定？

"李孟结能申请到省级项目，上面自然是有关系的。"

四目相对。

谢清远一点不闪避我的目光，似乎没有什么能放在眼里，也没有什么能在话下。我还有什么可说的。

李孟结所谓的上面关系，彼此心知肚明。我想逃跑，逃得无影无踪，在他面前竟从未如此局促过，心下却哀伤得很，这年头，讲真话也需要勇气，因为灵魂总有归位的时候。明明是如花似锦的科研，非要整得颓垣残壁不可，我百分百是病态。

谢清远终于起身，走到办公室门口，他停顿数秒，意味深长地看了我一眼，一个闪身，无影了。

我从应用院下班回家，走在夜色渐浓的马路上，有种疑惑感：这是哪里？我为什么走在这里？经过一个不大的街心花园，有一群"中国大妈"正在做拍打操，边做边喊："我健康，我快乐。"我走进花园里，上前拽住一位大妈："你不觉得烦吗？"

她惊吓得张开嘴巴半天没合拢。

"你不觉得烦吗？"我顿了顿，"方便和我说一说吗？比如……"

这位大妈的神情表现出了一种戏剧表演一般的恍然大悟——原来是个精神病。她一脸厌恶地推着我这个精神病人："快走，快走，别影响我练操。"

我僵硬地躲在一旁好一会儿。如此荒诞不经的一幕——我无法确定这究竟是真实的，还是我格外焦虑产生的幻觉。

终于，我回到了家。李孟结去北京出差了，说是去跑一个国家级的项目。他不在，我忽然觉得这个家一下子空旷起来，夜也如此地安宁。偏偏我还是无法入睡，焦虑似挖掘机，不断向着身体纵深掘进。

这段日子是我最为兵荒马乱的日子。为筹建创研中心，为寻找项目立项，我四处化缘，小心翼翼走着每一步。每每这时，我就深感赵辉曾对我的帮助是多么至关重要，他让我省却了多少心思。筹建创研中心是江南省科技创新的重大部署，只能成功，没有失败一说。何况不久前我还被柯院长狠狠地训斥过，我感到这比攻读任何学位都要来得艰辛困顿，脑子都要使坏了——创新是很烧脑的。

数字院院长一职马上有人接任了，很快的某一天，应用院院长的职位也会空出来。那么……莫名其妙，思绪为什么飘到这个问题？院长职位只有一个，想当院长的人肯定不止一个。柯院长一向欣赏我的研究能力，问题是柯院长从来不提这事，想想自己竟然去纠结这个问题的答案岂不庸人自扰？问题是我的脑子已经不清楚了。

一个飘忽不定又异常熟悉的声音，一遍遍喊着："欧阳兰，欧阳兰，……"在寂静的卧室里显得十分诡异。

谁喊我？

我是谁？

我从哪儿来？

我到哪儿去？

看似无解却有解，在生命的长河中，终有一天，我不得不接受自己身体与精神陷入双重困顿的窘境：枯坐在房间里，一言不发，社会性死亡突然而至，真是不寒而栗。

我陷在虚无里。我不想纠结，可我的心止不住纠结。

煎熬让我觉得自己已经疯了。

汇报稿写砸了

这天下班前，柯院长把我叫到他的办公室，没说什么客套话，只告诉我后天季副省长要来院里调研创研中心筹建的情况。让我和科研处先拿一份汇报初稿，然后交至院党政办再综合。柯院长交代完汇报稿的草拟要求，特别叮嘱我一句："季副省长是专程调研创研中心，啥意思就不用我说了吧？"

搞研究我在行，搞汇报材料我是真不行。我把科研处处长叫到我办公室，把柯院长交代我的话一五一十地向他复述了一遍。目光盯着他："柯院长急着要，你抓紧。"我让下属加班，自己却跑回了家。

家里冷冷清清。

夜深了。我的心悸严重起来，我赶紧吃了一颗救心丹。前不久，李孟结带我去省立医院看过一位专家门诊，他告诉我这位专家是江南省心血管专科的头牌，是他一个博士生的父亲，他基本不接待普通病患，找他治疗的常常是所谓"有头有脸"的人物。这位专家先让我去做心脏彩超，他已为我预约好，我不用排队。我躺在诊疗床上，自然看不见彩超里的画面，看见了也看不懂。李孟结陪着我拿着彩超诊断书又回到他的诊室，他仔细看了看电脑里的图像，又认真看了看诊断书，问了我几个问题，然后和气地说："心脏无大碍，只是要控制情绪，不能波动太大。换句话说，这应该是你更年期提前的一种表现。"我脸上挂着笑，心下却怒不可遏，更年期怎么了？

心悸的时候，几乎什么事情都不能做，眼前的一切都是扭曲的，当心悸停下来时，那一刻舒服得像天堂。

数字院院长人选要定了。这当口，罗盈盈给我发来微信。

是吗？我心慌乱起来，然后按键：定不定都是你家那位。微信回复她。

我担忧。她又回复我。

你那位当院长你担忧什么？我不耐烦地回复一句。

罗盈盈又开始神经了。每次身边同事或者朋友提拔，或同事、朋友的老公、老婆提拔，都能激起她的神经反应。

你不知道其中的奥秘？

奥秘？

一言难尽。

她微信来，我微信去。

当不上院长又怎么了？非得当上院长吗？她的微信让我心跳声高昂起来，我开始与手机过不去——恶狠狠地按键。

你怎么这么说。她又回复过来。

晚安。回复一发出去，我果断关掉手机。

也真是奇了怪了，现如今民间组织部"高手"一向拥有人事安排、提拔的各类信息。我或许不该生罗盈盈的气，虽然我猜不透罗盈盈说这些的目的，但我知道，我们毕竟是大学同学，同学情还在。

不过话说回来，这些年罗盈盈确实有些高调，总是津津乐道于"提拔"话题，说不愿意看谢清远在"踏步"。一定是谢清远的"踏步"让她觉得太丢人了，觉得他不够让她去炫耀的了。

罗盈盈的微信可以置之不理，而我只有华山一条道——完成筹建创研中心的任务，挖它几个大项目回来。

姑且理解她吧！

我现在，只想沉沉地睡去。待一觉醒来，耳聪目明，充满一种跃跃欲试的正能量。

这或许是我残存的纯粹心态导致的一种无意义病态吧？

也是，这年头还有谁真的纯粹呢？

我记得一首诗有这样几句：

不再需要星星，把每一颗都摘掉，
把月亮包起，拆除太阳，
倾泻大海，扫除森林；
因为什么也不会，再有意味。

人的心事太多，问题很可能不是来自外界，而是来自人自身。

每天上班、下班坐公交车，碰到拥挤不堪时，我常常招致一些进城务工人员的推搡，我心生厌恶，又在暗中观察他们，他们中的一些人面呈麻木，甚至麻木中还流露出一种卑微的、挣扎的绝望感。当然，也会碰到个别蛮横无理的。他们大多廉价租住在城乡接合部丑陋的房子里，低薪却不乏繁重的苦力活，招致城里人唾弃、轻蔑的目光，有的家中甚至还有病危的亲人……我和他们共挤在一个公交车里，我揣测他们也一定会焦虑，甚至绝望，连我都要疯了。

应用院的工作于我，如半夜起来去水产批发市场进货的鱼贩，或是清晨走进建筑工地扛水泥、沙子的小工——充满沉默不语的烦恼。

嫁人、生子、提拔——的确，社会的生物钟让我准时准点出现在我的人生中，既如此，为什么我的灵魂还要挣扎？错的对不了，假的真不了，焦虑及焦虑演化的疯狂让我丁点感受不到生活的幸福感和获得感。

我得多焦虑才会把自己逼到"天涯海角"。往日不可追，而明日又是恍惚的。

我已然失去了对生活热情的感知和享受。我觉得所有人都远离了我，我更是远离了我自己。什么更好——廉价的幸福，还是崇高的痛苦？

当我无法拒绝和改变这种焦灼时，我心就会痛，甚至痛到嘴角都会抽搐。说来也怪，每每这种时候，我就会去赵辉家，不可思议。

这天，我一走进赵辉的家门，就连声道歉："老师、师母，真对不起，有一阵没来看你们了。"这样我就不用跟他夫人过多寒暄了，我怕自己的心虚会溢于言表，随手把一大篮进口水果、两箱牛奶放在茶几上。

我心虚什么？

一个来月不见，老主任头发全白了，而且脱发脱得厉害，仿佛再有一个月就要成"电灯泡"了。师母一向话不多，赵辉进监狱后，她更是难得开口了。此刻，她正窝在沙发旁的躺椅上。

"你坐，你坐。你太客气了，每次来都带东西。"老主任招呼我在沙发上坐下。

"老师，您也坐。"我又转向赵辉的夫人，"你也坐呀。"

赵辉夫人面色蜡黄，头发干枯，看到我就说："他被人暗算了，我要钱干什么，我从来不要钱……"

"总有水落石出的一天。"我语言苍白无力。

"我们没有办法，我们什么办法也没有。教书匠一个，啥用都没有。"老主任又开始絮絮叨叨，师母和他夫人则不停地抹眼泪……

我每次来，上演的都是相同的这一幕。那一瞬间是我平生最心虚、最紧张的时候，我该说什么呢？最终，每次我都是落荒而逃。

是的，我悄悄不止一次拜访过那位女心理咨询师。有一次，她问我，你是不是觉得有人施压你？我回她，也许有的时候有。也许？她盯着我说，那你觉得是什么人在施压你？我说我没有头绪。那一天直到咨询完，她都没给我任何建设性的意见。我很恼火，揶揄道，你的一级心理咨询师是骗来的吧。我扭头就走，这之后，再也没找她。

也许只有赵辉才能和我对话，解开谜底。你能碰到一个能够走进你的内心、理解你的知己，这或许也是这个世界上珍贵的无价之宝。

当年在理工大读书时，赵辉与李孟结在对许多问题的见解上，彼此很契合，很有知己感。他们俩行事都不张扬，特别是赵辉，有那样的家庭背景，自然是异常低调和敏感的。他很在乎班上同学不经意间流露的优越感，以及对他的贫困生身份的鄙视。

大学同学聚会，除了特别忙或是混得特别差的，能来的基本都会来，这个时刻，往往谢清远最活跃。当年班上的男同学，追我追得最起劲的就是谢清远，最不尽力的是赵辉，而各科成绩第一的永远是李孟结。可毕业没几年，赵辉却赢尽口碑、人心，都说他是赤贫子弟白手起家的典范。老同学有事求到他，只要能够使上劲，他是绝无二话的，事后也不肯居功。

当然，赵辉的成长离不开至关重要的两个"贵人"。一个自然是他岳父，一个就是现在的季副省长。他的判决书下来后，班上的几位女同学唏嘘不已，觉得判得有些重了；男同学则私底下议论，专案组指认他的几笔资金都是季厅长，就是现在的季副省长让他处理的。又传闻，面对专案组，赵辉一口咬定季厅长在资金分配和使用上毫无差错，都是他自己过于贪婪造成的恶果。

人拼不过现实的。

毕业二十几年了，这漫长光阴真是残酷，它仿佛日日夜夜都在消磨甚至毁灭我们的心智，因此，很多事情都变了，彼此的心应该或厚或薄都结满了茧。

现如今，说入睡就入睡对一些人来说简直就是奢望。能一觉深睡到天亮，甚至睡四五个钟头的好觉都觉得是上天给的最大奖赏，去年理工大就有个讲师因为两个月没睡上一个觉，结果抑郁了，最终跳楼自杀。

我虔诚地闭上眼，许久。没用，就是睡不着。我无聊，只好拿起手机，重新启动。哪料，屏幕一下子喧嚣起来。罗盈盈又发了两条微信，算了，不点开看。李孟结发了一条，点开，是问候晚安的。还有院党政办李秘书发的……嗯？竟然有秘书处小张的两个未接电话，一种不祥的预感袭了上来，心慌乱跳，一身冷汗，我不敢再赖床，不敢再关闭手机了。

我赶紧拨打小张电话，一瞬间便通了："柯院长带着党政办、科研处在加班。"声线依旧甜腻腻的。什么！我心一紧。"我无意中听到科研处长叨叨一句，柯院长不满意汇报材料。"

"柯院长严格要求是对的。"我搭了腔，言外之意：加班正常，工作需要，不必大呼小叫，我是副院长，显然不能与下属的下属多啰唆。莫名其妙，这一刻我竟如此清醒。机灵的小张马上道："明天我再向您汇报。"

又点开党政办李秘书微信：柯院要求汇报材料重新写。

我很清楚，我搞砸了。

我借柯院长之名，让科研处处长在汇报材料里写了一些困难——会哭的孩子有奶吃，我想碰碰运气，刺激一下柯院长，好几个实验室设备老损，年年向上请示，年年没有着落。

柯院长果然有他的想法。

海舟市政府机关永远在加班赶材料，啥时候研究机构的稿子也写不完？我扔下手机，胸口一阵紧似一阵，感到了一种从未有过的绝望。我站在窗前，窗外灯火阑珊，我脸上明明灭灭，一时间真不知道前方有什么在等着我……

我抬头，我之上，只有冷飕飕的天花板。

院务会议进行中。

我扫了几眼柯院长，没看出什么表情。我很少能在柯院长脸上看出什么表情，有时候我觉得他有点像庙宇里的佛像，不管你们在它面前念叨什么都不会得到回应，自然也看不出表情变化。柯院长拍了拍他桌面上的汇报材料，说："修改后的汇报稿，聚焦了研究创新这个重点。这很好。筹建创研中心，咱们干了那么多事情，不汇报，怎么能让季省长全面了解和掌握情况？所以我反复强调，汇报重要就重要在这里，季省长一向要求很严。"他顿一下："你说是不是啊，欧阳院长？"我听不出他语气里有什么情绪，但会议室里所有参会的人都不约而同望向了我……

我无语，胸口憋得难受。

柯院长继续说："膜法高效回收与减排化工行业 VOCs 项目成果在我省几十个工业项目中应用，累计回收烯烃五百八十三吨，汽油八万吨，创效近十亿元。获得江南省科技创新特等奖，受到省里表彰和新闻媒体浓墨重彩宣传。还有超高纯化学品精馏关键技术与工业应用项目，这还是欧阳院长负责的课题，获得省科技厅科技进步一等奖……这些怎么汇报都不为过。"他顿了一下："再有就是科研处提到的困难，像什么实验室设备老损，中试基地运行费用不足，财务预算与项目预算不统一，等等吧，我个人意见不要写，哪个研究院没困难？不能见了省领导就叫苦，对不对？"目光扫向与会的每一个人。

我虚虚的眼神看着柯院长，打断他的话，辩白："我主要考虑这些问题几年了一直解决不好。第三实验室整体设备更新，年年请示，年年没着落。"

我真成了疯婆子，敢当面顶撞一把手。所有偏离正轨的故事都始于一念之差。

话音未落，"欧阳兰，你以为你是谁？你有什么资格顶撞柯院长？"，一个我手指我的脑门破口大骂。"你给我听清楚了，下级只能服从上级。"

"这些我都知道。问题是咱们不能以偏概全，得全方位看问题。季省长是专程调研创研中心的建设，咱们却给领导出了一大堆难题，这恐怕不妥。你们想想，季省长会怎么认为？他会觉得我们就坐在院里等、靠、要，这不是给人留话柄吗？"

会场鸦雀无声。

"汇报稿的方向错了，再怎么写都是无用功。党政办、科研处在这个修改稿的基础上，再充实完善一下。"柯院长平时挺内敛的一个人，今天一副不容置疑的霸气，滔滔不绝讲了很久。

党政办主任与科研处长几乎同时说："明白了，我们马上改。"

张副院长瞅准这个机会，免得被柯院长瞧见，转脸给我一个表情——挤弄着他的眼睛。他的眼睛本来就不大，还喜欢"挤眉弄眼"：你行啊！我不理睬他，心里明白，他是在打趣我。我虚着眼，转着手里的笔，心说，如果跟他聊天，也许蛮有趣的。

事实证明，我犯忌讳，搞砸了。

剩下的，我似乎只有"焦虑"和"忍受"。值得为之而活的真实的东西——在哪里？李孟结是不是？儿子是不是？赵辉显然不是，也不可能了。连柯院长这会儿都成了问号。

我格外清醒的这一天，结果，却清醒在他人的梦想里。

我愈发觉得每个灵魂都如此深奥，令人费解，包括我自己。

毫无征兆，我脑子如放电影般闪回小时候的那些童真童趣、秘密连着秘密……人到中年，不仅身体新陈代谢速度放慢，就连心情也如潮水退却后露出的荒凉沙滩。当生活现实与心中真实产生脱节，它们之间是一种什么关系：分裂？纠缠？挣扎？

如此，我只有假装没心没肺，继续前行。

京城来的院士

同是研究院院长，柯院长与赵辉不同。柯院长很少当众批评人，他的霸气都在内心。当着下属，一向话不多，点到为止。院班子里，他唯独对我还会说几句实话，或者说心窝子里的话。他说我这样的性格，自寻烦恼是咎由自取，连累的是身边人。我当时还很不服气，我连累人？连累谁？李孟结？儿子？母亲？当然，我是没让母亲享过我的福，如今年老体迈，孤零零一个人在362基地生活，还要为我牵肠挂肚，我是很不孝。这当口，我才悟到，柯院长说得太对了——我连累了院里，实际上也就连累了他。

赵辉的工作作风一向霸道，与他在大学里完全判若两人。他很少把别人放在眼里——自然是他认为不必放在眼里的人，对上头，他拎得相当清楚。下属的课题报告他拿过来修饰修饰，大名一签，他就成了领衔人。数字院里评奖项评职称，全由他一锤定音。数字院里，老老实实熬年头的，永远比不上那些擅长八面玲珑的。说也奇怪，即便这样，他在数字院里的口碑也不算差，虽然怨气不少，但大部分人还是服气他的能力与魄力。

也是，都是近五十岁的人，到底还是破不了名利虚荣关。看来，这世上不是我一个人有问题，所有人应该都有他自己的问题。

我逃避一般躲在办公室，关紧门，四分五裂地摊在座椅上，又一次聚不成一个完整的人。真是太累了！

你有什么资格自作主张？你以为你是个什么东西？你觉得我最烦谁？我最烦的就是你！你不知道吗？死寂一片的办公室，突然一迭声责问惊破天空，显然激怒了什么，于是办公室里有了杂沓的脚步声，纷纷冲着我来。我惶恐地一个激灵，从座椅上跳起来——想从窗户那里逃出去。不料一个人已经抵在我面前。我举起双手一看，是一个脸孔不清的中年男子。

冷汗沁凉了我的身体，我嘴唇干燥，嗓子却冒烟，发不出一点点声响。我只能用眼神苦苦地哀求他。

这是什么东西？他手里扬着一张纸，我睁大眼球看过去，竟然是一张支票，金额有七位数。我不知道该怎么解释，恐惧让我不知道该如何措辞。

说，你怎么知道这张支票。

我……我看到他冒火的眼神有种置我于死地的东西即将喷涌而出，顷刻间我就要命丧黄泉。天知道，只有天知道是什么触发了我的神经，我颤抖的声音终于冲出一句：

你告诉的。

你说什么？

瞬间我仿佛确定了什么，盯着他诡异的眼神，吐字清晰道，你告诉的。

他意识到他自己也同样处在某种危险的境地，我们两个在无声地较量，这是个离奇又充满悬念的片刻。

倏忽，一道蓝光划过，这个人不见了。几乎同时，我飞速冲出办公室，发疯似的逃了出去。我逃到了一楼大厅，浑身不受控制地颤抖，蹲下来再也忍不住号啕大哭，哭得昏天黑地。我凭着灵魂中残存的一点点意识，终于明白这是一个诡异的噩梦。

完全清醒时，我已走在大街上，尽管中午饭没吃，可此刻我的胃已经收缩得感觉不到丝毫疼痛。

我看着街上的每一个陌生人，揣摩他们应该是身处在某个语境，思考着与之相关的下一步。而我已然失去了认知，不知道自己下一步怎么走。

走到一个三岔口拐角的路边，看到一簇我叫不出名字的小花，颜色有蓝有紫有白，我被它吸引住了。平时怎么没注意？抬头看看天，明亮澄净，雾霾散了。这小花与小时候我在362基地喜欢的喇叭花有点像，但它的花型更大更有棱角。我盯着不知名的小花，心深深地被它触动了。我发现我的原始天性依然存在，和美好的东西在一起，它便呈现出本来的面目，像被我完全忽视了的心。我这才意识到，敏锐的感知力是我与生俱来的能力，让我愉悦，也让我烦恼。事实是，我一直试图让自己的感知力变得粗糙，甚至虚无。

女人感知力强，有好也有不好。容易感触，一点点小事便翻来覆去，思前想后，还不愿在面上表露出来，如此，内心便是格外受煎熬。我直到岁数大了，才稍微好一点。不可否认，"本性难移"——我确实太敏感了。

我站在路边，盯着不知名的小花，胡思乱想，直到一辆电动车撞到我。这辆电动车开得太快，车主是个穿一件黑不似黑灰不似灰的夹克衫、梳着分头的年轻人，看到我，他紧急刹车，但车的惯性还是把我撞个趔趄。他仿佛被吓到了，杵在那儿一动不动。还好，没什么大碍，我从惊恐中缓过神，满脸怒气地看着他，随后，摆了摆手——示意他可以走了。他连一声谢谢都没给我，坐上电动车开着就跑。怕我讹他？

我的心情急转直下。这个世道怎么连起码的礼貌和歉意都变得稀缺？是因为他们也面临"某一天"的来临？就算混得不错的年轻人好像也都惶惶不可终日，生怕一个不留神，又被打回原形。为什么这么苦？我心空得直想吐，把五脏六腑吐净了才好。

我拦下一辆出租车，坐在后排，整个人缩成一团。

海舟市太小了，天空、大海、舟江、内河——此刻，我只有校园这一个可以喘息的地方。

午间的校园很安静。

理工大东南教学区与东北学生宿舍区之间，隔着一个大草坪，暖春时节，一片绿茵茵，调节着校园里的空气和人们的心情。教学区与教工宿舍隔着一个长满植物的小山坡，小山坡背面是一条林荫道，林荫道右侧就是教工宿舍。小山坡的小径铺的是鹅卵石，每一个小径拐弯处，都留有一小块空地，摆着石凳，周围环绕着树枝和藤蔓，仿佛在刻意诠释理工大也充满浪漫与多姿，并不只是单调与刻板。

要到下午四五点钟，人气才会渐浓起来。那时，草坪上、林荫道、图书馆、体育馆、食堂里都有人影晃动，仿佛神兵神将从天而降。

我坐在草坪的石凳上，突然觉得整个世界都僵死了。你这是咋了？你到底在焦虑什么？

赵辉的脸清晰地闪现在我的脑海中。虚幻不是件容易的事。我从赵辉那儿得到了很多满足，不论工作需求还是虚荣满足，如此，我失掉的原来并不是我理应得到的。

我的虚无主义情结，与赵辉赤裸裸的实用主义自然分属事物的两极。当年班上那么多男同学，说实话，他对自己的感情最深。班上第一对结婚的竟是谢清远与罗盈盈，他是第二个。他的妻子是我们上学那会儿的物理系主任的女儿。系主任的这个女儿小时候得过脑炎，好了之后留下一点后遗症——反应不够快。长相过得去，人本分，不惹事。海舟卫校毕业，分配到理工大校医院，这应该是系主任的"面子"吧。他的女儿在他的眼皮底下，不会被人欺负。系主任的小儿子是个妥妥的学霸，父母心思都在他姐姐身上，没想到他倒挺争气，现在是洛杉矶加州大学化学教授。

我不太能辨别此刻涌动着的到底是痛苦还是难堪，也许兼而有之。那么，我还是不是我呢？赵辉还是不是赵辉呢？他那么冷静的人也会失控？

我常想，像我这样的所谓知识分子有什么用？最没用！尤其是那份胆怯、酸腐味更是令人憎恶。这世道就要看谁能赖皮，看谁会动武，看谁能吵架，学问与武器……武器的威力……威力的武器……

我住的这栋教工宿舍楼，109 房的人家最霸气。他们家养了三只京巴狗，常常在楼里门道上拉屎拉尿，一到梅雨季节，腥臭腥臭。楼里的邻居多次向物业反映，可这户人家，夫妻加一位老人、一个孩子，似乎蛮横惯了，理都不理，依然我行我素。我很是费解，大学住宅何以有这样的人？还别说，那家男主人还就是理工大的人——校保卫处处长。

问题是，真让我去过冷寂的日子、没人气的日子，去所谓不会让我的光阴一点一点一寸一寸变成精神病的地方，让我默默无闻地存在，我还能生活得下去吗？

事实是我以为我喜欢孤独，喜欢享受孤独，却不知那日积月累的孤独会侵蚀掉我的心灵，让它破碎得猝不及防。

"你在说笑话吗？"我鼻子哼一声。

"我没说笑话。物理世界变幻莫测，你才有机会走进另一个维度空间。"

"你在说什么？"我有些恼火。

"我自然是在三维空间。你了解量子力学吗？"

"我儿子说我在二次元。我只知道我在人世间。"我眼神冷冷的。

你对我笑了，我跟着笑了。笑是一种奇妙的化学反应。"拜托了，现实一些不好吗？"

"我也很现实，只是你看不见。"我的回答竟有几分虚幻。

当我感到百无聊赖又无力改变时，便会产生这种焦躁到几近失态的情绪——自己和自己纠缠起来。

暮色中，我起身朝家走去。

李孟结的长处就是他很清楚自己想要什么，并且始终沿着规划好的路径执着地往前走。这一点，他和我小学同学周卫很像。

昨晚，吃完饭收拾好后，我们紧挨着彼此，伏着阳台栏杆，眼睛一眨也不眨地望着天上的月亮。月亮很圆，没有星星。可是很快地，如同泄露了什么惊人秘密似的，霭追上来罩住了月亮。夜晚有雾霾？夜晚能看见霭？眼前的一切是那样扑朔迷离，不可思议，我和李孟结返回屋子。学自然科学的我也难以解释、难以把握这空渺的一切，我感到有些惆怅。

李孟结告诉我，明天上午在理工大学术报告厅，中科院资深院士、物理学界泰斗、清华高能物理研究院原院长孙理明做《高能物理唯象理论和实验研究的发展现状》的讲座。

"噢。"我并没太放心上，毕竟理工大一年到头学术讲座不知有多少场。

转天一大早，李孟结就出门了。我想了想，不妨也去听一听，增长点新知识。我儿子常教训我，妈，你已经有了很多知识盲区。

我用手机给秘书科小张发条微信：上午，我去理工大抽查几个数据，听一场学术报告。还附上一个愉悦的表情符号。

小张@了我：明白。附了一个咧嘴大笑的表情符号。现在的年轻人，个个鬼精鬼精的。

顶楼学术报告厅另一侧有一个大晒台，它是下面阶梯教室的屋顶。我从楼下坐电梯上到十六楼，向报告厅走去。

报告尚未开始，大晒台上有不少三一群五一堆的学生，他们在议论什么。我萌生过去听一听的念头，便转身朝晒台走去。人还没靠近他们，声音已经传进我的耳膜：

"他的这个理论对我们没用，混不来饭吃。"一个学生道。

"是的，他是大师，有国家供着。咱们靠谁？就业这么难。"另一个学生道。

"不如来点实用的。没工作，助学贷款怎么还？"又一个道。

"咱们又不是李孟结教授的嫡传弟子，毕业就能有工作。"另一个学生附和。

"谁说不是呢，何况学基础理论最没用。"

"辅导员常说，要识时务。贫寒的我们识时务就能改变现状？"

……

我听不下去他们的议论。我听得很压抑，甚至觉得心脏受到了压迫。不是这些学生让我烦，而是他们议论的"真相"——就业的真相让我不敢直面。

我正想从侧门悄悄进去，听到有人喊一声："师母。"回头一看，是许点点。

"您也来听报告？"

"嗯。"

"老师能请动孙理明老先生真不容易。"

"哦。"李孟结出面请的？我心下一惊，面上却不露一丝一毫不知情的样子。

"谢谢师母。"

我走进礼堂，坐在靠过道的一个座位上，环顾四周，报告厅只坐了三分之二，好些座位是空的。现在是咋啦？我当学生那会儿，听专家讲座，特别是大师级专家讲座，是怀着无比崇敬的心情来听的，整个讲座礼堂充满了仪式感。

我目光一排座位一排座位地寻觅李孟结。一头"装修"过的黑发后脑勺——我再熟悉不过的后脑勺，不是李孟结是谁？是他。他坐在第一排靠左边的一个位子上。中间还有一些人，估计是校本部和院里的头头脑脑们。

讲座背后的秘密

在一阵稍嫌稀拉也还算热情的掌声中，啪、啪、啪……一位头发稀稀拉拉、满脸沟壑纵横的老先生在理工大校长的陪同下走上讲台。校长隆重简要地介绍完老先生的生平和学术成就后，孙老先生开始了他的讲座。他的声音苍老但还听得清：

> 高能物理研究具有重要的政治和哲学意义，是捍卫唯物论与辩证法、反对唯心主义与形而上学的重要阵地。物质微观结构的规律性是自然界最基本的规律，高能物理的研究与发展必定……

匪夷所思，我望着台上的孙老先生，仿佛他与我的生活曾有联系。这种感觉让我背后一阵发凉。

莫名其妙，我蓦地想起很多小时候的事，想起上周我做的一个怪梦：我坐在摇摇晃晃的绿皮火车里，先是一本黄色封面的书，接着是一把小提琴，竟然自动滚到我的脚边。我正想弯腰捡起它们，三个女"吊死鬼"又横在我的面前。我吓得蜷缩在位子上，惊恐地看着她们。

三个女"吊死鬼"的脸我根本看不清，因为披头散发遮住了她们的面庞。我听见其中一个女鬼的声音：伤害你的不是我，而是你知道的真相。你，还是不要去探究真相的好。

我醒过来，枕头上都是汗。

我一定是疯了。人坐在报告厅，满脑子都是"吊死鬼"。那些原本不该让我知道的秘密，如同蒲公英的种子，被一阵阵邪风吹进我的脑袋里，开出诡异的花，引诱着我去破译真相。

我似是看到了那个漂亮姐姐，是看到，不是想起，因为公安抓她的那个时候，我自己就在现场，也在其中。我对我自己说，很多事情可能都是以一种看似不经意的方式注定被记录下来：

她昂着头，一个公安摁住她的脑袋，让她低下头，她双手被手铐铐住……

天上骤然响起一声惊雷，把我的脑瓜子震开了，我似是昏死过去。但，不可思议的是脑电波这一刻却迅速接通了：这个孙理明是他？会是他吗？真真切切"于无声处听惊雷"。以往时不时会从李孟结嘴里蹦出"孙理明"三个字。他是他导师的导师，我却从未与"他"有过一丝一毫联系。这一刻想来也是奇了怪了，在362基地，母亲不止一次问过我李孟结导师的导师咋样了，我挺莫名其妙，一向教导我不管闲事的母亲，啥时候也开始想管闲事了。我有点恼火她："干吗闲操心李孟结导师的导师，操心他的导师就已经不像您了。"母亲不应反说："学术超群永远立得直。"便戛然而止。

那是一段我刻意选择遗忘的秘密，最好永远消失在我的记忆之外。但这会儿，"他"竟然会出现在江南理工大，我意识到我自己必须问个清楚，因为这一切是命的安排。

啪、啪、啦……一阵热烈的掌声，都没能把我的意识唤醒。直到我隔座的一位热心青年女教师，摇了摇我肩膀好几下，我才一个激灵，仿佛回到人间——回到学术报告厅。她轻声道："孙老先生的讲座结束了。"

我这才发现两行热泪挂在脸上。我眼见听讲座的师生们从正门、侧门鱼贯而出，我仍坐在位子上没动。我生怕一旦汇入外面的天光，我就会失去寻找真相的机会。我清楚我自己为什么讲座结束后还不离开座位。报告大厅空无一人时，我腾的一下，起身从侧门走出去，带着"命"的安排闯入贵宾休息室。贵宾室在学术报告厅主席台的左侧。

"孙伯伯。"我急急地叫一声。贵宾室所有人的目光齐刷刷望向我——她在喊谁？

"你……"李孟结很惊讶，也挺尴尬。我压根没理他，也不管不顾在座的各位领导、专家，我径直走到孙理明老先生跟前。

他窝在沙发里，我半跪半蹲在他面前，一脸期待："孙伯伯，我是'三废'处理中心欧阳的女儿。"

孙老先生面无表情，头微扬，眼睛倒是看着我，但仿佛失去焦点起雾一般。几十年没见了，孙老先生认不出来我再正常不过了，我那时不就是一个小屁孩嘛。我也完全认不出今天的他了。这一刻，太魔幻了。坐在报告厅座位上，我快速上百度百科查了查，"他"该有的工作履历、学术成就都有，唯独缺失抢建362基地的经历。我不死心，又溜出报告厅，特意打电话给362基地总部的人事处长，她是我初中同班同学。有一次为了母亲的科技奖励证明，我找过她，于是留有她的电话。她向我证实此孙理明老先生就是当年362基地总部总工程师孙理明。我没有理由不闯贵宾室。

贵宾室一时冷场。谁都没有料到我会说出这样一句没头没脑的话来。

"我家住在红砖楼甲单元，您家住在乙单元。"听我说完，孙理明老先生的脸上依旧不起一丝涟漪，"我挺喜欢漂亮姐姐。"他还是毫无任何反应，但垂下眼帘，似在躲开我紧逼的目光。随即，他转头看向理工大校长："季副省长约的时间快到了吧？"显然表示他此刻不想再听我的莫名其妙话。但我相信，他失去焦点的眼神，一定洞悉到"我"以及我的"怪话"背后的真相。

贵宾室所有在场的人一头雾水，面面相觑。

李孟结又尴尬又恼火，过来要把我拽出贵宾室。"回去，回去再说。"他带着嫌我给他丢脸的语气道。

我必须追问下去，这关系到我的脑子是否有精神问题。我还清楚以后也许我很难再见孙老先生的面了，这恐怕是最后的机会，我急切盼望老人家能告诉我漂亮姐姐当年是被谁陷害的，现在她在哪儿。但我被李孟结强硬拽出贵宾室，他怕我再一次闯进去，打手机叫来许点点，命令他务必把我送回家。

这一刻，我突然害怕起来。我害怕的不是李孟结的愤怒，而是我自己的逃避与失望，那种痛彻心扉的失望。漫长地猜测、等待秘密的真相，更像是一种失望的折磨。

也许真应该从这一时刻起，我就要把有关漂亮姐姐的一切扔进青沧江，让它顺流而去。

没想到，这故事没完。半个月后，我收到一封从北京，但无具体地址寄来的邮政快件，里面只有一张A4纸，上面写着漂亮姐姐的美国住址、住宅电话、手机及邮箱号码。

只是，我没有把故事接续下去，一次电话也没打。虽然我即将抵达秘密的核心。我也萌生过联系现在美国的周卫，马上把这个秘密告诉他。但是，他真的需要它吗？也许他根本不在意。最终的事实，只能让我失望，不，绝望。从小到大，错的那个人一定是我。

这是后话。

　　李孟结陪孙老先生参加完季副省长的宴请，再送老先生回理工大海外中心宾馆休息，安顿好一切后，到家已十一点多了。

　　我一个人坐在客厅沙发上，坐在百无聊赖的沉寂里。李孟结一个大活人开门进屋，我仿佛"目中无人"，一动不动。李孟结气也还没消，他极少这样，与平时的他判若两人。他见我像个木头人，更加恼火：

　　"你今天怎么这样？"

　　空气变得紧绷绷的，好像随时要爆炸。

　　"为什么？"李孟结音量陡然升高。

　　"你让我安静一会儿。"我倏然站起，把目光移开，一个转身，回卧室了。人有时候不知道自己心里想什么……我不知道，我就是觉得我需要问一问漂亮姐姐的父亲——孙理明老先生，问一问他：漂亮姐姐如今可好？当年到底是谁陷害她？我也不知道我是怎么了。

　　李孟结又是怎样结识孙老先生的呢？由不得我不承认，我和李孟结之间还真有"价值差异"。我自己也吓了一大跳，之前我从来没有想过这个问题——我们夫妻生活了二十多年。

　　这段时间李孟结确实很忙，一部分时间在出差，一部分时间在实验室，一部分时间在开会。固定的时间中就定题、开题、辅导、答辩，与研究生一起，我觉得他很没新鲜感。他的那些研究生我大多见过，也交谈过，思维鲜有敏锐的，没有问题意识，对自己研究什么其实根本就不在意。可以说他们对潜心于学问没兴趣，唯一看重的是跟着李孟结这个导师，毕业后工作有着落。有时这些研究生来到我们家里，赶巧碰上我的话，我也自然激不起与他们深度交流的热情。没有问题，或者问题太多，都是问题人物。我恰恰就是一个问题人物。

　　那是高中三年级的暑假，也是362基地我和周卫青春校园生活的最后一段时光。他接到了清华大学的录取通知书，我则高兴地实现了父亲的愿望——回到海舟老家，进了江南理工大学。

　　我和周卫在基地俱乐部棋牌室见了一面。我们面前摆着一副围棋，其实是装模作样，我和周卫并不懂围棋，目的是掩人耳目，免得被人说闲话。青春的羞涩让我们都和小时候不一样了。

"你如愿了，上清华。"我笑了笑。

"你也如愿了，回海舟。"周卫也对我笑了一下。不知道为什么，我至今记得他的那个笑容，也许因为它流露出的是一种理解的善意。

长长的一阵静默。

我和周卫说完表层的这句话后就陷入了沉默。我明明知道自己约周卫来是为了什么，但我实在不知道从哪儿切入话题比较妥帖。这让我们的谈话还没开始，就已经难以接下去了。

从小学时候起，周卫就清楚他自己想要什么，并且在他父母引导下，始终沿着规划好的路子走。他学过小提琴，也学过画画。从小就比我们懂得多，也很会讲话。清华一毕业，他就留学去了美国加州大学，从硕士读到博士，直至成为加州大学伯克利分校终身教授。这次话题的冷场也许是他人生中的一个意外？不，也许他也不想探寻这个"真相"，毕竟这对他也很刺痛。

这天之后的周卫，对我而言，不仅仅是一个意外，更是意外后的绝望与痛恨。还在清华，特别是远渡重洋加入"留学大军"后，他停止了和我的一切联系。没有原因，没有任何解释。我的优越感、高姿态、自尊心在他面前一钱不值，他不用吹灰之力，就把我击碎得片甲不留。

时间，我太需要时间消化周卫不联系我的真相。说来让人不可置信，他竟然会主动联系许冬梅。所以，他的那些情况都是许冬梅告诉我的。周卫和我之间突然断绝联系，用二维常态很难解释，我想应该是我们彼此走在两个平行的世界里吧。

跑题了。

还是周卫打破静默："我知道你想问我漂亮姐姐现在怎么样了。"他抬眼看了我一下。

"对。"

"遗憾，我不知道。"

"不可能，你们两家关系那么好，你妈跟她妈是嘉兴老乡，又是总部同事。"

"不知道，就是不知道。"他立马把话顶过去，"你不信？"他顿了顿："两家走得近就应该知道吗？"

"我没恶意，只想知道……"我欲言又止。我预感到今天的话题不会令周卫感到舒服和喜欢。既然话题谈不下去，只好不谈罢了。

漂亮姐姐的五官很立体，特别是小巧的鼻子，鼻梁好高挺，眼睛大大的，眼窝又有一点点凹。周卫曾经悄悄告诉我，漂亮姐姐有多少多少分之一的英国血统。我很震惊，有点害怕，那年月，里通外国是卖国罪，是死罪。什么？她是外国人？不可能啊。会不会是台湾派来的女特务？周卫看着我笑，目光全是戏谑，小屁孩就是小屁孩，气得我好几天不理他。但他的警告我记得特别牢——不许告诉任何人。就连许冬梅我都没有透露一点点信息。至于具体几分之一的英国血统，我已然早忘了。漂亮姐姐很友善，常常给红砖楼的小屁孩们念小说，念到好笑的地方，她还会手舞足蹈表演起来，逗得我们这群小屁孩哈哈哈一个劲傻笑。我印象深刻的有两本小说，一本是《红雨》，一本是《新来的小石柱》。因为漂亮姐姐在读这两本小说时，听到好听的段落，我不止一次打断她，让她再读一遍，以至于我招惹到其他小屁孩的"集体抗议"。遇到阳光灿烂又恰逢星期天时，她便坐在红砖楼前的空地上，我们围成一圈听她读小说，暖暖的光晕在她面庞上闪来闪去，实在是太漂亮了。

用今天的话讲，漂亮姐姐就是我心目中永远的女神。

在那个物资匮乏、精神单调的时代，漂亮姐姐是"好看"和"好心"的代表和化身。那时，我还不会运用"美"和"善"这些词汇。毋庸置疑，漂亮姐姐是我的启蒙老师——美丽与善良的启蒙老师。

周卫没有说为什么漂亮姐姐要抄黄色小说《少女之心》，也没有告诉我漂亮姐姐现在的情况。只说，漂亮姐姐不仅美丽善良，更坚强不屈。

坚强不屈啥意思？我当时是很不理解，眼前在不断闪回阿尔巴尼亚电影《宁死不屈》的镜头片段，耳边响起它的插曲《赶快上山吧，勇士们》。

赶快上山吧，勇士们，我们在春天里加入游击队，敌人的末日即将来临，我们的祖国要获得自由解放。

"你别问那么多。"一个激灵，我从电影中回来。我看见周卫的神情里有一种让我很陌生，又有与他年龄不相称的冷酷与理性。

许多许多年之后，我才明白周卫口中"坚强不屈"是什么意思。

周卫垂下眼帘："漂亮姐姐被抓以后，她母亲就疯了。"这我当然知道。"每当楼道变得热闹，甚至哪怕只有一点喧嚣，她母亲便会浑身发抖，大声哭喊漂亮姐姐的名字。'抄书有罪，抄书有罪……'目光涣散，不停地叨叨。小便顺着裤腿流淌下来，有时还有大便，流得满屋子都是屎尿的臭味。她父亲一头扎在抢建里，只能把她母亲一个人锁在家里，所有危险器具，包括瓷碗瓷盘统统存藏起来。"

"是吗？"这些我是不大清楚的。

"从此，我母亲从总部机关下班回来，第一件事不再是给我做饭，而是先去漂亮姐姐家照顾她母亲，洗她的屎尿衣裤，做她爱吃的小圆子，她自己却常常饿着肚子。我和我爸也像军工似的成了后勤分部食堂的常客。"

"是吗？"我曾听我父母说过他母亲帮助照顾她母亲这件事，但不知道他的母亲如此用心用情。

大约半年之后，漂亮姐姐的父母离开了362基地。没人能说得清他们去了哪里。

"草帽老头真是个好老头，是他力排众议，挺身保护了漂亮姐姐的父亲——这位抢建362的顶级专家。"

"什么？"我被周卫的话惊得一下子从椅子上站起来。我的心情瞬间变得很复杂，不再犹豫，果断结束了这场话题。

在我大学二年级的时候，周卫的父母调到秦山核电站。那个曾经坐"砖车"——拉砖的车来到362基地参加抢建的专家，后来成为国内外著名能源专家、中国工程院院士。

在山外山酒楼喝酒

下班前,李孟结打电话告诉我,谢清远约他晚上喝酒,他已为我做好了晚饭,凉了自己在微波炉热一热就成。我心想,谢清远干吗这个时候约李孟结喝酒?而且,还只有他们俩。如果加上赵辉,他们三个人喝酒,能喝出什么氛围?

我胡思乱想这些干吗?但慈祥的老主任、李孟结、赵辉、罗盈盈等一下子全闯入我的记忆里——时光倒流,回到青春勃发的大学时代。

那会儿,物理系老主任总说,以物理学基础理论为业,是一条艰难之路,能不能出成果姑且不论,面对的是做不完实验的枯燥与孤寂,自然也免不了贫困。

李孟结恰恰走的就是这条路。他始终执着于做实验,始终对物理学初心不改,但也热爱生活,对待官场和学界,善于处理关系,有很好的口碑和人脉。

老主任很欣赏李孟结的学术天赋,说他有敏锐的洞察力,总能在现有物理学理论框架内找出研究的突破口。当然,他也喜欢赵辉的沉稳与通达,也欣赏他的不俗才华。他对谢清远一向不远也不近,有时,遇到谢清远不够努力,老主任还会对他发火。

最搞笑的是罗盈盈。碰到考试不及格,她就找老主任扮楚楚可怜,先流眼泪抽泣,最后变成"梨花带雨"的模样,让老主任无可奈何,只能悻悻打住,说,这样不行,罗盈盈你要用功,但到底不及格变成了及格。

我是个从来没有让老主任伤过脑筋的乖学生。

李孟结和谢清远不仅是同班同学,还是上下铺的好兄弟。他俩都是海舟人。李孟结是海舟清水县人,父母都是县一中教师。他姐姐从海舟师大毕业后，也回清水一中任教。一家子妥妥的"人民教师"。至于人民满意不满意不在此话题。谢清远则是不折不扣的城里人，父母是海舟市普普通通的公务员，勉强混到科级岗位便先后退休了。在大学那会儿，人前人后，谢清远的自我感觉要比其他同学好得多。谢清远的两个妹妹，都不大会读书，一个勉强混个护士中专文凭，另一个职高毕业便自谋出路。谢清远早就对两个妹妹心灰意冷，意想不到的是，身为嫂子的罗盈盈却与两个小姑子打得火热。同学或同事找她帮忙联系省立医院专家，她没少麻烦她在省立医院当护士长的小姑子。

出了应用院的大门，天空很沉了，只是还没黑透。我走在回家要坐的112路公交车站的路上，很惊讶，路边的围墙上又贴了新一轮标语："深入一线，雷厉风行""垃圾利用就是宝，分门别类少不了""共创平安社区，共建文明家园"……读了几条，不禁感叹，挺在理、挺时尚。

海舟市太喧嚣了，我似乎只有缩在家里才能正常。事实确实如此吗？

到了家门口，我的母亲竟然站在那里。我心脏飕飕冒出冷气，一切都是电光石火间的惊诧反应。我连一声妈都喊不出来，怔怔地与母亲面对面站着。

突然，我对母亲怪异一笑。我听见自己的怪笑，听见自己的心在尖厉地哀号——妈，别离开我，别离开我……

一个眨眼，母亲不见了。耳边却响起她的声音：你咋不像你父亲呢？革命人永远是年轻。

我的脊背凉飕飕的，我是不是又搞砸了？硬生生把母亲气走了。

空气凝固，四周一下陷入诡异。

我大喊大叫，跟着猛赶狂追，妈，您等等我。我前面的那个女人终于停下脚步，一回首，披头散发，对我怪异一笑，我大骇，不敢相信。那个回首对我怪笑的女人，赫然是我自己，哪有母亲的影子？

我的目光虚了。

我的家在，意味着我的生活还正常。事实也是这样，和李孟结在一起，就是正常的我，那个所有熟悉我的我。

家的每一处，都有李孟结关注的目光，既暖又安全。结婚后，他早起为我做饭，有了儿子，为我和儿子做饭。儿子上大学离开家后，他又为我做饭。逢年过节跑他父母家，接我母亲来，买什么礼物，做什么饭菜，全是他定夺。几乎年年清明陪我回362基地祭拜我父亲。应用院忙也好，不忙也罢，回到家，我往沙发上一躺，整个身子都松弛下来。

我已经完全习惯享受这种饭来张口、衣来伸手的生活。时间也有润色功能，润色爱情，润色生活。回到家，就是回到一个安全而熟悉的地方。如果时间能停住就好，就停在此时，停在当下，别往前走，也别往后退。

直到那一天发生了那件事，我才彻悟，家也好，生活也罢，都会存在错觉、意外和假象。

有时候我会懊恼自己的焦虑，陷入一种令人失语的境地。就像有些歌听过无数遍，听得耳朵都生了茧，直到再听时，才恍然大悟：原来这首歌我曾经翻来覆去地听过啊。日子磨久了，人麻木了，便生出"无聊"。

李孟结带着满嘴酒气回家了。他非要向我复述他和谢清远喝酒的情景，显然他有点喝高了，口中的气味很不好闻。我说你先休息，明天再讲，他不肯，非要现在就讲：

在山外山酒楼的一个小包厢里，谢清远先到的，点了四菜一汤。水煮笋干、白切鸡、茴香豆、青蛤汤，这在李孟结的意料中，意料之外的还有一道川菜——毛血旺。酒自然是海舟黄酒。

"今雾霾，吃毛血旺清肺。"谢清远向李孟结推荐道。

"哦。"李孟结说，"你知道的，我吃不了辣。"

"不够男人。"谢清远开起玩笑。

"我真吃不了，你吃吧。"

"只好我吃了。"

几杯黄酒下肚，谢清远喝了一下，一抹嘴："你说，到底是什么毁了赵辉？"他顿了顿："学术界残酷的竞争耗光了他的激情。"又打了一个嗝："也许生活中没有任何一件事是意外或偶然。"

李孟结喝一口酒，放下酒杯："你谈哲学？我不懂。我关注的是物理实验。"

沉默了几秒，谢清远又倒满了一杯酒，又是一饮而尽，感慨道："时间过得真快，当年咱们在理工大，个个文武全才，雄心大略。我和赵辉分到数字院，你家欧阳分到应用院，唉……"

"你们都不愿意留校。"李孟结脑海中浮出当年彼此青涩的面孔，他知道谢清远动了真情，但止不住腹诽：到底哪个时代是学术研究的黄金时代？除了时代大势，你、我、咱们这帮老同学，还要有坚韧不拔的毅力和卓绝的钻劲。你做到了吗？你恃才傲物，似是不言名利，如果如此，又何必争院长的位子？

"是啊。人这辈子，真是一步都错不得，错了就再怎么补救都来不及。"长长的一声叹息，"科研经费的诱惑实在太大了。"谢清远一口黄酒呛出来，有几滴喷到李孟结脸上："赵辉他是这种人吗？当下没人经得起推敲，我自然不行，你不行，欧阳也不行，那又为何要苛责赵辉？"

气氛凝重起来。李孟结抽出纸巾盒里的纸巾，擦了擦自己的脸后，又抽出几张递给谢清远。继而，主动端起酒杯："来，碰一杯。"一声叹息："也许一切不该这样，一切该有更好的结局……"

谢清远拿起酒杯，迎过去碰了一下："我一向以为我的胆子不够大。"脸上写满"油腻大叔"的神情。

李孟结眉头蹙了蹙，没接话，心却堵得要命。当年在理工大时，自己与赵辉表面上看关系不冷不热，其实，在对许多问题的见解上，倒是挺契合，挺有知己的感觉。

谢清远像在发泄，又像在倾诉："罗盈盈说得没错，到这把年纪，还没混出来，别人看不起那是自然的，关键是他妈的自己都看不起自己。"话音落下，就大口大口吃起毛血旺。一盆毛血旺就这样见了底。

李孟结一根手指划动酒杯边沿，一时竟也不知说什么好。接着，他俯身嗅了嗅酒杯，轻轻呼吸，仿佛在享受海舟黄酒绵醇浓郁的香气。没错，雾霾天喝黄酒，的确不错。他也清楚，谢清远脸上写的，嘴上说的，是不是心里真想的，那是要打几个折扣的。在大学那会儿，他就这样，他倒不是故意的，或许跟他父母的教育有关。但不论他多么"春秋"，这么多年老同学做下来，李孟结还是知道他的一些真实想法。

谢清远夹起盘里的一颗茴香豆，放进嘴里，然而咬的力道不对，那颗茴香豆蹦了出来，蹦到桌面上。谢清远尴尬地咧咧嘴，今晚他有些失态了。他嗤笑着："蛋糕就那么大，吃蛋糕的人越来越多……浪奔浪涌，时间无情。"

李孟结接过话题："一晃咱们毕业都二十多年了，总是要面对这种时间的威胁。"话出口，俩人都有些感伤。无论男女，话题一牵涉到年轮、时光、岁月，都会变得感性起来。李孟结再次举起酒杯，主动与他一碰："同学一场，咱们都是兄弟。"

谢清远举起酒杯没说话……

俩人黄酒都喝高了，自然没法开车，只好找代驾。他们坐在后排，看代驾师傅的后脑勺，看着看着，谢清远竟睡着了……

夜黑到了底，我身旁的李孟结鼾声比平时急促很多，这是喝酒的缘故。

我则在谵忘中百般挣扎。

著名作家王小波说："梦具有一种荒诞的真实性，而真实有一种真实的荒诞性。"我想象自己患精神病的样子，那好像是另外一个人，那个人或者说任何患精神病的人，似乎都带有焦虑的意味。

生活中的任何一件事，有时都像是圈套或陷阱，兜转一圈最终把人驱赶到命数定好的路途。赵辉未必一定要得到什么结果，或许他只是想证实什么。

赵辉是个知恩图报的人，他始终对季副省长毕恭毕敬。季副省长还是科技厅厅长的时候，大笔一挥，给了赵辉不少的科研经费，还有好些科研项目，让赵辉在他的直接领导下，实现江南省科技的跨越发展。

当年，数字院参加科技部院、所综合考评，结果，数字院综合考评总是优，早早进入"第一梯队"——跻身全国一流院所。他把涉及综合评价四项指标体系——人力财务资源、业绩成果、发展后劲和资金管理的上报材料统统交由谢清远去做。这些烦琐的工作汇报，非但没让谢清远不堪重负，反而让他有一种价值存在感。

在数字院，谢清远与赵辉一样，都是青年才俊，只是赵辉比他出道早。赵辉优秀得太久，站在潮头太高，自然而然习惯了居高临下。尽管他帮助了不少同学，事后也从不肯居功，但毕竟他早已在学术研究"优等圈子"里。一些人看他的眼神里充满深深的忌惮。谢清远坐上副院长的位置后，赵辉让他分管最热门的科研。管上科研之后，他的学术成果倒呈现日新月异的景象，独占资源，独享资源，让他接连拿了三项省部级项目。

我总以为，赵辉也好，谢清远也罢，他们喜欢的不是学术研究，只是名利成功。

不可否认，谢清远也是个有追求的人。当然，现有的存在感于他或许只是暂时的。传言很盛，有人认定谢清远眼光了得，在专案组与季副省长之间，决然选择前者。

赵辉举办结婚喜宴的前一天，他来应用院。在办公室沙发上坐定后，久未开口，似乎在斟酌措辞。我给他泡了一杯茉莉花茶，看着他，眼睛是笑的。你想说啥就说呗。

"你知道，我的梦想是渴望与你喜结连理，只是自己的卑微不允许我选择，于是放弃了。"赵辉语带苦涩。

我怔了好一会儿，想说，你别这么说自己，可嘴上蹦出——你很优秀的。

片刻的沉寂。

我到底还是爆发了，没忍住。"你爱我为什么从来不主动向我表白，就因为你该死的自尊？"我没理会他的惊诧，盯住他的脸，他的脸白得吓人。"你还记得大三的那个初秋傍晚吗？"说完，泪水不争气地流下来，扭头看向别处：

那是个风在林梢，却没鸟叫，倒有一丝丝凉意的傍晚。我从理工大图书馆出来，下台阶时不小心崴了脚，疼得我咧着嘴，眼泪在眼眶里打转。他和罗盈盈就在我的左斜边，赶紧奔过来扶我在台阶上坐好。担忧写在他的脸上。他一边安慰我一边让罗盈盈叫人。我心下那个恼怒——你就不能背我去校医院吗？还用叫人？结果班上的男同学被罗盈盈招来了好几个，谢清远当仁不让，大声嚷嚷，我来背。背起我一溜小跑往校医院去了。

赵辉拿茶杯的手，有些抖，只是我没注意到。

气氛变得有点怪异。

许久，赵辉低沉道："在你面前，我一向很自卑。"我转头看向他，想驳斥他，伪君子！这是解释，还是表白？到底我还是把这话吞回去了。

我那会儿刚毕业，年轻傲慢，也很尖刻，不怕搞砸什么。相比过去，我现在更能觉出人生的不易，尖刻收敛了许多。

赵辉瘦了。不但瘦，还很憔悴。他身上的衣服也不精神，像没好好打理过。这哪里像个即将步入婚姻殿堂的新郎官？我叹口气："你到底是在气我，还是气你自己？"话音落地，我的心倏然一惊——这是什么话？只见他脸色青白。他几次想端起茶杯，手指抽动几下，放弃了。我站起来，眼前"砰"的一团金星，挨过去后，我给他的杯子里续了热水。

赵辉的目光转向窗外，低语道："谢清远背着你，我们几个男同学也跟着到了校医院。听他们嘀嘀咕咕，说给你上药膏包纱布的小护士是系主任的女儿。就在那一刹那，我'逼'自己想了个招——我对系主任女儿莞尔一笑，夸她护理技术真好。可能是我的笑，或是我的赞美，让系主任的女儿脸红了，低下了头。"

听到这里，我觉得自己的心里生硬了一下。

赵辉接着说："这之后，我便常常主动去看她。不知羞耻地向她表白：你只要在我身边，我就看得见未来。她红着脸似懂非懂地连连点头。"

我蒙圈。

虚空之间，两人熬了一会儿，赵辉径直说下去："我是为了我自己。我的母亲太苦，生活太艰辛，我想挣脱这一切。在这座城市里，我一无所有。"

我感到心窝里插了把匕首，赵辉嫌我还没死绝，恶狠狠地再一次往深处插去。我们班上同学一直都以为是系主任拿捏准了赵辉出身贫寒的"软肋"，加上他话语不多，对系主任无比仰止和崇敬，系主任这才放心把女儿交给他。我们背后调侃他走了狗屎运，顺利地将师生关系变成翁婿关系，毕业后留在海舟进了数字院。当时的数字应用院院长，是系主任很器重的一位学生、我们的学长。原来这一切都是他自己的精心谋划。我甚至怀疑，就连他不肯背我的举动，也是春秋伏笔。一番苦心，得偿所愿。

过于强调时代和个人的处境，赵辉不免陷入一种相对个人主义的泥沼。爱因斯坦的相对论，被他庸俗地利用到极致。

赵辉离开后，我心里很不舒服。你凭什么让我听这些？你太自以为是了。你以为我理解你，我就会安慰你，说，这不完全是你的错，世上没有十全十美的人，每个人都会为自己打算，这是再平常不过的事了？你错了，我没有这样想，也不会这样说。我之所以听下去，没打断你，绝对不是因为你说的话让我动了心，恰恰相反，你必须为你脑子里不断生成的欲念负责。你到我这儿来说这些话不过是个引子，就是想洗白你自己。我承认你确实比班上任何一个同学都要艰辛。即便如此，我也不想听真实的谎言。

我有点目眩，因为这被打开的真相。我感到了一种从来没有过的灵魂虚空。

今天看来，当时的我过于偏狭了，怨怒也显得有些无情和苍白。赵辉当然不是准备洗白自己，否则他完全可以不说。他也有无助、焦虑的时候，他也有想倾吐、想依赖的时候。也许就是想告诉我，他依赖我的信任，尽管对我而言，这样的依赖多少有些残酷。

我厌恶"不断抽打自己的陀螺式的死循环"生活，却不得不在日复一日中耗掉大把的时间。冗长、乏味，不值一提。儿子曾对我和李孟结讲，我和爸爸妈妈不在一个世界，我是三维，你们在二次元。

如果我不焦虑，做一个岁月静好的中年妇女不好吗？人们对中年妇女有什么期待？我似乎不清楚，又似乎很明白。

我胸口憋闷，可怕的自杀念头毫无征兆地冒出来，我不止一次冒出过自杀念头。我自编自演过火了。

其实也不全是这样，有时，似乎越痛苦，我的工作效率就越高。

因为你是季副省长

阳光透过窗帘，卧室里有了光亮。我起床拉开窗帘，推开窗户——光芒万丈的日照铺满整个海舟。

晴好的一天。

今天上午可是季副省长光临应用院的日子，我不能再在焦虑的自我意识里沉迷，赶紧上班去。我绝不允许把自己安身立命的研究能力搞砸了。

一辆车来了，站台上呼啦啦地走了一大拨。我焦急地等待112。不经意中发觉紧挨我身旁站着的是一个脸上长了不少青春痘的男孩，他伸长脖子朝公交车进站的方向看，目光也充满焦急。他兴许与我等的是同一辆车？

这个男孩理个小平头，穿一身藏青色镶浅灰色边的服装，休闲装不是休闲装，运动装不是运动装，我心下断定，这一定是某个学校的校服。如果让我选择最难看的服装设计，我绝对次次都会毫不犹豫地选择校服。

我收回目光，不再看这个男孩。他让我想起了儿子，心疼了一下。

112路公交车到了，果不其然，那个男孩和我一同上了112。

柯院长最后审定的迎检方案的流程是：

省政府办公厅通知我们院，季副省长一行八点半从省政府机关出发。我们八点半直接到海舟郊区研究院中试基地等候，柯院长打了不少的提前量。中试基地作为衔接创新链和产业链的中枢节点，是推动产品试制到规模生产的重要平台。季副省长点题要看中试基地。

接着乘车前往江南省科瑞化工有限公司。膜法高效回收与减排化工行业VOCs项目成果在这家企业转化，市场创效一年近六亿元。这个点是柯院长手中的一张"王牌"。科瑞化工一向是省领导的座上宾，是江南省规上工业企业的龙头老大。

最后返回应用院办公楼九层会议室，听取院里创研中心建设情况汇报。

事实上，我让科研处长做的最早一稿迎接方案中，还有一项内容，就是调研实验室。即便是省重点实验室，这几年也跟不上趟了，更别说追赶国际最新发展前沿。柯院长直接否决了这一项，他是一把手嘛。

季副省长一行调研很顺利，一边听，一边看，一边问，问的都是一些专业上的问题，赞许似的点点头。陪在季副省长身边的柯院长不停擦额头。有汗？调研气氛并不紧张，反倒有些轻松。只是季副省长的身后呼啦啦跟了一拨人，我觉得有点夸张。

看完调研点，直奔九楼会议室。会场内众人两侧分坐——季副省长调研组一行人靠窗，科技厅和应用院有关人员靠墙。当然不是完全靠墙，他们背后还放着二排窄会议桌，坐着应用院中层干部。

"时间比较紧，拣重要的讲。"季副省长把目光聚焦在科技厅厅长的脸上，"应用院口头汇报，厅里把书面材料报上来。"

季副省长一向喜欢开短会，开务实的会，反感拖泥带水的行事风格。

我的目光从科技厅长那儿滑开，却猝不及防地跟季副省长撞个正着。脑子嗡的一声，有些发麻，我赶紧低下头。我的"冒失"行为，谢清远口中的"不应该",让我时不时就陷在焦灼不堪中,害怕与他目光对视。

我强迫自己集中精力,可灵魂到底开了小差,凭空乱转。

"我插一句,这份汇报稿是谁主笔的?"

柯院长立刻停下汇报,会议室瞬间毫无声息,季副省长在等回答。然而如何回答好呢——柯院长无法判断季副省长这话究竟是什么意思,所有的目光都聚焦在他的脸上。我一脸蒙,不知道发生了什么。

"这份汇报稿是科研处牵头起草的。"我听见柯院长回答,看见他侧转身指了指后排坐着的科研处长。科研处长马上站起身弓腰点头。"科研处长是应用院老业务处长,经验很丰富。"我想我必须停止乱想,要好好消化柯院长这话的意思。

"噢……"季副省长的表情渐渐活泛起来。"欧阳副院长主攻的超高纯化学品精馏关键技术与工业应用项目,获科技厅科技进步一等奖没错吧。"季副省长面带微笑看着我——在等我的回答,我此时此刻的"消化"显然与季副省长这个问话风马牛不相及。我什么反应都没有,面色呆滞。柯院长见状,忙迭声道:"是,是……""这说明应用院是很有创新力的……"季副省长的话钻进我的耳膜,我心莫名地慌乱起来。直到会议结束,我都没能"消化"季副省长和柯院长之间的话题。

我以为自己喜欢孤独,姿态高傲,蔑视功名,其实,我也很现实,是经年累月养成的不露声色的克制罢了。偶尔,我在内心也会痛苦吼叫:认认真真造假,真不是人干的。甚至,连认真本身也会陷入迷茫,它会让我在潜意识中将假的当成真的,全力维护假的……科研利益永远高于科研价值?

送季副省长一行上车离开应用院后,柯院长站在院门大厅那儿,还如刚才汇报似的,口若悬河。看来,他今天的心情是挺爽的。"欧阳院长,三天后创研中心挂牌。"他略顿,"这是季副省长要求的,你们在场也都听到了。"他又笑哈哈地拍着科研处长的肩膀:"季省长单单表扬了你。我这个人就是这样,该你们表现的时候,我绝对要把你们推上去。"我问自己，柯院长的内敛啥时"遗失"了？

在上楼去办公室的楼梯上，张副院长凑近我，压低音量："佩服，老生佩服。"他到底是什么意思？如此烦人。我心一横，你佩服也好，不佩服也罢，这一刻，都不关我的事。我快步上楼，丢给他一个背影。

人声渐息，大楼走廊里传来几声关门声，很快，走廊里空无一人，大伙都躲在自己的办公室休息了。我也窝在办公室，竟有了几分愉快的感觉。这愉快是季副省长带来的——他绝口不提我跑他那里当面提交创新建议这档事，也许他早就看穿了我骨子里的那份俗不可耐？他是省长，洞察力自然不一般，他给足了我"面子"。

下午一上班，小张就闯进我的办公室，嘟起双唇向我"诉苦"，声线仍旧甜腻：

"我把您项目结题的所有发票单据拿去财务室报销，会计员随手翻了翻，就说这发票单据不行。还嫌我粘得七扭八歪，怪我撕坏了几张发票，粘补的时候把密码区损坏了。接着又教训我，什么打的士的发票全部要分开粘，粘贴时从右往左，一直粘到纸的左上角，发票面积小的在下，面积大的在上……我压抑住火气，从她手里抄回了这摞发票，不敢撑她，毕竟报销权力掌控在她手上。耸了耸肩溜之大吉。"

我心说，连小张这样挺阳光的小姑娘都习惯了克制与承受，那么值得为之而活的真东西——在哪儿呢？

我当然清楚，发票报销节外生枝，是季副省长表扬科研处长的"链式反应"：党政办主任与科研处长一向不对路，这在应用院是公开的秘密，上上下下都知道。季副省长表扬科研处长：汇报稿写得客观，又有思考，既如实写了创新项目的成果，又提出了创新运行机制的改革，这起码反映了你们把创新驱动发展作为面向未来的一项战略措施。党政办主任自然免不了酸溜溜的，他肯定失落，这个汇报稿也是经过了他的综合汇总，才由柯院长敲定成稿，凭什么功劳被你科研处长一个人捞去？财务室归口党政办管理，科研处到党政办的领地来报销发票，不折腾你三番五次还真对不起手中的这份"权力"了。

"你把发票收好,我协调下。粘贴发票是要格外注意的。"我语气淡淡的。

"明白了。"小张咧嘴一笑,一个转身闪出门外。

小张离开后,我想起李孟结给我讲过的一件事。有一天,他拿一摞发票去理工大财务处报销。走到财务处会计室门口,看见会计室的人正在哇啦哇啦八卦。他停下脚步,听到他们说,人工智能会给会计行业带来很大的冲击。刚兴电脑化的那会儿,就淘汰了很多的老会计。若干年后,百分之七十的财务都面临转型。突然,会计室鸦雀无声,一个个噤若寒蝉。其中一位杏核眼姑娘仍不罢休,还想说,见无人再应她,便也止言了。他说他当时揣测,会计室的人可能意识到再八卦下去,会波及每一个自身——都面临淘汰的现实。说完这事,他长叹一声,说,咱们现在就处在"爬坡过坎"的关键期,上面是泰斗级人物,是大师大家;下面是志在必得的青年才俊、海归博士。一不留神,这坡这坎没过去,淘汰的就是你和我。

奇了怪了,小张报销发票与李孟结报销发票,完全是风马牛不相及,我把它们扯在一起,为什么?

心烦意乱中,手机铃声响了几下,谁啊?我不耐烦地拿起手机,竟是小许秘书。"欧阳院长,文件部长已签发,正常明天就会下发全国各省市。李副部长让我打电话先告诉您一声。"

"辛苦你了。请转告李部长,非常感谢他。项目我一定完成好。"

收起手机,我发了一会儿呆。

这是我们夫妻俩手中一张不为人知的"王牌"。筹建创研中心就是李孟结说的"爬坡过坎"的关键期,我只能前进,没有退路。

李副部长是化工部副部长,小许是他的秘书。他1982年从清华大学毕业分配到362基地二分部。当时,我父亲已升任二分部的总工程师。父亲手把手带他一起攻关,一起实验。他加班父亲也加班;他熬夜父亲也熬夜。一到周末,母亲就邀他来家里,做好吃的给他。他是从基层一步一步干到今天这个位子的。

谢清远口中李孟结上头有人,我知道他指的是季副省长,其实不然，真正的上头人，是这位李副部长。中央和地方，省市和基层，一级就是一级的水平——那是因为一级只拥有一级的"决定权"，不能越位。

我承担不起"爬坡过坎"搞砸了的后果。但是我深知后果永远是存在的，就像争取项目，我避开了院里，就不得不到别处去想办法。我用"纯粹"包装自己，殊不知，我有私心，也有野心，时不时还会萌生毁掉一切的冲动。

我第一次有了"焦虑丧失"的感觉，虽然，这个感觉是在瞬息之间冒出的，却给了我"从天而降"的自信。我第一次抓到了自己的救命稻草。

我对自己产生了越来越不明的疑惑——现实与精神完全是分裂的。

兜转一圈回归正题。后天创研中心挂牌，刚刚小许秘书的这个电话真是"及时雨"，难不成这就是"天垂象"？李副部长帮我从科技部争取到一个分量很重的国家级重点课题，这个重点课题将是创研中心的"压舱石"，其他人谁都别想撼动它。我想当柯院长看到这份文件时，不亚于"于无声处听惊雷"。

这一刻，我心里升起一种俗不可耐的得意感。

江南应用技术研究院创研中心如期挂牌。上层有规定，何况季副省长也特别交代，一律不许大张旗鼓搞任何庆典活动。所以这是一个很简朴的挂牌仪式——柯院长主持，省科技厅分管副厅长致贺词，厅领导与院领导共同揭牌，然后结束。

柯院长非常高兴，对着我连说几遍"行啊！你行，你行啊！"。我一脸谦逊，似乎从柯院长的眼神里读出了他的几分得意——好像我为他圆了一个梦。

江南省人情浓郁，民风崇尚你关照我，我帮助你，蛮讲原则性与灵活性统一。人要是不活络点，连个朋友都没有。儿子常常这样教训我和李孟结。

似乎越痛苦，我的工作效能就越高。其实也不全是这么回事，有时候沉溺在纠结中，工作也是蛮拖拉的，科研毕竟需要理性。

我有理由百般纠结吗？

我是怎样一步一步走到今天这一步的？走到我自己讨厌我自己。

我讨厌同那些所谓的专家抱成一团来忽悠不懂科技的人。因为现在的人太缺乏科学精神和科学知识了，无法辨析孰是真科学，孰是伪科学。我戏称当下是我这样的专家学者们"经营"的黄金时代。夜晚或是无人时我就会在灵魂深处"作孽"，在精神废墟中挣扎。焦虑摆脱不了时就会想到那些自己熟识而混得不好的同事、同学；烦躁控制不住时又会找一些历经千辛万苦成功了的例子，比如曾经的赵辉。我的情绪就在这两种状态里左右摇摆。

这个晚上，我在家憋得要崩溃了，冲进书房拽出李孟结二话不说开门就走。迷迷蒙蒙的橘黄色路灯光线中，我挽着李孟结走在林荫道上，我要让自己的双脚不停地走，我们走向小山坡，走到教学区，走出校门口，直奔理工大学生街。

有时，走路是最好的除烦时刻，也是最不好的除烦时刻。

学生街霓虹闪烁，人声喧闹，人群嘈杂，各种小吃店、咖啡吧鳞次栉比，成双成对的男女学生比比皆是。整条学生街宛若一片人间烟火。我心里突然升腾起无穷的恐惧，逃也似的拽着李孟结快快穿过了学生街，左拐右拐，拐到一条十分幽暗的小巷子，我长长地吁了一口气。没走几步，看到一扇门前的台阶上坐着一位老大爷，一动不动在发呆。我看不大清楚他的面容和神情，也许更年老的更痛苦，夜晚睡不着除了发呆以外没有事可做。没有人能够与他们交流，也没有人能够主动走进他们的内心。

夜黑沉，我想我必须入睡，只要能够入睡，就可以什么也不想，什么也不听，至少可以心安理得地装装轻松与愉悦。迷糊中我看见赵辉的尸体被推进火葬场的焚烧炉，一个瞬间，青烟便缭绕在我身体的四周。我不明所以，恐惧让我只想快快冲出去。

我冲到一栋楼里，走进接待室。一个青年男子客气地问我什么事。我对他说，我这几天不能回家，也不能去其他地方，可能有事情发生。

有事情发生？什么事？青年男子先是一头雾水，继而警觉起来，不住打量我。

据我所知，这栋楼是最安全的地方。之所以这样说，是因为我知道这里有警察。一天二十四小时轮流值守不睡觉——我可以放心住在这里，而不被别人的"魂灵"捉住受折磨。

他严肃的面容充盈着一种稳重克制的气息，与他的年龄很不相称。他看着我说，每个来这栋楼的人，都跟我们有着某种关系，不会无缘无故出现在这里。来这里住的人，我们都会调查清楚。你为什么来？你与我们有关联吗？

我……我想住这里的念头被他轻易地打消了。我抬头看天花板是什么材料，看不懂，却好像听到上面有零碎而沉重的脚步声。

我隐隐感到有什么危险向我逼来，我转身就想离开。

你还没登记，不准走。青年男子喝住我。

我心惊肉跳，握笔签字的手抖得厉害。我想张口问问我为什么还要做笔录，但是我看到他严厉的脸，未敢有一刻犹疑，签完字逃也似的离开。

我突然想起那个脸孔不清的中年男人，我觉得自己不能坐以待毙，但又无法确认危险来自何方。

我犯了大忌，灵魂将被永远流放。

爸爸，我来看你了

接到父亲病危电话，我从海舟昼夜不停地赶到成都肿瘤医院时，父亲只剩下最后一口气了："爸不想离开你，但……但没办法，你……你要照顾好妈妈，你要好好地生活……"

我泪眼婆娑，哭得泣不成声，一点儿气力也没有。父亲的离世，让我和母亲肝胆俱裂，我们一人抓住他的一只手，恨不能把空气撕碎，让父亲复活过来。渐渐地，父亲的身子冷得像坨冰，随即便僵硬起来……父亲再也回不来了。和漫长的人生相比，人生的最后一站，仿佛只是一瞬间。

基地的叔叔阿姨们强行把我和母亲拉开，劝我们不要太伤心，身体要紧……

我的"天"塌了，我的心一抽一抽地疼痛，我感觉我一下子进入窒息状态。

现在，我成了母亲的"天"。当时，我真的以为我自己是母亲的"天"，多年之后，我才发现我是如此浅薄，某些时候，不可否认，我成了母亲的"负担"。

日历一页一页翻过去。我一步一步走到今天，我是父亲眼中的优秀研究员吗？

后面有声音，是叫我，在叫我的小名，"兰兰"。

是谁呢？声音异常熟悉。我前行的脚步停下了，转过身来，看到是父亲。

"兰兰，爸爸叫你呢。"

那和蔼的容颜，那充满磁性的声调，正是我心心念念的父亲。

"爸。"我撒娇似的喊了一声。

我的声音尚未落地，脑子倒先嗡的一声，大脑出现五六秒钟的空白状态。在这种空白里，我的思维能力消失了。

"兰兰，你愣什么神？"

我一动不动，行动也停止了。显然这一切是我意料之外的内容。

"兰兰，你怎么了？"父亲一脸担忧的神情。

我终于明白过来，眼前的一幕是真的。只不过发生在另一个平行世界。

"爸。"

"说说你的近况吧，爸想听。"

"我……我……挺好的。"

"要做个优秀研究员。"

"嗯。"

"告诉你一件事。前不久，我去京城见到孙理明老先生。孙总，他对我直夸李孟结，说他是物理学界的一颗新星。"

我接不上话。

"你要向孟结学习，他有物理学术天赋，你也不差，就是不切实际的幻想太多。"

孙理明老先生……李孟结……我甚至有了一种坠落悬崖的失重感。

"爸……"我内心开始了搏击，那个秘密就在我嘴边，只要嘴一开，真相就会被揭开。不，绝不能说。

终于，我跑了，不顾父亲的喊叫，跌跌撞撞跑了。我的眼前像是一下子拉上了一道沉重的黑幕。

我回到家，李孟结已经做好晚饭，正等我回来一块吃。

我边吃边问他："你怎么请得动孙老先生？你的导师都难以请动，更何况他现在已不在人世。"我眼盯李孟结。

"李副部长介绍的。"李孟结显得心平气和，我却有一种无法言明的怪怪的感觉。

"理工大怎么这个时候请孙老先生来讲座？"

"物理学院申报院士需要。"李孟结宽厚一笑。

"谁申报院士？"我目光充满疑惑。

"老先生一言九鼎。"李孟结很冷静，看似没有回答我的问话，其实，又回答了问话。

我努力咽下我的种种疑问，否则，我自己又会被我自己搞得神经虚幻。

也是，这几年，高校抢夺人才愈演愈烈，因为有了高级别的人才，才会有高级别的科研，有了高级别的科研，才能跻身名校行列。只是，高校关心的研究，普通大众一般不感兴趣。

高等学府嘛，普遍存在学而优则仕现象。

李孟结的职称已经评到了尽头，科研也有了足够的分量，早是博导了。这些年他一心一意只奔物理学术，何况他的学术生涯也算顺风顺水，因为他的导师是孙理明老先生的关门弟子，备受孙老先生宠爱，也有很高的学术声望和社会影响力，李孟结这个嫡系"孙子"受宠的程度也是可想而知的。网红说得好，一个研究生，能力大小不是关键，关键在于你的导师是谁。学术研究讲究的是出身与门派，虽然他的导师去世了，但学术门派是改变不了的。学术大旗不倒，大家都有饭吃。李孟结与赵辉，在学术科研的路径上，充分展现了双方身后导师的实力与能量。赵辉的导师仅是个过气的物理系主任，要不是季副省长在他身后……当然，这是另一个话题。

一旦满足了衣食住行的基本要求，读书人的情怀就会超越一切具象的意义——生命的价值取向。可问题是，李孟结不是一个谄媚的人，他的身上究竟是有读书人的矜持，这和他的家风分不开。有同学见他和季副省长关系不一般，便怂恿他入职公务员队伍，他一概笑笑。其实，每个人都是凡夫俗子，都得先生活，再情怀。脱离具体内容的情怀，也是虚无缥缈的。

那么，学术江湖到底在"几维空间"？

真相有时让我产生飘浮感，我需要拨开眼前的谜团，我想回到"二次元"——现实的人世间。

江南理工大是传统的211高校，物理学科进入了全国的"双一流"序列。现校长是从清华大学引进的中国科学院院士。理工大原本只有李孟结的博士生导师是中国工程院院士，现任物理学院的院长也不是院士，他和李孟结一样都只是博士生导师。

"孙老先生在362基地工作过？可他的科研履历并没有记载。如果工作过，你就一点印象都没有？"李孟结小心翼翼地问我。

瞬间，虚脱、疲惫感袭来，窸窸窣窣地在我全身蔓延。停顿片刻，我好像在作抉择，最终对他笑了一笑。

"你那天那样失态，为什么？"李孟结不罢休。

我又一笑，摇了摇头。我不想跟李孟结，不仅是李孟结，我不想跟任何一个人讲漂亮姐姐的故事。用人们熟悉的现实或世俗的偏见很难解释这个故事。我只想放在记忆里，一旦说出来会伤害我对漂亮姐姐的崇拜，我也不想伤害我和李孟结的夫妻感情。

那封从京城寄来的信，是我的一个秘密，永远的秘密。

一餐晚饭似是在神秘莫测中结束。

如果真有心灵家园或精神故乡一说，那么我的精神故乡绝对不二是362基地。海舟真谈不上，尽管它是我父亲心心念念的"乡愁"。362基地是我少年与青春记忆的家园，我是在那儿成长懂事的。上江南理工大，我才真正意义上第一次离开它。

清明节到了。

李孟结陪我回到362基地。我们从海舟乘飞机先到川北武元市，再坐四十多分钟的公交车便到了362基地生活区。第二天，我们陪着母亲，坐362基地班车进到"沟里"——峡谷里的那个能源试验场。

阳光直直地洒在溪中，温暖而摇曳，透过溪水淡淡地折射在我的眼睛里。站在溪边父亲的墓碑前，我和母亲、李孟结各献了一束菊花，鞠了三个躬。"爸……"我千言万语都哽在喉头，说不出来。

父亲墓碑上的字迹鲜明，周围干干净净，杂草也少，很显然这是362基地后勤分部管理得好。

我望着阳光下一览无余的能源试验场和绵延不绝的群山，往事扑面而来：我们刚到362基地——那个深山峡谷里，呼啦啦一下子涌入好几千号人，吃、喝、拉、撒、睡，谈何容易？当时，很多家庭都是租住在农民家，住得非常分散，没有自来水，也没有电。可基地建设者却以苦为乐，抢建快上。

一到黑漆漆的夜晚，母亲点上煤油灯，一家三口围坐在床上，那副棺材就靠在墙边，父亲开始讲故事，"孙悟空三打白骨精"啦，"铁道游击队"啦，"小蝌蚪找妈妈"啦……

我对父亲佩服得五体投地。

那是一种无忧无虑、不谙世事的快乐。当然，也有想弄明白秘密背后的真相——那到底是什么样的"沧桑"。

"兰兰。"母亲打断了我的回忆，她拉起我的手，"你爸爸在天上护着你呢。"

"妈……"我心无比酸涩，"我不想干了，回362基地陪您。"

"不想干了？"她顿了顿，"为什么？"

"不想干就是不想干了，没有什么为什么。"我顺势从母亲手中抽回自己的手。

"你说得轻松。你凭什么不想干？你有资格跟妈说这话吗？当年你爸爸肺癌躺在病床上，还在操心技术攻关的事。"

我没应母亲。因为我明白，此刻我只能无语——"说"已不能解释我一星半点的焦虑。

"妈不知道你遇上了啥事，妈也不想问你，但是不管遇到啥事，你都不能说不干。记住，你是362基地的孩子。"

"妈……"

"你那些科技奖是怎么来的？是干出来的。你自己不记得了吗？"

我呆了。我从来没见过如此生气的母亲。我记忆中的母亲一向温和优雅。

李孟结在一旁默默地听。似乎在附和母亲，或附和我都不妥，最保险的也是不说话。

溪面被阳光折射得波光粼粼。气氛却有些发闷。

从"沟里"回到家，李孟结一头钻进厨房忙活起来。母亲累了，进卧室休息去了。

我躲进书房打电话、上网。

突然，《今日头条》的一则新闻吸住了我的双眼——2016年，江南省召开创新发展大会。

2016年4月6日，一千一百多名企业家受邀出席江南创新发展大会。这是江南首次以创新发展为主题的大会，也是规模空前的大会。会上，江南省委书记发表重要讲话，他号召企业家鼓足精气神，勇当排头兵。会上发布了推动江南新一轮创新发展的八项政策三十三条举措。季副省长作了政策解读。

我逐条措施看下去，怀疑这是不是我的错觉。再看一遍，心释怀了，随后竟有些激动，脸发热，而整个身心却无比放松。似乎每个毛孔都怡然自得——八项政策三十三条措施，其中三分之二与我呈报给季副省长的那份创新发展若干建议基本一致，有的甚至完全一样。我陷入一种亦真亦梦的幻觉，又有一种重生的感觉，重新恢复我的社会角色。

我有这么能干吗？

我闭上眼睛，让自己又回到能源试验场旁那条波光闪闪的小溪边，回到墓碑前。我告诉父亲，我会做我应该做的一切事情。

"你又一次成功了。"嗯，除了自己，还有谁在书房？这声音显然不是李孟结的。我猛然惊觉，身体一抖，是赵辉。

"你到底在哪儿？"

"一时之功在于力，一世之功在于德。说的就是你这样的研究员。"

"不，这不是我。"画外音：你知道的，我很实际，也很世俗。

"不要这样诋毁自己。"

"要是没有你……"没容我说完，赵辉截住我的话头："疾风知劲草。一点风吹不倒你。以前的你是什么样子，你自己不会不记得吧？"

恍恍惚惚，我感到自己在凭空旋转。

"其实我也有私心，我无条件帮助你，除了欣赏你的研究能力外，我也想咱们江南省的研究机构能多几个像样的研究员，到时可以互相帮衬。研究机构如果没有潜心静力埋头搞研究的人，那就彻底完了，包括你和我。当然，也有……"赵辉刹住了话头。

我抬眼看他——说呀！

"我被抓起来的前一刻，我都没有对领导说我不干了，没有！因为我有我的底线，我有我的尊严。"赵辉的这番话完全出乎我的意料。

"我……"他又一次截掉我的话头："每个人都能感知生命急不可耐的新陈代谢，尽管陈旧的还健康。路归路，桥归桥；道非道，也是道。"赵辉的声音仿佛是从很远很远的地方传来，隐隐回荡在书房。随即，一切沉寂下来。

我的心像被人用利器死死抵住，直落到底，疼得不着力了。

我被提拔、风光的时候，也正是我最难熬的时候。

搞项目研究，客观地讲，我确实蛮行的，在应用院里数一数二。后来让我兼搞行政，起初我认为没有什么大不了的，不过是帮院长打打杂罢了，实际上并非如此简单。

刚开头，我对分管的科研处、工业研究所等上心上得不够得法，从柯院长到处长、所长甚至普通研究人员，都对我甩过脸子。上级原本想把我作为专家型管理人才培养，似乎发现，我可能不是那块料，充其量是个研究员，难成大器。柯院长都有了向上级推荐我的后悔和失责之心。

我焦虑至失眠，有一阵子简直快让我发疯了。我不服气，凭什么赵辉就得心应手？他在校时书没我念得好，人缘更不如我，难道自己这辈子只能做研究？更甚，我撂挑子离开应用院的心思都有了。

李孟结劝我坚持，绝不能打退堂鼓，尤其不能随性子不干，别把自己看扁了。他的话说了等于没说，他自个儿也就是个普通的大学教师。

我清楚，当初柯院长乐意举荐我，就是看中我的研究能力，还有班子结构的需要，我是女性，研究院需要配备一名女性院领导，但我不是当下人们嘴中的"无知少女"。还在大学的时候，我就被赵辉拉进了党组织。光埋头搞研究，毕竟路不宽。那些有执行力又有科研能力的人，才是唱主角的，上级真正看重的是这种人。

想撂挑子不干？赵辉调侃我，同时，传授他的心得，什么当院长不能只埋头干活，更要抬头看路。不能不认真，更不能太认真。还得多交各路朋友，多几条路子，那样才能走得远。

我不傻，到底明白了赵辉的路数——打"太极拳"和"攀关系"。还别说这是笑话，我当真去理工大体育学院认认真真学了一套二十四式太极拳。

还好，硬着心肠熬过了半年，我终于找回了自信。到底把个副院长当得"得心应手"，也当得"百无聊赖"。只是困惑，自己这样的执着到底是对还是错，值还是不值。或许是，无所谓对与错，无所谓值与不值，因为人生就是充满叵测与风险。

我盯着这则新闻，窝在座椅里没有挪动一下，此刻感到四肢发麻，眼前无数金星飘闪。我慢慢站起身，伸了几下懒腰。

"兰兰。"这一刻，妈妈走进了书房。她瞄了瞄电脑："你不会生妈妈的气吧？"

听到母亲这样说，我眼眶湿润了。母亲拉过我的手，说："在妈妈的心里，你永远都是362基地的好孩子。"

"妈……"我喉头一紧，泪水下来了。多年来，母亲一直不肯离开362基地，她怀念那些不曾被历史记载过，但又为历史增添过辉煌的基地建设者，包括父亲，她要陪伴着他们——这已然成为她生活的头等大事，也是她永生不灭的情愫。

到许冬梅家

这天晚餐，我是在许冬梅家吃的。

许冬梅是我唯一一个从小到现在还在紧密联系的基地闺蜜。小时候，一旦遇到淘气的男同学欺负我，她二话不说冲上去就与男同学打架，一副誓死保护我的英雄气概。要是听到班上其他女同学背后讲我坏话，她会毫不客气地骂过去：没有欧阳兰优秀，背后嘀嘀咕咕算个啥？她初中一毕业，362基地照顾她家庭生活困难，关心老工人的子女，将她招工分配到后勤分部仓库当仓管员。

说来也怪，和许冬梅在一起，我很快就恢复了一种"被保护者"的状态——这种状态的感觉就是所有日常小事都变得充满乐趣，无论做什么都充满喜悦，一点儿也不累。

下午，许冬梅拉我一块去基地后勤分部的农贸超市，想起小时候我与父母一块去"赶场"，现在基地也有了超市，时间似水啊。

许冬梅还跟小时候一样不事修饰，着一件深色夹克衫，像362基地七十年代的工作服，脚穿一双旧运动鞋，发式也是基地"中年妇女"的标准短发，显老也有几分土。不可否认，我心底里是爱慕虚荣的，尤其是被海舟城奢华之风熏过后，我蛮追求时尚，爱好打扮，自然也愿意好闺蜜许冬梅也赶赶时髦，我俩可以相得益彰。其实，许冬梅的五官很周正，稍饰一下一定是另一个全新"许冬梅"。

我回362基地扫墓，托运箱里也还是塞了两件新"时装"。事实上，在362基地，人们着装依旧很朴素，虽然也带有新时代的痕迹。看来，我这回带来的海舟时髦衣服是不敢拿出来穿了，给许冬梅带的新衣服，应该也是白"运输"了。

许冬梅笑瞥我几眼："你还是这样洋气。"她顿一下："还是不穿花裙子？"

"洋气谈不上，花裙子坚决不穿。"

"花裙子，穷讲究，资产阶级的臭思想。"许冬梅调侃的语气，眼睛却在笑。

"你是嘲讽我现在的穿着？"

"穿着是你自个的事，我是真心喜欢你的洋气，你咋说都是362基地的人。"

我知道许冬梅嘴中的"基地"有别样含义，我不以为然，更不会与她争论，毕竟我们是从小到大的好闺蜜，又刚刚见面，要聊的话题多了去。

我立刻问起大红、小红，我从不问刘校长，她的那晚"家访"，让我记"恨"至今。年龄大了，经历的事多了，我"恨"倒真是没了，但"烦"却更甚，压都压不下去。

"自从她妈类风湿性关节炎导致腿脚走不动了，大红这两年倒是回362基地挺勤的。她虽然埋怨她妈偏心小红，但她到底是个有孝心的女儿。"许冬梅知道我烦刘校长，所以，和我交流一般不轻易吐出"刘校长"三个字，大多用大红或小红她妈来指代。许冬梅总是默默为我尽心尽力，又体贴理解我，所以，她能扭住我的心呢，我们能成为好闺蜜。

大红高中毕业并没参加高考，我们当时都觉得奇怪，因为她是刘校长的女儿。她在362基地一分部干了几年普通"堆工"，二十出头便急匆匆嫁给362基地警卫营一位即将退伍的老兵，许是她太想离开362基地，太想逃离她妈这个"狗校长"，自知婚姻是她的不二选择。不久，她跟随她退伍的丈夫回到山东菏泽老家，他们在菏泽农机厂工作几年后，决定下海，回乡下去种植牡丹花，由当工人转当农民，最终当上了"农民企业家"，过上了挺富裕的小日子。

大红的女儿一点不像她，从小就是362基地远近闻名的学霸，可以上清华就是不去，非要上哈尔滨工程大学，就是原来的哈军工。她现在是北京基地总部的技术骨干，一个女汉子。

倒是从小就鬼精鬼精又爱欺负人的小红，让我深感意外，她竟然接了她母亲的班——现在也是362基地小学的校长。

不得不承认，这就是命——小红的命，她走进另一个次元，是小红，也是刘校长。

我从事的是科研，照理说，最该相信唯物论，偏偏我执着于"命中注定"，爱关注一些所谓的"灵异世界"，就像小时候，大红、小红姥姥死了躺在棺材里又自个活了，还能爬出来发号施令的"灵异事件"。当时，这个"灵异事件"让362基地的人们津津乐道了好久。

小红初中毕业，没上高中，直接考入川北中等师范学校。毕业后就回到362基地小学当起了"孩子王"。我有时自问自答，现在362基地的年轻人还会像老一代一样心心念念"山沟沟"吗？答案是确定的，不会，大部分都不会。他们中的一些人，有基地不肯留，去城市待不下……挑三拣四，等到有一天他们的骨头朽了，他们还会回到362基地埋葬在这个"山沟沟"里吗？跟他们的父辈埋在一起永不分离吗？

至少目前，小红做到了。我必须直面现实，小红才是362基地优秀年轻人的典型代表，她的确比我强。

"想什么呢？"许冬梅用她的臂膀撞一下我的臂膀，还是儿时的习惯动作。

"跟我说说小红的现状吧。她和我不怎么联系。"没错，小红从小就烦我，我也烦她。此时此刻，我除了郁闷，更多是自责：我主动联系过小红吗？

许冬梅直摇头："别怪她，她不是故意不理你。你在那么远的地方，又是大城市里的人。"她顿了一下，语气有了失落感："你和我们从小就不一样。"

我转头盯向她："你怎么这样说？"心下却无比感伤，是命在决定每个人的人生之路，真只有命吗？我眼中的现实，与她们眼中的现实是有巨大差异的。还是那句老话："物理学的世界太诡异，边界从来不明确。"

"小红这些年校长当得很不容易。现在362基地的年轻人，大多想'逃离'山沟沟，优秀教师招进来也留不住，还要保证咱基地的孩子们从小就有好的教育……不能输在起跑线上嘛。"

"不能输在起跑线？"我打断许冬梅，惊讶她也能说出这样"高大上"的时髦话。

"我们都没有你文化高……"她欲言又止，切换了话题，"咱们肯定是希望362基地的孩子们将来个个有出息，这自然离不开学校的教育。小红和她母亲的时代太不一样了。"

我为自己不经意间便流露出非常浅薄的所谓"优越感"而深深羞愧："对不起啊，冬梅，我不是故意的。"

"哦。"许冬梅淡淡一笑，"小红从当教师开始就很拼命。你也知道，打小她就要强。一忙起来她啥也不顾。她的儿子是早产儿，在咱基地医院保暖箱整整躺了两个月，老天保佑，也是她的福气，孩子长大后挺健康的，在东北师范大学本硕博连读，立誓要像姥姥、妈妈那样，做一位优秀的'园丁'。"

我完全不知道这些情况，如果许冬梅不告诉我，我是无法知道362基地发生的故事的。高高在上的姿态，让我本能隔绝362基地来往的一切，我太自以为是，我"自傲"得太久，站在高处太冷漠、太少情。我的"362基因"在哪里、何时发生了变异？想来，小红和许冬梅才是362基地的"守望者"。

小时候，有一回我恶作剧，往大红、小红家一整锅的稀饭里撒干树叶……其实，儿时的我也是挺顽皮的，和她们没啥区别。

在许冬梅眼里，我很有出息，她从何料想我不止一次地想过自杀？我伤悲，我感慨，我负疚……一时说不出话来，我尚未调整好我的神思，后勤分部农贸超市到了。

超市的货架上，鸡、鸭、猪、蛋样样齐全，尤其是蔬菜区摆满各式各样蔬菜，许冬梅自然知道我爱吃蔬菜，蔬菜很新鲜，豌豆尖、地瓜叶嫩绿得惹人爱不释手，圆溜溜的紫茄子泛着透亮的光，我眼睛都直了，看得挪不开目光。

我已记不清多久了，我未见过，更甭提吃这般嫩绿的豌豆尖，盈满大自然的阳光雨露的豌豆尖。毫无征兆，这当口，我眼前流星划过已经双目失明的于地主婆摆摊卖豌豆尖，也是这般嫩绿，心下顿生荒芜一片。

"今晚让你吃……"许冬梅话说到一半，停下拿茄子的手，抬头望向一对老人，"刘叔、贺姨又买茄子了。"语带关心。

刘叔？贺姨？我顺着许冬梅声音的方向看，一位爷爷的头发都白了，脸庞黝黑，鬓角旁也是一块块醒目的老人斑，眉头一直皱着，似是舒展不开，但眼神里的光却是平静的，甚至还带点正气。那位奶奶背驼了，脸上写尽"胆战心惊"，眼帘始终低垂。

记忆像呼啸的大风从我面前刮过，将批斗"吊死鬼"的大会现场刮了过来。说实话，如果不是凭靠一种直觉，加上许冬梅口中的"刘叔，贺姨"，我其实是认不出这两个人就是刘炳奇、贺彩花。我万分惊异他们的衰败，事实上，刘炳奇比我父亲还小两岁，我一向理性，一般对本能是缺乏感受力的。

是许冬梅告诉我的，他们在八十年代初解除了劳改，草帽书记念他技术好，还年壮，便接收了他，仍回二分部"三废"处理中心，从前工龄"清零"，这样每月工资仅有42.8元。贺彩花是九公里公社小学民办教师，就此成了362基地家庭妇女。

他们的生活自然很清贫，这也是他们该有的"赎罪"。我的父母还真是没少接济他们，父亲特别欣赏刘炳奇"三废清污"时的麻利劲。那个大肚子女人——他河南乡下的糟糠之妻主动提出离婚。我不止一次问过母亲："他乡下的几个孩子他不养吗？他们可是他亲生的！"母亲还是那句："别管闲事。烦不烦！"

就刘炳奇而言，坏时候早已过去，现在一切都挺好。

当年，那场批斗会的恐怖气息一旦向我袭来的时候，我总觉得"吊死鬼"就在我身旁的什么地方。所以，我决绝地拒绝他的一切，不曾有一丝丝去看看他现今过得咋样的念头，尽管他的信息时不时也会传入我的耳朵。

谁知道呢，那个时代坏人作恶，好人也作恶，真说不清。问题是，刘炳奇是恶人吗？用我熟悉的现实，我难以解释。

这一刻，与他不期而遇，应该是命中安排。"吊死鬼"的形象变得模糊起来，刘炳奇的形象在一点点清晰。

"愣什么？"许冬梅又用臂膀撞我一下，"他就是刘炳奇。"

我没吭声，批斗"吊死鬼"已经过去那么久了，没有人还会在意。"走啊。"许冬梅催促道。一个瞬间，又很久远，我太怀疑眼前这一幕的真实性，抬脚时我才发现自己的脚已经麻了。

一进许冬梅家，我一眼就看见客厅沙发上的那堆白色钩织物，眼睛顿时发亮——小时候我们用宝塔线、用钩针钩镂空的桌布、茶几布、窗帘……那场景既古老让我怀旧，又新鲜让我惊喜。我十岁时，我家的小饭桌桌布就是我一针一线用钩针钩出来的。

我奔向沙发，捧起那堆白色钩织物，抬眼打量许冬梅：

"你还钩？"

"闲着没事钩一钩。"许冬梅笑笑。

我彻底抛弃钩织物，除了学业、事业、家庭牵绊的原因，其实和整个时代的氛围发生巨变有关。现代机器设备生产的桌布，设计更洋气，花色更丰富，手工编织瞬间消失。物极必反，当下人们生活好了，有了大把闲暇，又开始怀念手工钩织，这已然成为一种时尚。

我轻轻展开白色钩织物，像是一块桌布："桌布？"

"嗯。"

"啥图案？"

"你仔细看像啥。"

我看了一会儿，抬眼问："蓖麻树？"

"到底是欧阳兰，就是眼尖。"

我兴奋起来，对许冬梅说："把图案纸给我，我来钩，让你看看我的手艺。"心下自说自话，如此，我天生该是个家庭妇女。

"图案纸不就在那儿嘛。"许冬梅用眼示意沙发扶手边的下面，"你钩，我去做饭。"

"家庭妇女"，是我们小时候对362基地上没工作妇女的一种带有贬义的称呼。我就在心里悄悄地没少骂一楼苏阿姨，不就是个家庭妇女嘛，还整天说闲话管闲事，烦不烦。

许冬梅把砂锅端到饭桌上，锅盖尚未打平，鸡汤的香气挡都挡不住地四下飘散，我腾的一下从沙发上站起来，放下钩织物，大喊："太香了。"顿一下："妥妥的'基地味道'！"

许冬梅哈哈大笑，笑得有些夸张。她的夸张完全是不自觉的，是她从小的家庭生活造成的。她母亲是个精神病人，几年前突发脑梗病故了，这才让她得以喘气放松下来。上小学起，她就是她家照顾精神病母亲的"主力军"，我至今都记得她家里的那股酸臭味，常常让我忍不住要呕吐。压抑逼仄的生活环境反而造成她"张力爆棚"。她热情，爱凑热闹，容易与人相处，或喜欢，或讨厌，爱憎往往凭一时的兴致，她现在不就和小红处成了好朋友吗？我可以不认同她的"夸张"，但我必须承认我虚伪得很，我所谓的优越感让我与362基地所有儿时玩伴都保持了一种距离，特别是对至今尚留在362基地的玩伴，疏离感更强，甚至零接触。

"这俩人下棋没完了，饭都好了。"许冬梅边埋怨边拿起饭桌上的手机要打给他们，他们指的是李冬生和李孟结。号还没拨完，这俩人前后脚就进了门，真是太不经念叨了。

当初，许冬梅告诉我，她和李冬生准备结婚时，我完全不在状态，好半天回不过神，惹得许冬梅一顿数落。我以为，他俩一个属"南辕"，一个是"北辙"，凑一块，日子会过成什么样？

李冬生高考考砸后，父母劝他复读一年再考，他坚决不肯。后来被后勤分部先招工，后转到基地总部工会俱乐部工作，现在是工会副主席兼俱乐部主任。他从小文字就好，从最初基地总部墙报宣传栏、广播站稿子选编，到如今362微信公众号，他样样干得"风生水起"。草帽书记的老伴、362基地总部工会老主席没少夸奖他，说他是干工会工作的一把好手。仅凭这一点，我都不能不佩服李冬生。

问题是，他愿意娶她？她敢嫁他？我摆出高高在上的姿态，似乎有很强的"穿透力"，能够洞悉未来他们的婚姻生活，殊不知，真正浅薄和弱智的是我。事实证明，他们是命中注定的欢喜姻缘，生活庸常，但幸福感满满，他们被362基地这枚钉子给牢牢地钉在一起。

许冬梅咋咋呼呼摆上碗筷："快洗手喝鸡汤。"我迫不及待拿起汤匙就喝起来。"哎，急什么，鸡汤由你承包。"扑哧一声，我嘴里的鸡汤喷出来，许冬梅的"夸张"让我很失态。

李冬生喝酒脸爱红，酒上头也快，加上他的皮肤偏黑一些，这会儿成了红白相间，包公不像包公，关公不像关公。

"你知道吗？你从小就傲慢。那会儿，我们没少批评你的'骄、娇'二气。"李冬生呼出一口酒气。

我一愣，垂下眼帘，一股焦虑紧跟着逼迫过来——我已经很入俗了，"骄、娇"二气不再适用于我。

餐桌冷场两三秒，我抬眼回了李冬生一个苦笑。

"你干吗说小时候的破事。"许冬梅赶紧打圆场。

"来，咱俩碰一下。"李冬生对着我举起酒杯。

"来，咱俩也碰一下。"许冬梅怕冷落了李孟结。

我们四人笼罩在灯光光亮里，很快我便吃得头冒热汗，鸡汤香浓，麻婆豆腐地道，糖醋鲤鱼酸甜……我的"基地胃"这下闹不了饥荒了。

许冬梅不声不响去厨房倒了两杯蜂蜜水给他俩，这让我很是意外。这种温柔体贴与大大咧咧的许冬梅似乎不搭，看来，她的婚姻生活的确让她改变了许多，幸福不言而喻。一阵又一阵酸涩涌上喉头，我身上自带的傲气在许冬梅面前实在不堪一击。

"再吃个炸茄盒。"许冬梅又给我盘子里夹了一个茄盒，"这是你的最爱，可劲吃。"她将一盘素炒豌豆尖往我跟前挪了挪。

"你们那儿的青菜绝对比不上362基地，后勤分部菜地里的菜从不打农药，用的全是农家肥。"李冬生对李孟结道。

"那是，我们那儿海鲜比较多。"李孟结继续话题，"这儿的青菜吃进嘴里全是儿时的味道。"

许冬梅抿嘴笑："那你就可劲吃！"

"好的，好的。"李孟结迭声道。

"冬梅，多亏你，帮我照顾我妈，我不孝。"我满容愧疚。

"你是有点不孝。"许冬梅接过我的话，毫不掩饰她大大咧咧的直爽劲，盯着我，"要常回362基地。"这是她最真实的时刻。

吃完饭，我动作利索地帮着许冬梅收拾"杯盘狼藉"。在厨房，我边洗碗盘边和一旁的许冬梅聊天。

她抛出一个话题，瞬间就戳到我的痛处："不知道为什么，就这么觉得，这回看到你，感觉你有心事。"

我停下洗刷的手，耸耸肩，故作轻松道："你的感觉错误，减十分。"

"是吗？"许冬梅一时无话可说，便重复起刚才那句话，"常回362基地。"

最珍贵的东西，不是眼前的既得利益，而是身边长久陪伴的爱情、友情、亲情。我眼圈红了："明天陪我去看看刘校长。"

"你……"许冬梅一个惊讶，搂住了我的脖子。

我们都是362基地的孩子，基地的坚忍烙在了我们的血液里，我们不断地错位,又不断被调整,最终是朝前走着。

这个夜晚,天黑得透亮,闪着星星,一眨一眨的,也只有在362基地才有这样的星空。我想起小时候我问母亲,天上有这么多亮晶晶的星星,为什么还有黑夜呢?我挽着李孟结的胳膊,站在家里的阳台上,一直仰望星空。

李孟结有些自责,"咱们是该常回362看妈妈。"

我心一暖:"嗯!"

有时候,我会胡思乱想,觉得许冬梅能够成为我362基地唯一有联系的好闺蜜,也许是对我自己曾经的362基地生活方式的怀念,不对,362基地我的同学多了去;有时候又觉得,我能和她成为闺蜜,应该因为她就是她自己,普普通通,却不自卑,不耍心眼;也不对,我这样认为她,似乎是对她的升华,把她拔高了,真实的许冬梅或许不一定就这么纯朴、这么简单。

不过这都没什么。

邻居叔叔没离婚

世上大部分人需要的或许只是一具躯壳,一个能够满足自然关系和社会关系的身份和角色。至于一个人真正的灵魂,相对而言,是可有可无的。灵魂会思考,能带来痛苦,让人焦虑、疲惫。网红评论说,痛苦来自无能,因为无能,想改变现状而不好。然而,太阳每天都照常升起,生活一切照旧。

离开362基地的头一晚,母亲用似是遇到"命悬一线"之事的焦虑口吻对我说:"尽快抽时间,去北京看看草帽书记。"彼时,他躺在基地北京总部医院ICU。

"嗯。"一抬头,我惊讶地发现母亲满眼泪水。

我大学毕业留在海舟工作后,只要回362基地,我一定会拐道到成都 362 基地干休所看草帽老头。当年，我们这些小屁孩在他背后就是这样称呼他的。

我和李孟结新婚后的第一个中秋节，我们回 362 基地与母亲团聚过团圆节。我们先拐去成都，游都江堰、武侯祠、杜甫草堂……权当新婚旅行吧。

在都江堰的一个小镇上，我看见路边书摊摆了好多花花绿绿且纸张泛黄的旧期刊，心下顿时变得千钧重——"黄色书"，漂亮姐姐……我不顾不管就蹲在书摊前翻看，李孟结只好陪着我也蹲下来随手翻着。突然，一本《解放军画报》刊登的一张照片映入我的眼帘：咋这么眼熟？我应该是在哪儿看到过。我合上画报看封面——1958 第 3 期，心一跳，好像猜到了什么，我再翻到照片，下面写着一行小字：中国人民志愿军在朝鲜上甘岭开誓师大会，宣誓坚守阵地，领誓人 104 团团政委王为青……

"草帽老头。"我激动地喊出声，李孟结、书摊主人以及旁边的人都用异样的目光瞧着我——这人咋了？我拿过画报，手指着照片递过去给李孟结看："领誓人就是草帽老头。"我像是对李孟结说，又像是自言自语，怪不得眼熟，我家也有一张，小时候我看过。

我抬头看向摊主："我给你二十元钱买了。"摊主遇到我这个"有钱人"，鸡点头般："要得、要得……"

当天下午，我们就到干休所草帽书记家。走进他的家门，还是灰色的水泥地、灰白的墙壁，就连他本人仿佛也灰扑扑的。他脸、眼浮肿，走路踉跄，头发全白了，也没剩几根，唯独那双眼睛仍旧明亮锐利。我们在客厅沙发上坐定后，我从包里取出这本《解放军画报》双手递给他，充满敬意："草帽老头，这上面有一张您在朝鲜上甘岭阵地上领誓的照片。"

"是吗？"他一个惊喜，接过画报又翻又看，又看又翻，手微微抖动，是啊，一个人能有多少如此珍贵的瞬间？他沉浸在自己的激动情绪里好久，抬起头，眼神明亮："你叫我'老头'？"

我不好意思地吐了吐舌头，朝他做了个鬼脸。在他面前，我完全恢复了孩子气,活泼、调皮、爱笑。小时候,我叫他"草帽老头"叫惯了,这一刻下意识张口就来,可不就出大洋相了。

"小丫头,我用同样的照片换你这本画报好不好?"

"不好,画报我要珍藏,照片我也要。"

"嗬,真贪心。"他笑起来,支使他大女儿去里屋抽屉取这张照片。

他大女儿取来照片,递给他,他转递给我:"这是送你的新婚礼物。"突然,话锋一转:"你要好好向你父亲学习。"语气也深沉起来。

我倏然像被一个地心引力一拉,回到了我意识中的362基地。我此刻又一次是个362基地的孩子,不像是新婚旅行者。

我再次见到草帽书记,是次年的事。在362基地抢建历史陈列馆里,他的一张标准遗照挂在墙上,我到底没有去北京看他最后一眼,用"忙"、用"没时间"为我自己找开脱的借口是大不敬,绝对不行。我愧疚,我自责,我觉得我有罪……那一天,我在"沟里"父亲的墓前哭了很久,为草帽书记、为父亲、为墙上所有的抢建者。

人有灵魂,问题是,我能见到他们的灵魂吗?

时光不能倒流,愧责不能抹掉,我的灵魂怎样才算被拯救?

夜深沉。

也许是因为明天一大早我们就启程回海舟,我和李孟结都还未入睡。

"我想拐去上海一下。"

"看二姨?"

我犹豫一下:"不,我想看看邻居叔叔。"

"噢。"李孟结愣了一下,"我可能去不了,学院已经几次电话催促我。"他的语气里有一种真诚的东西,这是我对他,也是他对我的一种信赖。

"你先回海舟,我拐去上海停留两天。"

我们结婚后,我没少给李孟结讲362基地的抢建故事,当然也包括邻居叔叔和陆菁阿姨的故事。

真相和记忆是天敌,它们永远在交战。记忆与真相永远会同时败在时间手下，真相打不赢时间，更没有人可以打赢时间。这是真相，还是记忆的幻觉？心头忽然一阵紧——

我和陆菁阿姨站在362基地医院的大门口，她对我说："我能救活病人，唯独救不活自己。"倏忽间，应该是她肚子疼，她直不起腰，头上冒冷汗，快要站不住了，我赶紧扶住她："咱们进去叫医生吧。"

她弯着腰摇摇头，强挪几步坐在医院大门口台阶上，抬眼看我："早死就好了。"我一辈子都记得陆菁阿姨眼神里的那种哀怨……我的心像灌了水的吊桶随着这眼神沉到井底去了。

"陆菁阿姨，"我惊慌地打断她，"不许死。"

"死了，一切就解脱了。"

"陆菁阿姨。"我呜咽一声，扑过来紧紧抱住她。

"明明知道走不下去也不撒手……"陆菁阿姨肚子疼得浑身在抖，泣不成声了。

"你说什么呀？"我一脸茫然。

"我有多难啊。"她仰了仰头，一行行热泪淌下来，这些泪水躲在她的身体里很深很深的幽处，这一刻碰上适合的水压，从深幽之处被排挤出来。她的身体慢慢滑下去，似是要瘫在地上，我赶紧让她依靠着我。她哽咽着："他说他需要时间，他一天天在忍耐，忍耐着走下去。熬过无数个冬天，他的忍耐充满宽容，可也是一种折磨……"

"你说什么呀？"

"这种折磨……我要死了……"陆菁阿姨喉咙里发出阵阵呜咽，然后，渐渐地停息下来。

"告诉我，他是谁？"我脑子里一片空白，心里却腾地恼怒起来。

"这样的日子过够了……"

"我们进去看医生。"我不由分说，扶起陆菁阿姨走进门诊大厅。

"你的心很乱。"医生说。

"我的心很乱？"明明是陆菁阿姨看医生，怎么变成我看医生？

"是的，很乱！"医生边说边冲向我，"你必须住院。"我惊恐得拼了命想挣脱，可她的手劲特别大，死死钳牢我的胳膊，我一扭头，看见诊室墙上一幅画：画上是一位妙龄女郎，穿一身红连衣裙，右手拿着一个绿色的打开的小折扇，低头站在水池前，画面上的水池只画了一半，或者还不到，水池旁的一棵枯树，倒映在水池里是幽幽的黑色……不对，这些红、绿、黑的线条是画家在表现瞬间的动态。我心下大惊——这要还不是焦虑症的体现那什么是？

"其实不喜欢也是可以走下去的。"我的泪水像断了线的珠子。

"走下去的理由是什么？"医生顿一下，问我，"走不下去的理由又是什么？"

"我想逃离，逃离眼前的一切。有时走着走着，我就心生厌倦，厌倦又怎么样？还要日复一日地走下去。"

"你的婚姻正常吗？"

"我有些焦虑，也有点害怕。"

"是焦虑，还是害怕？"

"都有。"

"抱歉，对于心理咨询来说，最难沟通的就是婚姻。"

我想我肯定是一副痴呆相，因为医生显然失去耐心。"你能有什么问题？这世上每一个人都有他自己的问题，包括我。"她语气硬了，"有些事，你不去想它，它就不是问题。"

一时间陷入可怕的死寂。

"我不住院。"我抓狂一般挣脱医生，冲出诊室，冲向大街。

天际刚刚翻出鱼肚白，晨光泛着青蓝色。一个女人，步履匆匆地前行在大街上。

她是谁？我望着她的背影。

突然，她回头看过来，是那个被称为"欧阳兰"的女人。晨光中，她神情忧郁，眼里充满了焦虑。

没错，是欧阳兰。

我不顾一切去追她，想拽住她，告诉她你别焦灼不堪行不行，至于嘛！一把年纪了还玩矫情。

她先开口了,告诉我她只知道有个人因为办案有功得以提拔,但不清楚这个人到底是谁,让我去了解一下。我最先跑去问赵辉,他说他也刚听说这事,也不清楚这个人是谁。他很奇怪,反问我,你一向讨厌这等无聊,今天为何热情高涨?

我愿意,你不知道就说不知道好了。我生气地走出赵辉的办公室,迎面撞上谢清远,俩人都愣了一下,继而,他热情地邀我去他办公室坐坐。他说,李孟结是慢功夫,大智慧,他若申报院士那是妥妥的,他竟然也用网络语言。我一头雾水,讲的是谁,谁提拔?干吗扯到李孟结身上,还申报院士……忽地,一声惊雷,震得我头皮发紧:难道孙理明老先生来理工大讲座是……此时此刻我脑子里的画面异常杂乱,每一个画面都是黑色的……

什么是夫妻?通常愈是感情深厚的夫妻,留给彼此的想象空间便愈大。有什么尖利的东西在我胸口那里挠,真相才是真实的残酷,它往往把人伤得体无完肤。

我确实不机灵,没看出事情自然的纹理。即使我白了头发,很多时候仍像缺少经验的"愣头青"。

谢清远深沉道——是深沉还是故作深沉?反正他语气深沉,现在有个怪风气,围着上级转,看风向搞科研。上级关注啥,科研创新就搞啥,上级要是换了人,就一窝蜂地扔掉原来的项目,重起炉灶再上新人喜欢的项目,得到立项后,开心无比——总算跟对了。

什么乱七八糟,我窝了一肚子火。在你这儿,我一惊一乍就没有消停过,你何苦这样折磨我?一个转身,我冲出谢清远的办公室,折返回赵辉的办公室,结果他不在了,我很失落。于是,我又急匆匆走出数字院大门,走到一个公交站,坐上车,坐了三站后下车,再走一段路,进入一个高档的花园小区——赵辉的家在这里。我使劲敲门,喊他名字,屋里静悄悄的,再敲、再喊,对门邻居拉开一条门缝,伸出头说,你搞错了,这家没人叫赵辉,别敲了。

空气凝固了,我的身子撞上去隐隐作痛,我完全不在状态。

这当口,一个霸道的声音传进我的耳朵:欧阳兰,你的课题立项找赵辉没用。竟是谢清远，他说他布下了一张巨大的关系网，就是要让我处处碰壁。你……我恼怒地四处乱跳，奇怪！我失魂失神地站在床前，不知道过了几秒钟，直到视线慢慢清晰，我才确定我刚才做了一场噩梦，是在噩梦里惊跳，竟从床上跳到地下。我轻轻上了床，李孟结在床上一动不动，像个木头人。你怎么不拽住我？我生气地问他，他说他被我吓傻了。

我在自己逻辑混乱的梦境中清醒过来，我还睡在362基地我家里的床上，此刻是北京时间凌晨四点四十八分钟，我对我的梦境产生了魔幻一般的感觉。

一件往事不由分说闯进我的大脑，当时赵辉问我想不想听他做过的一个梦，我夸张地哎呀一声，我最喜欢听梦的故事。生活这么沉闷，没点八卦怎么行，赵辉一愣——这话不像从你嘴里出来的。

他说他梦见谢清远的一个国家级项目要结项了，按规定必须召开一个专家评审会，先由与会专家对他的研究成果进行评审，然后形成一份项目鉴定书。

万事俱备，只欠东风。答应参加项目评审会的科技厅厅长和国家科技部项目司司长因故均不能来。头头脑脑请不动，这可急坏了谢清远，嘴上长出了一串水疮——如果到会的仅是行业内的专家学者，"一言九鼎"的人缺席，意味着项目创新的"轰动"效应将大打折扣，以后再想有"轰动"机会，恐怕这辈子难了。

于是，谢清远来找他，求他帮忙，他答应谢清远试试看。谢清远前脚离开，他后脚就给我打电话说这事，我沉吟一会儿，试探性问他，赵辉，你想好了？他有点蒙，反问我想好什么。

嗯……谢清远以后会不会……威胁到你？他反应过来，怎么个威胁法？我直言不讳，如果评审会大获成功，他的势头会不会淹没你？他却风轻云淡了，都是同学，忙应该帮。如果他借此名声大振，那也是他的福气。

除了名气，还有职位，你们毕竟在一个院里，你就不怕他跟你争，甚至挤掉你？在大学时，他没少挤对你。

赵辉沉默了。

喂……喂……我以为电话断了，就这样，我把他从梦里"喂"醒了。

听完这个梦，有一点我至今不清楚，最后赵辉帮没帮谢清远。

我也很困惑，这个梦，是否表明了赵辉的纠结与挣扎。

赵辉、谢清远、李孟结还有我，看似无瓜葛，却又有千丝万缕的联系。

那么，我和赵辉又算一种什么关系呢？我有时会向内心深处发问。

多年之后，我应该让我自己确信这一点——他关心我胜过爱我，我信任他胜过爱他，至于没有肉体的触碰，我给出了一个我自己喜欢的理由："追崇纯粹。"这个自圆其说的理由使我安心。

来上海之前，我就和邻居叔叔联系好了。这是春风宜人的一天。

我和邻居叔叔坐在同济大学校园内的一个咖啡厅里，咖啡厅不大，只摆了八张小方桌，桌上铺了浅绿与雪白相间的格子台布，优雅又浪漫。

我们桌面前各自摆放一套深绿浅绿交织花色镶金边的细瓷咖啡杯配瓷碟，一杯拿铁搭一块蓝莓芝士蛋糕。

邻居叔叔胡子剃得干干净净，黑色头发不多，梳得一丝不乱，他只比我父亲小几岁，头发竟还这样黑？原装的？上漆的？真是的，我干吗无聊管闲事？心下却笑了。

他穿深棕色夹克衫，内搭米色单毛衣，西裤也是深棕色，典型的上海"老克勒"。

邻居叔叔是同济大学的资深教授，现已退出教研一线。他告诉我，他还在发挥余热，关注并热心参与上海城市更新行动，提出专业设计建议。

我们有好多年没见过面，很遗憾，陆菁阿姨正在天津帮忙照顾小儿子的二胎宝贝，我和她失去了一次见面机会。

"妈妈身体还好？"

"马马虎虎。"

"劝劝妈妈和你一起生活,年龄大了,什么意外都有可能发生。"

"劝不动,死活不肯离开362基地,所幸还有我同学帮忙照顾。"

"哦。"

"陆菁阿姨在天津,那您的日常生活,比如吃饭问题咋办?"

"同大校园解决吃饭蛮方便的,我还请了一个钟点工。"

我知道陆菁阿姨这几十年很不容易,邻居叔叔考上研究生,硕士、博士一路读下来,家里全靠她一个人操持。邻居叔叔去上海读书,她把儿子从天津接到362基地,医院工作需要常常加班,她又是认真负责的护士长,其中的艰辛唯有她自己知道。那时,只要陆菁阿姨上夜班,我母亲就把她儿子接到我家吃饭、睡觉,她儿子就此成了我铁杆的"跟屁虫",常常被我使唤得团团转。

这小跟屁虫现在挺牛,在德国沃尔夫斯堡大众汽车制造公司当技术主管,给我打越洋电话,第一句一定是"姐,啥时来德国"。这小跟屁虫和我走得近,也许是他小时候常在我家的缘故吧。

他结婚、生孩子都是在德国完成的,没有回上海办中式婚礼。他的两个女儿全是陆菁阿姨一手带大的,为此,她提前办了退休手续,因为亲家说他们还在工作,没办法帮忙。小跟屁虫不需要妈妈帮忙了,陆菁阿姨就从德国回到上海,喘气还没喘匀,又得去天津照顾小儿子一家。

邻居叔叔博士毕业留在同济任教,安顿下来后,他把陆菁阿姨调到上海一家街道医院工作,夫妻就此团聚,后来又生了个小儿子。全家人的吃、喝、拉、撒、迎来送往……都是陆菁阿姨一个人操持,忙里忙外,跑前跑后。邻居叔叔忙教研,忙论文,忙职称……最后,忙得"功成名就"。大学校园"象牙塔"间的竞争尤为激烈和残酷,所以,我也挺理解他当"甩手掌柜"的无奈。

邻居叔叔在家一向没什么话,常蹙着眉头,只有和两个儿子在一起讨论功课时,他才有些笑声。吃饭的时候,他家有时只剩下咀嚼声,气氛压抑得让人喘不上气,独独这个小跟屁虫——大儿子仿佛什么都看不见,听不到,扒完饭后专心坐在灯下读书。他比我小好几岁,却能有这样的淡定,这就是一种早熟的表现吧。

这些事情都是母亲讲给我听的。

匪夷所思,这当口,我的眼前放映起我自编自导的电影来——

镜头一：在咖啡厅

"您后来见过范师母吗？"

"没有。"邻居叔叔很是奇怪我的突兀,"怎么想起问她？"

"她自杀被救起后,我去医院看过她。"我顿一下,"还有周卫。"

"周卫？"他的双眸染上冷峻。

"他爸爸就是周建春院士。"

"哦……"时空切换,他似有被压迫感,欲言又止。

一个不该有的沉默。

我却好像在梦中,无论发生什么怪事,都能接受。

镜头二：设计室内

她双臂交叉,上半身伏在绘图板上不住抽泣,肩膀一耸一耸。

他站在绘图板前。

不知过了多久,她抬起头,满脸泪水,头发凌乱,憔悴不堪："他不仅家暴,还是个变态狂。"抽泣加上气愤让她说不下去,停了一会儿,她继续道："他常常把我的衣服不是用剪刀剪碎,就是放在脸盆里用火烧成灰……"

他一拳头砸向绘图板,一言未发。

她惊恐跳起来,向四周一看,生怕有人,低语道："我死,一切就解脱了。"

他从绘图板前绕过两步到她身边,两人互相凝视片刻,他突然紧紧地拥住她,站在那里,一动不动。

镜头三：设计室门口

十岁的我惊恐地瞪大眼睛,悄悄地倚在门边,看着室内的一切不明所以：一会儿呆滞，一会儿气愤，一会儿想哭，一会儿惊吓，脸上的表情变幻莫测。

镜头切换回咖啡厅

"从她离开362基地，我再也没有见过她。"邻居叔叔主动回应我。

"是吗？"我失望得很，"我曾想过，你们会不会走到一起？"

"时间是良药。选择性'遗忘'让走下去不再苦痛。"他顿了顿，"我们没有——如她所愿。"他苦涩一笑，一行泪竟从他脸上滑落。

什么状况？什么意思？我需要冷静消化一下，这个她是谁？

"要是现在，我会希望你和她能在一起。"我面带真诚，心下又在自问：叔叔现在还想离婚吗？这句话是我自编自导电影里的最后一句旁白。

"兰兰，兰兰，拿铁凉了不好喝。"我被邻居叔叔的好心提醒吵到了，无奈停止了放电影。

"嗯。"

"362基地现在需要能源废料处理专业人才。"他一停顿，语气深沉，"你爸爸走得太早。"

我的眼睛染上一层暮色："我不孝。"

"世上没有走不了的路，路是人走出来的……"

我有种不可名状的飘浮感，我需要回到结结实实的路面。

"我带你去看上海工人新村城市更新行动样板。"

"好呀。"我笑了。

我一向认为，人的变化最先开始于眼睛，就像邻居叔叔的双眸，此刻如年轻人，明亮而清朗。"工人新村更新，首先必须提升居住形态品质，方便居民生活，优化生态，然后才来谈生态美化与文态吸引力……我归纳为形态、业态、生态、文态'四态'融合。"

"咱们现在就走。"我等不及了。

实验室发生火灾

太阳每天照常升起，生活一切照旧，包括台风、暴雨、雾霾、焦虑、死亡等的侵袭。

我按时上班进实验室，在院食堂饭桌上听到笑话把嘴角咧开，儿子、李孟结需要我时，我必须及时出现，诸如此类，循环往复。这是失望与希望交织的生活——灵魂离开了躯体，内心势单力薄，我别无选择。

一个冷清的周末。

李孟结又去京城了，为了他的"爬坡过坎"——有分量的项目立项，有分量的学术论文。谢清远曾说过，李孟结表面上只求一处世外桃源，读书写字，安身立命，其实不然，他有高瞻远瞩的思考。我只是笑笑，心问：是这样吗？不以为然。

我和李孟结都是被教育成长的一代，难得的是自己教育好自己，这方面李孟结做得比我好，他比我忠诚于科学。我呢？一方面对愿望固守，一方面又对生活颇多微词，最终连独立思考的能力仿佛都丧失了，甚至想过去一个没有人认识我的地方生活。我并不想沉沦，也不想被人注目，我陷入生活的焦虑，是因为我总在寻找？寻找什么？寻找一切，包括寻找过去？寻找记忆？寻找秘密的真相？我不知道"某一天"是哪一天，某一天来临了会有什么，更好或者更坏。

自我折腾饿了，我从冰箱里拿出李孟结给我买好的西红柿和鸡蛋，取锅点开燃气灶，煮西红柿蛋面吧。我是真没想到，一向饭来张口的我在短短几分钟就能整出色、香、味俱全的一碗面条来，看来没依赖也不是完全没好处。

吃完面条，我破天荒把橱柜里的青花瓷茶壶拿出来，泡了一壶茉莉花茶。我坐在阳台上，沐浴着暖暖的阳光——原来我需要的就是这种日子，有烟火味，心安理得消磨时光。

时间被我拉回到昨天上午：

江南省开了个高规格大会，省委书记亲自颁发江南省科技创新贡献奖。我左肩挂佩红彤彤的绶带，通过心脏的部位，以示我对科技的敬畏与忠诚，我从书记手中接过奖牌，转过身子，面向会场，所有与会人员的镜头都定格在江南省电视台新闻播报里。柯院长告诉我，是季副省长力荐的我。

颁奖之后，省委书记作重要讲话，号召全省科技战线要向受表彰的同志学习，勇当创新的"领头雁"。

省委书记讲到这里，我的眼睛有些发热，又有些发晕——会场大厅座无虚席，鸦雀无声，黑压压的一片人头，经聚光灯一照，不晕也晕。

傍晚，我接到李孟结的电话："老婆牛啊。"

"牛什么牛，更要卖力了。"

"回去给你做菠菜粥，好好庆祝一下。"

"我就值一碗菠菜粥？"我揶揄。

"哈哈。"他顿了顿，"礼物由你定。"

"你当我是儿子呀。"

夫妻俩都乐开了怀。

突然，一阵铃声划破虚幻，把我拉回现实——我打开手机，一个急促的声音钻进来："欧阳院长，实验室发生火灾，死人了……"

死人了？手机飕飕冒着寒气，从头到尾罩住我，凝成冰。

人生的报应从来不是巧合，就搁在那里等着你去接收。

我魂不守舍地赶到应用院，不敢相信眼前的事实，那个爆炸的实验室，我连多看它一眼的力气都消失殆尽了。

应用院共有九间实验室，根据分工职责，我分管三间，爆炸的这间正是我常做项目的实验室。

火灾的原因并不复杂，省安全委员会很快查清给了结论。实验室一位临时工周末加班不情愿，乘实验室老主任上厕所之机，玩起手机，心不在焉，致使操作失当，不慎点燃氢气爆炸，导致实验室内的试管、容器、设备等相继发生连锁爆炸，他本人当场死亡。所幸，实验室老主任经验丰富，处置果断，119消防专业队伍又火速赶到，没有更多殃及应用院其他"鱼池"。

事故原因鉴定很顺利，但鉴定事故责任时，却发生了分歧——

"欧阳兰同志有不可推卸的责任，管理太不严了。"柯院长惋惜道。

我坐在一旁，始终低垂着头。

张副院长伸出右手指向科研处长："负全责的应该是他，他妈的，什么好处都想捞。"

柯院长提醒张副院长克制情绪，说话别带脏字。

科技厅分管厅长满容严肃，一言不发地坐在最上位。

"如果确定实验室主任负事故全责，我保留意见。"张副院长话一出口，众人深感意外，面面相觑。

我一愣，慢了半拍，我确实不机灵：这个死去的临时工是科研处处长乡下一个远房亲戚，张副院长分管的一个实验室，正好有个空缺，可以使用聘任指标，待遇工资都还行，但张副院长死活不肯，说一个中职生不经任何考试，就进省科研院所的实验室，开国际玩笑吧。别看他平时好打80分扑克牌，还真是"吕端大事不糊涂"。后来，是柯院长把我叫到他的办公室……结果，碍于情面，我点头了，谁叫科研处是我分管的处呢。科研处长的亲戚进了我的实验室当临时工，待有空缺时再聘任。他进实验室后，让老主任操碎了心，平白增添好多麻烦。

事故处理意见很快上报到省政府。坊间传闻，季副省长在事故处理意见报告上大笔一挥——同意！

全省人民都知道了我的"事故责任"——应用院实验室发生爆炸上了江南省电视台新闻播报。实验室老主任被处上一年年收入的60%的罚款，勒令提前一年退休，行政级别降为一般科技人员。我被处罚行政降两级，从副院长变成科研处副处长。

我为实验室老主任悲叹：多好的一头"老黄牛"，最后的"谢幕"

如此悲催。

我还没来得及尽情欢笑，荣誉就被"炸弹"炸得一地碎片。我只能捡起恐惧、不堪、沉沦，甚至空虚……

我觉得离所有人都很遥远，离我自己更是远得不着边际。我不想属于此时此地，不想在这里被看到，这里又是哪里？我也无法消失，我不想当我自己，我反感自己，反感这里。我只想逃离，甚至跳进大海，死亡是一种实实在在的解脱。

我降级被处分的事，必须瞒着母亲。这次清明节回362基地，我看见母亲床头柜上摆了好多药瓶，我再次劝她和我们去海舟生活，她说你爸爸在这里，我哪儿也不去。

赵辉曾批评过我，对有些事总是充满不切实际的幻想，他说他不这样，即使已经失望，也绝不放弃。可问题是放弃不放弃，有时自己是做不了主的，现在他是铁窗下的囚徒，他是放弃，还是不放弃？

人心，不，应该是我的心怎么能恶到这个地步。人的幻想——甚至人的幻想方式，不是人自己决定的，而是境遇的结果，不得不承认，我的确是个精神虚荣的女人。

我站在112路公交车里，透过车窗，海舟街景在我眼前渐次飞过。我看到一个身穿红色连衣裙的少女骑着共享单车飞过，霎时，眼前飘过一幅画：一位红衣少女，站在水池边，红、绿、黑的线条——焦虑症诊断提示……

灰沉的天色、灰沉的商场、灰沉的路桥、灰沉的人……熟悉的街景变得那么奇怪，我仿佛头一回发现海舟原来还有另外一种景象——一切都是灰色的。

我的心情与车窗外灰蒙蒙的天色一样，失去了色彩感。

"妈，您看见那座大桥了吧，桥这边是老城区，挺乱，挺热闹；桥那边是新区，可高大上了。"一个女人的声音毫不客气地打断了我的沉思，我微微转过头，见是一位中年妇女对坐在座位上一位头发花白的老年妇女说的。老年妇女问：

"咱家在老城区对不？"

"嗯。"

"闺女，妈喜欢热闹。"

是的，江南的母亲河舟江隔开了海舟市两岸，舟江北岸有不少棚屋区，低矮破败的房子，远处是灰蒙蒙的天际线；南岸是摩天高楼直刺云天。理工大新校区就坐落在舟江南岸。

这对母女霎时勾起了我对我父母的思念——

我大四实习那年，一个寒冷的晚上，我躲在图书馆里修改毕业论文。突然，手中的笔毫无理由地滑落掉地，我弯腰拾起来，准备继续写，莫名其妙，笔再次滑落掉地。我的心不由慌乱起来，第六感直觉告诉我一定有什么事要发生，我的后脊背冒出一排冷汗——最大的恐惧就是不可知的恐惧。

那天凌晨，我的父亲撒手人寰了。

我赶回362基地的家，母亲泪眼模糊地拉着我的手说："你爸爸叮嘱我，一定要把他埋在山沟沟里。"

我的泪水止都止不住滑落下来，我最后一次见父亲是在基地总部医院。他用枯瘦、薄薄的一层皱皮的手紧紧拉着我的手："爸舍不得你，毕业后，要做名好研究员……"

下了公交车后，我才发觉自己坐过了站，不得不再返乘回去，到家一头扑在床上不想动弹。

这雾霾啊，都进了脑子。

这天，我向柯院长请假，谎称自己身体不适，其实我是要去江南桥外监狱看赵辉。

狱警把赵辉引到会见室，隔着一层厚厚的玻璃台，彼此坐在里外，拿起手边的电话。他又瘦了一圈，脸颊那里凹下去，见到我，面无表情："说过多次你不必来。"说完，便再也不理我，任凭电流嘶嘶作响。

"我运气不错，安全事故处理只是降级，老天不长眼，咱俩应该对换，我进来。"我自嘲。

"滚！你滚！"赵辉一声怒吼，就像投入一颗炸弹，炸得会见室里外弹片横飞。我手抓电话一脸呆相，人傻在那里。

狱警拿起电棍，往他身上砸了两下。

我搁下电话慢慢站起身。

我带了一包吃食，里面有赵辉爱吃的天水梨和葱油饼。狱警接过后，认真检查了一番，然后进去递给他，示意他拿走，他接过来狠狠地砸向地面，吃食滚了一地。

"干什么！"狱警又拿电棍砸他，"关禁闭。"

赵辉朝地上吐了口痰，看向我，冽冽道："滚！"

我的喉口被什么堵住似的，一句话也说不出来，走出监狱大门，浑身一软，蹲在地上哭泣起来。

原来这又是一场梦。不做亏心事，也会做噩梦！这是个悲悲切切的梦，既虚幻又真实。

有一点是肯定的，我在赵辉面前，是存着奢望的——他是我最珍视的知己。

的确，我和赵辉是完全不同的两类人，就像我和许冬梅，但奇怪偏偏我们是知己和闺蜜。刚参加工作那会儿，我常常追问赵辉，究竟是坑蒙拐骗对灵魂的压迫大还是阳奉阴违对灵魂的压迫大——谁能承受得了我无休无止的追问？还就是赵辉能！我是个只有负担没有轻松的人。

我清楚自己绝非什么洁身自好，或是好自为之。我和现实之间的这道鸿沟，无论如何也跨不过去。

我一向以为，梦见谁由做梦的人决定。现在我已经不这么想了，梦见谁是由你想梦见的那个人决定的，哪怕他就是死了，他要是不想见你，你也就永远不会梦见他了。赵辉呢？他并不常入我梦，可一旦入梦，一定是他要暗示我什么，我们是同学，是同行，更是知己，也有共同的话题。不像我和儿子聊天，聊红酒，聊星座，聊 P2P，我常常一无所知。用儿子的话说，我已经有了很多的知识盲区。

每次我去狱中看赵辉，他都和我谈到他的妻子和家人。他说，他连累了全家人，最对不起的就是妻子，跟着他福没享多少，倒要日日担惊受怕。能说的，不能说的，怪自己的，怪别人的，被狱警管教服气的，不服气的，一股脑儿对着我发泄，以至于狱警拾起警棍敲了他好几次——不许乱说。

也许除了我，赵辉真找不出第二个人可以这样无所顾忌地说话？

难得这个周日阳光很好，天很蓝——海舟蓝。

上午十点，我和李孟结吃着早饭，也是午饭，边吃边聊。

"有太阳真好。"

"嗯。"

"课题申报还顺利吗？"

"还行。"

"前几天我梦见赵辉了。"

"哦……"一个意味深长的省略号。

"很奇怪，我去监狱看他反而被他骂。"我单刀直入。

"梦和现实都是反着来的。"

"何以见得？"

"物质是运动的。"

"物理学家的回答。"

"活着谁都不易。"李孟结神情染上了一丝伤感。

这我有同感，时间会把许多东西擦掉，一点点，自己都难以察觉。我对着李孟结谈赵辉，是有点诡异。我话题一转："要不，咱们生个二宝？现在国家允许二胎。"

不可思议，我冒出这样一句让我自己都深感奇葩的话。

李孟结愣了，须臾，大笑："亏、亏你想、想得出。"笑得话都断断续续了。

我心猛地一收，瞥了他一眼。

"别生气，真别生气。物质是永恒的，可我已老朽了。"

我接不上话了。

爱情无关距离，无关时间，只要感受到了，就是力量。李孟结在我面前一向稳重，像老师，像大哥，也像父亲。这个瞬间，我想哭，想说，我让你操心了，对不起。在他身上，我学到了很多东西，好男人同样能造就一个好女人。问题是活在孤独里的我还能够被李孟结拯救吗？我们的爱会不会是因为彼此都孤独，都没有摆脱的力气？相爱是真实的，但爱无力也是真实的。

时间会润色一切。

一天中午，我悄悄坐上公交车，来到一个仿古的高档别墅区，走向小区深处的一栋三层楼高、碧瓦朱檐的院落。

小楼藏在几棵香樟树下，院落的地面铺着仿古砖，古色古香，这地方的气场充满典雅，也颇有几分魅惑。我头一次来便感觉到了。我是从《江南晚报》上无意中看到这个心理诊疗室的信息的。广告上说，这个潘姓医生长期从事心理教育和心理咨询与治疗工作。大中午的，小楼似乎也在梦中。我来过两次，已是熟门熟路。

"我还是那句话，你所有的反应都属于一个正常范围的应激性反应，不是病态化的持续反应。"潘医生耐心地对我说。

"怎么可能？我有时都想自杀。"我有点哽咽。

"你处在更年期。"

"我想自杀。"

"人不能想着什么都要。"他的这句话噎得我哑口无语。

"渴望孤独是一个人仍然具有精神的迹象，并且是测定什么样的精神存在着的尺度。"潘医生尽量把医学语言说得通俗些。我仿佛第一次见面般认真打量他，他长了一张沧桑的脸，却有一双明亮的眼神。纵然有什么样的焦躁不安，看到这种眼神也能立刻平静下来。

"我夜里常常做些古怪的梦。"

"夜里做梦很正常，最近有什么烦心事？"

我摇摇头。

"更年期的一个症状就是夜里多梦，不必担心。"他斟酌一下，又说，"肤浅的人，倒是常常不需要孤独。"他的声音深厚低沉，是那种能安抚情绪的频率，这声音更增添了我对他的信赖度。

从潘医生那儿回到家，我窝在沙发里发呆，完全失去了距离感和空间感。

李孟结在厨房忙乎晚饭。

毫无征兆，我右眼睛下眼皮开始跳，跳个不停，我使劲眨了眨眼，它还是跳，用手揉揉，转成持续的眼皮跳动。我心里犯嘀咕，"左眼跳财，右眼跳灾"，常听人们这么说。难道真有什么灾祸降临到我头上？右眼皮跳的同时，心也开始慌乱。

我拿起手机上百度——"眼皮跳"在医学上叫作"眼睑震颤"，是神经内科疾病的一种症状。常见原因一般有以下三种：一是用眼过度，身体不适。眼部肌肉会不由自主地抽动，适当休息之后，症状就会减轻或消失。二是眼部炎症。有时，除眼跳之外，可伴有眼睛磨、眼睛红等症状。三是支配眼部肌肉的神经纤维受到炎症刺激或压迫。

我松了一口气。眼皮跳是自己没休息好，补补觉，再补充些维生素应该问题不大。我起来走进厨房，想告诉李孟结我右眼下眼皮跳，刚刚上了百度……话还没说，右下眼皮又跳了起来，跳得更快，间歇时间更短，持续时间更长，心慌也明显加快，想和李孟结说话的心情荡然无存。

难不成真有灾祸？思绪一旦触及"灾祸"这个敏感的词语，我的神经立马从各方面伸展出去：宝贝儿子？创研中心项目？母亲身体？……到处是不可捕捉的恐惧。

李孟结见我倚在门框边愣神，问："怎么了？"

我觉得要发生什么事，但我不知道要发生什么，更不知道怎么说这事，没理睬李孟结，一个转身就给儿子挂电话。儿子一切正常——正埋头准备去美国加州大学做交换生。又打给母亲，母亲也一切正常……我的脑袋乱了，陷入深深的不安之中。其实，一切都是天安排的，我又何苦百般折腾自己？

第二天一大早我就去了应用院，一头钻进实验室。经过上次的氢气爆炸，现在的实验室整修一新，我想把李副部长为我争取的科技部国家级项目尽早完成。

实验室整修好后，我召集我的研究团队，将实验隔离、介入、追迹、仪器操作、设备保养、安全防护说了又说。此后，只要进入实验室，我开篇必是这些话。

研究团队里的年轻人背后嘀咕我，她啥时变成"话痨"了，就几句话可以来来回回、没完没了地讲，赶上"祥林嫂"了。

一周过去了，又一周过去了，我什么都不想，扎在实验室里根据理论假设，将实验得到的一个个数据收集并分类好，以便进行综合分析。

柯院长在院务办公会上点名表扬我，说，要是全院人都像欧阳兰研究员这样做"拼命三郎"，咱们院还有什么干不好的。会后不久，他竟独自一人走进物理实验室，我被他惊得不知所措，向他身后看去，不敢与他目光触碰。

"你的研究能力确实强，我没有看走眼。"柯院长的眼神充满了真诚。

我眼眶一热望向他，嘴唇嚅了嚅，却一句话也说不出来。因为一个人能有多少如此真诚的瞬间？

破天荒，这一周，我睡得很香。

灾祸到底不请自来：先是江南科学家论坛帖子铺天盖地，跟着，海舟市、江南省，甚至全国的一些网络媒体也紧随其后，蜂拥而至，如洪水猛兽，挡都挡不住。真的假的，泥沙俱下。最初是一个网名叫"正义"的人，指控我学术造假。我的科技成果能够获各种奖项，是腐败分子赵辉用"权"和"钱"买来的。我和赵辉还有不正当的男女关系。现在到了彻底撕下我伪科学、假专家面具的时候了。

我六神无主。我焦灼不堪。

江寒冬看不下去了，在江南科学家论坛上替我这个师母辩白几句，立即就被各色砖头拍得奄奄一息。网络暴力像山洪暴发，一泻千里，一片狼藉。

这些天，我闭门不出，夜夜失眠。李孟结生怕我精神遭受如此刺激，再闹出什么事来，寸步不离看护我。

还真是，我因为冠心病严重发作，差一点送了命。他通过江寒冬托关系让我住进了省立医院。李孟结陪在病床前，偶尔出神的时候，眼光是带刺的，只是他自己不知道罢了。

我知道自己搞砸了，不知道搞砸多少次以后，又一次地搞砸了。没有灵魂的躯体才应该不会搞砸吧。

非常奇怪，五天之后，所有的帖子都销声匿迹。我们四目相望，两眼茫然。

很久以后，我才知道是季副省长出手帮助了我们。

从这一刻起，此我与彼我完全断裂了。表面上看，脸还是那张脸，不过多了沧桑而已。看似一步之遥，实则山高水长。"生活给了我想要的东西，同时又让我明白这一切没什么意思。"

托梦真实吗

那一天，我正在实验室埋头做实验，耳边传来呼唤我的声音。这声音听起来似是穿过高山越过大河，经过好久才传到这里，充满沧桑。

我抬起头，看到的竟是我父亲，他就站在我的实验桌对面，我身子一下子僵在那里。父亲老态龙钟，眼角皱纹让我不忍目睹。

空气瞬间凝固。

"在做实验？"父亲打破僵局，"爸知道，你是个优秀的研究员。"

"爸……"泪水从眼眶纷纷滑下，我泣不成声。我知道父亲心明如镜，一眼望穿我的心事。

"孟结请孙老做他参评院士的推荐人无可厚非。他，也是个优秀的研究员，问题是……"父亲欲言又止。

父亲的话刹那间让我脑子也僵了，不是说话的语气，而是说话的内容。我和李孟结是在父亲过世后才结的婚……我不能再往深处想……

"也许孟结是被周围的环境，或是功名的利诱而左右，但无论怎样都不该折腾孙老。"父亲叹口气。

"折腾孙老？"我一时间没听懂，呆呆地看着父亲。

"孟结有一个名叫许点点的博士生？"

"对。"

"他今年博士毕业，面临择业的问题？"

"对。"

"许点点……"他顿一下，"唉，还是个孩子嘛。"父亲深叹一声："他通过孟结和孙老有了交集，他便三番五次找借口多次上北京拜访孙老……"听到这里，我心下嘀咕起来：上京城需要钱，他偏偏就不差钱。他叔叔是江南省赫赫有名的民营企业家，和季副省长的交情相当不错。

"许点点恳请孙老帮忙牵线结交京城理论物理研究所高放所长。孙老碍于情面……"

我粗暴地打断父亲："谁的情面？"目光变冷了。

父亲一怔，继而甩过一句："这还用问吗？"

我被噎了一下，不知如何回答，心下在哭泣：我不需要秘密的真相，我是发自肺腑喜欢漂亮姐姐的。我开始抓狂，仿佛陷入崩溃的边缘。

父亲自然不知道此刻我内心的"狂风暴雨"，仍旧滔滔不绝，只是嗓子越发嘶哑：

"前两周，孟结上京城孙老家，请孙老帮他引荐高放作为他申评院士的另一位推荐人。"他顿了顿，"又是这个高放。"他的语气有了不满："申评规定需要同为院士的两个推荐人，因为需要符合判定标准。"

"在孙老的家里，孙老拿了一本书给孟结，请他写一篇评论，告诉他《物理学前沿》的主编已经答应帮忙让国际物理出版社出版。能在国际物理出版社出书，是每一位物理学研究者梦寐以求的，何况他能为孙老先生尽些绵薄之力。他接过书，看了看书名和作者——《有机高分子超导材料研究》，署名高放、许点点。"

"事后，孟结告诉我，回到宾馆，他便仔细翻看这本新书，越看心越抖，抖得心脏似是都要破裂。这本书除了文章的题目和文章的小标题不一样，实验数据做了些微调整，实验内容只选取有机高分子超导材料，其他等于'全盘照抄'他的《超导材料的研究与发展》这本学术专著。他的这本专著分三章论证——元素超导体、合金和化合物超导体、有机高分子超导体，这本专著眼下正在国家科技出版社审核等待出版。"

父亲的叙述，如电光石火般，惊醒我僵死的记忆。我当然一清二楚，《超导材料的研究与发展》这本专著消耗了李孟结太多太多的心血，从实验开始，前前后后用了十二年的时间。最初实验很不顺利，推倒，重来；再推倒，再重来。他对我说，他一定要写一部横空出世的专著。我鼓励他，必须具有科学前沿性，要名副其实。

"许点点到底是个孩子，可高放怎能这样纵容他公开剽窃自己导师的心血？"父亲剧烈咳嗽起来，一声紧似一声。

"爸……"我想跑过去紧紧抱住父亲，可身子僵在那儿怎么都动不了，脑子却被一股股血液冲顶，浑身骨头瞬间散了架似的。在眩晕中，我听到父亲又说起来，喘气声很重：

"第二天一大早，孟结不打招呼直闯孙老家，硬逼孙老带他去找高放，孙老碍于情面……"

哼，又是碍于情面，我冷笑一声。漂亮姐姐早已被另一个平行世界阻隔，我对她的喜爱显得非常虚幻，眼泪不争气地从眼眶里淌下来。

"孙老带着孟结不请自来到理论物理研究所，在高放宽敞明亮的大办公室里，他镇定自若地看着他们：'许点点怎么可能剽窃他导师的专著？除非他疯了。许点点告诉我，他跟着孟结导师读博士时，天天泡在实验室，这些可信的超导材料数据是他一步一步、一点一点从实验中做出来的，每一步实验，每一个数据，每一点创新，他都通过邮件或电话向我请教，自然也得到我的指导，我们的邮件往来记录得一清二楚。'他顿一下：'孙老您尽管去查我和许点点的电脑。青出于蓝而胜于蓝，这是人才培养的规律。'高放仿佛还嫌孙老死不绝，嗖地又插来一把更亮堂的利剑：'我也可以告诉你们，这不是什么秘密了，我们所已经研究决定，许点点一毕业就入编来所里工作。'高放如此傲慢放肆，像一把利剑刺向孙老，让孙老陷入悬崖断壁的绝境，孙老瘫在沙发上，就差没吐血。"父亲又是一阵剧烈咳嗽，"孟、孟结，不该、这、这样折腾、折腾孙老。"

我真想冲出去狠狠扇高放几巴掌，要是惹恼了我，我谁都敢打。

突如其来，这当口，实验室竟响起李孟结的声音："许点点把每一次的实验数据，无论是不是他做的，有的可能是我，有的可能是团队里的其他老师或学生，全都一个不漏地录入电脑，计入本子。他早把作假的'印记'擦拭了，做真的'留痕'备足了。"

空气变得无比沉重。

我们都沉浸在自己的情绪里，片刻地沉默。李孟结打破沉默："给高放、许点点的书写评论，这是我必须交的'投名状'，书的作者是高放、许点点，哪轮得到寂寂无名的我来写书评？一只无名的'手'从一开始就策划好了，用'书评'洗白一切。"

父亲颤抖的声音响起，音量都陡然高了几倍："物理研究不能这样，你们可不能走歪路。"

我想扑进父亲的怀里，一个踉跄，我扑空了。我的眼前一下子拉上一道厚重的帷幕——哪儿有父亲的身影。又一下子闪过父亲转身越走越远的样子……

一个面孔不清的中年男人，不知从哪里窜出来，抵到我的跟前："你的心灵被限制住了。"

什么人？他敢这样说我？嘶的一声，我仿佛受了电击，浑身麻了一下。

"你是谁？"我无力地问他。

"你的心灵被限制住了。"

"你是谁？"我的喉咙突然响得吓人，犹如声线发生变异。

我很反感，我有家庭，有孩子，有组织，这本身就是一种限制。

一个暗黑故事，似梦。

实验室光线渐渐昏暗。我心生疑窦：我真是一个精神分裂症患者？

你不是。你是正常人，只是在某一时刻会产生一种妄想，包括妄听。你的脑子里存在着另一个你。

两个我？

是的。有时两个你会互相纠缠。

精神分裂会医治好吗？

你是正常人。精神分裂在医学上没有消除这个说法，需要依靠控制。

一种时空交错的谵妄。

我不想再说什么，我需要得失忆症，把刚才的梦全都忘了。我只记得李孟结回到理工大后没多久，《新型高温超导材料研究》便刊发在当年《物理学前沿》的最后一期。《超导材料中的断裂行为研究》刊发在次年的《物理学前沿》第五期上。

至于背后的秘密，秘密的真相，有没有交易行为，我一概不想知道。物理学与托梦可以一起并存，托梦不过是向我敲响了警钟，物理学并不能消除研究者的贪欲……

我看过一本书，书名忘了，当时觉得这个书名怪怪的，吊起我的好奇心才看的。但书中一句话却深深刻在我的脑海："不存在一个客观的、绝对的世界。唯一存在的，就是我们能够观测到的世界……历史只有一个，但世界有很多个……"

似乎某一天临近了。我和赵辉站在海舟大桥桥头。我对他说，你敢跳吗？他问，为什么让我跳？我眼神里有一片寒光，你让我绝望。赵辉一脸轻蔑，是你陷我于不义。我检举你，那是我不想让你走不归路。赵辉语气凛冽，今天跟你来，我就没想活着回去，更何况任命谢清远为应用院院长的文件已经下发。他的话彻底激怒了我，我使出浑身的力气，一把把他推下桥去。赵辉，不要恨我，一切都是命，你还是回到原点吧。你天天都在忙，忙学术研究，忙争取项目，忙参加各种会议，忙处理各类事务……现在你不用了，完全不用了！

残月的一半是清泪。

一阵紧似一阵的胃痉挛，又像肚子饿得慌，空得难受，可我少有饥饿感。我抬头看了看实验室墙上的挂钟——十二点四十一分，我不假思索地脱下工作服，按安全规范流程收拾妥当后，才走向院食堂。天天叮嘱别人注意安全操作，我自己要身体力行。

走进食堂饭厅，我发现有些空荡，只有稀稀拉拉几个人在吃饭——早已过了饭点高峰期。我仔细看了看，其中竟有张副院长。我降为科研处副处长后，张副院长有意把我拉进他的圈子，壮大他的队伍，我婉拒了。我刻意保持了跟院班子所有领导的距离。我正想怎么绕过他，他也看到了我，调侃道："我是刺猬？"

我尴尬地笑笑。走到饭堂窗口打好饭菜后，端着托盘过来和他坐在一桌。

"吃这么素？"

我又一笑，没吱声。其实是食堂没剩什么菜了。

"院里没有你，还有什么研究专家？"他叹息一声。

我咧了咧嘴。没接他的话。

"你啥时候得的'无语症'？"张副院长是有点生气了。

"古人讲'食不语'。"我确实不知该说什么。

"'食不语'，咱们埋头吃饭。"他自找台阶下。

我真诚地对他笑了笑。

吃完饭回到办公室，和我同一间办公室的齐副处长是个有爱心的人，自从我降级搬到这间办公室后，一到午休他就主动找隔壁办公室的"同类项"去合并，给我腾出空间来休息。

我关上门，坐下来，觉得不舒服，站起来，走走，好像好受些；再坐下来，还是不舒服，又站起来……如此反复，情绪越来越烦，空寂的孤独真的让我想去自杀。

我忍不住拿起手机拨号。

"大中午给我打电话，有急事？"许冬梅的声音钻了进来。

"咱俩出国旅游吧。"

"出国旅游？"她一个停顿，"我得攒钱，给我儿子在成都买房子，好娶媳妇。"她声线压低："你有心事？"

"我喜欢做白日梦。"

"哦。"继而是"哈哈……"。

我以为我不怕独处,其实,我怕,相当怕,这一刻,我觉得我不用怕了。如果说降级处分逼我走进一条进了就无法后退的隧道,那么,现在,我已经爬过了最难熬的那一段,隧道洞口的光并没有熄灭。

我想我和李孟结都喜欢泡实验室,可能是因为实验室是我们两个失败者的庇护所,是为了躲避现实而被动性的选择。没有什么是绝对的,我的追求并不全然都是错误的。一个人只有自己的经历才是自己的,一种去面对的勇气在我心里像台风一样生成。

这天上午九点,我坐在九楼会议室靠后排的座位上,头有点昏沉沉。当柯厅长,对,就是柯院长,他一个月前已到省科技厅走马上任。他甫一登场,会议室就"啪啪啪"响起热烈的掌声。他的体形和脸颊比一个月前圆润了一些,发福似乎太快了点。接下来他的"重要讲话"又惊撼到我——他不用稿纸,也不是背诵,讲到项目发展与创新如数家珍,侃侃而谈,有事实分析,有观点支撑,尤其是涉及科研机构、大学方面的有关数据,仿佛一地碎片,他信手拈来又严丝合缝,想来也是不会有差错的。实事求是地说,我是第一次听见他这么专业的"重要讲话"。像他这样的记忆力、应变力、执行力、洞察力超群的人绝对是稀缺的资源。他一定还会升迁。

柯厅长的随行人员中,有那位科研处处长,他现在是省科技厅研发中心主任,虽然级别没有改变,但毕竟是管我们研究机构的上级了。

会后,柯厅长径直走向我。我紧张感陡增,想躲起来,可往哪里躲?

"祝贺您,实验项目取得重大突破。"那模样,那腔调,都似曾相识,但"柯厅长"透露出来的气息、眼神,与"柯院长"有了变化。

我感到气短,连脑子也空了。

"科技厅将全力支持你的科研创新。"

我回到办公室,心已然难真正平静下来。眼前不断划过谢清远就任应用院院长时的慷慨激昂:应用院就是要为省领导决策服务,要有战略眼光，要有世界格局……一口海舟腔的普通话竟然没有违和感。

　　曾经让我焦虑不堪的"某一天"，乞求它时，它毫不悲悯我，甚至伤害我。现在，当我丢下了"某一天"，它却来找我了，戏弄我吗？不，我决心不再畏惧"某一天"，我需要真实生活的每一天。

　　这年年底，许点点去京城理论物理研究所报到。

　　有些事情已经永远无法知道，有些事情其实也没必要知道。

结　语

　　医学认为，"痛"是病字框，是身体有病，而"苦"是草字头，是一堆草的意象。苦像乱草一样，一茬一茬，不断滋长。也就是说，你的痛是你身体有病，你能感受得到，是有机体的反应，任何人都避免不了。而苦是你对事物的评价和态度所带来的，是可以改变的。

故事三 迷幻『疯人院』

引　言

媒体曾报道，一位美国著名生态学家发表了非常震惊的论述：经过他和多位科学家的共同研究，发现人类的起源并不是在地球，而是在六万年前被外星人送至地球的！

另一位科学家哥本哈根提出了"多世界解释"的论述——平行世界。我们不知道自己身处哪个世界，直到我们亲眼看到。犹如有无数个你存在于不同的平行世界，只不过在不同平行世界的人生会各不相同。

这里是哪里

在这里，每个人都窝在屋里，窝在床上，每个人都有大把大把的时间仰望天花板。我也是。

如果这一时刻，需要选一个代表我对过往事件的记忆，我大概会选草帽书记带领362基地全体抢建人员，包括家属、孩子，举起右手，庄严宣誓——我们保证完成抢建任务。

我不会去选海舟市民挥动小旗帜上街庆祝海舟市荣获可持续发展国际大奖；也不会去选海舟古建筑修旧如旧对外开放，允许参观，市民蜂拥而入跑得争先恐后……因为，这个时候的海舟，是江南省会城市的象征，并不是我心心念念的记忆之城。

我的记忆消失在海舟的时代洪流中，我的故事在海舟也已经过了保质期。

天若下雨，我会踱到窗边，看着雨丝，雾气中的雨丝，密集的、稀疏的……滴滴答答，雨似乎都流进了我的心里，慢慢便泛滥成滔天洪水，我的记忆到底被它带走了，流进了另一个平行世界。

这里是哪里？今夕是何夕？

  生态学家表示，人类一直被认为是地球上进化最完整的生物，但是令人不解的是，我们至今还是不能适应地球环境。

  这不仅体现在人类对强光的极度敏感上，而且还体现在地球诡异的重力环境，别说摆脱地球束缚飞向太空，即使坐简单的升降电梯时人体机能也会受到严重的困扰，绝大多数人在上升到远离地面一定高度之后都会不自然地产生恐高的症状，甚至头晕昏迷。科学研究还发现一个惊人的事实：任何太空飞行器在试图驶离地球轨道时都会受到一股强有力的能量束缚，在地球外围还存在着一个无形的引力圈……

  他们认为，这至少表明人类之前存在于别的星球，是被高度进化的生物带到了地球的。或许地球是类似于监狱一样的星球。可能在高度进化的生物看来，人类还没有进化完全，在我们进化完全之前必须待在地球上……比人类聪明得不知多少倍的生物给人类设了个套，试图通过种种手段将人类永远束缚在地球上，让人类一直处于他们的掌控之中！即使现在的人类可以升入太空，进入附近的星球，却无法影响到曾经有高等生物试图通过地球来囚禁人类的事实！

在这里住久了，我常常有种恍惚迷离的感觉，在那个未知的平行世界里，所有过去、现在和未来的人和事，都在这里不断被并置发生，不断被重新上演。

经年一梦，穿梭而过——

"不是所有的告密者都可以被谅解，无底线的谅解，无疑是对受害人又一次的伤害。"我冷冷地说。

另一个我无语，身体抖了一下，但很快平静了。

"坦白吧。"我凝视着另一个我，"也许受害者会原谅你。"

另一个我一言不发。真相大白时，另一个我会觉得轻松，还是心情更加沉重？

两个"我"分不清彼此，仿佛量子纠缠。

"别说了，别说了。"另一个我喃喃自语。

我想，这个一问一答，跟很多自然界神秘事件的真相一样，早已飘逝在了雨丝里。

这天，我恍恍惚惚从床上起来，踱到窗前，有一种失血的眩晕。我是真不习惯各种意外，但习惯出人意料的结局：

1969年7月20日的阿波罗11号，美国从月球上带回了第一批岩石，研究室立即确认了"水"的存在事实，其中不只确认了月球上的水，还安置了"震仪"，确认了月球的共振异常，内部是未知的元素。

目前被认为在六十亿公里远的一个古柏带（Kuiper belt），位置在海王星的轨道上。这里在探测上是一个怪异的地区，也被部分实证派科学家认为有"黑洞"或"暗星"，而在附近都有不断吐出彗星与陨石的现象，具体的原因还不明朗。

阿姆斯特朗登月被列为最高级机密，时下全世界的无线电望远镜都在追踪边界附近的宇宙飞船。

1969年登月回来后，1972年开始进行一系列的探测任务。其中阿姆斯特朗回来后立即得了忧郁症并且接受心理治疗。他的名言 That's one small step for man, one giant leap for mankind，由此更添上了几分神秘色彩，而他后来成为天主教的神父，回到农村的小教堂服务。

事实上所有登月回来的航天员，突然都信仰了上帝，大家都在传播福音，有些则是专门灵修，因为他们了解到太阳系的真相——是被制造出来的。

四大文明古国的古埃及、古巴比伦、古印度、古中国，以及古希腊、古罗马、古波斯、北欧神话、日本神话，全是创世信仰，世界各地都流传着非常多关于创世的神话与诗篇，虽然十几种天神不同，创世的大体方法却是不谋而合。

苏联的实证派科学家在一次会议中不小心脱口说出："月球是古人制造的。"很快地，被全面消音，而事实的真相是如此之说："太阳系是监牢，我们是被制造出来的罪犯。"

据称，1976年8月，加利福尼亚美国范登堡空军基地一枚土星5号运载火箭发射升空。美国宇航局此次的任务是揭示月球阴暗面的奇异现象。

1945年12月5日，一队五架战机正在大西洋上空执行训练任务。这一天的天气很好，在波涛万顷的大西洋上未出现任何影响飞行的气候异常。可是，当飞机进入了以百慕大、波多黎各和迈阿密三点构成的三角地带——也就是以无数船舰、飞机在此神秘失踪而闻名于世的"魔鬼三角"海域时，却突然消失得无影无踪。

失踪前，飞机未发出遇险求救信号，失踪后也未留下任何失事痕迹。与基地中断联系的时间是十七时，派往该海域搜寻救援的马丁水手式（PBM）巨型水上飞机也没有再飞回来。

事件过去数十年，岁月流逝，物换星移，美军中人员换了一批又一批，五架战机失踪事件早已被人们遗忘。然而，万万没有想到，在整整五十年后的1995年的一天，这几架飞机竟然再次现身，而且地点还是在遥远的外星。

1995年，美国天文学家克芬德·路丁博士突然公布了他的一个惊人发现。路丁声称，他在观察火星时，意外地看到有四架"二战"时期失踪的美国轰炸机在火星空域编队飞行。

路丁称，他在用计算机控制的天文望远镜观察火星时，意外看到已失踪多年的五架格鲁门复仇式轰炸机中的四架，它们当时在距火星几公里远的空域做编队飞行。

事实上，路丁博士公布他的这一"惊天发现"之前的1987年3月，苏联也曾公布过一项卫星扫描结果，并且得出了与路丁博士相同的结果——一架"二战"时期失踪的美国老式轰炸机赫然停在月球背面的陨石坑里。

百慕大有可能是连接外星世界的通道。

苏联专家认为，这说明这架飞机并非永久停放该处，而是仍在活动。这极可能表明，飞机是受到人为操控的。

和苏联专家一样，路丁也遗憾地表示："我不知道它们是怎样从地球进入太空的，以及它们在太空做什么。"

美苏专家这两起闻所未闻的离奇发现，使得全球科学界为其绞尽脑汁，大伤脑筋。在解释此事时，麦杰维耶夫曾给出了一个听似荒诞不经的理由："我们只能推测这架飞机可能被外星人劫持，将它送到了月球上面。但我们永远也不知道他们（外星人）是怎么做到的。"

瑞典的权威科学家威尔海姆·格莱德博士认为，路丁博士在火星看到的飞机与苏联在月球发现的飞机是同一系列的，也与失踪之地"魔鬼三角"绝对有联系。

而早在当年五架轰炸机在百慕大"魔鬼三角"销声匿迹之时，美国《阿尔格松》杂志公布这一事件后，编辑部就收到许多读者来信，其中有一些信十分肯定地说，在百慕大三角区有"通往天外的通天洞"。

一个人的记忆里究竟隐匿多少不为人知甚至难以估量的秘密，

才能让人失去记忆？

窗外的天空又在下雨了。

其实，这雨也没什么好看的，透过雨丝望过去，一切都是雾蒙蒙的。当然，每年到这个时候，总会有一段雾气天，这里的人称"回南天"，短则一周，长则半月，雾气弥漫，墙壁"流泪"，地板"流泪"。这里的人是非常讨厌"回南天"的，包括当时的我。

雨中的人都急着赶路，没有人会抬头看天。跑的跑，躲的躲，骂的骂……天空一片灰蒙蒙、雾腾腾的。所幸的是，雨让街道两旁的树更亮绿了，更吸睛了。

我喜欢仰望星空，无数颗星星一闪一闪——那些往昔的片段，那些记忆中的人物，那些有趣的打闹，那些莫名的恩怨，似乎搅在一起，又微尘般消散了。

我现在的住址是"这里"，这里是哪里？我不记得了，我只记得"这里"，这是我记忆中唯一的残存碎片，我怎么会来这里住，我也不记得了。我猜测我原来的家园应该就在那看不见边际的苍茫虚空处。

但凡住在这里的人，大体是无奈的：或威逼，或被迫，或躲避，或许也有自愿的……无论怎样，他们都被动地适应这里的一切。卧床、散步、散步、卧床……这里在延长他们的记忆，这里是一个失望与希望交织的地方。面对表情善意的志愿者，他们的意识也不曾清醒过来，我或许就是这样的人？

也有不少人每天都在苦痛中挣扎，这个时候，死亡还真是最好的归宿。用死亡享受快乐，把秘密交给黑夜，没有人能逃脱掉时代的动荡和悲剧的影响。

我应该是另外一个平行世界的生命体，我最终来到这里，虽然记忆完全遗失，不受灵魂的束缚，但终究，我得到了解脱。那是哪个时候？或是哪一天？在这里，我看到了那些人的血液里流动着一种怪异的"失忆"光，我思考这些"失忆"光是如何来的，虽然我猜测应该是某些基因发生了突变，它会引导这些人最终走向另一个空间维度，但我还是无比纠结，拼了命似的查阅众多医学文献，看有什么办法把这个不见光的"暗疾"灭除掉，已然忘了我的专业是物理学。如果说，历史学是"血、火、人类的罪行和愚蠢组成的"，那么，物理学就是一本恐怖小说。

  荷兰物理学家卡西米尔（H.Casimir）提出：在真空中两块平行放置的中性导体平板之间，存在微弱的吸引力，称为卡西米尔效应。两块平板之间的真空，也就是量子电动力学的基态，实质上充满大量谐振子的集合。可以计算得到依赖两平板之间距离的真空能量，即卡西米尔能量。而两平板之间的相互作用力，可以看成是卡西米尔能量对于平板之间距离变化的导数。
  真空不空！

  既然真空不空，那么一定存在另一个空间维度，或者说，另一个平行世界。这有意义吗？有！因为，最让人心发慌的就是这个真空不空。在我曾经生活的那个平行世界，有一群执着的人，他们的坚守和大爱让我无比动容——他们要解决的是真空的外部问题，比如恶性竞争、病毒疫苗、垃圾分类、技术盗取、讨伐战争等等。但是，他们的心识体系，与他们的执念似乎不相匹配，这个不匹配的结果便是他们越来越自恋、越来越自私、越来越自虐、越来越自贪……这进而又使得他们生活的时空环境越来越恶劣，他们越来越堕落、越来越无常……天灾人祸不断，这个时空的主宰体地球也越来越快速沉落。如此，外星人把他们送到地球上来就是错误的决策，甚至可以说是"原罪"。
  我怒吼，外星人！你们想怎样？我们又能怎样？
  真空不空！它充满着量子以太，这种遍布空间的以太，天然地具有非局域的关联，这种内禀的关联正是量子非局域性、量子纠缠的起源。它引导他们务必反思，外星人把我们送到地球上，我们能"做什么"，不能"做什么"，还要追问一下"为什么"。
  我失忆了吗？

这是我的记忆吗?

这里的每一个人都很怪异,喜欢用自己的嘴、自己的四肢、自己的头,甚至自己的呼吸,去与另外的每个人唇枪舌剑,互不相让。殊不知,每个人身在"这里",雾里看花,全是愚蠢。只有我是例外的,我喜欢看天空,直到把它看得"发毛",毫不客气地暗沉下来才罢休。天空也时常撑我:你看天的时候倒是挺安静,可那些不看天的人,却聒噪得很。成天抱怨自己工资低,工作忙;抱怨交通不畅,城市排水系统落后;抱怨上学难,看病贵;诅咒该死的天气,羡慕嫉妒恨所有比自己过得好的人……各种抱怨汇合到空气中,让灰色的天空更加沉重。

彼此的生活如此不堪一击!

我只能在"真空不空"的轨道中艰难前行了。结果,我发现我的两腿是飘移的,根本踏不到一块实地,因为所有物质均统一于以太,实体粒子可以转化为以太,以太也可以生成实体粒子,于是,轨道没有了边际。这让我心无比慌乱,两眼只敢盯住前方,不敢旁观,仿佛实体粒子是无数扇门,我不敢随意触碰任何一个实体粒子——推开任何一扇门,我惶恐那扇门之后会有什么意外在等待我。我小心翼翼地飘移着,突如其来,一个实体粒子主动冲过来碰撞我,我毫无防备,一扇门被打开了——海舟空气中弥漫着雾气,地面湿漉漉的,我的心也起了雾。

这天下午刚上班,应用院院长谢清远就把我叫到他的办公室,指派给我一个出差的任务,让我去陕西榆林参加关于废物处理技术的一个全国性学术研讨会。

"明天就走。"

"明天就走?"

"明天就走。"谢清远很肯定。

"太急了。"我抱怨。

"我因为另有任务,也去不了了。"谢清远解释道。

我更急了:"你是院长……"不等我说完,他打断我:"你就全权代表吧。"

　　学术研讨会原本是安排发改处处长参加的，临了他的母亲突发心梗，病危住院了，改换成我去参加。其实不是这样的，事情是这样的：这个学术研讨会院务会议决定由我去参加，我的研究团队承担江南省城市垃圾分类技术支持项目取得创新性突破，获得省政府"敢为争先"项目攻坚先进集体荣誉称号。我主笔的学术论文《城市固体废物处理技术现状分析——以海舟市为例》上了 CSCD 核心平台。可发改处处长这两年项目毫无起色，年龄又比我大两岁，临近退休了，他似是心有不甘，跑到谢清远办公室去"闹"。谢清远和稀泥，当和事佬，便把院务会议的决定"修改"了，让他参加。当时，研究团队负责人姚之影还想冲到谢清远的办公室，被我制止了。

　　所有的偶然都是必然，发改处处长过于现实的执念斗不过命中注定的"必然"。

　　"机票办公室马上会去订。"既然谢清远都安排好了，我还能说什么？

　　"抽空去看看赵辉。"我悚然一惊，听起来好诡异，但谢清远的语气是真诚的。

　　我和谢清远现在说话的态度是平和的，想起以前的针锋相对，此时的我们才像成年人之间的相处。我们都成熟了，也善解人意了。

　　我回到办公室，脑子乱糟糟的。

　　赵辉出狱后，不与从前的同学、同事、领导有任何联系。出狱前，他儿子大维把母亲移民到美国，和他一起生活，接着，他又让自己的母亲与自己的父亲离了婚。这个时候，大维的外公、我们物理系老主任已经撒手人寰。我费尽周折，通过各种渠道，最终是榆林市科技服务中心一位专家给了我他的新手机号码。我才得知，他在榆林一家民营科技公司打工。我打电话给他，听到是我，他便挂断电话，"三锄头二簸箕"——一点不拖泥带水。

　　我心下了然，泰山压顶不弯腰的赵辉，犹如"一江春水向东流"，再也不复返了。

人的一生走着走着，得到了很多东西，比如金钱、地位、荣誉、爱情、知己……但也会遗失不少东西。最让我难以释怀的就是赵辉把我也当成了陌生人，而我始终视他为知己，即使他进了监狱。

赵辉婉拒我到底是因为什么？他像一口磨盘压得我喘不过气。

赵辉含辛茹苦的母亲，在得知她最引以为傲、最光宗耀祖的儿子被公安抓起来后，一口气没上来，就这样猝不及防，匆匆与生活现实、与她的儿女们告了别。那一次我去监狱看赵辉，在会见室玻璃台里面，他握着电话筒，没说一句话，哭了十几分钟。他的天塌了，他的母亲走了，亲人和靠山倒了，他将会如何？不到一个月时间，他暴瘦了几圈，那张脸又黑又瘦。看到他的第一眼，我深感一惊，几乎认不出他。在会见室玻璃台外面，我也泪流满面了十几分钟。

我走出监狱大门，暮色如轻烟笼罩，当我意识到天已黑的时候，天已经黑透了。我置身其中，有种不真切的荒诞。

回忆会消耗一个人的记忆。

想到明天我就在榆林了，我的心更加慌乱：赵辉接不接我的电话？肯不肯见一面？甚至愿不愿和我聊一聊？

事实上，我和过去的我也有了不小的鸿沟，随着岁月的增长，我变得善解人意了。

我的天塌陷是在三年前的开春。

基地总部医院的院长已经跟我说了，我母亲就是这几天的事了。每天看着母亲在肺癌毒瘤的折磨下痛苦挣扎，我甚至觉得那一刻的到来真不是一件坏事。真到来了，我的至亲和靠山就倒了，我就成一个孤儿了，我为自己刚刚那一瞬间的荒唐念头而负疚自责。

母亲拉过我的手，气若游丝："妈不能陪你了，你要好好的。"

我泣不成声："妈，妈……"

母亲又拉过许冬梅的手叠在我的手背上，然后，紧紧地握住不放："冬梅，谢谢你这些年对阿姨的照顾，阿姨不行了……"话没完，就猛烈地咳嗽了起来，几乎背过气去，无力地松开了握我们的手。

许冬梅马上用两只手紧紧地握住我母亲的手："阿姨，您会好的。"我把头埋在母亲的怀里，吮吸那熟悉的母亲的味道，我要把它们全都吸进我的心里。

"冬梅啊，拜托你了，兰兰要是遇到难事，你千万要帮她呀……"一字一句，母亲用尽浑身气力，这是她在这世上说的最后一句话。母亲的手最后在我脸上抚了一下，倏然滑落。我满眼泪水，下意识地把母亲的手拾起来，放到自己的脸上贴着、摩挲着，那只手渐渐没有了温度，整个病房全是我悲伤绝望的哭号。我恨我自己从来没有为母亲做过什么，甚至连一顿可口的饭菜也没有做过，相反，我一直是母亲牵挂的根源。

  据《科技》报道，科学家们在医院对即将停止心跳和已经停止心跳的二十名病人进行了试验，最后存活下来的病人只有三名，并对他们进行了采访，有人表示在接受心脏复苏的时候，自己的意识是迷糊的，一部分清醒，一部分不清醒，感觉自己的意识逐渐脱离自己的身体。还有一位病人表示，在失去意识的瞬间，他站在自己的床边看着自己接受治疗，可以听到自己去世后亲人在呼唤他，这一研究说明了人在身体停止功能的那瞬间是有意识的，可以看到另一个世界的人。

直到"那一天"，我才明白，母亲临终的最后一句话为什么是留给许冬梅的。当时，362基地的首长、同事、朋友，包括我们一家三口，一大拨人挤进她生命最后一点时间里，前后左右围在她的病床前。

我的母亲有一双来自第四维度的上帝之眼。

人的生命就是这样变幻莫测，看起来是无尽之路，走到终点才发现不过是原点。

  "宇宙在薛定谔方程的演化中被投影到多个'世界'中去，在每个世界中产生不同的结果。"

你、我现在几次元

这天下班回家,发生了一件怪事。

我到了家门口,按响电铃——我知道今天下午李孟结在家。铃响了一会儿,门开了,李孟结穿着居家服,手里还握着几根菠菜,应该是正在拣菜。开门的一刻,李孟结抬眼跟我对了对脸,霎时满脸狐疑,愣愣地站在门边。须臾,他问我:"你找谁?"

我一怔:找谁?

"你找谁?"李孟结再次发问。

我笑了,继而:"别逗了,快让我进屋。"

"你到底找谁?"

"我找你。"我顿一下,"我是你的糟糠。"我冒火了。

"你是谁的糟糠?"他蒙了。

"别再逗了。让我进屋,我很累。"

"你凭什么进我家?我又不认识你,你又说不出你找谁。"李孟结身上如刺猬般芒刺竖起。

我彻底蒙圈了:到底发生了什么?抬脚就想迈进家门,结果被李孟结毫不客气地推了一把,一个趔趄,险些摔倒。待我站稳后,门已被李孟结关上了。我彻底被激怒了,正欲破口大骂,即刻被清醒的意识死死拽住了——这是大学教工宿舍,这是院士的家,还真不能撒野。好在包里有钥匙,我取出插进锁眼,捣鼓了好一阵儿,却怎么都打不开。我整个人僵在门外,门锁被反锁死了。

李孟结你跟我怄气,总得有个原因吧?我想了想,没头绪。

傲慢与冷漠也是我常规的"家庭武器",得意时,我敢对李孟结傲慢一下;烦恼时,我可对李孟结冷漠一下,夫妻间就这么回事。李孟结你给我小心点,今晚有你受的。

我只好重新走到大街上，夜色已降临。雾气浓郁，也是，海舟近日总是雾气腾腾，让我厌烦得不行。路灯灯柱迷蒙着水影，香樟树满树烟笼，车辆排成队在马路上缓缓移动，各类车灯来去相错，在雾气中交汇成流光幻影。路上的行人步履匆匆，赶向各方，因为雾气我难以看清他们的神情。

我一直走着，走着走着，我呼吸滞重，心很慌，似要晕倒。所幸意识尚清醒，我放缓脚步，一步一步慢慢挪向路边的一棵香樟树。我依靠着树干大口喘息，身子不动，呼吸渐渐平复下来。

我要走到哪里？我不知道，我没有目的地。泪水不由自主滑落下来。

毫无征兆，一部电影就回放在我的眼前：

电影中人人都被监控，一切都是假象……是电影《楚门的世界》。

"地球难道是外星人囚禁人类所设的监狱？"一个我问。

"这个假设尚未得到科学论证。"另一个我答。

"可事实是所有登月回来的外国航天员，突然都信仰了上帝，都在传播福音，有些专门修灵，因为他们了解到太阳系的真相——是被制造出来的。就像《楚门的世界》电影里演的那样。"一个我辩驳。

"也是。"另一个我陷入沉思。

这当口，两个我又开始互相纠缠。

"五架轰炸机在百慕大'魔鬼三角'销声匿迹。美国《阿尔格松》杂志公布这一消息后，编辑部收到许多读者来信，其中有一些信上十分肯定地说，在百慕大三角区有'通往天外的通天洞'。"一个我还在解释。

"霍金认为黑洞像任何有温度的物体一样，会不断向外发出辐射，但它不会记得之前吞进了什么信息，只会蛮不讲理地随机向外辐射。于是，信息会全部变成乱码，不可能再还原出来。"另一个我话锋一转。

"你在暗示我什么？"一个我问。

"2004年，霍金承认他自己输了。任何一种已知的物理方程都不会破坏信息，但是霍金的输局远没有结束。"另一个我继续说明。

奇怪的是，我的两条腿忽地格外冲动，涌现出了不可遏制的势能。于是，我急速地开始走，一刻也没有停歇……

一辆出租车缓慢地靠在了我身边，司机笑容是招揽式的："阿姨去哪里？"我还没来得及想，双脚不受控制地抬起就上了车。出租车司机拉下"空车"标志牌，又问一遍："阿姨去哪里？"我的脑子里没有具体的地名，被动地挑我熟悉的：

"南街口。"

"南街口？"他顿了顿，"你现在就在南街口。"

"你说我在南街口？"

"请你快点下车。"司机收敛了笑容，望着我下车时的背影，恼怒地扔过一句，"精神病。"

"精神病"穿过我的耳膜，让空气刹那间凝重，又十分怪异。我想破口大骂，可出租车早没了影子。

南街口街上穿梭着无法统计的陌生脸。他们的走向有终点，也有起点，我和他们就这样不期而遇。

可问题是，我怎么会走到南街口？

"欧阳兰……"一声惊呼。

我的胸口"咕咚"一下，谁在喊我。

"你怎么在这儿？"她的眼神是疑惑的。

"你是谁？"我的眼神在游移，起雾一般。

"你怎么了？"她失去了她的惊喜，眼神与表情都不在状态，"我是罗盈盈。"

"罗盈盈是谁？"我一脸茫然。

时间一分一秒地过去，不要说罗盈盈，就是和她一同来的那两个中年妇女也一脸错愕，明显表示出不耐烦了："盈盈，她是谁？"

"她是欧阳兰呀，我大学同班同学。"罗盈盈没好气地回答她们。

"欧阳兰……你……"罗盈盈的心理出现了崩塌的迹象，"我送你回家吧。"

"我没有家。"我一脸无动于衷的木然。

罗盈盈从未遇到过这样的状况，"欧阳兰"这个人成了她认知之外、想象之外的。

"盈盈，快走吧。"

"就是，快走吧，'剧本杀'开始了。"

罗盈盈的两个女同伴很不耐烦地催促她。

"我认错人了？不能啊。"罗盈盈自言自语。

"剧本杀？"我顿一下，"你们要杀谁？"听到她们的对话，我眼睛亮了："我跟你们去杀人。"

大概所有的人都想过故意做一些伤天害理的事情。

我有时候会希望自己没有做过这些事情，但又觉得这些事情其实是非做不可的。

我现在就想去杀人。

罗盈盈的两个女同伴惊恐地躲开我紧逼的、带有杀气的目光。

"欧阳兰……"罗盈盈那种崩塌情绪再次降临，转头对她们说："你们先走，我送她回家。不然真要出什么意外……"

她们赶紧逃了。真实的杀人和游戏的杀人本就不是一回事。

"剧本杀"一词源于西方宴会实况角色扮演"谋杀之谜"，是玩家到实景场馆，体验推理性质的项目，是一种推理游戏。每个玩家都有自己的剧本，游戏过程中，玩家需要代入角色，搜集线索并找出游戏中的真凶。

原本今晚，她们玩的"剧本杀"游戏是贵妇人被谁谋杀了。罗盈盈扮演被谋杀的贵妇人，其中一位女同伴扮演贵妇人的女仆，另一位女同伴扮演大侦探的女助手……

街上的雾气依旧没有散去，所有的场景、建筑、物体……都凝固在雾气中，朦朦胧胧，虚虚实实。雾给海舟的现实蒙上了虚幻的魅影。

可见，人对客观现实的感受有时候是非常主观的。

"你知道吗？"她顿一顿，"我今晚遇到一个奇特又可怕的人。"

罗盈盈煞有介事地对谢清远说："现在想起来还头皮发麻。"

"总不会见到鬼吧。"谢清远见怪不怪，他是丈夫，太熟悉妻子罗盈盈这一惊一乍的性情。

"我在南街口街道看见欧阳兰了。"

"你呀。"谢清远笑笑，调侃道，"鬼该不会是欧阳兰吧。"

"还别说，真是她。她中魔了，竟然不认识我，还问我罗盈盈是谁。"罗盈盈语带怪异，嗓音低低的。

"老同学之间的玩笑话，你还当真了。"谢清远莫名有些来气了。一个停顿，他好像意识到什么："你说她不认识你？"

"是的。"罗盈盈整了整心情，"更奇葩的是，她不仅不认识我，仿佛整个人都陷在黑洞里，还对我说，她想杀人。"

"一旦遇上黑洞，任何物质和辐射都无法逃逸，就连传播速度最快的光（电磁波）也逃不出来。"

罗盈盈微微冷笑："又是那套霍金理论，你打住吧。"

"如若人掉进黑洞可能也不会消失……可以逃逸，但他们将无法回到原来的宇宙，而是逃往另一个宇宙……"谢清远非但不住嘴，反而滔滔不绝。

"打住，打住。"这回罗盈盈虽然对谢清远笑了一下，但口气显然是轻蔑的。

"你在南街口看到的欧阳兰、看到的街景，你的感觉都是真的，只不过发生在另一个时空……我们不知道自己身处哪个时空，犹如无数个自己存在于不同的时空，不过在不同时空里的自己，人生命运各不相同。"一旦谢清远兴致上来，便刹不住车了。

罗盈盈头脑发涨，她打断谢清远："我脑子晕死了，我去睡了。"心下在说，刚才别是我做了个梦吧。她马上给女儿打了个电话，她女儿是海舟市文明办副主任，是副处级干部。她需要证实她生活在现实的世界中。女儿正哄外孙睡觉，没工夫和她闲聊。她挂了电话，长长地舒了一口气。

他们的女儿从海舟学院的管理学院毕业后，考公务员进了市委宣传部。结果,"宣传部"三个字,倒让罗盈盈自己在最短的时间内就搞明白了什么是"新闻"。新闻就是尽快把单位搞到报刊、电视台和多媒体上去。这有什么难的呢?她不解,女儿至于总加班吗?!他们的女儿比我儿子大三岁,比赵辉儿子大五岁。他们的女儿嫁给了省政府科教处黄处长手下他最满意的"兵",现在可是"七品芝麻官"了,在李孟结的家乡清远县当县长。女婿是罗盈盈的最大风光,也是她最津津乐道的话题,啥时候提起女婿,都是满口的赞许,一脸的满足。

谢清远根本不理会罗盈盈,自顾自地在那儿叨叨——对墙、对电脑、对空气……"能量堆砌到一定程度,量变发生质变,可以造成所谓的'黑洞',它可以吞噬一切,包括时空……'黑洞'引力非常强大,形成一个能量点。而在另一个时空,倘若同时形成一个类似的能量点……"忽地,谢清远双手一拍,大声喊道,"欧阳兰,你穿越了。"他停顿数秒:"嗯,不对,应该是罗盈盈穿越了。"

谢清远仿佛攻克了一个研究项目的难关,无比喜悦。是喜悦,不是惊喜。惊喜仅仅是刹那间的一件事,而喜悦的内部却蕴含了逐步明确的方向,甚至发展结果,足以衍生无数个"惊喜"。

流逝的时间比人想象的要过得快,它将无垠迭代成更广袤的无垠。谢清远一晃,也过了那些有拼劲的年头。他在应用院院长的位子上似乎扎下根来。他走了很长很长的路,好像走到尽头,其实,不过是起点。顺其自然!其实所有人都是他的顺其自然,在平行世界的河流里,连弱小的反抗或漫长的等待都是顺其自然。

"天底下所有的机遇你都没落下,这会儿还想'爬',赵辉还活不活了?"

谁的声音?是谁?纯属无稽之谈。

原来是谢清远内心发出的声响,他的声音遥远而虚幻,似乎不是来自他的身体——缺乏物质性。于是,他只好自己对自己说:"我先把位子'坐'牢了再说,能'坐'成什么样,谁都无法预料。至于'坐'到今天,江山依然如故,可今天过了,还有明天、后天……那以后,都是'坐'的结果,不再是'坐'的目的了。"说完,他心满意足地去睡觉了。

夜色很浓了。

我还漫无目的地在大街上走。

似乎有两次,我梦到过这样惊悚的画面——我早上出门去应用院做实验,晚上下班回家,李孟结不认识我了,还死不肯让我进家门。太诡异了,太突兀了,今天到底"梦想成真"。今天早上,还是李孟结给我准备的早餐,营养丰富均衡,有温热牛奶、豆沙包、芝麻拌菠菜、白水煮鸡蛋,还有一杯鲜榨橙汁。

我喉咙冒烟,干得连吐口唾沫都困难。我不停地往前走,眼泪不住地往下掉,我也懒得擦,就让它流过面颊,流经下巴,滴落在胸前。

我竟然走进了李孟结的国家级物理实验室。

实验室全黑的装饰风格,他的学生、助手个个也是全黑打扮,我很是恍惚,恍惚穿越到物理学的"黑洞"。我目光凌乱,一会儿找不到自己,一会儿又看到好多个自己。有个学生模样的人过来问我,我正要开口,一个年轻女人闯进我的视线,一身黑色装扮,她傲慢地问我:

"你找谁?"

"我找李孟结。"

"这不是你该来的地方。"她一副居高临下的口吻。

我厌恶地瞪她一眼,转过身子不理她,继续找李孟结,仿佛李孟结就藏在实验室让人眼花缭乱的光线中。

可当我回过身子迎往那位年轻女人,眼前出现诡异——李孟结正面无表情地看着我,我和他对上视线的一刹那,我打了个长长的寒噤,眼前一片雾气……

当我定睛再次向李孟结看去时,李孟结消失了,那个年轻女人也不见了。也许我已适应实验室千奇百怪的光线,再也无法产生幻觉?

我一下子恼怒起来,所有的血液都在向头顶冲去。我听到它们在血管里发出不绝的呐喊,我突然有了个大胆的狂想,我以迅雷不及掩耳之势，抄起实验台上的一个烧杯，将里面的化学液体泼向那个年轻女子的脸上……

泼完后，我痛快淋漓。

一个幻觉，眼前倏忽即逝。

是我"人头移植""变脸"了？让李孟结气急败坏"翻脸"了？不应该啊！何况我的脸还是那张脸，一切都如常啊。

闹了半天，我还在南街口，我有点蒙。

我站在南街口，四下望了望，看到一个广告牌上写着"潘医生心理诊疗所"，勾起心中疑惑——是给我诊疗过的那个潘医生吗？他新开设的分店，还是同名同类诊所？因为他的心理诊疗所并不在这条路上。

现在看来，曾经的我和潘医生都是说谎的人，只不过我会根据病情编一个看上去尽可能可信的病因，而潘医生会说一个纯属医学的诊疗结果让我深信不疑，但这个诊疗本身不存在于现实之中。

我又隐隐感觉到前后、左右有无数双眼睛在偷窥我。我想转头去寻找这些眼睛，哪怕找到一双眼睛也成，看看到底是什么人。结果，我被浓厚的雾气迷糊了双眼，啥也辨析不清，整个人仿佛陷入重重的包围圈里。

天空灰蒙蒙一片，一颗星也没有。我想起小时候在362基地，仰望星空——那满天繁星闪闪发亮。眼下，似乎我只剩下破雾前行这一条路了。

看到一家"繁星酒店"的广告，我心一动，夜已深沉，不妨就在这里熬一晚吧，一切交给明天。李孟结应该也睡了，不必去吵他，明天"秋后算账"也不晚。

这一切的一切，让我觉得诡异，到底与平时不一样。哪儿不一样？我一时半会儿还真闹不明白。

我走到大堂柜台前，一位秀气、个头不高、穿着制服的小姑娘绽放笑脸："住宿吗？"

"是的。"

"住几晚？"

"一晚。"

"请出示你的身份证。"

我去包里夹层掏身份证，不经意碰到手机，便顺手拿起它，打开屏幕看了看，倒有三个未接电话，两个都是姚之影打的，她曾是我的得力助手，现在是研究团队负责人；另一个是罗盈盈打的。真是奇了怪了，李孟结没有给我打电话，一个也没有，他不担心我吗？

山城大厦的迷局

我坐飞机先到太原武宿国际机场，再转乘支线飞机到榆林榆阳机场。

按照会议通知，我从机场打车直接奔往榆林人民大厦。还未走进大堂，我便看到大堂门口上方电子屏幕滚动播放的字幕——热烈欢迎各位领导和专家莅临大厦参加山城废物处理技术学术研讨会，我煞是疑惑——"榆林市"怎么变成"山城市"？

我明明是按照全国环境保护协会正式发文的红头文件通知，参加在榆林市召开的全国废物处理技术学术研讨会，怎么会飞到山城来了呢？我也算专家级的专家了，不会连通知都看不懂吧？不会分不清榆林市与山城市吧？更不会不辨东西南北中乱乘飞机吧？如此，应该是酒店自己搞错了。

我此时心里真是乱如麻，怀疑这段旅程的真实性。我努力咽下我的种种疑问，停止追究，先进大堂再说，否则，我会被搞得神志不清。

我走进大厦大堂，大堂气派辉煌，错落有致的水晶圆形大吊灯光辉映射，不比海舟市任何一个星级酒店逊色，确实出乎我的意料。榆林市毕竟是中原内陆欠发达地区，那里一半被群山围绕着，一半被黄河拦住了。赵辉曾对我说过，沿海发达城市很多有趣好玩的东西很难越过高山流水传到榆林这里。

大堂左侧摆着铺了深墨绿色布的一张长桌，桌上放了指示牌，分别写着：人员报到组、材料发放组、宣传简报组。长桌后面的凳子上坐着工作人员。

我走到人员报到组牌子前，一位年轻的男性工作人员热情招呼我："请问领导，您来报到吗？"

"报到，但我不是领导。"

这位年轻的男性工作人员我姑且称呼他小伙子吧。

小伙子略有一丝尴尬，继而扬着一张青春笑脸："您的姓名？哪个省的？"

"江南应用研究院欧阳兰。"

"请稍等。"小伙子在一沓花名册中先挑出江南省参加学术研讨会的人员名册，然后专注地一行一行看下去，没有"欧阳兰"的名字，他不放心，从头又来一遍，还是没有"欧阳兰"的名字。江南省参加学术研讨会总共只有三位女性，眼睛不可能看花，小伙子抬起一张存疑的脸对我抱歉道：

"名单没有您。"

"怎么回事？"我顿一下，语气硬了，"不可能。"

"江南省总共十二位参会人员，三位是女性，我不可能看错。"

"会不会搞错了，名单在其他省份里。"

"噢？"小伙子上下打量我一眼，便一个省份一个省份、一行一行查看起来。好在这会儿没有其他人报到。

过了好一阵儿，小伙子终于抬头望向我：

"很遗憾，名单里没有您。"

"太奇怪了。"我皱紧眉头。

旁边几位工作人员一直用奇怪的眼神看着我。

"您看这样好不好？咱们倒过来，先到大堂前台办理入住手续，然后返回来再报到。"

"好，好……"我迭声道，又对着小伙子，"真是太谢谢你了。"

我和小伙子走了几步到前台，他对穿制服的女服务员说："办入住。"

"请出示身份证。"

我赶紧递过身份证，女服务员按下电脑按键，一通操作后，抬眼奇怪地瞥了我一下，转向小伙子："住宿名单没有欧阳兰这个名字。"

小伙子侧脸看了看我，他也搞不明白这是怎么一回事了："您是来参加学术研讨会吗？"

"当然。"我语气冷，眼神更冷。

"报到和住宿两边名单都没有您，会务应该不会有差错。"小伙子耸耸肩，目光存疑道。

他的话让我光火了："我自己填的参会回执单，我自己点下的电脑发送键，还能有错吗？"

小伙子和女服务员都不吱声了。须臾，小伙子转身走回报到处，避开我这个"瘟神"。我恼怒得摸不着南北东西，自己跟自己寻根究底也不会有什么结果，只能自认倒霉。

"我办理自费住宿，身份证还在你手上。"我不罢休。

"大厦被学术研讨会全包了，只安排参会人员的住宿。"女服务员顶真起来。

"我就是参会人员，你听好了。"我蛮不讲理。

前台陷入僵局。

另外两位一男一女服务员很不屑地瞥我几眼，其中女服务员对男服务员说："哪来的疯子？"接待我的那位女服务员把我的身份证轻轻放在我眼前的台面上，转身干别的事去了，不再理我。

眼前我亲身经历的这一幕"现实"，用我熟悉的物理"现实"已经无法解释，"魔幻"让眼前的这个"现实"变得似是而非。

物质只会被暂时性地困在黑洞视边界后方，并在黑洞引力作用下不断向下掉落，但不会被压碎……这些物质信息不会被毁灭，但会被完全搅乱……再次释放出去时，这些信息已经面目全非了，几乎不可能再解释出其当初的模样……这简直比你想从已经烧成灰的书本中恢复上面写的内容还要困难……

这种让现实变得魔幻的"高大上"霍金理论，玄虚，神秘，隐晦，难解，把人的正常思维整得七零八落，神魂颠倒，甚至秒变"弱智"。

我不能不承认，我从小被父母、刘校长、张老师他们培养起来的物质世界的观念受到严峻挑战。让我对物理世界的物质性疑窦丛生。

天色这么晚了，眼前的住宿问题我该如何解决？思来想去，我只能放下身段，用客气的口吻恳求接待我的那位女服务员："我只住一晚好吗？"

"真不行。"女服务员一脸无奈的表情。

"噢，对了，小妹妹，大堂门口的电子滚动屏幕上，把榆林误写成山城，你跟主管报告一下，赶快改过来。"

"这里就是山城啊。"那位女服务员已经烦透我了，可职业的要求，她仍旧和颜悦色应道。

"山城？"我震惊得跳起来，"见鬼了。"我的语气浸满荒诞的意味。

大堂里的其他人纷纷朝我这边看过来，投下一束又一束怪异的目光，有的人还耳语起来。

毫无征兆，这当口，一个穿黑色长衣裙、长发飘飘的女人从门外冲进大堂，直奔前台，冲着我喊起来："李孟结是混蛋。"

大堂值班的两个保安反应迅速，马上牢牢抓住她，把她往大堂门外拖。她同保安不断撕扯，扭过头冲我又喊一声："李孟结是混蛋。"她披散的长发，让我看不清楚她的年龄有多大。

这一刻，我坠入万丈深渊。

这个女人是谁？为什么？我坐飞机刚刚来到这个城市、这个大厦，我谁都不认识，她为什么单单冲我喊？我连我自己是谁都分辨不清了，榆林市咋又变成了山城市？

> 四维空间（四次元）就在我们周围，只是小到肉眼无法看到。它们存在于空间与时间的裂缝……穿越时光隧道就进入"四维空间"……能量点一旦形成且永远不变，之后的时间因为能量的形成，可以任意伸缩。孙子和爷爷在某个"能量点"相遇，孙子可能白发苍苍，爷爷却是豆蔻年华。

或许，这一切的一切，包括那个黑衣女人只是我的错觉？或是我走进了一个遥远的噩梦中。

我抬眼，前台后面墙上的挂钟，显示是×年×月×日2点13分，已是凌晨了。

新的一天即将开始。

茫然无助中，万幸之万幸，大堂保安和服务员都没有撵我出去，保安还好心地让我坐在报到处桌子后面的凳子上歇息，行李箱立在一旁。

我坐在凳子上熬了四五个钟头，心里生成一个决定。于是，我走出大堂门口，迎着清晨第一抹朦胧的晨雾，给赵辉打电话。老天保佑，电话一下子就接通了。

"这么早，你……"赵辉显然很意外。

"我坐错飞机了。"我开门见山。

"坐错飞机？"赵辉带着难以言说的疑惑的声音钻进我的耳膜，"发生了什么？"

"我……我需要你……你……你的帮助。"我满腹委屈，抽泣起来。

"你现在在哪里？"

"在……在山城。"

"什么，你在山城？"轮到赵辉震惊了。

一个意外后的又一个意外。

"赵辉……"我泣不成声。

"你用手机发个定位给我。"

我手有点抖,好歹把定位发了过去。

一个眨眼,手机铃声响了,我心怦怦乱跳,划开手机接听键:"你在山城大厦对吗?"

"嗯。"

"你就在大堂等我,我马上下来。"

"你在山城大厦?"又一个意外袭击了我,我陷入无边无际的茫然中。

"你等我。"

我走进大堂,站在报到处桌子边。不一会儿,我看见赵辉急匆匆走出电梯,我赶紧迎上去,抖着声音说:"赵辉……"泪水哗哗地止也止不住,他不知道他此时此刻该说什么,他自己也有太多的辛酸事。

十年了,我和赵辉第一次这么近距离地面对面,看上去我俩之间好像只不过一个长夜,事实上这里头有很多很多事情发生——时间陷阱。他黑了,也瘦了,目光失去了往昔的锐利。每年,我都会去监狱看他,但隔着厚厚的玻璃台,又只能用电话交谈,无疑让我和他的情绪处于一种比较隔离的状态里面。

赵辉拎起我的行李箱,用眼神示意我跟他走:"先去洗个澡,吃点饭。"这一刻,我肚子里"咕噜"了好几下——从昨晚到现在,我没吃过一口饭,喝过一口水。

我们乘电梯到九楼,幸好电梯里还有两个外人,不然,我们都容易陷入尴尬境地。出了电梯,赵辉带着我走到 923 房间门口停下来,他掏出房卡打开门,把我的行李箱放好,对着还站在门口的我说:"进来吧,这是我住的房间。你先洗个热水澡,我在大厦三楼的咖啡厅等你。"说完,一个转身离开了,并带上房门关紧了。

一种强烈的不真实感包围了我,我觉得我是个可疑的神志不清的人——飞越疯人院的人。我把赵辉当成救我命的最后一根稻草,让我尽快脱离眼前一地鸡毛的"诡异"。

我洗了热水澡，身体里的血管重新舒张，困乏顿时解除不少。我走到窗前望出去，一片雾气迷蒙，这让这个城市罩在了一片朦胧中。我眼里起了雾，心里翻翻滚滚：我看过的一部电影叫《人生遥控器》。男主人公迈克尔·纽曼得到了一个可以使他的人生快进的遥控器，他用遥控器把晋升路上的所有杂事一律快进了过去——不只所有的努力和困难，同时也包括生命中那些日常的快乐，结果就是，纽曼好像昏睡了一生。此刻的我也得到了这样一个遥控器，只是它把从昨天到今天，不，确切说应该是从昨天到今天的所有诡异、魔幻、神秘都快进了过去，结果，我不知道我现在在几次元。在电影里，纽曼又有了一次重新生活的机会，这一次，他选择去体会自己的人生，成了一个更幸福、更成功的人。可是，在物理世界里，我们任何人都不会有让人生重新来过一次的机会，我也一样。

我想告诉谢清远，我参加这个学术研讨会是你批准的，本来你自己也是要来的，可后来你说你另有任务去不了，让我权当代表院里出席，会不会你洞悉了这趟行程的诡异难测才临时起意不去的？

我明明是坐在飞往太原，然后转支线飞往榆林的飞机上，结果，我来到的却是山城，如此莫名离奇，又不可思议，我根本不知道究竟发生了什么。还有，我要不要告诉谢清远，或者李孟结，我见到了赵辉，赵辉也来参加学术研讨会。"赵辉"两个字一窜进脑海，我猛地记起，他正在楼下的咖啡厅等我呢。

我站在现实的外部，真实的现实它现在应该是啥样？

我来到三楼咖啡厅门口，朝门里面望过去，连赵辉在内一共只有三个客人，其中一个还是金发碧眼的外国美女。赵辉看见我了，他起身招招手。

"先喝杯拿铁暖暖胃？"

我点点头，泪水忍不住汩汩流下。

"别难受了。"赵辉走过来拉开椅子让我坐下，他坐在我对面。在等拿铁咖啡端上来的空隙，赵辉问我："吃意面怎么样？早饭就在这里解决，不去一楼自助餐厅。"

赵辉还是这样善解人意，一片赤诚，能够深入我的灵魂：我的确怕碰到参会的人员，有我认识的专家或领导，我能说什么呢？我不在参会的名单中，却跑到这里来。

我两三口喝完了含有我泪水的咖啡，一块草莓蛋糕一个眨眼已经在我肚子里了，我饿极了，也渴极了，一副饿死鬼的丑态。

赵辉默不作声，看着我三下五除二把一盘西红柿牛肉意面消灭干净，他将一杯橙汁往我跟前挪了挪，又点了一杯拿铁咖啡给我。

"你……"

"你……"

我们几乎同时开口，继而相视一笑，赵辉微微仰一下头，用眼神示意我先讲。

我把这趟离奇诡异的行程详详细细向赵辉描述了一番，每个过程、每个细节，可能我叙述得有点零乱、短促，但前后还是可以有机衔接，赵辉能明白个大概。我唯独省略了那个穿黑衣长裙、长发飘飘的女子闯进大堂，冲着我骂"李孟结是混蛋"的情节，因为，我以为这是个阴谋。

赵辉沉思良久："很可能你已进入另一个维度……"

"别说物理学，直面我的困境好不好？"我生气地打断赵辉。

"这也是现实，只是你看不见。"他顿一下，"你把事情弄得太沉重了！"

"我们俩的物质观有这么大差异吗？"我语带讥讽。

"你不会是穿越时空了吧？"赵辉的笑里带着魅惑。

"你入魔了，看来入魔的人不止我一个。"我嘴角带着一丝丝苦笑。

冗长的话题在我武断的结论中戛然而止。

在这个幽静的咖啡厅里，我开始后悔向赵辉描述我的"奇遇"，不但没有得到任何符合现实的合理解释，反而陡然平添了虚空和无助。

莫名其妙，这当口，不知从哪儿飘来了一股股水雾在咖啡厅里四处弥漫，我们谁都看不清谁了。我很难说清楚此时此刻我的心理，也许连桌对面的赵辉、咖啡厅的一切都是一场梦魇。

一切毫无征兆，一切猝不及防，"李孟结是混蛋"——刺耳的喊骂声让我猝然失容，朦朦胧胧中，我还是看清了又是昨晚那个女人。她闯入咖啡厅，挥舞双拳，直冲我来，我浑身不受控制地颤抖起来……赵辉眼疾手快，用他的身子挡在我的面前，双手抓牢女人的胳膊，厉声道："有话好好说。"她又喊起来："他有精神病。"她口中的"他"是谁？是"他"，还是"她"？

我整个人瘫软在地，直到两个保安进来把这个女人带走。赵辉转过身子俯下来扶起我，我扑到他的怀里痛哭起来，双肩一耸一耸。

在赵辉面前，我失态了。

我与出狱后的赵辉见面

一阵急促的手机铃声让我从睡梦中惊醒，伸手取过床头柜上的手机，迷迷糊糊中看见手机跳动着来电姓名——李孟结。

我接通电话，刚想张口，被李孟结抢了先："七点了，赶紧起床，别误了上午的主旨发言。"奇怪，他的声线什么时候发生了变异？这么温柔。

"嗯。"

"起来吧。"他顿了一下，"只是遗憾，我不能在现场听你发言。"

"干吗想听发言，这篇论文可是在你帮助下完成的。"我的反应出乎我意料，我似乎挺不耐烦听李孟结说这个，"我要起床了，挂了。"我正要关机，耳边又钻进一句："要吃早饭。"李孟结言语中充满了对我的深情，只是我深感意外和纳闷，他的声线变得太突兀，这么温柔，有点像女声。

我昨晚，准确说应该是今天凌晨两点十三分到的榆林人民大厦。之所以时间记得这么精准，是因为在办理入住手续时，看到前台后面墙上的挂钟。如果不是迫不得已，绝对不要坐"红眼"航班，真是折磨人。我进了房间后，第一件事先给李孟结打电话报平安，叮嘱他七点钟务必叫醒我，万一睡沉了，误了上午开会不妥，毕竟有我的主旨发言。

我赶紧起床洗漱，收拾"装修"自己——黑色衣裙小洋装，内衬立领白色薄羊毛衫，大厦暖气开得足，黑色中跟皮鞋，尽可能往"白领丽人"靠拢，已然忘了我即将退休，步入老年大妈行列。管它呢，至少这一刻端庄大气，自我感觉九十分以上，好不得意。然后，我坐电梯到一楼春风厅吃自助早餐。

春风厅黑压压的全是人头，吃饭的人可真不少。早餐品种很丰富，兼顾了南北方的饮食口味。我不敢吃太饱，我一吃饱就容易犯困，开会犯困太伤大雅，更何况我还要做主旨发言。

吃完早饭，我回到923号我住的房间，见还有一些时间，便取出大会发的文件袋里装的各类材料：会务指南、服务手册、榆林市情简介、参与人员名单、论文汇编等等。我随手翻了翻。

今天凌晨两点多才到，洗澡收拾好已近三点，我倒头就睡，旅途实在疲劳磨人。文件袋里的材料被我搁置一边，"你们"也随我先休息一下吧。

我特意翻出上午主旨发言的五篇论文，先一个题目一个题目往下看，其中一篇的题目瞬间吸住我的眼球：《寻找"恶魔"基地》。这么奇葩的论文题目？我马上翻到论文内容，作者写的是京城基地总部地质研究院课题组，课题组技术总顾问章定宇……天哪，我在心里惊喜喊道，这不就是那个高个子叔叔——哈军工高才生嘛，这下，我明白"恶魔"的含义了，谁叫我是362基地长大的孩子呢。

我快速浏览了论文摘要与关键词，震惊了：这个研究团队历经三十年，一任接着一任只为这一个课题。现在的研究人员一定会觉得不可思议，至少我是这样以为，时间跨度太长了，等出科研成果要等到猴年马月。目前，这个研究团队还在执着不懈地走在这条路上，不放弃，不急躁。我喟叹，这才是国家科研的栋梁与脊骨，我算哪门子优秀研究员。

论文中的"恶魔"指的是高放射性废料。在能源废料中，百分之九十七属于中低放废物，剩下的百分之三，含有多种对人体伤害极大的高浓度放射性核素，其中的钚元素，只需摄入十毫克就足以致人毙命。

  背景：据有关报道，我国每年生产约一百五十吨的高放射性废料，目前，它们静静躺在核电站的硼水池里，等待被"安葬"入土那一刻。

眼下全世界已积累了三十六万吨致命的高放射性废料，而且还在以每年一万到二万吨的速度增长。已经后处理的乏燃料大约有十万吨，其余二十六万吨都处于临时存储状态。

  假说：在地下五百米，像建设一座酒店一样，一个房间挨着一个房间，再把高放射性废料封存进去。

这也是经合组织（OECD）推荐的深地处置方案，也是永久隔离人类与"恶魔"的唯一可行途径。

  论证：关于选址。
  简单地说，废料库就是挖个坑把它埋了。但选择"坑"则要求很高，首先面临"密封性"，比如岩体的结构、岩石不能破碎，比如水文的状况，地下水到底是怎么流的……比如腐蚀性问题、裂缝的吸水能力高还是低，比如环境生态要求、用水、用能和排放净化力强还是弱，能有效避开居民的生活区域等。其次，面临成本核算问题，比如核电站大多建在东南沿海一带，如果要运到西北大漠深处，跨度相当大，成本自然高。
  关于方案选择。选最合适的方案，优于选最好的方案。
  关于制约因素。上级部门换一位组织者就换一套思路，

"三废"处理人才匮乏,人才梯次结构又不合理等。

开会时间是八点半,快到了,我不能再看了,赶紧收拾利索走向酒店会议大厅,按照座位表,在第五排找到我自己的位置。

主办方中国环保协会简短致辞,承办方榆林市政府市情简介,有关组织者重要讲话之后,专家主旨发言开始。

第一个发言的是山城心理研究所一位姓涂的女研究员,她的发言题目也很奇葩——《废气污染与心理疾病》。她呼吁要加快治理废气,人们常年在工业废气、雾霾天气中浸淫,长时间见不到阳光,身体容易生病,这个大家都好理解。关键问题是,由此造成的心理疾患却被大家忽略,而且是长期忽略。大家只知道工作压力、生活窘迫容易让人焦虑焦躁,殊不知,在长期工业废气、雾霾天气里生存,人们更容易得焦虑症。焦虑是一种灾难化思维:让人总把事情往坏处想,拒绝社交,甚至产生轻生念头。不要以为只有传染病,比如肝炎、艾滋病才会传染,心理疾病照样会传染,如果不尽早对心理疾患病人进行有效干预,说不定哪天就会爆发心理瘟疫,这绝不是危言耸听。

心理瘟疫?我是第一次听到这个医学名词。听完涂研究员的主旨发言,我浑身毛发竖起,脊梁骨发冷。常听人们说,有些心理诊疗师本身就像个病人,或者就是个病人,但愿这位女研究员不在此列。是的,若让人在精神病院里度过余生,还真不如死了好。

最后一位主旨发言的是高个子叔叔团队的骨干专家,他的演讲赢得全场长时间的热烈掌声。一点没夸张,我把手掌都拍红了。

上午大会一结束,我抑制不住激动的心情,马上就给远在京城基地总部的高个子叔叔打电话。

"章总叔叔,我是……"

我还没开始自报家门,高个子叔叔就接上话,"知道你是兰兰。你的论文我也看了,真不错。"他顿了顿:"到底是 362 基地的孩子。"

"章总叔叔,您干吗不去评院士?您的学术成就不知超过多少已是院士的院士。"匪夷所思,我莫名转移了话题,过于沉重、严肃,也不免突兀、无理,当然我是为他打抱不平。

"为什么一定要评呢?"高个子叔叔不答反问。

我一时语塞,正组织语言怎么回复他好的时候,他也转换了话题:"兰兰,能源废料处理越来越成为重负,乏燃料的完全处置就连国际科学界至今也未能找到应对办法。你呢,不妨关注一下这个课题。"

"章总叔叔,您一点都不糊涂呀,怎么这一刻大脑短路了,我在江南应用院,跟咱 362 基地不搭界。"我的声线卡紧了。

"不能这么说,科学研究不以领域划界。"

我一时间真不知道说什么了。

"你要向你爸爸学习。"

草帽老头这样说,邻居叔叔和高个子叔叔也这样说,没准他们都是从草帽老头那"盗版"来的。在他们面前,我就是个孩子,就是兰兰,而不是研究员欧阳兰。放下手机,我的心依然不能平静……我生出一种期望:像他们那样一路走下去,走一生。

我看到一个约莫九岁的小女孩,蹲在路边一边吹蒲公英,一边问蒲公英:你是花,还是草?她求知的样子,让我想笑,又不禁感伤。九岁的小姑娘刚刚碰触到了世界的表,还不认识世界的里。她可以毫无杂念地举着一朵白绒花欢欣雀跃地使劲吹。

"您好。"小女孩向我招手。

"你好。"我从小女孩眼中看到了自己。

学术研讨会结束了,这天是自由活动和返程日。

我真的很想见见出狱后的赵辉。他在监狱里,我去看他,我们尚能见面;他出来了,我们反倒见不上面了。我抱着试试看的心情,碰碰运气,打个手机给他,看看他是仍然拒绝,还是破天荒给我个机会,反正我也不抱什么希望。

一个出乎意料的惊喜——他竟然接了我的电话,这是天的意志和安排。稀里糊涂,我成了"运气王",谢天谢地,命运终于眷顾了我。

他约我在榆林钟楼咖啡厅见面,并把地址定位发了过来。

我站在宾馆房间的穿衣镜前——里面的人额头不似从前饱满,有

了法令纹,双眸染上霜色……毫无征兆,感伤如潮水汹涌袭来:

人与人的交往很奇妙,看似彼此走进彼此的心灵空间,或者走入无边无垠之地,结果被一双来自第四维度的"命运之眼"关注后,彼此与彼此的交往便可能形成一个更大的"无限环",手拉手、心交心走在无尽的长路上。哪料,走到尽头,才发现不过是原点。

多么恐怖的时间!

时间的恐怖就在于它将无垠迭代成更广袤的无垠。

我走进钟楼咖啡厅,赵辉已等候在座位上。他见我来了,便迎过去主动伸手,见状,我也赶紧伸手,就这样在十年之后,两只手握在了一起。

"很高兴见到你。"

"我就怕你不见我。"

我第一眼看见赵辉,就发现他染黑了头发。在监狱里,他几乎一夜之间就白了头。我们坐定后,四目交接却不说话,赵辉宽厚一笑,笑里带着一丝难以言说的滋味。

我环视一下咖啡厅,它的装潢让我把时光拽回到海舟八十年代末的歌舞厅,棚顶上灯光满布,迷你彩灯忽闪忽闪,像个微缩人造星空,现在看是有些土气,但有年轮痕迹。

"上演怀旧剧目。"我又仰头扫了一眼棚顶,说了句俏皮话。

"古老城市上演时尚剧目自然不容易。"赵辉的话将我们两人送入尴尬境地。

瞬间的冷场。

好在服务员及时端来两杯热腾腾的咖啡,缓解了沉默气氛。

"尝尝拿铁正宗不正宗?"赵辉的语气里有了轻松。

"咖啡不都一个味。"

我们相视一笑。

"工作还好吧?"

"关在监狱那么多年,我已经有无数的知识盲点,年龄又这么大,拼命补课也跟不上……"他长叹一声,"跟不上了。"

我眼前好像什么东西在晃动、在旋转,令我发晕心慌——他的故事太沉重,我无法道清此刻心中的感受,我失去了正常的心理状态。他的厄运已经过去,但这一刻,又分明回到了原点。

我抬眼看看他,他沉浸在自己的哀思里,似乎没留意我。我打量他一下,低头,抬眼飞快地又打量他一下。

他无奈,我也无奈。

我埋头啜饮着咖啡,生平第一次抿出"苦涩"的味道。心想,芸芸众生不都是在默默无闻中过完一生。没有或者失去优秀、成功、金钱、出人头地……又怎么样?风景不同,路自然不同,认命吧。

现在,我们彼此说话的态度里明显有了客气的成分,不再像从前那样无所顾忌。每年,我都去监狱看他,说说工作的事、同学的事……虽然他出狱后,我们是第一次面对面,照理说应该不会有太大的生分感,其实不然,一道深深的却看不见的鸿沟阻隔了我们。

"你知道我这篇论文是在哪里完成的吗?"我主动转移话题。

"在哪儿?"赵辉抖着声音顿了顿,"不在应用院吗?"。

我鼻腔酸了:"你以后会知道的。"

"李孟结很优秀,咱们那届同学中,他是第一个院士,目前为止也是唯一一个院士。"

"院士就一定优秀?"我反问,带着一种咄咄逼人的姿态。

赵辉又宽厚一笑。"李孟结专业很扎实,无论外部环境如何'折腾',他只埋头实验室。"赵辉由衷赞叹,"不像我,我失败得都学会和失败长相厮守了。"

我被赵辉的话噎住,想想谁的人生都是一场梦,要认真,也别太认真。我喝口咖啡,语气轻缓地道:"还别说,学校、实验室、家;家、实验室、学校……三点一线是李孟结生活的常态,不觉刻板、枯燥,但他的论文一篇接一篇发表,专著也不少出版。实话实说,这一点,我是相当佩服他的。"我又缀了一句:"而且,家务活还全包了。"

"李孟结是有福之人,得八方惠泽。"赵辉善解人意。

"这倒是。"我赞同。

突如其来，一种诡异的味道攫住我，我嗅了嗅，拿铁味挺纯，不可能瞬间就变味。咋回事？

赵辉察觉到我的异样："拿铁味不对？"仅凭这一点，面前的赵辉就还是同学的那个赵辉，一片赤诚。

我摇摇头："味道挺纯。"

只是，这一刻的我并不会知道，这之后的一场噩梦会毫不留情地向我袭来……

物理学还真是一本恐怖小说。

"罗盈盈还爱八卦？"赵辉转移话题。

"升官，还是升官是她八卦的永恒主题。"

我们会意一笑。

"我挺羡慕盈盈的，她会追逐时尚，一把年纪了，还玩'剧本杀'。她的身姿也没什么变化，肌肉放松，关节放松，那是内分泌高度协调所带来的放松，走到哪儿都叽叽喳喳，但就是人畜无害。我和她一有空就去上岛咖啡厅喝拿铁……"我接着他的话往下讲。

"你和盈盈不一样，你追逐更精神化的生活，而盈盈则喜欢物质化的生活。"

"我不接地气？"

"我不是这个意思。"他顿了顿，"你换个思维，盈盈的物质化生活也许就是当下物质丰富多彩时代最时尚的一种生活方式。"

"更现代化。"

"可以这么说。其实，我们都应该庆幸熬过了苦涩的日子，享受着现在这种充足又踏实的生活。"

我的思维跟着赵辉不断转换频道："季副省长年底就退居二线，转岗省政协任副主席。"

"哦。"沉思片刻，"他在位子上不方便，他一次也没来探过监，但他派人来探望过我，带着他的问候和鼓励。"

"老主任走得太早了。"我深深地惋惜道。

"是我连累了他老人家……"赵辉哽咽了。

我的这个频道转换得太糟糕，我赶紧调过来："柯厅长还是柯厅长……"我话没说完，赵辉就接过来："信息厅厅长，非科技厅厅长。"

我们都笑了，气氛有了暖意。

"大维他们在美国都好吧？"

"大维很努力，也很有出息。"

"他是你的希望。"

显然，赵辉不想再接这个话题，他问我："下午几点的飞机？"

"下午四点十分起飞。"

"哦，来得及，我现在带你去游览榆林钟楼，尽地主之谊。"

"好哇，走吧。"

榆林钟楼位于古城内大街中心，我们打了车，不到十分钟就到了。钟楼有三层，外加一个八角亭。

"有点中西合璧的味道。"我说。

"钟楼最早建于康熙年间，后毁于战火。现今保存的这座建于1921年，民国风格，自然是中西合璧。"赵辉解释道。

我认真看了看，钟楼基台为通街洞道，可供车行人走，通街洞道是用青砖包砌的。

"东面有桥，咱们上二层？"赵辉问我。

"上啊。"

上去之后，我才发现第二层有四个拱形门洞，前面有一块空地。

"节假日的时候，有大妈大叔在这空地上跳广场舞，或者扭秧歌，唱民歌。"

"哦。"

我们从二层又上到三层，我看见南、北洞门分别刻着"南控乌延""北临雁塞"，不禁慨叹，古时的榆林是名副其实的边关重镇。

赵辉用手指着让我看："你看顶尖，那是一个重檐的八角亭，里面挂着一口大钟。"

"钟楼由此得名，对吧？"我笑问。

赵辉也笑了，点点头。

……

榆林相见，让我百思不得其解，我和赵辉谁都没有提及谢清远。

参加在榆林举办的全国性学术研讨会前，我有一段煎熬的暗黑时日，因为我走在不同的平行世界，宛如一个虚构魔幻的故事。

时过境迁，现在想来，还让我"三观崩塌"。

"垃圾分类"起风波

开春不久的一天，我走进谢清远院长办公室。办公室还是在八楼最东头，走廊深处，隐秘性好，隔音效果也不差。

这一天，既是我自我感觉离学术研究最远的时刻；也是我离学术研究最近的时刻。

我看着桌对面的谢清远——头发稀疏，眉头紧锁，眼睛似乎有些浮肿；而另一个谢清远也坐在对面，神情自得，气势逼人，慷慨激昂地说应用院就是要为省领导决策服务，要有战略眼光、世界格局……

这就是眼前的景象，又是多么遥远的过去。

我禁不住要想一下：我自己多少岁了？

对面的谢清远，似乎也在做着辛辛苦苦走向河流的、徒劳的努力。他是应用院院长没错，和我有本质的区别吗？他的青春追求、我的青春追求，难免有时破碎一地——每一块尖锐的碎片都足以将他、将我的灵魂扯出血来。

我仿佛已然失去感受自然力量的能力，从小培养的人生观又让我本能地去拒绝另类生活状态。我面对的物理世界只有一种，就是现实，你别无选择。

从他办公室出来后，我一路逃回了家，面无表情地走进客厅，兀自在沙发上坐下来，一言不发。

我如今住的房子,是李孟结院士的"房子",四间卧室加一间书房均朝南,宽敞、明亮自不必说,还自带一种身份、地位象征的"优越感"。客厅真皮灰色的沙发围成一整圈,挺适合给博士生授课,四面都是"书墙"的书房,让李孟结终止了常常买"重书"的历史——不用再把书搁在儿子的床底下,急用书时找不着,只好再去买。

李孟结听见开门、关门声,从书房走出来,见还没到下班时间我就回家,觉得很奇怪,便问我:"怎么了?"

我没吭声,像一尊泥塑。

李孟结去厨房泡了一杯茉莉花茶出来,走到我跟前递给我,我没接,他只好把茶杯放在我面前的茶几上。

他在我右侧坐下:"有烦心事?"

我继续沉默。

李孟结看着我,目光带着担忧:"你说出来嘛。"

我只要觉得局面失控,凭惯性就会拔腿跑回校园或跑回家。这是我的生活方式,是我逃避现实问题的一种选择。我心里起起伏伏,等我慢慢管住了情绪,我开始倾吐:"谢清远让我的研究团队承担省里急需的城市垃圾分类的技术处理办法,这不是难为我吗?这不是我的技术强项。你、我、他,咱们的专业是物理学,你是基础理论,我们是应用技术。现在让我重起炉灶,去研究固废垃圾处理,尽管也算没脱离物理学科,但毕竟侧重的是物理化学,我还得花大量时间去恶补环境保护知识盲点,没两年我就退休了,这不折腾我吗?"

"谢清远应该是信任你,谈不上折腾。"他顿一下,"物理化学嘛,无非是以丰富的化学想象和体系为对象,大量采用物理学的理论成就和实验技术去实践中探索和应用,这是你的强项。毕业至今,你一直在应用领域摸爬滚打。"

我对他说:"谢清远告诉我,江南省要在全国率先实行城市垃圾分类,海舟做试点城市——省会城市嘛。省领导需要垃圾分类各项技术支持,以便精准施策。季副省长把废气处理技术交给省环科院,把固废处理技术交给我们院。他说,把难啃的骨头交给应用院,交给欧阳兰负责他放心。谢清远还告诉我，明年初省'两会'，季副省长就转岗到省政协任副主席，他想给自己的执政生涯画个完美句号。而且，明年省'两会'，省长的工作报告一定要有城市垃圾分类阶段性成果的内容。"

"这正常，没什么问题，你干吗气成那样？"

"我干吗气成这样？"我被他的话惊到了，瞪大双眼看着他，激烈地喘着气。

"你本着平常心，别紧张兮兮。好吗？"

我皱着眉，沉浸在李孟结给我的说教里。猛地，我火光四溅："今年年底就要完成。这是科研，不是演戏，不到一年的时间。我气得大骂谢清远，难道这些年你就是这样搞科研的。他也火了，对我吼，你做也得做，不做也得做，年底必须完成……"

"你不该这样伤谢清远。"李孟结语带责备。

这一刻，这个正常不过的责备，竟成了一块有棱角的硬物，硌得我有些难受，也有些说不清的恼火和愤然。一些研究院节操碎地，良心泯灭，虽人数不多，但是够寒心。当我见多了这类科研"魔幻"，竟发现它们比科研本身更真实。在阳光普照的时候，"魔幻"是隐形的，人们看不到它们，因为它们躲在"黑洞"里。我想站起来狠狠地抽打李孟结，想冲着他大喊大叫，还想整个人即刻间完全消失……却没有人告诉我怎样可以消失，房门就在那里，窗户就在那里，我却挪不动一步，说到底，我缺乏面对现实的勇气。

我伤谢清远？我伤的是我自己，而且伤得遍身血淋淋。李孟结，你是院士，你拥有更多的"自由"和"底气"，我们家有你光耀门楣已经足够了，你让我做我喜欢的"仰望星空"吧，因为我们的祖先是被外星人送到地球的，他们来自遥远的宇宙深处。

瞬间的沉默。

"我要恶补知识盲点，我要田野调查，我要收集社情民意，我要不停地实验，我要数据比对、分析……这一切的一切，都需要时间。"这一声声呐喊从我胸腔里迸发出来，把客厅炸得一地碎片。

李孟结顿时愣住了。须臾，他站起身到我跟前，把泪流满面的我紧紧拥入怀中，我的身体变得越来越软，越来越轻，像是被李孟结带到了星空。

　　想科研，和真的去搞科研，到底不是一回事。李孟结自然更清楚，他劝我别着急，有些田野调查、实验室数据比对分析，他可以让他的博士生来帮我的忙。他对我说，我的研究能力绝对没问题，但要转变思维方式，不能一味只重视客观世界的物理性，还应该看到它有超物理性的一面，那就是奇迹的存在。

　　"我怕我搞砸了。"

　　"你一定行的。"李孟结拥紧了我。

　　这个夜晚，星光格外灿烂，海舟几乎鲜有这样的夜空。

　　"爸，您为什么能攻下一个又一个技术难关？"

　　"科学需要真诚。"

　　"我不真诚吗？"

　　"不，你害怕，患得患失。"

　　"爸、妈……"

　　"兰兰，坚强起来。"

　　"云山万里别，天地一身孤。"我想你们，很想你们。两个我又开始互相纠缠。

　　事实上，所有的偶然都是必然。我以为我拥有的科研能力，并非全部来自我个人的努力和天赋，相当一部分来自我的真诚态度。

　　时间层层叠叠，日子纷纷扰扰。

　　弹指一挥间，十年了。

　　变化最大的该是谢清远和罗盈盈夫妇了。他们已然失去了继续升官、当大官的动力，顺其自然地"混"在现今的岗位上。谢清远成了不折不扣的"霍金迷"，罗盈盈追逐时尚玩起了"剧本杀"。

　　应用院擅长打 80 分扑克的张副院长，几年前高升到数字院当书记，成了一把手。他"江山依旧"——扑克牌照打，书记照当，两不误。后来，他又迷上了另一种叫"掼蛋"的扑克，好在去年他退休了，尽兴地玩吧。

另一位爱喝茶谈茶的李副院长，三年前已从应用院退休了。脱不掉"副"字的李副院长，配合谢清远工作还算用心，不过，他后来给人一种"佛系"感：叫他当副手没意见，工作征求他意见没意见，表扬他没表情，批评他也没表情……

我呢？除了完成化工部李副部长为我争取的那个国家级项目外，又承担了一个国家级、两个省级项目，获得了一次江南省科技进步一等奖。那位好心的、主动给我腾午休办公室的齐副处长接任处长后，干到第五个年头心满意足地退了休。谢清远做顺水人情，将我由副转正——我成了科研处长。最初几年，我时不时就想起那位我又讨厌又看不起的科研处长，他后来被柯厅长调入省科技厅研发中心任主任，他很早便退休了。夜深人静时，我问："我现在是个什么样子？"我答："唉，你现在的样子就是那个时候科研处处长的样子。"每每这时，我想死的心都有了。

李孟结如愿以偿实现了"院士梦"。

赵辉付出了多年的生命代价，提前一年出狱。

情绪归情绪，意见归意见，我还是一头扎进项目里，带着我的研究团队，今天在垃圾填埋场，明天在环卫处，后天在社区，大后天在环保局，大大后天收集样本、采集数据，当然更多时间是在实验室……我的研究团队连轴转，外加李孟结的两个博士生友情赞助，技术难题在一个一个被攻克……我这才发现，技术攻关似乎真难不倒我，倒是一些具体问题让我有点"束手无策"：比如海舟市垃圾处理设备奇缺，目前垃圾处理还是最原始的填埋方式，大量渗透液含有多种有毒有害物质，对地下水和土壤造成污染，为此，填埋场附近的农民常常上访。比如精准数据拿不到，我跑这个部门说不归他们管，是另一个部门的事；我再跑另一个部门，又说这也不归他们管……一个"球"踢来踢去，我恼火得真想打人，我能打谁呢？

省里的工作要求是工作要求，谢清远的院长任务是院长任务，我的技术攻关是技术攻关，看似南辕北辙，其实不然。有些"上级拍板"还真不能怀疑，怀疑的话，某些信仰就崩掉了。这一刻，我就开始怀疑城市垃圾分类到底有无意义。

"尽人事，听天命。"

"路有千万条。"

"成不了优秀研究员，我能是什么？"

"你是你自己，走什么路你都是你自己。"

"完成不了技术攻关项目，我什么也不是。"

奇了怪了，这段时间，两个我总是频繁纠缠，频繁抬杠。

这个周末，罗盈盈又约我去上岛咖啡厅喝咖啡，可我实在没时间，我要去实验室加班，只好婉拒了她。

罗盈盈气得在电话中直数落谢清远："快退休了还折腾，折腾有用吗？"

"他有他的难处。"我替谢清远辩解。

"你别过度努力，身体总归是第一位。"

然后，我们两个把矛头共同指向季副省长——您老人家退二线就退二线吧，有必要搞这么大动静吗？"哈哈……"在电话里，我们同时大笑起来。

这之后不久，我才知道，是李孟结怕我身体吃不消，让罗盈盈一到周末就约我喝咖啡，借机让我放松放松。我还纳闷呢，她近来为何总约我喝咖啡，是不是玩腻了"剧本杀"？我和李孟结，我们到底是几十年的夫妻情深。

应用院一次次技术分析会，季副省长一次次协调督战会，他们都在要求我的研究团队要挂图作战，要按顺序进度列出项目分解表，对垃圾分类技术表示出极大的关心和全力支持。我大为光火："谢清远，你拎拎清，我是研究员，不是你的工地施工员。"

在季副省长召集的又一次项目推进会上，我情绪完全失控，直逼季副省长："按类分好的垃圾准备运到哪儿？"

"这需要你们技术攻关支持。"季副省长显然不满意我发难。

"垃圾分类技术难题我们一个一个在攻克，问题的关键现在不在这儿，技术标准和方法毕竟是纸上的'软件'，垃圾分类更需要'硬件'的支持，比如固废压实、破碎、分选设备怎么解决？海舟市目前根本没有这些处理设备。还有，季省长，今天能不能明确告诉我，精准数据我该找谁要，政府公开的数据远远不足以我们分析比对……"我毫无顾忌地猛开机关枪。

谢清远被我惊得无地自容，两眼发虚看向季副省长，还用力猛扯我袖子，我只好生生把还要说的话给含在了嘴里。

"技术问题我们带回去解决，他不拖项目进度后腿。"谢清远不能不表态。

我又开火了，明知会招来季副省长更大的不满，我就是控制不住。我真是走到尽头了："我们在做田野调查时了解到，社区居民很反感垃圾分类作秀，他们说，他们在家按要求把垃圾分类分好了，可咱们在终端还是照旧一块填埋处理，这不是让他们白分类、白费劲吗？"

谢清远恨不能立马把我的嘴用线缝上，奇怪的是，我倒也没有之前绷得那么紧了。

我噼里啪啦乱开火，好像今天不说，以后没机会说了，把推进会搅得偏离了轨道，给与会的人特别是季副省长带来了不容喘息的胁迫感。

会场一阵骚动，与会的人全用异样的目光看我。我身后的两个中年女人——我不知道她们是何方神圣。她们音量压得很低，但还是被我听得真真切切：

"她竟敢这样胡说八道。"

"谁叫人家是院士老婆呢。"

"院士老婆"四个字，像是一颗从天空中飞来的陨石划破大气层，直接坠入我的耳朵里，耳膜被击裂，灵魂被震飞。

我嘲笑："原来我是院士老婆。"

另一个我不屑："原来我是院士老婆。"

我对另一个我笑了，另一个我对我也笑了——知道是院士老婆，在这儿等着呢……因为是院士老婆，就敢这样肆无忌惮？

我不知道我竟然从座位上站起来，在一片可怕的沉寂中，拂袖离开会场。

我更不知道，季副省长被我气得脸铁青。

我只知道，我又一次搞砸了。

我缠绕在纷乱的思维中拨不出来，便在街上四处游荡起来。咦，我挺喜欢在街上乱走嘛，以前怎么没发现自己喜欢呢？又热闹又享受，涌动的人流让我不受注意，足够自在。不知走了多久，我走到南街口，我喜欢南街口的天桥，它让我觉得我是站在了天空之上。

我一天天走下去，越走越没底气，我想表达不甘，向谁表达呢？也是，这就是现实。现实有时很合理，有时很荒谬，有时很残酷，不是我不优秀，是别人更优秀。各有各的路，各走各的路，运气而已，一切都有命数。既如此，我又何必为了区区一场不足挂齿的项目推动会大动干戈，还傻到用反向审视的目光去认知这场会。结果，我的认知产生了不该有的弧度。

走吧，只能走下去，走一生，未必不是一种现实。

我站在南街口天桥上，目视桥下的车水马龙，并没意识到脚下的天桥在塌陷，头顶的天空在旋转，一股强烈的虚幻感悄无声息地袭击了我……

三天后我才知道，我在南街口天桥上晕倒了，不省人事。是素不相识的好心人分别拨打了110、120，把我送到海舟医院急救，我捡回了一条命。

急救医生对李孟结说，我的生理和心理都透支了，过度透支了。

我在医院沉睡不醒，我做了一个长长的梦：

父母来了，我拉着他们的手，哽咽着说不出一句话。母亲轻声道："别怕，爸爸妈妈陪着你。"

草帽书记来了，他说我是个胆小鬼，一点点困难就被吓趴了。

高个子叔叔来了，他把我的一篇论文递到我手中："你是基地的好孩子。"

许冬梅来了，她流着泪："不干了，咱回362基地。"

赵辉来了，他一脸哀其不幸，对我说："快快站起来。"

谢清远、罗盈盈来了。罗盈盈长叹一声："都是过度努力造的孽。"

季副省长来了。

我的助手、同事们都来了。

真是奇了怪了，梦里唯独李孟结没有来，一次也没有来。

这一段时间，我忙得昏天黑地，自然把李孟结忽略了。最开始见他很晚还没回家，我还会主动打电话，李孟结说实验还没做完，我们两个都是研究员，彼此都理解彼此的工作性质，我也没说什么，稍稍沉默一会儿，便结束通话。我太投入垃圾分类技术支持项目，回到家脑子也一刻不停地转。只是我有所不知，我放下电话那一刻，李孟结是失望的，他希望我能和他多说两句，哪怕聊聊家常，至少也应该追问一下他到底在做什么实验，进展顺利吗。我没有，我难道没想到要问？老夫老妻了，我对他的依赖已经浸入我的骨髓和血液。他甚至幻想这一刻我是赌气不问他的，遗憾，我没有赌气，我只是觉得我不问才是我们夫妻生活的常态，自然而然。

这是天知道的问题

我睡得很沉，这是这么多年来，我第一次睡得这么沉。

我从那个长长的梦境中醒来，眼前一片白：墙是白的，人是白的，我的大脑也是白的，连窗户外的天空也是白的，甚至就连时间也是白的……白得让我失去了色彩感。

"你可醒了。"我认出坐在床边椅子上的李孟结，他紧紧握着我的手。他竟然也是白的。

我眼中的白，让我一时看不见李孟结眼睛红肿，胡子拉碴，至少苍老了五岁。

李孟结拉响床头呼叫铃，告诉说我醒了。一会儿，就呼啦啦来了一大拨人，也全是白的。这个"白"问我醒后感觉怎样，头还晕不晕。那个"白"开始给我测血压，另外一个"白"还搬来心电图仪器，让我做……

眼前无数的"白"挤进我的五脏六腑。我痛得无法呼吸，心脏在一阵阵地痉挛。

"我累了，累得要命。"我尖叫起来。

我这声尖叫，像一把锋利的刀子，在病房内四处游走，还残忍地切开了我的肌肉、我的骨头和血管，甚至切开了我的大脑。我的灵魂借机飞远了：

我累了，我不想走了。我不知道我为什么走，像有什么东西紧逼我，让我不能不走下去；又像有什么东西呼唤我，让我一直朝前走。我想停下来不走了……

李孟结脸上的表情由惊愕、疼爱、担忧、无奈到关切一路切换，他因我心力交瘁。那群"白"走后，他俯身对我耳语："咱们休息。"

我在一片"白"的阳光里沉睡。在梦境里，我享受我的浪漫和多情，眼睛里全是赤橙黄绿青蓝紫。无论晴天还是雨天，色调都是明媚而缤纷的，充满了生命的味道。

两个多月过去了。

这天一大早，我就在看电视里播放的海舟早间新闻：

之一：海舟市垃圾处理场技术设计已经通过专家论证……今天举行动工仪式……

之二：江南省应用院后起之秀姚之影带领固废技术处理团队又攻克一道难题……

之三：海舟市城市管理局负责人对记者说，固废压实、破碎、分选设备已经进入政府采购招标流程……

一切都是进行时，一切都在朝前走。

姚之影我太熟悉了，她是我的助手，我的研究团队骨干。她上海交大本、硕、博一路连读下来，毕业后来到应用院。她是江苏无锡人，说话柔声细气，和周卫的母亲挺相像。她的专业知识很扎实，实验动手能力也很强，数据采集、比对、分析出手快，天生就适合搞研究。她人又谦虚，性格温和，在实验室做实验不急不躁，耐得住寂寞。她比我小一轮，我带她近十个年头了。美中不足，她结婚几年后又离婚了，好在没孩子。

李孟结端来一锅鸡汤，整个病房汤香四溢。

倒在白瓷碗里的鸡汤色泽金黄，像一块蜜蜡，我喝了一口对李孟结说："厨艺大长啊，真香！"我的眼神有了一层明亮，脸上闪烁着幸福的光彩，仿佛一下子穿越到我们新婚蜜月年代。

初夏的阳光透过窗户照射进来，我的心被融化了——一大早，我就能喝两碗鸡汤，这在我极少见。

李孟结带着心满意足赶着回理工大实验室了。

我拿起手机，开始搜索有关海舟垃圾分类的更多报道，还真比我想象得多，全是振奋人心的消息。《海舟日报》评论员文章：垃圾分类擦亮了海舟绿色名片，"海舟蓝"更蓝了；"家园意识"唤醒海舟居民自觉自愿参与垃圾分类；海舟西岭垃圾填埋场在江南应用院技术支持下发生"蝶变"。

我不禁想到两个多月前，我也这样拼命，也一刻不敢停下脚步朝前走，走着走着，我为什么走到了这里？这里是哪里？我不甘，我要去实验室……我双手插入头发中，使劲去揪已经花白的头发，揪得眉眼直往上吊，目光散乱。

护工手疾眼快地抱住我，紧紧地抱着我，摁响了床头急救铃。医生很快来看诊，见无大碍，扔下一句话："要是你真想结束研究生涯，可以闹下去。"

我顿时蒙圈了，直勾勾地看着他，不知道他为什么会说这种莫名其妙的话。我感到目眩神迷。

护工暗暗地长舒一口气。

接下来的日子，我像被什么看不见的胶状物粘住了，不想说话。我时常把目光投向窗外的天空，无边无际的天空是没有秘密的。小时候，我喜欢仰望夜空，我想知道有那么多星星，为什么还有黑夜。覆盖在岁月尘埃之下的命运总是让我无法透视。夜晚，偶尔看见月亮远远地挂在天边，仿佛一股清凉，一股带着温润的清凉涌满我全身。

我无聊时，会翻看应用院研究员群杂七杂八的信息，更关注他们的研究成果。这会儿，我看到院里一个名叫王群的年轻研究员一篇论文发了国际期刊，另一位名叫唐山山的研究员拿下省级项目，大伙在群里纷纷地为他们点赞，我也忍不住按下一个星号点赞。奇怪，这个沈白梅怎么还滞留在英国不归，她的访问学者年限只有一年，已"超期服役"半年多了，被省科技厅批评好几轮了，就看下一轮如何处置。我的研究团队一位助理研究员杜兵生了二胎，乐得在家当奶爸。我浏览着这些信息，更像在浏览我可能的未来，或绝对不可能的未来。

夜深沉，我把目光转向我，带着探询，如果我把我的决定告知天下，会怎么样？

我善解人意地笑笑，似乎还带点诡异。没什么，生活就是这样，只要这个决定缘于我的内生动力，我就没有杂念。

转天一大早，我就出发了。天空中弥漫的雾霾慢慢变换角度，照在我身上。

我走进谢清远办公室的时候，他也才刚刚到。见到我，他显然很惊异，脸上满是狐疑之色：

"找我有事？"

他的话让我两耳有些发烧——有事，我有事才能找他？我点一下头，紧接着又摇摇头。

我们坐定后，我说："请院办尽快决定，我的研究团队负责人换成姚之影。"

"你说什么？"我的这句话显然不在谢清远的顾虑与思考中。

"我留在团队做个研究员就好。"

"你……"谢清远到底没把他想说的话说出口。

我的世界不再是只有白色，我身上也是有光谱的，赤橙黄绿青蓝紫，我会努力寻找我身上的彩色光谱。

从谢清远的目光中，我看到了当年的他和我——青春成长的故事，对未来无比憧憬，一心想出人头地，一心想成名成家。

我觉得人生充满玄妙，我在这个平行世界里黑白分明，在那个平行世界里可能多姿多彩，只是以不同的身份。

直到我离开谢清远的办公室，他都没说什么话。

我有一种几十年来从未有过的身心放松。岁月带走了很多东西，也给了我很多的东西，就这样，走下去吧。

我是个优秀研究员。我对我说。

当晚，我和李孟结聊了很久，这是我们近年来相处最和谐、最理解彼此的一次。我们的灵魂还可以走得这样近，这是属于我和李孟结之间的默契和心照不宣。

他递给我一个平板电脑："这里面有国外关于垃圾分类技术处理的最新研究资料，我已经归类列好清单，对你完成论文应该有帮助。"

我的眼泪淌下来，脸却在笑。

这一晚之后，我对科研有了不一样的认识，也有了这些年来从未有过的敞亮和自信。有些科研"成果"千姿百态，有些科研"目的"各式各样，也说不清楚，就不必再去纠结对与错、是与非、黑与白。

不久，我接到姚之影电话。"老师，谢谢您。"她顿一下，"我怕我干不好……"

"你一定干得好。长江后浪推前浪，这是自然规律。"我已走出迷茫。

这个周末，罗盈盈约我去上岛咖啡厅喝咖啡。

我坐在上岛咖啡厅临窗座位，在等罗盈盈。真是，她约的我，她却迟到。透过落地玻璃窗，我看着窗外街上的喧嚣。咖啡厅走进来一个高个子的男人，头发花白，藏青西裤配藏青夹克衫，内搭白衬衣，我估摸着怎么也该有六十多了。他面容满是沧桑，但神情却挺谦恭。他径直走过来，在我桌对面坐下，动作缓慢，冲我微微一笑："你是欧阳兰？"

"您是？"我的大脑像一台计算机，快速在记忆库存里搜索，但没有找到跟"眼前这个人"匹配的人。

"渴了。"他说，但更像自言自语。

我两眼看着他，感觉脑袋发涨，不知道该不该应他。

服务生送来一杯清水，他拿起杯子一饮而光，看来，确实是渴了。

"可以聊聊？"他语焉不详，甚至有些唐突。

聊聊？和我聊吗？我们素不相识，是完完全全的两个陌生人，有什么可聊？又有什么必要聊？不是和我聊，他干吗对着我说？要和我聊总得有理由，是什么？我的意识开始游离四方。

"我姓刘，你可以叫我刘医生。"

难道他是海舟医院的医生？什么科？内科、外科、眼科……我确定我不认识他。

"每个人都喜欢躲在真相后面窥视别人，却讨厌被别人窥视。"他面无表情。

我像被雷电击中，脑神经抽搐一下。终其一生，谁能保证自己没有一个秘密。我的心往下一沉，我努力保持定力，让面容尽可能少显或不显惊讶之色。

"其实很多人都生活在真相之外，他们看到的，只是这个现实让他们看到的。在某个隐秘的角落里，还有一个他们难以窥探全貌的秘密。"他一个停顿，"一些人选择忽略那个秘密，有时是故意的，有时是无意的。"他的语气像黑夜一般深沉。

我似在一团雾霭中看着他。

我的眼睛里突然充满了不可名状的东西，腾地站起身，手指他的鼻尖喊："你懂什么？你懂什么……"我好像一个女疯子，我就是一个女疯子。两个服务生过来，一边一个箍紧我的胳膊要把我赶出咖啡厅。

"放开她！"他厉声呵斥，"她是我的病人。"

我的大脑发生了错乱，被雾霾重重包围。我的面容苍白，目光里却闪出一丝杀气:"我是你的病人?胡扯,我什么时候成了你的病人?"死亡是最接近真相的一种方式,如此,我还是死了的好,或者立刻消失。

他沉稳地坐在桌对面,诡异的目光似乎穿透我的五脏六腑:"这是你轻视别人的恶果。"

罗盈盈闯进门,一边朝我走来,一边嚷嚷:"对不起,路上太堵了,海舟的交警队长早该换人了。"她一个诧异,这个老男人是谁?怎么会和我坐在一起?她看看我,又看看他……

又是那个老男人先开口:"我是她的医生。我刚好也在这里喝咖啡,她说她在等人,我们就先聊了一会儿。您坐……"他定力非凡,编起故事来一套一套。

"噢。"罗盈盈一个释然的表情。

我醒来天色已经亮了,四周一片白。我已经不记得昨天发生的诡异一幕到底是梦幻,还是现实。我的眼皮抽搐了几下,我好像又睡着了。

我再次睁开眼睛时发现,天并没有亮,隔壁床的护工大姐发出了鼾声。我打量这间病房,很陌生,绝对不是我已经住了两个多月的那间病房。我心慌,慌得差点脑梗。我把睡梦中的护工喊醒:"天亮了,你还睡,我饿了。"

"天没亮,现在是凌晨两点十三分。"她看了看手机屏幕,语气透着不耐烦。

我感觉我产生了脑雾,意识出现混乱性的空白。科学家尼古拉·特斯拉曾经发明过一种"灵魂收音机",据说能接收到超自然电子异象,可以听到死者的声音。既如此,真相与死亡本就是一对共生关系,干脆去买一台"灵魂收音机",听一听我的真相是什么。

"你现在去买一台'灵魂收音机',我把钱打到你手机微信支付上。"

护工满面愕然,站在我床头不知所措,又似乎在揣度我是不是在开玩笑。

"快去呀。"我催促护工。

"您执念太深。"护工叹口气,"受罪的是您自己。"她突然计上心来:"淘宝上就有,我这就买,您放心。"她装模作样地在手机上捣鼓起来。

我扬眉一笑,得意于自己赢了一局。

一个仲夏之夜。

我听见我在红砖楼下不停地喊:"欧阳兰,快下来看星星。"

天哪,无数的星星在夜空中闪烁,仿佛是一瞬之间从星空中钻出来的,闪烁着秘密,闪烁着真相。

我久久地仰望星空……

在秘密前面,人总是力不从心。吊诡的是,保守秘密者通常也是秘密制造者。

"除了粥,您想吃啥?"护工一声问,生生把我的意识从星空中抽离出来。

"想吃油炸牛奶丸子。"我压抑着内心复杂情绪,没好气地应她一句。

"油炸牛奶丸子是什么吃食?"

"算了,随便吃。"我赶在情绪失控之前止住了我的渴望,我不想护工再次遭我骂,不想再次让她看见我失态的样子。

"李老师多久没来了?"我脸上呈现出一种怨怒之色。"您……您忘了?"护工很意外,一脸悲哀地看着我,"李院士病了,昏迷了。"

"你说什么?"我急了,"为什么不告诉我?"我恼火得想抽她一巴掌。

"告诉过您……"护工被吓得不轻,赶紧又复述一遍,"李院士是在学校实验室被120急救车拉走的,李院士在埋头做实验,突然倒了下去。他们领导很重视,派了学生和护工二十四小时照顾他,您就放心吧。"她喘了几口气:"我家老汉第一次发病,也是突然昏倒。昏倒不是什么好事,结果他偏瘫了,我屋里头失去了劳力。治病要钱,吃喝要钱,儿子上大学要钱,干什么都要钱,我只好出来做护工,护工工钱高。我把老汉托付给同一村住的他姐姐帮忙,我每月留下我的饭钱，大部分寄回家，小部分给儿子。"

我不容她继续说下去，我已然失去体恤别人的感知和同情，咄咄逼人地怒视她："现在就带我去看他。"

护工把我带到另外一栋住院楼，我仔细看了看，是高干病房大楼。

噢，失去的记忆回来了，我来过这里探望李孟结。李孟结得的是"耳石症"，昨天上午已经做了复位，再休息几天就能出院了。

门卫保安不让进，还没到探视时间。他上下打量我，很不屑地说："李院士是你随便能看的吗？"那模样、那语气让我恨不能破口大骂。我掏出手机想拨给李孟结，这当口，高干病房六楼护士长正要出门，结果看到了我。我来过，护士长认得我，她赶紧带我进了门厅，到电梯口，不停道歉，说这个保安新来的，不认得我。我坚持不让她陪我上六楼，怕耽搁她的正事。

到了六楼，经过护士站，我让护工在这儿等我。我走到李孟结病房门口，里面是我完全没想到的一幕：李孟结吊瓶还没打完，一个年轻女子、他的实验室助手梅椐正在小心地给他擦脸，擦好脸后，她取过床头柜上的一盒牛奶让他吸。不对，吸管在她手上轻轻扶着，李孟结一口一口慢慢吸，吸一口看一眼梅椐，他俩彼此相看的眼神，很像一对夫妻。

我怒火万丈，想冲进去大骂梅椐你不要脸……最终，我一个转身走了，走得很快，经过护士站，在那儿等待我的护工一脸蒙圈，不明所以地跟着我走。我没坐电梯，"噔、噔、噔"走进楼梯，走到三楼拐角处。我倚靠墙角，双手插入头发中，紧紧揪起头发。

"您……"护工一把抓住我的手，让我松开头发。

"我就是个笨蛋，是个傻瓜，是个疯子。"我手上的劲儿慢慢松下来，我捂住嘴巴，那些被堵在喉咙里的哭声，被迫吞回胸腔，让我透不过气，任凭泪水哗哗直流。奇怪的是，这一刻，我的意识异常清醒。

楼上有脚步声，我站起身说："走吧。"我走得很快，护工一步不拉地紧紧跟着。走出高干病房大楼，我在一侧石凳上坐下来，筋疲力尽，无声地哭泣，身心完全被掏空了。护工紧挨我身旁坐下，弱弱地问："李院士也会偏瘫，对吗？"

梅梶是小三吗

已是暮色四合了。

我的病房来了一位不速之客，是一位中年女性。她上衣穿白色的确良衬衫，下穿涤卡黑色裤子，五官立体，眼窝深陷，有点洋人长相，好一个风姿楚楚现诗情！

她径直走进来，坐在我床边，我不认识她啊。

我很奇怪，我仅仅看她一眼，就那一刹那，我从她身上感受到我的人生可能就此被影响，这算不算一种意外？

"我不介意别人的看法——我是从青沧江里又活过来的'冤死鬼'。在我灵魂被摆渡到另外一个世界之前，这些都会像水分被死亡蒸发殆尽，永远不会出现在人们的视野里。"这个中年女性声带嘶哑、干涩，她的满腔悲怨弥漫到我身上。

"您是？……"我听到自己的声音在颤抖。

"我是范师母的灵魂。"她脸上那种愤恨之色让我心惊肉跳，"我当着厂保卫处那两个披着人皮的狼的面，把自己脱光了，让他们看我满身的伤痕，我被他折磨得人不像人，鬼不像鬼。我说我要是再跟他生活在一起，会被他活活折磨死。也许，他们怕真惹出人命不好交差，他们自己也脱不了干系，就准许了我们离婚。"

我感觉我已经不完全是我自己了，而是几个人格的重叠——范师母、漂亮姐姐、女吊死鬼……这种撕裂的人格让我深陷绝望泥潭无法自拔。我们有同样的悲哀、同样的孤独、同样的愤懑、同样的绝望，但有不一样的感受和感伤！在无边的黑暗中渴求死亡或许也是一种奇特的体验。

我的沉默让她误以为我是反感，她把嘶哑的声音压得更低："我悲伤哭泣，他就更狠地打我；以后，我被他欺凌骂'破鞋'时，我就抬头看天花板，永远不让眼泪掉下来了。"

我压抑着内心翻江倒海的情绪。小时候，听她说话的语调，很温婉，甜甜糯糯的，仿佛入口就化。我扭头眺望窗外，病房大楼在路灯的照射下阴森诡异，犹如一幅死神画。

"忘了吧，一切重新开始。"她眼睛里浮现出一丝丝光亮，但转瞬而逝。

"忘记过去就意味着背叛。"我的眼神冷冷的。

"背叛？"我的话把她戗着了，她眉头皱紧了，"生活需要继续。"她有过来人的经历，言语透着通透。

我收敛了盛气凌人的态度。

"别执念太深。"她叹口气，"美国诗人纪伯伦说过，'当你触及生命的核心时，你会发现自我并不高于罪犯，也不低于先知'。从表面看，我的处境和很多人一样，不容易，但也没到非要去死的地步。只是每个人的境遇是具体的，每个人的承受力也是不一样的。我事后也在问自己，压死骆驼的最后一根稻草是什么？其实，真到那一刻，我也说不清。"

我的心脏抽搐几下，像被尖刀划破。

每个人都有执念，有人对物欲，有人对金钱，有人对精神……若说我的执念深，那么，是对什么呢？如此，只能是对秘密、秘密的真相，也不尽然。

"放下执念，一切都会过去。在现实生活里没有过不去的事，时光会消磨一切。"她语气透着疲惫，声音显得更加嘶哑。

我无语，我大脑缺氧了。

一阵蒸腾的青雾魔幻般在病房内飘荡。

这一场死者对生者，或者生者对死者，或者死者对死者的交流就这样诡异地结束了。

我突然涌起去庙里烧香的念头。李孟结的老家清水县，有一座黛色的深山，里面有一座香火很旺的宋代佛寺，叫黄檗寺，听当地百姓讲，抽签很灵验。我必须让李孟结陪我去烧一炷香。现实世界不大，边界又太明确。

这天晚上我睡得很踏实，连个梦都没有做。

我睁开眼睛，习惯性拿过手机看屏幕时间：两点十三分。我又唤醒隔壁床上的护工："现在几点了？"

护工揉揉眼睛，看了下手机屏幕："两点十四分。"

我与她的时间大体一致，这让我有了踏实的现实感。在现实的秩序中，我获得安全感。

"时间还早，睡吧。"护工倒头又沉入梦乡。

我再次看了看屏幕，现在是两点十八，从睁开眼到这一刻，过去了五分钟，我的思维停在时间上，证明此时此地我的意识是清醒的。

既然醒了，我就索性坐起来，任由意识四处游离吧。黑夜中的这间病房，我住了好久，很熟悉。

我儿子他们这个时代，大多依靠网络和外界联系，不喜欢在现实中与人交往，建立各种关系，却沉迷于在网络上认识各路人，并用心经营与他们的关系，真是不可思议。久而久之，他们难免产生"社交恐惧症"，这是一种病态——他们过分和不合理地恐惧外界某种客观现实或事物境况，甚至有时不得不带着畏惧去被动忍受，严重时反复发作，难以控制，伴有焦虑和自主神经症状。

去年三月，英国阿斯利康公司派我儿子回中国与青岛生物公司洽谈业务合作，借机，他回了一趟海舟市看我们。那天，我问他，现在年轻人为什么只在网络里与人见面社交，连恋爱都成了"网恋"。他告诉我，这样见面不需要与真人打交道，可以伪装自己，完全放松，更自由，更随心所欲。

"你这是歪理邪说。"我斥责儿子。

"您这是回避现实，不真实。"

我满容怒气，看着儿子不吭声。

"算我没说，我亲爱的妈妈。"儿子赶紧赔个笑脸给我。

"你可别'网恋'个媳妇给我带回来，妈要你真实谈恋爱。"

"就像您和爸爸那样。"儿子双眸大而清朗，人又健谈，是个妥妥的阳光大男孩。其实，他孤身一人在英国打拼，有多难、有多累，一切明明白白摆在那里。我和李孟结纵然再心疼，也使不上劲，帮不上忙，只能眼睁睁看着他一个人在异国他乡硝烟弥漫的"战场"上厮杀……

我从不认为我儿子最信任我，但我自信我是个好母亲。我爱我儿子，相信我儿子，所以，我儿子和我始终心连心。

"儿子，你现在在几维？"我想起小时候他喜欢对我说，"我在三维，你们是二次元。"

"当然在四维。"

"四维？"我一愣，然后一笑，"那妈呢？"

"您还是二次元。"他又缀了一句，"妈若不改变认知，是没有机会走进另一个次元的。"

一个长长的沉默。

我去儿子那儿探亲过两回，一次是我和李孟结一起，一次是我自己。我以为，雾都伦敦并没有那么值得向往，只是因为儿子在那里打工，我自主地为它添加了一点色彩，稍稍进行了美化，说到底，那是异国他乡。

"妈在海舟住久了，有时脑子里会闪出妈是外乡人的念头，奇怪不奇怪。"

"这正常。即使妈从未离开您的出生地，最终，那里有一天也会成为你的他乡。"

"你指362基地？妈现在在海舟。"

"不是这个意思。现在许多人仅认他乡是故乡，也有许多人把故乡住成了他乡……"

"儿子，那你呢？你现在可在伦敦。"

"我无所谓故乡、他乡，只求适应生活之乡。"

我想起了一件往事——那是我单独去伦敦看儿子时的一件往事。

一个周末，他带我去一座很偏僻的英国乡村农场，是一对年轻夫妇在经营。农场坐落在一片宽阔的山谷，四周被植物挡住，牛羊散养在山坡间……

"这是陶渊明的世外桃源，在海舟难以想象，虽然也有美丽乡村建设，但到底不是一回事。"我慨叹。

"这对年轻夫妇认为，按照自己认为对的生活方式生活就是一种现实选择。"儿子向我解释道。

"这对夫妇过着与世隔绝的生活，不需要社交，不需要娱乐，犹如生活在网络世界里，但又完全不一样。"我陷入沉思，又自言自语。

"妈，您是哲人吗？"儿子打趣我，把我从游离状态中拉回眼前。

这对年轻夫妇，每天面对面，没有其他人影，他们彼此不厌倦吗？他们能够走到白头偕老吗？走着、走着……会不会半途而废又杀回城市？他们真的对外面精彩缤纷的现实不向往吗？我当时没有把我的疑问抛给儿子，因为这个与世无争的"世外桃源"反让我生出莫名的压抑感。

"妈，您走神太久了。"

"哦。"我从沉思中走出来，摸了摸儿子的头，那是一种从母亲内心袒露出来的疼爱，充满温暖感。坐在从窗外透进来的明媚的春光中——宽敞的客厅里，我和儿子心暖暖的，脸上都流露出真诚的神色。

唉，这才几年时间，人们对现实生活的认知就发生了这么大的变化。我们这代人，面对的客观世界只有现实和现实这一种。想脱离现实生活，和真脱离现实生活，完全不是一回事。我一向保守，这和我从小生活的背景有关——不管闲事，只做自己，有时难免会陷入一片虚无中。

在海舟市，我拥有一套二百五十多平方米的大房子，与理工大校长同一栋楼，面积却比他大不少，占据十二层一整层，还有两辆车，但我很少开。我有个怪癖，似乎更喜欢坐公交车或者地铁。这都是托李孟结的福，谁叫他是中科院的院士呢！这些物质化的东西，也是我们身份的体现，是站稳某个阶层的象征。

偶尔，半夜我突然醒来，我会"蛮不讲理"地把李孟结从梦乡中拽起来，让他陪我去阳台仰望星空，海舟的夜晚鲜见有浩瀚星空映照的璀璨。那一刻，我们不免感叹，又不免怀旧——362基地夜空中的星星永远是亮晶晶的。

具体不知从什么时候起，我发现了日常现实之外另一个隐藏着的现实，那是几次元？那个现实渐渐也成了我内心里的一个秘密，我从没跟李孟结谈起，自然也不会泄露给外人。

在那个隐藏的现实里，时间不分昼夜，无穷无尽往复，空间一片空寂，无边无际延伸。我一直朝前走，走下去，时空也在不断地延长、拓展，我持续地走下去，还是被围困在"时空"里，永远走不到尽头……

我呐喊，我企图砸碎围困我的"时空"。但一切都是徒劳的，我仍旧围困在那个"时空"里。

"你在哪里？"我问。

"我看不见你。"另一个我应。

"我就在这里。"我喊。

"我还是看不见你。"另一个我一脸的无可奈何。

"你应该看得见我。"我不死心。

另一个我无语。

我又看了看手机，屏幕时间是三点二十六，我沉浸在往事中太过于久。我用手摸了摸手机，一股暖流涌入心头，又一个往事闪回到眼前：

忙于"出人头地"的男人一旦滑入"油腻"，是不大会去关注女人内心需求的，不管什么类型的女人，都有被送礼的渴望。即便体贴入微的李孟结也常常忽略这点，我理解他想要拿下院士的心情，他永远有做不完的实验，我也从未因他不擅长送礼物表情达意而责怪他。他最拿手的就是做我爱吃的菠菜粥，姑且也算一种送礼吧。

破天荒，在我五十大寿时，他竟然送我一款当时最流行的华为手机作为生日礼物——就是现在我手上的这款手机。这礼物送得太及时，让我惊喜了很久。不用手机时，我时不时也会看一看、玩一玩手机。东方传统文化中，男人被膜拜和服侍，女人主内操持家务。到了我们这一代，男女需要共同面对生存压力，也接受了外来新理念的冲击，男人们开始懂女人，学会用礼物表情达意。

我一时无法风轻云淡了。

时光留不住过往，一切都会过去。

这一刻，这一刻是什么时候？我在病床前，看着梅椐为我洗脸、倒牛奶的身影，就像看到我儿子在床前尽孝。她小我一轮多，却不是我的孩子，她是李孟结的实验室助手。只是我好生奇怪，她为什么会来伺候我？她不跟李孟结一起做实验？

忽地，这一幕的诡异景象又荡然无存，梦是没有影子的。

我发现我害怕的其实不是黑暗本身，而是那种隐藏起来的不确定性。当我置身在一个无法用感官去认知的空间里，就会惶恐，就会惊慌，就会不知所措，总担心危险无处不在。

我记得梅椐刚博士毕业进入李孟结国家级实验室的样子——单薄、干涩、无水分的身影。这才几年的时间，她变得灵动、圆润，很有女人味了。

她不是李孟结的博士生，她是物理学院现任院长程志平的博士生，程志平才是李孟结的博士生。梅椐毕业时，程志平院长亲自把她带到李孟结面前交给他——博导"爷爷"自然疼博士生"孙女"了。

李孟结喜欢当"裸院士"，不与任何带"长"的名号挂钩，省里曾有意让他当理工大校长，省物理学会推举他为会长，均被他婉拒了。

我常听李孟结说，梅椐是个做实验的能手。她独自也发表了两篇有分量的学术论文。有适当的机会，李孟结也有意让她走出实验室，举荐她，让学术界的人更多地认可和接受她。但她只说，我是李院士的助手，我愿意一直做李院士的助手。李孟结对她说，你早晚有一天要独当一面，早离开我的实验室比晚离开好。

梅椐进李孟结实验室工作了一段时间后，有一天，罗盈盈打电话给我，开口就是："你我都老了，老黄瓜了。"啥意思？我的心脏莫名地悸动了一下，好像突然有点自主神经紊乱。

"你抽什么风啊？"

"东北风。"

"如果要闲聊，先挂了，我这会儿是真没空。"

"哎……哎……别挂。"她喘口气，"我帮梅梇介绍了一个对象，明晚在我家见面，你务必作陪。"

"你当媒婆就是了，干吗扯上我？"

"有你哭的一天。"

什么意思？我一个惊觉，没等我问清楚，罗盈盈就挂了电话，只剩下电话那头咝咝的电流声。我不敢再往深处想，我心存芥蒂了。

没多久，罗盈盈告诉我，梅梇和她介绍的那个人没戏。她和我商量："咱俩可不能泄气，再找人选再介绍，直到她嫁人为止。"

我曾问过梅梇："你想找什么样的？"她从来不吱声，只是笑笑，她在我面前做得最多的表情就是笑。

又一段时间过去，李孟结得知我和罗盈盈不断给梅梇介绍对象时，他没对我说什么，只是深深地看我一眼。

说实话，我是崇拜李孟结的，无论是同学、丈夫、院士，我都崇拜。

我是个女人，经历过男人的女人，当然能够洞悉梅梇的心思。她应该是对李孟结有了非分之想，一时又不想捅破，既然得不到，那就待在实验室不离开。

我为此苦恼：梅梇来实验室工作，是学校的决定，又不是她自己能够想来就来，想走就走的，一切都冠冕堂皇。但我相信李孟结，我们夫妻彼此间一般不为一点儿无用的事情去发酵负面情绪，更何况目前尚属"捕风捉影"阶段。

李孟结似乎后知后觉，尚未意识到什么，依然会在他认为合适的时候，带她参加学术交流活动。他跟我说，他希望她能认识更多优秀的男人，这比单纯介绍对象更适合她解决婚姻问题。

梅梋以李孟结实验室助手身份参加了不少高级别、高层次的学术交流活动，也确实结识了不少优秀男人。时间一长，人们的非议开始了。

这天下午，罗盈盈不打招呼就冲进我的实验室，气愤道：

"梅梋就是一个小三。"

"小三？"我像被闪电击中，"你在说什么？"声音明显发颤。

"梅梋是李孟结的小三。"罗盈盈更恼了。

"你想多了，她是他的实验室助手。"语气透着虚伪，言不由衷。

"醒醒吧，我的欧阳兰。"

罗盈盈离开后，我的心就像一片沸腾的海洋，完全宁静不下来。我这才发现，梅梋跟风筝似的，在我眼前飘来飘过，总是无法消失。

实验肯定是做不下去了……

我走到街心公园，坐在石凳上，呆呆地看着一群大妈又唱又跳，这还没到傍晚呢！这十年后与十年前的唯一区别，就是换了一茬大妈又一茬大妈。我什么都不想，我只要那沸腾的海水统统蒸发掉。我脑袋里一片空白，我要放空自己的身心，结果，我根本做不到，原来放空比填充更加困难。"野火烧不尽，春风吹又生"就是这个道理。记忆跟野草一样是有根的，在不经意的时候，就会爬进脑袋里。

我不知道我是什么时间回的家，"梅梋"不仅会模糊我的思维，也会模糊物理时间。

李孟结在书房电脑前忙着什么，我走进来站在他的身后，他知道我回来了，把电脑关上，回过身说："洗手，吃饭。"

"我今天听到关于梅梋的一个新称谓，你知道是什么吗？"我的语调仿佛经过了变声处理，听起来有点怪异。

他深看我一眼："知道，我也听到了。"语气平和。

我哑然，本就不清醒的脑子又起了一层雾。

我们凝视片刻，结束了这种对话，这就是我和李孟结，我们几十年夫妻生活的信任与默契。

我陷入困倦，一觉醒来，天光大亮。我伸了伸懒腰，顿觉神清气爽。

护工已经备好早餐，让我"检阅"：豆沙包、牛奶、白水煮鸡蛋、橙一只、苹果半个……我喜欢的食物一样也没有。我压抑着内心的不悦，面无表情地问她："你会做菠菜粥吗？"

还没等她开腔，这当口，李孟结推门进来，手里拎着一个保温桶。从理工大到这里，路途可真不近，碰到上班时间，常常堵车，他这个时间点赶到，得起多早啊，我的心霎时被李孟结融化了……

"大姐打电话告诉我，你最近胃口不大好。"

"还好，只是想喝菠菜粥了。"

"知道你想喝了，这是我一早熬的，趁热喝。"他端过来一碗热腾腾的菠菜粥。

我眼眶潮了，怕泪流出来，转移了话题："司机送你？"

"不是公干，我打车来的。"

这就是李孟结，他懂我，体贴我，还宽容爱使性子的我。

"论文写完了，昨深夜，不，今凌晨发你邮箱了。"我边喝粥边说，语音有点含混。

"噢，这么快。"李孟结显然一惊，"身体第一位，别太累，你不能累。"

"帮指导指导吧，李院士。"我扑哧一笑，还好菠菜粥没喷出来。

李孟结欣喜一笑。

今天是个好日子。我对我已经很有经验了，相对于心情容易波动的我来说，一大早好了，我一天都好。

小脚老太太闯病房

这天上午，医生例行查房，我的主治医生告诉我，鉴于我的特殊性，医院专门从外省引进了一位全国著名医学专家，请他做我的新主治医生，接手我的病例。

我面无表情地听他絮絮叨叨，他说他查完房以后，就来带我去见新主治医生。

海舟市有个奇怪现象，患者来医院特别看重名医，非名医不看，宁愿排队等挂号。这让医院看起来更像农贸市场，尤其门诊大厅，到处是人头，是声音……烦都烦死了。问题是，名医的衡量标准是多重的，外科的名医与儿科的名医标准显然不一样；眼科的名医与肛肠科的名医不可同日而语……如此，海舟的名医还真不老少——顶尖名医则永远是奇缺的。门诊大厅正面墙上的电子显示屏，一刻不停地滚动播放名医名家信息，让患者眼花缭乱。

患者咋甄别名医与名医呢？海舟患者奇就奇在这里，哪个医生挂号费贵，哪个医生就是最好的——名医中的名医。

那么，医院新引进的这位全国著名医学专家，他的挂号费该是全院最贵的吧？眼下我还不知道，如果是，我莫名其妙地走大运了。

我原来的主治医生把我领到新任的主治医生办公室后，他就离开了。

"你是欧阳兰？"新主治医生眼中有一丝怪笑，没戴口罩，整张脸暴露在外面，穿着一件白大褂。

我一惊，声音挺熟，面容似是也在哪儿见过。

"我姓刘，从现在开始是你的主治医生。"他自报家门，面若冰霜，额头皱纹很深。

刘医生？我大脑开始飞速旋转，想找出与他匹配的人，没有！可这似曾相识的面孔我一定见过，在哪儿？

"您多大了？"我突然发问，连我自己都被吓了一跳，简直就是下意识地冲口而出。

"护士站右侧墙面上有我的从医经历。"

我被他的话噎住，他这是什么意思？

我们在寂静的医生办公室里沉默，空气仿佛有了重量。

"今年六十三岁。"他吐出一句。

我一愣，看着他，发现他的面孔有刮过胡子的毛糙感，心生不适；又因为距离切近，有压迫感，我欲起身离开……

"在地球，不，整个宇宙，物质与能量是不断循环往复的，从一种形式变化到另一种形式。意识则不同，它是由每一个来到地球上的人创造的，它只属于创造它的那个人，为那个人而存在，不会随时加入循环。"

他的声音在我身后响起，我停下脚步："我学习的是物质守恒定律。"

"实际上死的人并非真的死了，他在一定的程度上的确还'活着'——灵魂转世。"

我转过脸对着他说："唯心主义谬论。我怀疑你不是医学专家，而是医学骗子。"音落，我已毫不迟疑地走出了他的办公室。

我回到病房，靠在床上，仍然喘气不均，沉浸在新主治医生刘医生给我留下的惊诧里。

护工见状，倒了一杯柠檬水给我。我抿了一口，眉头皱起，太酸，我把杯子递还给她。

我无法理解刘医生所言，或者说，我好像自始至终都在一场梦中，梦中又有什么荒唐事要发生。病房很安静，静得我心发慌，我六神无主，必须干些什么……

我拿起手机打给许冬梅，通了，许冬梅一声"喂"还没落音，我就噼里啪啦甩过去一堆话："你帮我问问刘炳奇，他的几个孩子现在在哪儿？在干什么？尤其他家老大，我记的是个男孩，他现在从事什么工作？"

手机那头的许冬梅显然被我整得晕头转向，一时不知该说什么，我只听见咝咝的电流声。我急了："许冬梅、许冬梅……"

"好，好，我就找刘叔问问。不过……不过，我听刘叔说过，离婚后，他的孩子们都跟他断了来往，他曾经回老家村子里打听过，也没什么消息。"她顿一下，"也怪他自己，伤透了孩子们的心。"

"你再去问问刘炳奇。"我给许冬梅下命令。

"好，好。"她的语气突然变得小心翼翼，"听着李孟结讲，你的身体恢复得不错……"

"你现在就去问刘炳奇。"我粗暴打断许冬梅，我深陷在自己混乱的心绪里，不想听任何人的唠叨，我蛮不讲理地挂断了电话。

事实是，我在逃避，只是我没有勇气去承认罢了。我宁愿沉溺于迷梦中不醒，否则，迷梦随着真相大白会破碎一地，每块碎片都足以将我灵魂扎出血来。

……

"我病已经好了，为什么还让我住院？"我一脸怨恨地看着刘医生。

"我担心的正是这个，你坚信自己没病，然而，疾病本身又令你痛苦不堪。"刘医生用"公事公办"的口吻说，我却觉得他心怀叵测。

"我病已经好了。"我面容冷漠。

"我想，你对苦痛的认知还停留在现实错了，他人错了，对吧？"他语带诡异。

"无稽之谈。"我厌恶地瞪了他一眼，扭头望向窗外。

"相信我，我不会让你长期隔离治疗。"他捋了捋银白色的头发。

"隔离我？为什么隔离我？"我瞬间抓狂，"你滚出去，我不需要你查房。"

"不急，别急。"

"滚出去。"

"人可以依靠意志力做成许多事，我就是这样过来的。但是，在我的从医生涯中，我尚未见过以此可以战胜疾病的。"

"滚。"我歇斯底里。继而，眼前一阵黑，处在前所未有的惊恐和晕眩里。

一阵长长的诡异寂静。

我环顾四周，房间一片白，窗外的天空有点阴，没有阳光。护工在帮我按摩双肩，她的手劲力道刚刚好，我感到很舒服。

"刘医生滚了？"

"刘医生？"护士面带疑惑，不答反问，"不是您去他那儿的吗？"

护工停下按摩转过身，我们面对面，有一两秒，我们各自处在茫然中……

现实告诉我，这又是一个迷局，似梦非梦。

我的思绪滑开，任它"天马行空"：

某一天，是哪一天？我穿过南街口，走上南街天桥，我爬上栏杆，在纵身一跳的刹那间，我的内心已然无比绝望，甚至绝望到时空一片"空"。如果能让我的灵魂不用背负沉重的十字架，我宁愿用生命来赎罪，而不殃及无辜。

有的事情，它有一个不明不白的开始，又有一个不明不白的结束。不，应该也必须换成明明白白的结束。混乱与模糊，在某些时候确实是好的，它让我无法给它一个刻度，但没有刻度没有标识的事物，历来无法久存。

书上说，死亡，只是意识从肉体里逃逸，意识无法消灭。正因为这样，因为我的"意识"刻录了我背负的沉重枷锁：我的幼稚，我的无知，我的秘密，我的罪孽，我的救赎，我的悲剧……幻梦也并非全是凭空而至，它就是专门来刻录我"意识"的所有痕迹——曾经的病症、曾经的尘埃、曾经的不齿、曾经的死亡……

我的目光转了九十度的直角，看向我背靠的墙壁，意味深长地说，你该去实验室了。

为什么？我一边探询，一边回头张望，想知道我让我去实验室的目的。

但我背后的墙壁上什么都没有，连光都不存在。我的心收缩了一下，原来我一直在自说自话。我突然醒悟，我会不会也是这个诡异的一部分。

投射进病房的光影慢慢变换角度，照在我身上，我的心跟着忽上忽下，但我的思维定了定，想冒一冒险。我走出病房，走出医院。

物质决定意识，我不缺物质，所以我的精神是自由的。

我坐在去应用院的公交车上，避开了上班高峰，人不算多，竟

然还有位子等我来坐。车厢前方挂着车载电视,正在播报海舟新闻:

  18日上午(昨天上午)在江南理工大学学术交流厅,举行李孟结院士最新学术成果《21世纪物理学新理论体系对传统观点的挑战》研讨会……

  听到这儿,我不由自主仰头盯住屏幕,我看到新闻镜头闪过研讨会现场,梅梶紧挨李孟结坐着,仿佛学术成果是她的,竟一脸春风,我的心一紧。跟着的画面和画外音是——会后,记者采访了李孟结院士实验室助手梅梶。她讲了什么,完全被我屏蔽在两耳之外。
  看完、听完,我心里很不舒服,芥蒂加深,我和李孟结确实需要面对面交交心了。
  公交车驶过省政府信访局大门口时,我看见乌泱泱的一大群人拉着横幅在上访,他们在高喊什么口号,车厢内听不清楚。
  车厢内倒响起了议论声:
  "这是西岭垃圾填埋场附近的菜农,垃圾渗透液污染了菜地。"
  "咱们吃的菜,该不会是这里长的吧?"
  "不会,那些菜地全废了,蔬菜尚未长成就枯萎,大部分都烂在地里了。"
  "菜地里绿头苍蝇又大又肥,很恶心。"
  "垃圾污染恶性循环。"
  ……
  到站下车,我直奔应用院。走进大门的一刹那,我有一种从未有过的茫然,怎么科研越来越像电影,不过是为观众呈现一场幻术。越是被重视的科研,越像电影大片,将幻术无限放大以至无形,使观众不觉其术,却还陷入一片"空白"——大幻之中。
  我理了理思维,走向实验大楼。
  "欧阳老师……"姚之影面容发出疑问,而非惊喜。
  人在尴尬的时候只有一件事可以做,没话找话——"你来得真早。"我说。

这一刻，实验室的烧杯、试管、色谱仪等有些晃眼，但没有秘密。物质都是由无数微粒组成的，哪怕没有颜色，没有形状，也没有气味，但没有实验是攻克不了的，除非实验方向错了，除非没有恒心，别无其他。而每一次实验获得的数据和信息，也都是我们研究员的恒心坚守。

"实验参数还需要比对，你来做我助手，但愿今天有惊喜。"

"好的，老师。"姚之影的眼睛是透彻的，面容是坚定的。

只有在精神层面上，人类的灵魂才能分出高低，只是我们的肉眼看不见。实验室是我们的灵魂，灵魂的乌托邦。

但是，我忽略了很重要的一点，现在，我只是研究团队的一名研究员，团队负责人是姚之影，我却还在指手画脚，按常理应该是她指派我任务才对。

我们都被善解人意包裹着，还有那种从实验室弥漫开来的科学气息，我们的精神是超凡脱俗的。我以姚之影的视角来审视她的实验，她以我的视角来审视我的实验，我们会更接近实验结果和实验真相。

突然，我肚子饿得慌。

"之影，几点了？"

"三点多了。"

"三点多了？"我吃了一惊，"难怪肚子饿得慌。"

"来杯咖啡？"

"还有咖啡？"

"我带的雀巢速溶咖啡。"

"你真细心。"我顿一下，"看来，你常常加班误点吃饭。"

姚之影从橱柜里拿出两只玻璃杯，两袋袋装雀巢咖啡，分别倒进两只杯子，拎起地上的热水瓶冲进去。这个过程我显得手足无措——我似是丧失了与人社交时得体的距离。

不一会儿，她将玻璃杯递给我："用玻璃杯喝咖啡别有味道。"

"之影,谢谢你。"

"老师,喝完咖啡咱们去食堂吃饭。"

"食堂?"我笑瞥她一眼,"这个点早没饭了。"

"谢院长特意吩咐食堂,给咱们留饭了。"

"谢院长?"

"嗯。他来过两趟,见您专注实验,便没打搅您。"

我心头一热,眼眶也热了。这个谢清远,到底是老同学,当然,也是我的院长。

"老师,真的谢谢您。"姚之影一脸崇拜的神情。

"谢什么?"我需要时间去消化这句话。

"今天要不是您带着我一道实验,这个环节哪能这么顺利就突破。如果是我自个摸索,得走不少弯路。"

此时空气充满热力,我们两个眼眶都潮了。

"吃饭去,肚子太饿了。"我扯开话题。

我们一起收拾实验用品,把所有器皿按安全规范归置好,拉上电闸,我们才离开实验室去食堂。

"谢院长交代,吃完饭,用院里的车送您回去。"

我的眼眶又潮了。今天,我眼窝子特别浅,这是我从罗盈盈那儿"克隆"来的东北方言,她总说我眼窝子浅,容易动感情。

我回到病房,一脸怒气的刘医生正等着我——

"我的患者有男有女,有老有少,有病重的,有病轻的,甚至有患者忘记了自己到底是谁。你……"他顿了顿,"你很例外,竟然还能工作。"刘医生语带讥讽。

"我病好了。"我看都不看他一眼。

"你需要长时间的睡眠,你不知道吗?"刘医生提高了音量。

"你多开些药品给我带回去,免得住院劳您费神。"

"不可以。"他断然道。

"为什么?"我恼火极了。

"处方药惯例常规三天,最多七天,甚至还有当日处方。"他摆出医生权威，神气得很。

"我要睡了，请你马上离开。"

"我再重申一遍，我不允许我的病人不经我同意擅自乱跑。"

"我要睡了……"我怒目圆睁。

"咱吃了饭再睡。"护工好言好语。

"油煎馒头片她爱吃。"

一声惊雷，不，原子弹爆炸——我的身体、我的血液、我的脑袋瞬间灰飞烟灭，被"蘑菇云"团团罩住。"油煎馒头"很邪恶，很诡异，突如其来一句话就把我炸死了。

我对我的睡眠并没有确凿的把握——睡沉了，还是没睡熟？我不能确定。我唯一可以确定的是我很困乏，我只想睡觉。

自从刘医生成了我的主治医生，我的睡眠时间明显长了。这是好事，还是坏事？但奇怪的是，每一次睡眠都是一次巨大的消耗，醒来后，我反倒更乏力无劲，对起床多多少少有了勉强感，吃早饭就更勉强了，一点胃口都没有。

我睁开眼睛，停了数十秒，问坐在床头边的护工："我在哪儿？"

"啊？"护工显然一惊。

"好累。"我完全是没有睡够的样子。

"吃点东西好不？"

"没胃口。"我顿一下，"现在几点了？"

"晚上八点多了。"

"已经是晚上了？我睡了多久？"

一种恐惧感如同夜雾把我紧紧包裹其中，它不是无形的，而是有形的，像一根绳索勒紧我，从肉身到灵魂，我都被勒得动弹不得。我想呼救，却发不出声音；我想挣脱，却困乏无力。

一阵敲门声，打断了我和护工的对话，我们面对面看了一眼，我示意护工去开门，走进来一位老太太。

倏然之间，冷风飕飕，我打了个寒战。

看上去这老太太有八十多岁的样子，头发全白，脸上皱纹纵横交错，面容黝黑，个头中等，眼睛不大，但目光犀利，穿一身黑衣黑裤。

她径直走到我床边，奇怪得很，她走路一颠一颠，我又打了个寒战，心下莫名地恐慌，不敢抬眼看她。

"老太太，您的脚是……"护工一声惊问，仿佛哥伦布发现了新大陆。

"我是小脚，有啥大呼小叫的。"老太太生气了。

"我不……不……不认识您……"我惊疑不定地看她一眼，说话都结巴了。

"闺女，咱不怕。我是大红、小红的姥姥。"她镇定自若地看着我。

我不淡定了，我的心脏像被流弹击中，我几乎昏厥——大红、小红的姥姥死了有二十多年了。这是什么状况？又一灵异事件？

"闺女，你醒醒、醒醒……"

记忆像一条奔涌的河流，把我带回362基地：人们津津乐道于她死而复活，从棺材里爬起来的灵异事件。

"大姐，您醒醒……"

我从昏厥中醒来，但心仍止不住抽搐。

"闺女，咱不怕。"病房里，小脚老太太气定神闲的目光无处不在，好像镇静剂，最终让我从梦魇中慢慢稳住了情绪。

她笑了，满脸的褶子像一道道沟壑，上下打量我一眼，娓娓道来："许冬梅托梦给我，求我一定来你这一趟。这一趟可遭老罪了，又是山又是水，又是河又是海，累死我这个老太太了。"

许冬梅托梦？她上演魔幻电影吗？我眼神惊惶，刚刚清醒的脑子又起了一层雾。

"那年，我死了。我闺女，就是你的刘校长带着大红、小红回来奔丧。谁都没想到，包括我自己，死都死了，还能活过来，结果吓得我闺女带着她的俩闺女转天就跑回基地了。老天显灵，老天给我法力，让死了又活过来的我能够一眼看穿好人和坏人。后来，我也悄悄给几个人算过命，没承想，都算准了。可那年月，算命是封建迷信，要被揪斗的，会连累祸害家人，我大儿子就死活不让我再给人算命。我偷偷给我闺女算了一命，告诉我大儿子，你妹命太硬，你妹夫早晚休了她。我俩外孙女随她们的爸爸，命错不了，会有出息。我大儿子听我说完，叮嘱我要把话烂在肚子里。"老太太一气呵成。

护工端来一杯水给她，她一口喝干了。

"闺女啊，我今天全告诉你，那是因为我算命准着呢。你面相好，心眼好，有福气。但是，你在不懂事的时候，干了一件不该干的事，你现在遭的罪，都是在还当年的良心债。我把你的那个秘密，留给今晚，我不说穿，我等待你良心债还完的那一天。闺女啊，债还完了，一切便都了了。"

时间一分一秒过去，恐惧和绝望也一分一秒占满我的心房。小脚老太太一席话像是一场八级台风在我脑海里掀起了惊涛骇浪，我又一次感觉到了那种灵魂被凌迟的痛苦。我疼得浑身都是虚汗，体内的水分好像要蒸发殆尽了。

护工又给她一杯水，她一口气又喝干了："闺女啊，许冬梅这丫头古道热肠，她专门托梦给我，让我帮你。刘大夫确实是个好大夫，他医术好，救了很多人，病人也都信服他。但是，他就是不能给你瞧病……"

护工打断她，弱弱地问："这是一个阴谋吗？"

小脚老太太白了一眼护工："瞎说。刘大夫是你们基地刘炳奇的大儿子，我们都是河南老乡。孩儿命苦，吃的苦、流的泪，只有孩儿自个清楚。他给他苦命的母亲送了终，把弟弟妹妹拉扯大，都成了有出息的人，最小的那个儿子，现在是部队上的大官了。刘大夫自个，靠着政府的救济读完了大学，成了人人尊重的大夫。为了弟妹，他没有成家，一个人生活。"

我脸色惨白，豆大的汗珠往下滴，心脏在一阵阵痉挛——

"欧阳兰，你不怕晚上做噩梦吗？"我怨恨道。

欧阳兰不敢跟我对视，她强迫她自己镇静下来，那幅画面不由分说地横亘在她眼前：高个子大男孩抢走她手上的油煎馒头片，临出她家门时，他狠狠地瞪了她一眼。

护工从床头柜上的纸巾盒里抽出几张纸巾，给我擦满头的冷汗。

"闺女，不能让刘大夫给你瞧病，换大夫吧。"

我哆嗦地问："我可以这样理解吗——我伤了他的自尊，他怨恨我？"

小脚老太太降低声音分贝，诡秘一笑："文绉绉的，我老太太不懂。你自个琢磨吧。"转身便走出了门。

一股青烟缓缓升起，笼罩了整间病房，我被死死地罩在里面呼吸不了。

"从什么时候开始呢？看电影在手机上看，买菜在网络上买，电影院和菜市场吵架打架的人也少了，人都去哪儿了？"护工被罩在这股青烟里中了魔怔，一个人神神道道不知说些啥。突然，她双手合拍，双脚一跳，一脸神秘——"三仙姑"复活了："人都跑到医院来医闹了。"

雷院长的自我批评

夜深沉。

我躺在床上，竟然听到几声黑知了叫声。太奇怪了，我在海舟三十多年，从来没有听到过黑知了的叫声。我再听，还是黑知了的叫声。借着病房走廊的微弱灯光，我扭头看一眼隔壁床的护工大姐，她早已沉入梦乡。噢，我这才醒悟，原来，我听到的是她的鼾声，哪里有黑知了。可是，还没一会儿，我又听到黑知了的叫声，这叫声我熟悉，小时候我在362基地常常听到，我确信无疑这是黑知了的叫声。听了一会儿，我明白了，黑知了声是从我心底发出来的哀鸣——孤独又苍凉。

时间在一天天过去。

我原本以为换掉了刘医生，岁月的流水可以冲刷、减轻，甚至消磨掉我怀揣秘密真相的痛苦、纠结和愧疚……没想到恰恰相反。在庸常的日复一日里，说不清的那种羞耻越来越沉重，越来越尖锐，最后干脆变成了匕首，牢牢地扎在我的灵魂里，宛若无数的黑知了不停地在我耳边聒噪。

如果再不能自我控制、自我约束，我会被黑知了的叫声逼疯，陷入谵妄中不能自拔。于是，我拿起手机就打给赵辉，管它现在是白天还是黑夜，管他现在在干啥、忙不忙。总之，不管三七二十一。

手机一打就接通了，我自顾自地情绪宣泄：

"世界有时无穷大，大到无边无际，连光速都无法抵达。"

"咱们的专业是物理学。"

"有时又无穷小，就在我的泪水中。"

"遇到难题了？"赵辉语带关切。

"生活有很多料想不到的结局……"我顿了一会儿，"你能控制你的生和死吗？"

"这是哲学命题，我不擅长这类话题。"

我在赵辉不想交流的思想里装傻，强行告诉他我走进的一个梦境：

"我昨晚梦到，你又带我去爬榆林钟楼了。我们爬到顶层楼才发现根本没有钟。我问你钟去哪儿了，你说这是红砖楼，哪来的钟……"

"红砖楼？"赵辉的意识快速从钟楼切换到红砖楼，还是一头雾水。

"你说带我去红砖楼，见一位漂亮姐姐。"

"漂亮姐姐？"我的意识像团雾，始终笼罩着赵辉，他虽不明就里，但也有些入神了。

"漂亮姐姐不在家，我们没有见着。赵辉，说来你可能不信，我虽未见着漂亮姐姐，但是有一种感觉挥之不去，那就是我和她异常熟悉。"

"你走火入魔了。"

"不可能。我也觉得不可思议，看来是某种未知的缘分，让我和她在不同的时空里发生了量子纠缠。"

"三句不离物理学本行。"

"漂亮姐姐于我仿佛是一个已知的秘密真相。"

"剥夺一个人的生命不是很慎重的一件事吗?你说是不是?"赵辉喉结上下滚,语气变得又冷又硬。

"赵辉,你要帮帮我啊!"一声惶恐惊叫从我胸膛深处迸发,好似整个人都要崩溃了。

赵辉一言不发,他的目光似乎穿透了我的五脏六腑:"这是你要完成的赎罪。"

我听到我对我说,我要赎罪,我背负的十字架太过沉重,可我心脏抽搐着说不出话来。我似乎是一瞬之间苍老的,连灵魂都爬满了皱纹,只剩下一个念头:快跑!快跑……

我跑出红砖楼,跑到大街上,竟然跑到舟江大桥桥头。赵辉在后面步步紧追我,步步紧逼我……

我心一横:"你跳下去。"

赵辉满面寒霜:"应该你跳下去。"

"你……"我气急败坏,又胆战心惊,"我告发你,那是我不想让你走不归路。"

"走不归路的恰恰是你自己。"赵辉眼神凛冽。

"你……你……"赵辉的话激怒了我,我纵身一跃,跳入滚滚的舟江中。

"欧阳兰……"

"你无比崩溃的呼喊把我从噩梦中惊醒。看来,真的有多维空间和平行世界,时间可以穿越。"

长长的一个沉默,只有电流的咝咝声连着我和他。

但我到底还是回到了踏实的现实世界。

赵辉打破沉默:"越是美好的东西,越是容易受到伤害。"

我眼里的泪水淌下来,我矫情了。当然,手机那头的赵辉看不到,应该能感觉得到。

"在监狱里,我才透悟,'我们'从来都不是现实的,它只能是现实的成果。把'我'一个个体变成'我们'一个又一个群体，这才是现实生活的要义。"赵辉脱口而出。

"你在谈哲学吗？"我有点摸不着头脑，你不是不想和我交流思想吗？

"你看啊，后来市面上流行的传销——当然，传销必须打击——它把'我'变成'我们'。只有'我'，没有'我们'，传销显然不可能进行下去。"

"赵辉，你成哲学家了，还说你不擅长哲学话题。"我语气里有了嗔怪，"我们是物理研究员，科技改变了世界，它能够消弭物理世界的所有维度，活活地把现实扔进网络，引得人们纷纷扎进去不愿出来，有的根本就出不来了。"

"这就是网络的魅力吗？"

"我不知道。不过，细想它是这个道理，网络也是现实，只不过去除了物理性……"

"照你这么说，咱们的物理学岂不成了一本魔幻小说？"赵辉自嘲地笑笑，"但我承认，科学与预言是同时存在的。"

我又转换话题："你相信鬼魂的存在吗？"不等他回答，我又说："我相信，我从小就怕鬼，怕得要死。小时候，我在放死人空棺材的房子里住过。"

"噢。是听你聊过这事。不过，照理说，不相信鬼魂的人才会害怕鬼。"

"那你是相信，还是不相信呢？"

赵辉没有回答我。他说："出狱后，我愿意隐匿我自己。有了网络，我惊喜地发现，我确实实现了隐匿。网络将公共空间与私人空间进行了切割，彼此之间都实现了消除。"

我彻底蒙了，彻彻底底蒙了。我不了解出狱后的赵辉，根本不认识有这种想法的赵辉。

"我挂了。"赵辉不由分说便中止了我们的交流。

放下手机那一刻，我好似得了"失忆症"，刚刚发生的一切我忘得一丝不剩。我只听见我心脏的怦怦跳动声，这说明刚刚与现在，我都是一个活生生的人。的确，"忘记"也是一味良药。

天光大亮。

这天下午，莫名其妙，发生了一件很奇葩的事。

按照医院通知，院办的曹主任，一个胖胖的中年妇女，她把我从病房带到院长办公室。医院一把手雷院长已经在那儿恭候我了。

我刚走进院长会议室，雷院长就从座位上站起身，走过来和我握手、寒暄，请我坐下来。我一头雾水，还没来得及问为什么叫我来这里，雷院长倒先开口了："季副省长多次来电话，他很关心您。"曹主任在这个时候再一次走进了院长办公室，她给我送上一杯茉莉花茶，茶香顿时弥散开了，我吸了吸鼻子，确实香。曹主任把茶杯放在我的面前就出去了，并随手关上了门。

雷院长指着办公室另外两位面容严肃的男人对我介绍道："这两位是院效能办的主任和副主任。"

效能办？医院也有效能办？不是政府机关才有吗？我心下自问。

雷院长介绍完，竟然就开始他的自我批评：

"我们医院出现病人要求换医生还是头一回。您要求换掉的这位刘医生，是我们医院根据需要新引进的国内知名医学专家。如此可见，我这个院长事先不知情，说明我的调查研究不够，工作也不够细心，请您批评指正。"

我一脸呆相，不知说什么。

雷院长做完自我批评，话题又扯到李孟结身上，说来说去，翻来覆去，其实，就是一个内容："夸。"他把李孟结夸成了一朵花，再夸下去，没准我会呕吐了。好在，他把话题转到季副省长了，说季副省长如何如何重视江南卫生健康事业，如何如何关心他的医院发展……

我真不知道雷院长到底要跟我说什么，至于他这会儿口若悬河有没有跑题我更不知道。我只能忍耐，忍到他切入正题。

忽视，我发现了一个秘密——他和谢清远很像。当然，这个像不是指他俩的长相，而是指说话的语气、手势，尤其是那种献媚的神情。我端详着雷院长，不知不觉有了一个错觉，那是谢清远在和我"谈话"。自从谢清远来应用院当院长，没少找我"谈心"，以至于后来他再找我"谈心"，我干脆置之不理。更过分的是，我直接打电话给罗盈盈，说如果你家那口子再找我"谈心"，我会一巴掌扇过去。说完啪的一声挂断电话。

雷院长赞扬完季副省长，这才将话题扯到我。我心说，你的铺垫太冗长了，你不烦吗？他说，医院，不，他自己正在联系美国的一位著名医学专家，她是位女专家，又是华裔，让我尽可能放心。如果我还不满意，就再换人，直到我满意为止。我满意了，李院士、季副省长他们才会满意，他也才会放心。

听着他啰啰唆唆，我很恼火，满意不满意是我自己的主观感受，关李孟结什么事？与季副省长更扯不上边。我忍无可忍，伸手就给雷院长一巴掌，然后扬长而去。如果把我的思维比作抛物线，那么，这一刻，时间上的坐标与空间上的坐标共同决定的这条抛物线上的"点"——这一巴掌就显得格外诡异与虚幻。

我依靠惯性，将错乱意识拽回来时，不看犹可，一看傻眼了：会议室风平浪静，雷院长稳稳地坐在椅子上，脸上挂着微笑，目不转睛地看着我。我一脸蠢相，不明所以，想转身开溜……

我终于明白了我人生经历里会遇到各色男人，不同男人主宰我不同的时空段，他们之间仿佛互不相干，就像在不同时空段里跳进同一条河流游泳的人那般互不涉及。其实不然，河流在不同人游泳时会呈现出不一样的景致，无论流程、波纹，还是冷暖都不尽相同。实情就是如此，不同水流蕴蓄不同的人或事。

就像眼下，我遇上了一个奇葩的雷院长。

我厌恶医院，这里有死人味。但是，我离不开医院，这里在治疗和延长我的生命，我暂时没有别的地方可待。

不知不觉中，国庆黄金周到了。

李孟结的一个在读博士生魏杰明非常热情，这个周末，他来到我们家里，真诚邀请我们去他乡下家里果园摘柚子。

他对我说："师母，我家柚子园的柚子可甜了。"

"柚子做成柚子茶很不错，好喝。"我没正面回应小魏的邀请，但给了他另一个答案。

"是的，师母。柚子通过科技手段加工后，制成柚子茶、柚子酱、柚子露等等，可以提高它的食用价值和经济价值。"

"恭敬不如从命，那就体验一下吧。"我对小魏一笑，"不过，有几个问题我需要请你给我科普科普。你也知道，师母长期从事工科应用研究，对农作物知之不多，毫不夸张讲，师母的确是'四体不勤，五谷不分'。虽然小时候在362基地也'学工、学农又学军'，那毕竟是皮毛，甚至皮毛都算不上。到了你家，师母我啥都不懂，只会出洋相。我得从你这儿现学点，然后才能现卖呀。"我嘴角微微上扬，满眼笑意。

"没问题。师母您尽管问，我回答不了，就去问我爸爸。"魏杰明一脸阳光。

"他父亲是江南农业科技学校的高才生。毕业后，先在家乡山坊乡农技站当技术员，后来下海了，不对，准确说，是上山了，上山当果农，专攻种植柚子。他成功后，便带领山坊乡果农一块种植柚子，共同富裕。他父亲持续不间断地研发柚子新品种，要让柚子水分多，果肉细致，足够甜，而且口感好。他现在是山坊柚子农业合作社社长。"李孟结接着小魏的话往下解释。

"你爸爸太能干了。"我发自内心地赞叹，"那什么样的土壤结构适宜种柚子？"

"听我爸爸讲，土壤的通透性要好，要疏松肥厚。pH值在6—6.5之间，孔隙率要在10%以上，含氧量要在6%以上。这样的土壤栽植最佳。"

"不愧是博士生，满满的科技含量的回答。谢谢你，师母听懂了。在我印象中，你老家的温度挺高，是不是温度高才适宜呢？"

"不是。柚子的最佳生长土温是20℃—30℃，一般低于7℃，或者高于37℃都会让柚子根系生长停止或生长微弱。"

"可你家乡气温高时是超过37℃的。"

"是没错，超过37℃。这个时候，需要采用果园树盘覆盖。就是减少地面水分蒸发，降低地表温度，保持土壤疏松，并适时灌水，多次少灌。"

"果农太不容易了，我都不忍心去采摘柚子了。"我深叹一口气。

"果农确实辛苦，也很不容易。可是，当一颗颗金黄色柚子挂满枝头，所有的辛劳都被丰收的果实替代了，也是一种幸福。"

10月3日那天，我们如约来到魏杰明乡下的家。

刚刚进院子大门，我就闻到一股香气。他母亲已候在大门口，热情地把我们引进厅堂。我留意看了看院子，花花草草不少，但那棵桂花树显然"鹤立鸡群"，浓郁的香气就来自这棵桂花树上一朵朵金黄色的小花。

他母亲递给我和李孟结一人一杯柚子茶，清香爽口，甜度适中，我几乎是一口气喝完的。小魏手法娴熟，一眨眼就把剥好皮的两颗柚子装进果盘，然后摆在我桌面前。我掰开一瓣吃了一口，汁多肉嫩甘甜，我顾不上什么矜持不矜持，一果盘柚子被我干掉了三分之二。

小魏母亲说，离午饭时间不到一小时，不如让小魏带我们就近去他家的蔬菜大棚看看，顺便摘一把菠菜回来。午饭后，先休息一下，再去后山摘柚子。

走在去蔬菜大棚的路上，我问小魏："人们大多推崇子承父业，你为什么喜欢物理学？"

"我喜欢遵从内心的想法。也许从小在山村长大，逆光而生更适合我。"

"小魏是做基础研究的好苗子。"

我心里咯噔一下——这话有点耳熟，是什么时候，他也讲过此类的话。

小魏一家的热情实实在在。他父亲坐在主人位，午饭很丰盛：炒米粉、焖豆腐、紫菜海蛎煎、杂鱼汤、海鲜卤面、甜白粿、芝麻拌菠菜、素炒白菜……

我还没有动筷子,眼睛就先饱了。小魏母亲一个劲招呼我多吃点,还说这些菜都是乡下菜,上不了大宴大席,但绝对新鲜。

我的眼眶热了。

小魏父亲带我们去后山摘柚子。天气很给力,阳光明媚,空气清爽,果香四溢。我摘了一颗又一颗,如此近距离拥抱大自然,一下子勾起小时候我学农种红苕、种蓖麻的那些童真趣事……

岁月无情,时光流逝,摧残了人,也丢光了青春。

回程时,我们带了一大麻袋自己摘的柚子,我要付钱,小魏父亲坚决不肯。

这天的意外是惊喜。

转天的一个意外还是惊喜。

我们回到李孟结的老家清水县,直奔那座黛色深山里的宋代佛寺黄檗寺。嫁给他三十来年,我是第一次来黄檗寺,就是来烧香的。

阳光下的黄檗寺,如同一个隐晦的神谕,诵经声显得格外空灵,不由得让我有了一种飘浮感,我都不敢抬腿迈进主殿大门。我周围明明还有其他人,可我好像被什么透明东西隔绝了,一时间听不见别人的说话声和诵经声,我自己也说不出话来……一瞬间,也仅仅是一瞬之间的隔绝,更有可能是幻觉。

我抬头深深吐出一口气,轻轻咳嗽一声,又能发出声音了。

"这寺太神秘了,我刚才有一种透不过气来的感觉。"我抓住李孟结的胳膊,耳语一句。

"黄檗寺历史太厚重了,你别瞎紧张。"李孟结也对我耳语一句。

李孟结的话令我松了一口气,并非我神经异常。我和他耳语了几句:

"听说烧香很灵验?"

"你还真信?你我都是学物理的。"

"听说抽签也很准。"

"那就烧炷香，抽个签。"

我学着其他人，在缭绕的香火中，盘腿坐在蒲团上，双掌合十，似已入定，浑身上下散发着禅意……突然，我发现一个惊人的秘密：主殿的菩萨，不管我从哪个角度看，都会跟菩萨慈悲的目光对视，就好像菩萨只注视我一个人。

烧完香，许完愿，我们走出黄檗寺的山门。李孟结轻声对我说，刚刚他看我许愿的那一幕，他也不由生发出对菩萨的敬意。

香烧了，愿许了，签始终没有勇气抽。我心说，把"签"交给平行世界，我不知道我身处哪个世界，直到我亲眼看到我未抽的"签"再说吧。

这个周末黄金周，给我留下最深印象的不是摘柚子和烧香，而是那棵桂花树的香气，带来惊喜结局的香气……

海舟大厦三楼咖啡厅的一间包厢里，李孟结和梅椐面对面坐在一张小方桌前，梅椐在李孟结面前做得最多的表情也是笑。

"你想找什么样的对象？"

"我想找像老师您这样的人做丈夫。"

李孟结气咻咻地说："我在和你说正事。"

梅椐一笑："是我不想离开老师的实验室，总可以吧。"

李孟结知道梅椐说的是真心话，虽然她的语气类似于开玩笑。

李孟结是个男人，经历过恋爱、结婚的男人，当然明白梅椐的心思。她爱着他，但她又不能把话说破，既然得不到，就守在老师实验室来守住自己的爱情。李孟结为此很苦恼，碰到有高层次的学术交流会便带上她，希望她能结识更多优秀男人，从此走出执念。

"以后别再开这种玩笑。"李孟结端起咖啡杯抿了一口。

"老师，每个人都有自己的生活方式，即便一个人生活不也挺好吗？"梅椐温柔的目光射着李孟结，"您不用为我操这方面的心。"

梅椐话说到这份儿上，李孟结沉默了。

梅椐握住李孟结放在咖啡杯旁的手，热热的、暖暖的，这是他们以女人和男人的方式第一次这么握着彼此的手。

李孟结抽出自己的手,心里长叹一声。

"老师,您懂我。"

原告、被告全是疯子

我在梦中惊厥,缓过来后虚汗淋漓,头发湿了,枕头也湿了。一个陌生电话这会儿又闯入我手机,显示归属地就是海舟,我懒得接。手机铃声响了一遍又一遍,像催命鬼一般,吵得我头痛如锥子在扎。护工小声说:"大姐,我替您接好吗?"

我点点头。

护工打开我的手机接听键,拨到免提键,一个年轻女子的声音钻出来:"您好。我们是海舟市中级人民法院,现寄出一张传票和一份诉状副本,请您查收……"

轰的一下,我的脑袋炸裂,眼前一片片黑云飞舞,心脏绞疼得无法呼吸,瘫在床上动弹不得。护工赶忙摁响床头呼叫铃,医生护士来了一大群,仪器设备推了一大堆,但我全然不知。

死神离我越来越近,我似乎听到了死神走进病房的脚步声……死是每个人的归宿,我只不过是走得快了些,提前去天堂和父母团聚了。

到了天堂,父亲语带责备地对我说:"快回家,别任性,想我们也别来这儿,放在心里想。"

"爸、妈……"悲伤的同时,一股暗流涌进我的心房——也许我的婚姻生活达不到父母那样恩爱一生,和谐一生。

我产生幻觉了吧?我的神色有点儿讶异。

也许吧,但这不重要。另一个我说。重要的是我真的跟另一个我对话了,灵魂彻悟了……谁又能肯定呢?失去要比拥有可靠得多,结束了就可以永远避免那些彼此互相猜疑、互相伤害的言行。果真如此,我宁愿失去。

我没有理会另一个我，仅仅审视她。

我的目光像团雾，始终笼罩着另一个我。

夕阳西下，天渐渐暗下来，一切影影绰绰。我下意识地连接李孟结搬来病房的"脑机"接口，进入一周前的一天，"脑机"屏幕显示，在海舟大厦三楼咖啡厅的大厅里，我和梅椐面对面坐在一张小方桌前。

"你找我有何事？"我冷若冰霜。

"我离不开老师的实验室。"梅椐笑脸中带着哭腔。

"离不开实验室？"我顿了顿，"是离不开人吧？"我脸色顿时黯然，像背阴的墙。

"都离不开。"她直言不讳。

"那你该找李孟结。"我恼火。

"可老师说他离不开你，离不开你们的家。"

"那你还胡搅蛮缠！"

"我没有胡搅蛮缠。"她的哭腔声更重了，"你的自私毁了我的幸福。"

我的喉头好像被什么东西堵住了，一时说不出话来。极度的厌恶爬满我的面容："如果你真的想要幸福，就请先好好学做人吧！"我眼底的火焰变成了厚厚的冰碴："这辈子，我看你是没有机会了。"

梅椐看着我，我眼睛里的寒意似乎顺着视线传递到了她身上，她感觉到了一种深入骨髓的绝望："求求你离开老师，我比你更适合他。"

我恼怒得浑身发抖，强作镇定。继而，我诡秘一笑。"我负责把你送到你该去的地方。"我的声音变得很低，低到只有我和她竖起耳朵才能听清，"生命的终结也是挺好玩的，因为，死亡这个命题太宏大了。"

说完我站起来，转身就离开咖啡厅。梅椐知道对话结束了。

走在回家的路上，我觉得梅椐身上有一股邪气，始终追随着我不肯消散，似是要把我拽入不可知的深渊中……我抬头看了看路两旁的杧果树，挺立在越来越暗淡的阳光中，街角里的那些花花草草，都有些陌生了，空气里也不再有暗香浮动。

漂亮姐姐像一把飞来的尖刀，刺破了我的灵魂，鲜血淋漓的灵魂顽强得如同老式磁带，在嗞嗞的电流声中飞速倒带：

漂亮姐姐被公安抓走后，有那么一阵子，我像得了失忆症，完全不记得与漂亮姐姐的过往一切，比如她给我读小说，给我扎蝴蝶结，我追着她不停问《十万个为什么》。我上学、放学，日复一日，像我平时任何一天一样，只有一点我变了，我变得更卖力地融入同学集体大家庭中。

有一天下午，班级卫生大扫除，劳动委员又指派我去打扫女厕所，我在瞬间想哭，但我马上低头，拿起扫把、水桶就走出教室门。等我清理好以后回到教室，我冲等我一块回家的许冬梅一笑，很灿烂的笑。但我心里明白，这是装出来的笑。当时我尚不懂，这件事让我顷刻有了"沧桑感"，它带给我的刺激和影响是如此之深，时至今日，我还记忆犹新，就仿佛是刚刚发生的。

我想，我的童年时代应该是这一时刻结束的。

有些往事是在回想中才渐渐明白。伤害别人与被别人伤害，是必然中的偶然，还是偶然中的必然？我无解。

成熟之后，我身上的一种气息在渐渐消失——那股傲气。我变得有些沉郁，我承认我不是宽容大量的人，我也是有报复心的。

走着、想着，我明明是往回家的路上走，我怎么会出现在海舟市中级人民法院审判庭的被告席上？

这是什么情况？回家的路竟然变成了通往"魔法"之地的绝路。

我是以诽谤罪的被告身份走进民庭的。我站在那里好久，也没闹明白，作为被告的我为什么会产生那么强烈的倾诉欲，站在被告席上口若悬河，滔滔不绝……最后，"结案陈词"，要求法院秉公办案，通过你们请向最高人民法院建议，重办严惩不守道德规范的人，无论男女。否则的话，不分性别、不论年龄都可以冲破一夫一妻的樊篱。到那时，遍地都是一夫多妻抑或一妻多夫，多生多育，伦理失常，社会乱成一锅粥……

法官冷冷地瞥我几眼，打断我："道德范畴不归法院受理。"

我很不情愿，赖在被告席上，拿起起诉状副本又一次仔细看起来，想怎么组织语言去驳斥法官。

结果，看得我闭上眼睛，把眼泪憋回去。当视网膜上一片黑暗时，我在这片黑暗中看到了李孟结和梅梩，在海舟大厦三楼咖啡厅的一间包厢里，面对面坐在一张小方桌前。

我昏倒在被告席上。

原告：程××，男，四十三岁，江南理工大学物理学院院长；梅×，女，三十三岁，江南理工大学物理学院国家级实验室助理研究员。

被告：欧阳×，女，五十三岁，江南省应用科学技术研究院科研处处长，研究员。

一、起诉事实

1. 欧阳×于2018年5月在海舟市航海路以梅×的名义购得单元房一套赠予她，以此作为交换条件逼迫她主动退出实验室工作，离开她的丈夫李××，终止所谓的不伦男女关系。梅×称，她从未有一天、有一次、有一步进过这套单元房，她跟李××院士是清白的师生关系，程××院长可以做证。显然，欧阳×犯有诽谤罪，恶意诋毁梅×的名誉。

2. 欧阳×于2018年5月购买的那套单元房，三天后，梅×就将房产证、钥匙归还于欧阳×，程××院长可以作证。欧阳×说，梅×经常在这套单元房以夫妻名义与李××生活在一起，而李××根本不知道还有这样一套单元房。纯属捏造、中伤，这一项，更加确定了欧阳×的诽谤罪。

二、诉讼要求：

1. 请求法院严办欧阳×。

2. 请求法院予以裁定：欧阳×必须向梅×一次性支付精神损失费、名誉侵害费60万元。

梅×（手印）
程××（手印）
2018年6月

等我清醒过来，我不顾一切又冲上被告席，我怒目圆睁，对审判长说，就算我想杀她，我也没有作案时间啊。不信可以问护工大姐，她就睡在我隔壁床。我的意识，完全是错乱的。

好一个恶毒的梅梖！不仅自己亲自披挂上阵，还拉上程志平院长当挡箭牌。不惜以个人事业前途和名誉来和我决一死战。我被逼到了生死边缘，退无可退：前面是万丈悬崖，后面是悬崖万丈，我只能和她同归于尽。

这起诉状副本，这奇葩的内容，让我固守的世界观不可阻挡地发生撼动。或者说，不可理喻的诉讼，让我产生深深的虚幻感。真实世界带给我的所有伤害，像浮云一样飘向我，飘近我……

这个奇葩的诉讼案在几维？在几次元？

这是个雾霾的阴天。

我只相信我看到真实现象、真实世界：

一大早，李孟结拎着他亲手做的菠菜粥来到病房。我把传票和诉讼副本递给他，从喉咙里发出一声低沉的笑："看看你的梅梖有多么厉害。"

李孟结的脸上闪烁着一种金属的光泽，他说："不就是打一场小小的官司吗？他们必输无疑。"

"你这么肯定？"我脑袋发蒙。

"无尽的贪欲最终不仅害己，更是害人。"李孟结一个冷笑，"他们这叫弄巧成拙！"我毛孔惊悚，须臾：

"李孟结，别自以为是！"我抱着双臂，冷眼看他。

李孟结被我戗得哑口无言，心中气血却在翻腾。

"诉讼可以让你得到你想得到的东西。"

"我想得到什么？"李孟结气急败坏。

"你在二点五次元，贼喊捉贼。"我揶揄。

"这完全是颠倒黑白！他们在撒谎，你被他们骗了！"李孟结发出绝望的吼声。

又一个开庭日，我和梅椐同时迈上审判庭的台阶。我把脸扭向右边，她把脸扭向左边，两个人目光碰到一起，我竟然给了她一个笑脸，她幽怨的目光染上了恐惧。

"梅椐，你自己毁了自己的前程。"

"是你毁了我的幸福。"

显然，这是一个不予公开审理的自诉案件。不公开审理，是程志平院长通过海舟中院熟人运作，法院同意的，所以，没有张贴告示，听众席上也空无一人。

审判长宣布开庭。

书记员首先查明当事人是否到庭，两名原告一名被告都来了。书记员觉得挺逗，被告是一名女研究员，却不请律师做辩护人，而是让她的证人，也是她的丈夫李××兼做辩护人。他例行公事地向审判长报告原告梅×、程××到庭，被告欧阳×到庭，证人兼辩护人李××到庭。

审判长说，知道了。

书记员接着宣读法庭纪律，这当口上来两名法警，威武地站在审判席一边。

然后是审判长宣读案由，公事公办的语调告诉当事人的权利和义务，询问当事人是否申请回避。

法庭调查辩论开始。

……

我头脑出现了短暂空白，继而乱纷纷如乌云飞奔，正在恍惚之中，赵辉一脸镇定向我走来。他坐在我身旁，安慰我，不要紧张，一切志在必"赢"。庭审结束之前他都不会离开我。

一周后，李孟结把一张也很奇葩的撤诉书递到我手上，说："他们输了。"

"是撤诉。"我把海舟中院的原告撤诉通知书随手扔向窗外，"程志平又是为了什么？"

"程志平想竞争理工大副校长，他希望我力荐他。我是他的博导，又是院士，他自以为我出面一切就能搞定，最终结果是人文社科学院院长当上了副校长。他便对我记恨在心，以为我没有帮他使劲。事实是，为了他能当上副校长，我分别找过校长和高教厅长。"

"这是他的命，也是你的命。"我半真半假，似嘲非嘲，自言自语，"这对狗男女到底是在哪里、怎么就成了'恶魔'？"我觉得这次诉讼我不该把它当作坏事，也不必去追究什么。因为它让我看到了"魔法"力量的神奇。

李孟结并不理睬我，自顾自地说："梅棉被医生诊断为重度抑郁双向情感障碍。这种病一旦得上，就不好根治……"

听到"重度抑郁"四个字，瞬间，我眼神迷离，继而惶恐："别说了。"我打断李孟结。我无话可说，陷入悲观境地：眼前一片黑暗，漫无边际的黑暗，我必须从这样的黑暗中走出来——我的身上藏有秘密的真相，我不想让别人知道。梅棉、程志平你们让我再次看到人性的丑陋不堪。

我把我自己浸泡在苦涩的魔幻中太久了。

时间被我拉回到三天前的那个晚上——

天色已暗沉，李孟结来病房探望我。他说，他明天去山城参加现代物理学研究前沿一个高级别的学术研讨会，会期三天。

"梅棉和你一块去吧？"

"嗯。"

"你知道别人怎么评价你们的关系？"

"别瞎想。"

李孟结的态度激怒了我。"别自以为是院士就了不起。"我意味莫名地发出一声冷笑。

关于他们两人的传闻，已传了好一阵儿，我从来不相信，那只是局外人的见解，以为两情相悦就一定上床，错了。就像男女两个演员，他们在戏中多么有感觉，真实生活中恰恰不是情人。万一成为情人，甚至夫妻，那也是兔子尾巴长不了，绝对短命。

也许我该读读老庄哲学的"清静无为""顺应天道""逍遥齐物"？

"我现在有一种强烈的感觉，'成功'一剂是毒药。"李孟结突兀地转了话题，语气沉重。这让我的意识跟着陷入迷乱，目光游离到了天花板，不知是我在看着灯，还是灯在看着我。一股不知从哪里来的诡异的潮雾瞬间模糊了我的双眼，也模糊了时间，模糊了空间，模糊了人……

刘医生什么时候窜到我的病房的？我怎么不知道？我很惊讶。他看我，我看他，空气中盈满了挥之不去的尴尬。

刘医生打破沉默："你曾经说你没有病，现在看来也不无道理。"

我震惊了，震惊之后是愕然，刘医生这样说是什么意思？我当然没有病。"你已经不是我的主治医生，请你离开。"我一脸冷漠。

"你在病房里待得太久了。"刘医生倒是面容诚恳，丝毫不计较我的态度，"我是真的怨恨你，可我还是想帮助你。"

"我不需要，请你走吧。"

"自从人类诞生，每天都有人死去，每天又有人出生。死去的、活着的人所创造的意识都依然存留，充斥了这个无边无际的时空，只是我们的肉眼无法看到。"又是他那套意识决定论。

"我是物理研究者，只相信现实的客观世界。你的意识不灭理论，在我眼里就是一个谬论。"

"你和我总有死去的一天，我们也终将被放逐于茫茫宇宙，无法找到归宿。"刘医生的表情变得凝重起来，掩饰不住地透出一丝悲伤。

"死去的人与其在你所谓的'意识世界'里相遇，不如你现在就去 362 基地看你父亲。"我带着一种咄咄逼人的姿态。

猝然一惊，刘医生愣了一会儿神："你怎么知道的？"

"我怎么知道你不必操心。看看你年迈的父亲才是治病救人。"

我顿一下,"不对,'治病救心'。"

我居高临下的傲慢激怒了刘医生:"你是个病人,你知道什么?刘炳奇带给我们家多大的耻辱与伤害,什么都没经历过的你,凭什么在这儿对我指手画脚的?"

我也毫不客气地撑他:"我凭做人的道理,即便刘炳奇罪大恶极,你们斩断根,血脉依旧是相连的。"

"这是你的幼稚想法。"刘医生语常讥讽。

"你才幼稚。你恨我,不就一块油煎馒头片吗?至于吗?"我缀上一句,"你真正恨的实际上不是外人,是你内心的真实。"

刘医生一脸惊愕,身子抖了几下。我盯着他的眼睛,我看到里面是难以抑制的复杂纠结的内容。

"时光消磨怨恨。有一天,你死了,你和刘炳奇,不,你和你父亲在'意识世界'终将相遇。与其这样,不如现在就去362基地。"我穷追不舍,步步紧逼。

刘医生脸上的肌肉抽搐着,好似整个人都崩溃了——他知道我什么都明白,这让他一时不知如何是好。

这一刻,我终于没忍住——走过去拥抱了他一下,表达我的同情、悲伤和理解。

山城大厦迷局之迷局

李孟结去山城开学术研讨会。

那晚,当他跨出病房门口的一刹那,我的内心发生了一个小小的意外——莫名萌生一种别离感。按理说,我们是老夫老妻了,他出差,我出差,这在以往也是常有的事,我的内心似乎没有出现过这种怪怪的别离感。怎么就在这时、这里出现了呢?不知道是不是心理暗示的原因,我确实从"别离感"中读到了不可名状的故事,似乎看到我自己痛苦的表情，甚至，还有我的呼喊声。

所谓的别离无非是一种情感认同，也许，这一次我的感知抢先于我的认知认同罢了，可我仍然难以释然。

女人的直觉是非常灵敏的，我相信我对这种别离感的认知应该不会错，只是没有得到证实罢了。

在精神层面上，我到赵辉那里更像是心理避难，心理避难才是我的需求——精神慰藉。这晚，李孟结到我病房来，让我觉得他也像是来避难的，甚至，避难才是他来的目的，包括他的心理需求。

我少有地睡得这么沉、这么香，无梦，最终还是被手机的铃声给吵醒了。我迷迷糊糊，以为是李孟结，居然是赵辉。我一个激灵，从床上坐起来。

"无论发生什么，你都要镇定。"赵辉说完，便挂了手机，不给我一点"喘息"的机会。

我陷入茫然，到底发生什么了？

我起身下床拉开窗帘，晨光熹微。"问征夫以前路，恨晨光之熹微"，彼真实和此真实不在一个时空。

山城市地势由南北向长江河谷逐级降低，西北部和中部以丘陵、低山为主，东南部靠小芭山和五岭山两座大山脉，坡地较多。山城常年弥漫着雾气，缭绕于建筑物之间，宛如人间仙境，充满了浪漫气息。这里的姑娘天生丽质，吸引了众多游客。

他、她现在二点五次元——动漫恋爱游戏：

天色半明半暗，傍晚时分，李孟结和梅榹坐在山城大厦三楼咖啡厅的一个包厢里喝咖啡。包厢好，只有秘密的空间才是真正的空间，它符合男女授受不亲的东方人际关系；另一个侧面，也说明他们喜欢隐秘性，从根本上就摒弃了公共性。

李孟结的模样让梅榹简直不敢相信，他们分开不到一天，坐飞机的时间也不算长，他却显得异常疲惫，一副失魂落魄的样子，似是吃了好多苦，与以往气宇轩昂的他判若两人。这就奇了怪了。这次学术研讨会李孟结是主角之一，应该意气风发或者春风得意才对，更何况还有自己这个助手在他身边。

李孟结不说话，用一种十分虚空的目光盯着梅棍。梅棍从来没有见过他这样的目光，并伴随着他有求于人的神色，欲言又止的样子……李孟结端起咖啡杯喝了起来，像喝啤酒，或像喝饮料，完全丧失了他以往把咖啡抿在嘴里的那份从容与自信。

李孟结不说话，梅棍也不说话。"不说话"让他们两个人陷入尴尬境地。显然，李孟结被他想说的话难住了。两杯咖啡喝下去，好似吗啡的作用，让他有了飘浮的感觉。

"你该找对象了。"

"老师，在我眼里，所有人都不如你。"

"一派胡言。"

"我只想做你的学生。过去不是，但现在、将来都是。"

"这绝不可能。"

"我跟定你了，我和你一块照顾欧阳兰。"

李孟结感到一片虚空，虚空得像雪后的景象，应该是什么都没发生过一样。"你一向崇尚雅，讨厌俗，所以……"梅棍打断李孟结："雅到极致便是俗。"他显然低估了她强烈的占有欲，面庞变得苍白。

"现在的人大多住在钢筋水泥的笼子里，做着身不由己的事，说着言不由衷的话。"梅棍强词夺理。

"梅棍，你太过分了。"李孟结没有让她这个"异想"时刻延续开来。他一个起身离开了，经过吧台，放下二百元，头也不回就走出门。

今晚的夜是安宁的，海舟市的喧嚣与浮躁被它过滤得不见踪影。我睡得还算踏实，但梦境还是不少：

我走进滨海公园，公园里面有一个小型图书馆，图书馆的门前有一条大道，它的左右两侧安放了一组人物水泥雕像。左侧依次是孔子、老子、朱熹……右侧依次是黑格尔、欧文、马克思……我认不全他们，还好雕像的基座上有他们的名字。因为这些名字，我反复看了几遍他们的雕像面庞，请求他们告诉我：

哲学是什么？哲学还能是什么？

真相是什么？真相还能是什么？

我根本不懂哲学，此时此刻只能靠想象，靠想象的想象。最终，我发现左右两边雕像人物的时空关系特别耐人寻味。

我走进图书馆，直奔服务前台一位老年男性管理员，他的头发全白了，我对他说："您能给我讲讲哲学吗？"

"你……"老年男性管理员面部线条扭曲起来。

"或者讲讲历史的真相也行。"

"又来了一个精神病。"老年男性管理员松了一口气，话音刚落，两个保安就过来把我"请"出了图书馆。

当然我没有太多生气，在这之前，我已经经历了山城大厦的"请"、榆林人民大厦的"请"。这些"请"，还都是强制性的"请"，我已经具备了接受"请"的心理。有了第一次、第二次，更多次看上去就无妨了。

站在门口，我犹豫要不要再进去的时候，就在我的眼皮底下，来了两个年轻人。他们每人抢一柄铁锤，一锤一锤砸向黑格尔的头。不一会儿，黑格尔的雕像就成了无头的雕像，那个头就滚落在我脚边。我惊恐地跳起来，大喊一声："谋杀。"我吓得连连后退，没几步便贴在了图书馆的玻璃墙上，我退无可退了。

两个年轻人冷冷地瞥了我一眼，面无表情地扬长而去。把石破天惊的谋杀现场甩给我，我的脑袋几乎空了，我知道我逃脱不了干系，谋杀罪是要判死刑的。

表情煎熬，我心更煎熬。

我预感到一场风暴即将来临。

终于，天亮了。太阳有几缕霞光，预备将它的光照铺满天空，雾霾也走了。

我感觉我离开了自己的肉身，也化成了一缕霞光飘浮起来，飘向我眼下最向往的梦中之地——我的实验室。

我的双眼充满审视地扫向实验室，万籁寂静中，我听见一个陌生的声音：赶快去院长办公室。

我想我此生都没有能力忘掉：就在我抬腿准备去院长办公室的当口，实验室仿佛有魔法，就在我的眼皮底下消失了，无影无踪，还把我变到了另一个不可知的"平行世界"。那无法抓挠的最后一秒，我坠入绝望与恐惧的深渊。

这年头，向别人泄露自己很焦虑这一信息，并非难事，难的是如何努力掩盖它。

突然，我打了个寒战，感到周身发冷，我紧紧地抱着我自己，好像落在我身上的不是阳光，而是冰雪。

海舟这个城市，冬天很冷，但也就几天，之后进入"回南天"，接着便是漫长的夏季，春秋两季仿佛舍不得给海舟，它们只做短暂停留。

那我为什么周身发冷？还没到寒冷的时候。每一个看似偶然的事件都有必然的因素。苹果不会自己从树上掉下来，因为有地心引力。

"欧阳兰，你怎么了？"

"你叫我吗？"

"你病了？精神状态这么差？"

我的脑子被一把尖利的刀切开，连同我的灵魂一起也被切开——眼前闪着两张男人的脸，他们在翻动，一会儿清晰，一会儿模糊；一会儿是他，一会儿是他，没有灵魂的意识根本分辨不清。

"需要送你去医院吗？"微弱的询问竟来自谢清远。

"我吗？"我茫然地回答，老听人说"焦虑"，我还真是烦，"我还真没——"话的后半句被我吞下，我是想说，我还真没什么病。我有病吗？

这场谈话，不，这场"谈心"让我对时空失去了概念。我刚从一个虚幻中走出来，仿佛又进入到另一个虚幻中。事实是，我正在谢清远的办公室里，在应用院行政大楼八楼最东头，隐秘性好，隔音效果也不差。

我疑惑的目光似乎粘在了谢清远脸上。

"《城市固体废物处理技术现状分析——以海舟市为例》院里决定申报省科技进步创新奖。"他顿一下，"你真不容易，真有毅力。"

"清远，谢谢你。你在我最难的时候没有放弃我。"

"你错了。是你自己没有放弃你自己。盈盈说得有道理，你这样外柔内刚的人，一旦自救机关失灵，可就危险了。所幸，你挺过来了。"

"真的谢谢你们，我一度很崩溃、很绝望。"

"你要开始新的项目，将研究进行到底，院里全力支持你。"

"谢谢你……"我泪流满面了。

眼前的一切，真实得不能再真实了，我闻到了我们身上特有的科研"味道"。

谢清远到底是谢清远，他不是浑浑噩噩的院长，尽管在应用院待的时间长了些，他本身也是个优秀研究员，有眼光，有魄力。应用院在江南省最早开始智慧城市的研究，比数字院至少早五年。他在全院动员大会上强调，智慧城市不是城市信息化、数字化的简单升级，而是通过构建以政府、企业、居民、社会为主题的交互与共享信息平台，为城市治理与运营提供更加"便捷、高效、灵活"的决策支持与行动工具。他的慷慨激昂多少年了依然没变："应用院就是要为省领导决策服务，要有战略眼光，要有世界格局……"动员讲话的最后一句，他把与会的全院人员都逗乐了——我的同志们，赶快行动起来吧。

谢清远可以领导好一大批一线的研究员，在这个问题上，谢清远的"小我"与谢清远的"大我"达成了高度的统一。在谢清远的院长任上，应用院获得了大发展和大进步，研究领域始终走在全省，有些甚至是全国前列。不客气地讲，我正是在这样的大进步、大发展中，巩固了我的学术研究地位不可撼动。

当然，谢清远和我有一个共同的苦恼，那就是我们不再年轻了，即将步入退休行列。一方面，培养后备研究力量成了谢清远的重中之重。从另一方面来讲，又有哪一个有志于应用研究的年轻人不想成为"我的学生"呢？一旦进了我的研究团队，那就意味着你的研究站在了省内、国内的前沿。同样是博士毕业，一个是研究员，一个是抵达了应用研究前沿的优秀研究员，还用谈区别吗？

是我发现了姚之影这棵好苗子，丝毫没有犹豫就把她召进我的研究团队，发现人才必须先下手为强。

离开谢清远院长办公室，我眼里的雾气消散了，身体里好像也被抽走了一种由奇特元素构成的暗物质。

这晚，我早早地上床睡觉，我累了。

手机铃声把我惊醒，我看看屏幕，很陌生的一个电话号码，心想，反正被吵醒，接听一下也无妨。如果是诈骗电话那就更刺激，听一听他们的诈骗伎俩也挺好玩的。

"喂……"

"您好！我是山城心理研究所涂医生。我们见过面。"

我脑子里快速搜索——她是谁？手机中的声音是女声。她为何给我打电话？灵光一闪现，"噢，是您！我们在榆林的会上见过，您是第一个主旨发言的。您提出了一个很奇怪的论断——心理瘟疫。"

"没错，是我，您想起来了。只是我不解，您为什么认为心理瘟疫很奇怪？"

"我……"我一时真不知如何回答。

不等我应她，她自顾自地说起来："我曾在一个县城待了两年做田野调查。他们那儿的化工废气、废料、废液污染相当严重，再加上水泥粉尘满天飞舞，整个县城雾气蒙蒙，几乎难以见到太阳。导致那儿的人身体莫名其妙总生病，得不到有效治疗，久而久之，心理也染上了疾患。心理病人是最容易被人们忽视甚至歧视的群体，专业的心理医生又奇缺。于是，这个县城的人从上到下都变得郁郁寡欢，疲乏倦怠，只想'葛优躺'。一个年轻人自杀了，另一个年轻人效仿也开始自杀……仿佛自杀也会传染。"

我听着她滔滔不绝，虽不禁动容，但异常反感这个话题，我不客气地打断她："您和我讲这些有用吗？"

"我在会上听您的发言，认定您会理解我，有共情能力。"

"很抱歉，我对心理疾患没研究，真不了解。"

"一个人自杀后，他的意识从肉身内逃逸出来，我不能复活他，但我尽可能把他弥散在时空中的意识收集起来，按轻重缓急重新排列组合成一个全新的意识——全新的他。以前，我对病人的心理治疗，是企图消灭病人意识里的病菌和缺陷，但实际上，这些带病菌和缺陷的意识是无法消灭的，最终导致我的病人难以治愈。于是，我另辟蹊径，专门研究意识中的这些病菌和缺陷，发现只要让这些病菌和缺陷重新排列组合，换个新载体，找到新归宿，就能回归正常思维，并在时空中重新建立起合乎常理规范的秩序。这样，他们的心理瘟疫不仅得到控制，还在一天天痊愈。"

"您想说，人死了也不是终结，而是新生活的开始？"我又一次不客气地打断她的奇谈怪论。

"为您的共情点赞。"手机那头的涂医生似乎在欢呼雀跃。

"太晚了，休息吧。"我果断关闭了手机。心说，又是一个刘医生，与刘医生如出一辙——意识不灭的谬论。这年头是怎么了？心理医生自己倒成了心理瘟疫的传染源头。

已经是凌晨了，整个海舟都睡了，只有医院还在半梦半醒之中。急诊大厅病人的呻吟声，急救车急促而刺耳的声音……

突然，手机铃声又响了，真是无比诡异的一晚。

这一次，手机屏幕显示的是梅椐，我按捺住内心的厌恶，滑开接听键：忙音，无尽的忙音。奇怪了，她并不是打给我的，为什么我的手机铃声会响？绝对不是幻听，铃声是真真实实在响。这铃声宛如悬疑小说，抛出一个谜团，然后把我紧紧罩在其中。

梅椐在电话里已是声泪俱下："老师，你为什么拒绝我……"

"太晚了，睡吧。"李孟结语气平和。

"不行，你现在就过来。"梅椐有点歇斯底里。

"过来？过哪儿？"李孟结想安抚她一下。

"我的房间。"

"太晚了，睡吧。"李孟结继续安抚她。

"你想逃之夭夭？"

"你这是什么意思？"他顿一下，语带严厉和不满，"我明天早上有主旨发言，请你自重。"说完，李孟结关闭了手机。

李孟结正在床上昏昏沉沉中，被床头座机铃声惊醒。他下意识拿起话筒，一声尖厉的号叫穿破他的耳膜："你必须马上来。"

仅仅两秒钟的僵持，电话两头的两个人都陷入崩溃中。

"我不要钱，不要名，只要你，我只要你。"梅椐咆哮起来。

"夜深了，别吵别人。"说完，李孟结正想把话筒搁到一边，让电话形成忙音状态接不通，这一刻，一声尖厉的声音又传过来："你不过来，我就去死。"

轰一下，李孟结脑袋一阵紧似一阵眩晕，躺在床上，整个屋子都在旋转，他的眼睛不能睁开，一睁开，眩晕便将他整个人从床上掀到地下，不，掀进万丈深渊。

李孟结到底是经过风雨见过世面的人，院士哪能说当就当的。他很快镇定下来，消化一下梅椐抓狂般疯话背后的企图。他重新拿起话筒，摁响了山城大厦大堂前台的电话："你好，802房客人说她不舒服，请派个服务员去看看，谢谢。"

李孟结是院士，享受副省级待遇，按照会务安排，他住在1304的套房。

时空走向虚无。

救护车"呜、呜、呜……"的声音在夜幕中格外恐怖。李孟结听到救护车停在山城大厦大堂门口，轰一下，脑袋涨大如斗。他想下楼去看看，是她吗？又觉得不妥，心神不宁地在宾馆房间来回打转转。他想象，是她被抬下来，塞进救护车，里面有医生和护士。他知道，又一个濒临死亡的人，在做最后的抗争。

谁没有痛苦？只要来到这个世界，都要经历艰险、背叛、磨难和种种意外与不测。这一刻，李孟结是多么憎恶实验室，尽管实验室给了他院士的终身荣誉，可实验室也是深不可测的黑洞。然而，他又不得不承认，没有了实验室，他会有怎样的无奈、茫然与挣扎。

房门被敲响了，李孟结以为自己听错了。待房门再次被敲响，他确信无疑，心猛地一收缩，走过去打开房门：门口站着三个警察，还有三个陌生人。

进门后，一个中年警察面无表情，一副公事公办的口吻："802房梅榘割腕自杀。问她什么都不说，只是嘴里反复叨叨，'李孟结是混蛋'。我们查了一下她的通信记录，最后一个电话是打给您的。李院士，请您配合我们的调查。"

"她自杀的时间应该是凌晨两点十三分之前。您给前台服务员打完电话后，他抬头看了一眼墙上的挂钟显示：2：13。他又叫上大堂一位保安，他们一道去了802房，敲不开门，便用钥匙打开——梅榘躺在床上，鲜血浸透床单。"另一位年轻警察补充道。

"我们已经通知了您的单位，请他们派人来协助调查。在没有结论之前，您只能待在这个房间里，有人二十四小时为您服务。"是先前的那个中年警察在说。

李孟结朝这帮人投去麻木的一瞥，此刻，没有一丝一毫要整理心情的欲望，一种巨大的虚无感塞满了他的胸口。

理工大派学校保卫处处长和物理学院程志平院长去山城。罗盈盈得知消息后，发疯似的冲进校长办公室，她蛮不讲理地就是要去山城，她说她必须保护欧阳兰。校长抱着多一事不如少一事的态度，同意由他们三人代表理工大去山城协助调查。

罗盈盈临走时，特别交代谢清远要照顾好我。谢清远又打电话给赵辉，痛心疾首地呼喊："老同学，快来帮帮我……"让他务必从榆林飞到海舟。

我的榆林之行，我和赵辉之间的坦诚倾诉，最关键是"时间"良药的作用，让"监狱"如同伤口结了疤痕，虽痛恨丑陋，但痛感在减弱，甚至慢慢消无。赵辉最终放下芥蒂，和同学们多少有了联系。

李孟结和梅榘山城之行的"丑闻"，在理工大每一个角落都响起连串的惊雷声、爆炸声，之后就是无尽的唾沫翻飞在校园上空——让校园里的师生无比提神。

唾沫星子没有时间，也没有空间的约束，自由随性地飞，好爽！

"夸克禁闭"与"人头移植"

"欧阳兰……"谁在喊我？

"欧阳兰……"谁又在喊我？

是谁在不停地喊我，一片聒噪，烦死了。你们能不能静一静，让我好好睡一觉。

"兰兰……"

噢，这是父母在喊我。他们语带怒气："叫你不要来我们这里，你就是不听话。"

"云山万里别，天地一身孤。"

我必须听从父母的命令。

我灰溜溜地从父母那边溜回来，漫无目的地溜来溜去，竟然溜到了滨海公园，那索性就去园内的那个小型图书馆看看"哲学"，想想"历史"吧。

我往图书馆门前走去，惊愕地发现，大道右侧黑格尔雕像的头不见了，电光石火间，我又看见了那场谋杀——黑格尔就死在我面前。诡异的是，黑格尔脑袋虽不见了，但身躯还屹立在基座上。那两个凶手抓住了吗？我万念俱灰，对无头的黑格尔说：

"我手无缚鸡之力。"

"你可以用哲学的智慧挽救他们。"无头的黑格尔说完，雕像的基座震动了几下，仿佛地震震伤了我的双腿，我瘫倒在地上。夜色笼罩了滨海公园，我整个人瘫在伸手不见五指的黑暗中……

灵魂被魔法控制了怎么办？

灵魂是意识的肿瘤，与肉体的一切都无关。当一切生理组织和生理依据都被排除之后，灵魂还能是什么？解救灵魂只能寄托于意识复活。意识复活不仅能保留人的过去意识，还能让人获得继续成长，这时的人已经进入另一个时空境地。这个时空境地是真空吗？真空不空。

夸克禁用就是核子中"真空不空"造成的。夸克是带有分数电荷的基本粒子，被完全束缚在原子核内部，这一现象称之为夸克禁闭。灵魂遭魔法禁闭后，它模糊了量子世界与现实世界的界限。一方面，客观规律不以人的意志为转移，另一方面，意识复活又违背物质是第一性的逻辑判断。

传统医学放弃了灵魂，它选择故步自封的诊断方法；而创新医学则开创意识复活，选择不放弃任何一个病患，从根本上来解救灵魂。因为每一个病患灵魂的背后都耸立着人间苍生。

我正在等待一个灵魂来找我倾诉交流。结果，我发现了问题的严重性，这个灵魂没有给我打过一个电话，也没有给我发过一则短信，这就太不正常了。这个时候，刘医生、涂医生你们为什么不出手相救呢？你们口中的"意识复活"要在什么样的病患身上才能得到救治呢？你们不要高高在上，病人找医生天经地义，医生找病人慈悲为怀。

我想，不是这个灵魂不找我倾诉，是它不能——它被"夸克禁闭"了，它失去了行动自由。如果它真的失去了行动自由，我的等待将变得毫无意义、毫无价值。这么一想，我紧张起来。

——灵魂，你会悔恨吗？

——灵魂，你怎么脱离的意识？意识又怎么脱离的物质？

——灵魂，你被"夸克禁闭"了吗？

——灵魂，有人毒打你吗？

——灵魂，你想过自杀吗？写过遗书吗？

思维无限，记忆有限。我的记忆好似被封杀了，毫不相干的内容构成了我和我的灵魂对话。错！错！错！不是对话，仅仅是我单向的自说自话。

若灵魂永远"夸克禁闭"，我只剩下有一条道可走——死亡。但选择死亡的方式却有多种多样：绝食？割腕？杀人？跳江？……我出奇地冷静。以往要是愤恨起来，我很想打人，甚至杀人，谁也帮不了我。

我用生命来指证！

我用生命来指证什么？

灵魂还能依附意识复活吗？有时候，真相远比想象更残酷、更悲切，寻找真相的过程，无异于自我挣扎、自我虐待的过程。

我尚未做出决定，我的灵魂已经决定选择跳舟江自杀。

我亲眼看见我灵魂的影子在黑暗中坚定地站起来，然后决然走出家门。灵魂一旦决定自杀，什么都阻挡不了它。床铺、书桌、房门、电梯、街道……灵魂穿过它们，视死如归。灵魂一路向南，途中经过理工大、南街口、应用院……灵魂仅仅不屑地瞥过一眼，头也不回地继续朝南走。它走到舟江大桥桥头，它甩了一下飘飘长发，唱起来：

蓝蓝的天上，白云在飞翔，美丽的舟江江畔是我温暖的家乡（我的灵魂改写的）。告别了妈妈，再见吧海舟，金色的学术日子已转入了记忆史册。

舟江温情地将海舟分割成南北两岸，仿佛一条流动的玉带，两岸的人都无比热爱这条母亲河。海舟大桥坚挺伟岸，到了晚上，在璀璨的灯光辉映下，远远望去，它的倒影在舟江江里十分动人，构成了一幅秀美的城市画卷。

但是，此时此刻，我的灵魂将在这里走向往生。

就在我的面前，我的灵魂身姿灵巧地跨越了舟江大桥的栏杆，它毫不犹豫地跳下去。奇迹发生了，牛顿的自由落体定律这一瞬间根本不成立。灵魂非但没有落下去，反而是沿着四十五度的"坡面"——一条看不见的"坡面"一步一步坚定地走着，与"坡面"上另一个灵魂会合了。

我说："物理学是唯物论，只相信实验室出来的数据，不相信诡异……"

我的灵魂说:"当然不……随着温度升高,这时,夸克禁闭用的真空态,会发生真空相变,形成夸克——胶子等离子体的新的相……"它顿一下,狐疑不定:"你不是物理学家吗?"言下之意,你怎么会不懂?你不该不懂呀。"我的温度来自另一个灵魂无比温暖的胸怀,那里聚集着无数正能量,不断释放热能给我……"

舟江就这样吸收了两个灵魂……

我悲伤,却无奈;我挣扎,却无助。

这当口,不知道什么人用极其蔑视的语气冲我喊:"你没死呀。"

"我死过?"我气得双脚跳起来。

"你不是跳江自杀了吗?"什么人说这么恶毒的话,我必须把这个人找出来。

然而,找这个人谈何容易,只有声音,没有人影。我把病房的每个角落都搜寻了一遍,又一遍,再一遍,一切空空荡荡,冷冷清清,我一无所获。

这当口,那个声音又响了:"你没死呀。"我愣怔了好一会儿,才从诡异、迷茫中清醒过来。我明白了,根本没有"这个人",也不对,还是有"这个人"的,这个人就是我自己。问题是,我真的跳过江?我真的死了?谁逼我去死的呢?

沉思片刻,我对"这个人"说:"谁都不能死。自杀的人不能死,被逼自杀的人更不能死。"

活不了,死不了,唯有"人头移植"。如此,这样的我,不过是意识的存在,我生活中的人和事,也只是我意识里的活动。

马上行动。我给山城心理研究所的涂医生打电话,请她帮忙。因为山城市立医院有全国闻名的"人头移植"一把刀李未来主任医师,我需要他来解救我。

"为什么想'人头移植'?"涂医生语气僵硬。

"换一个灵魂。"

"这么说,您接受了意识复活的观点。"

"与之无关。"我顿一下,语气带着渴求,"帮我联系一下好吗?"

"你不妨接受我的诊疗,不必这么伤筋动骨。"

"谢谢您,可我只想'人头移植'。"

"既如此,我联系看看。"

……

三天后,涂医生打来电话:"您真有运气,运气真好,好似喜羊羊来了。"她的话语充满喜气,"李医生明天启程去上海参加国际'人头移植'医学研讨会。会议结束后,他答应为您专程去一趟海舟。李医生会主动约您。"

"谢谢您,谢谢您,涂医生,您是我的救命菩萨。"我满怀感激,又心怀庆幸,我到底捡到了救命的最后一根稻草。

李医生没有食言,他来到海舟。

这天,李医生面无任何表情地坐在我对面,一言不发,心下却在开小差:人会用各种不可理喻,甚至恶俗的生活状态与自己的生理和心理疾病博弈。天下本无事,自扰的庸人一多,便无事也生非,生出五花八门的各类疾病来。自己虽然移植过不少人头,但始终阅读不懂人心。

我当然不可知他的心理活动,我焦灼不堪地等待着,等待李医生的金口开言。他盯着我,盯了很长一段时间,直到他的眼睛里有了暮色,还是不开金口。我管不了那么多了,主动打破这难耐的冷场:"李医生,我要'人头移植'。"

"哦,为什么?"他似是还没斟酌好该怎么和我交流,全是短句子。

"换灵魂。"我脱口而出。

洁白的医疗诊室弥散出寒彻的阴气。

"灵魂也可以换吗?"我被李医生的问话狠狠地噎住了,有种失足踏空被闪着的感觉。

"我现在的灵魂一点不听我指令。"

"'人头移植'风险很大。"李医生转移话题。

"我知道，我不怕。我查过大量医学文献，风险集中在脊髓融合以及排异反应。"我接他的话也很快。

李医生再次沉默，脸很冷。

我要趁热打铁，向他表明我要"人头移植"的强烈决心和诉求，我急不可耐、滔滔不绝地给他上起科普课："我还知道，1954年，苏联外科医生弗拉迪米尔·德米霍夫首次尝试头脑移植。他将一只小狗的头部和前腿移植到一只大狗身上，制造出'双头狗'。没有连接脊髓，'双头狗'活了不到一周便死了。直到1970年美国凯斯西储大学医学院又成功地将一只猴子的头移植到另一只猴子的身上，同样，他们也没有解决脊髓连接难题，结果猴子在手术后无法移动它的新身体，也无法自由呼吸，在医生和医疗设备的辅助下，仅存活了九天，便死于排异反应……"我停下来，喘了几口气。

李医生冷冷的面容始终不吭一声。

我缓过劲，又接着给李医生上科普课："一晃近四十年，2017年，意大利外科医生塞尔吉奥·卡纳维洛声称，他的人头移植手术准备就绪，脊髓融合以及清除人体免疫系统对移植来的头部的排异反应难题都已经解决了……"

"你是医生，还是我是医生？"

"你是国内一把刀，你没有理由拒绝我。"

我的命令按常理应该会激怒李医生，但是没有，他仍旧一脸冷若冰霜的神情。须臾，他才不急不缓地道："首先，我要对你的身体和捐赠者的头部进行冷冻处理……"

我在心里惊呼，谢天谢地，你终于又开金口了。

"冷冻处理是为延长细胞在失去供养后的存活时间，然后，在你们两个人的脊髓被切断之前，剥离脖子周围的组织，将主要的血管连到事先准备好的小管子上；最后，我将切断脊髓，最大限度保证创面清洁，接着把捐献者的头移植到你的身体上，两条脊髓的末端，就像两捆密密匝匝的意大利面条，我用聚乙二醇将它们融合在一起，缝上肌肉和血管，手术完成。之后，你处于三至四星期的昏迷状态，以避免运动，但植入体内的电极将有规律地为骨髓提供电刺激，用以强化新建点的神经连接……"李医生长长地舒了几口气，继而问我，"还要移植吗？"

"要。"我不容置疑地马上回答他。

"等到换完人头的你苏醒后，就可以移动自己的身体，你也感觉得到移植的脸，可以用移植者的声音说话了。"

"李医生你错了，那不是移植者的声音，那是我的新灵魂，它依附在我复活的意识上。"我的身上滚过一阵又一阵震撼，"什么时候移植，你必须尽快安排。"

李医生不应，只说："寻找合适的器官需要时间……"他用器官代替人头表述，一个不经意间，他骨子里的人文情怀让我有了暖意。

"你等消息吧。"

我等待，持久地等待有没有"合适器官"的消息。

我哪里能想到呢？我期盼的"合适器官"还没有消息，我从不担心的事却迫不及待地来到我的面前。我一直以为李孟结研究压力太大健康会出什么问题，结果呢？他健康得很，都有富余的气力与梅椐莺歌燕舞了。回过头来看，他们的异态种种完全不是异态，是男老师和女学生超越师生关系的常态。我却掉以轻心，虽然也提醒过李孟结别人有议论他们的关系不正常，但缘于我们夫妻一向心灵默契和三观一致，彼此对彼此的信赖感都很强，我从来都没往那边想过，从来没有。李孟结会不会擦枪走火是一回事，我信赖他不会擦枪走火是另一回事。他凭什么不会？他是钢铁巨人？他生活在真空？真空不空！我凭什么就这么信赖他？难道我灵魂飞走就不会理性思考了吗？没有，我会。

如此，那我不是傻子，就是疯子。

我把信赖毫无保留地奉献给你，而我得到的仅仅是你的背信弃义。一想起这个，我就觉得心都被抽空了，完全失去走下去的气力。

我一个人躲在病房卫生间，拧开水龙头，哗啦哗啦地流水、冲水，我只能这样，让水流合着我的泪水不停地流……

我还在等待，等待李医生的消息。李医生一定会来电话，告诉我合适的器官找到了，他会尽快给我安排手术。我有了一个新灵魂，我想我应该会原谅李孟结，这是我们家庭和谐的需要。我儿子曾经说过，妈，您不知道，我有多爱您和爸爸。我反问他，你爱谁更多一些？他毫不犹豫地回答我，我爱您更多些。我又想哭，这一阵子，我总是想哭。我这个家从来都是这样——洋溢着爱。

　　人头移植后，我还是我，也不是我；李孟结还是李孟结，也不是李孟结。除非生活不再是生活。问题的关键是，我的灵魂允许我谅解李孟结吗？那个新灵魂到底又会怎样想，怎样做？我也不清楚。

　　我只有等待，我能够等待，因为我有恒久的忍耐力……

　　过了很久很久，李医生还是没有来电话，也没有来信息。我给他打去电话，则永远是"你拨打的电话正在通话中……"。我始料不及，陷入深深的恍惚中——他不会是骗子吧？这一切不会是骗局吧？李医生跟我玩起了失踪。

　　李孟结出差前上演的温馨一幕：

　　"来，尝尝我今晚熬的菠菜粥味道怎么样？"李孟结抬眼看向我，"我改良了一下，加了五粒蚬子来提鲜。"

　　"是吗，蚬子？"瞬间久远，恍若隔世。

　　"我第一次吃蚬子，仿佛就在眼前。"感伤涌上我心头。

　　"当然就在眼前，不是仿佛。"李孟结幽默起来，手指着碗里的菠菜粥，"喏，蚬子在上面——就在眼前。"他知道我此刻异常感伤，他想扯转话题，不让我感伤下去。

　　那么，这一幕就是魔法！就是骗局！就是虚空！

　　我的眼睛除了蒙蒙的雾气，其余什么也看不见了。看不见任何人，看不见街道，看不见高楼，看不见天空……更是不知东西南北中。在我眼中，海舟是潮湿的雾，雾气折射出魔幻的光。这是人间仙境，还是灵魂创造的新海舟？

　　手机响了，手机终于响了。手机铃声在这个诡异的病房里乱窜，显得格外刺耳。我看都没看屏幕，直接滑开就说："李医生，我终于等到您了。"

"李医生……"

"什么时候手术？"

"我，我是李孟结……"

"李孟结是谁？"我想了想，"李孟结是混蛋。"

也许是量子力学魔法能量，我竟然走进李孟结的四次元。

他对我说："国家对院士要求之一就是诚信、道德和社会声誉良好，遵守学术规范和道德准则……"

啥意思？我暗忖。

他又说："梅椐重度抑郁双相情感障碍，精神疾患更加严重了。她只能住院接受治疗，需要心理层面去克服和完善。"

梅椐是谁？我不明就里。

另一个我如释重负的表情，如同我的欢颜，也是先从眼睛开始：暗淡的双眸渐渐变得闪亮，眼球充满笑意，眼睑微微一收，两颊和嘴角往上浮动，构成一副亲和、动人、秀气的面容。这才是另一个我本来的面目。

我在恐惧的时候，容易妖魔化，甚至攻击对方。恐惧成了我一种病态——想象和现实之间的巨大误差。

我当然是二次元。

老天爷蛮不讲理，他让我讨厌的刘医生又出现在我面前，带着我命悬一线的病态让他诊断。他不要我出示任何血项指标、B超、核磁共振的诊疗结果，因为我的病就在我的眼神里，就在我的语气里，他早已了如指掌。我问他如何把原先的我尽快还给我，他说他在努力，需要一套全新的临床方案，相信医学，相信医生，相信我。他又在老生常谈。

这个世界没有错，我也没有错。

我活在二次元。

她活在三次元。

他活在四次元。刘医生活在二点五次元。

"欧阳兰……"我被这声呼喊惊醒，因为这呼喊的音量太大了，我被吓得不轻。这一惊吓带来了不可思议的后果，天居然都亮了。

我的护工天生大嗓门。

太阳已经在东方升起。

"药王菩萨"终于来了

现实生活早就不一样了，我一直待在"象牙塔"里，麻木了，失去了感知力。物理世界其实很小，边界也很明确，以至于让我忽视了身边的沧海桑田。物理世界的边界并没有改变，是每一个家庭放大了世界。真相只有一个，但世界有很多个。

滔天的悲伤、无尽的绝望毫不留情地统统向我袭来。我退无可退，我忍无可忍。我抓狂，我骂人，我见什么砸什么。

这一天，我打了刘医生一巴掌，狠狠的一巴掌，很响，很响。刘医生投降了，他只能投降——他对雷院长说，他的医术不够精湛，他治愈不了我的病。他强调"瘾者可医，忍者无敌"。从医学角度看，我是忍耐者、承受者，从不发作，永久耐受。爱是恒久的忍耐，恨也同样，怨也同样。忍了再忍，忍、忍、忍……直到山崩地裂，江海倒流，便是忍无可忍了。

其实愤怒是一种信息密度最高的沟通方式之一，它能够迫使我们彼此重视，直面问题，也是一种心理防御机制。

雷院长再度紧张起来，他亲自担任我的治疗小组组长。即将轮岗的季副省长指示省卫健委联系京城一家最适合治疗我病情的医院，让雷院长亲自护送我去京城这家医院。

我却死都不肯起床，两手紧紧抓牢床沿。

赵辉一筹莫展地看向谢清远，此赵辉已非彼赵辉，早就没了当年的锐气和智力；谢清远又转头望向李孟结，面容愧色的李孟结也只剩下愧疚了。

我儿子从英国飞回来——他最爱的妈妈爸爸，他们爱情婚姻的这条小船显得非常虚幻，因为被他母亲的另一个灵魂所阻隔。

七八个人围在我的病床边。

他们的面孔在暗沉的灯光里，有着某种戏剧效果。这病房不像在三次元的真实空间，更像在二点五次元的舞台空间，似梦似幻。

最终，还是雷院长拍了板："只能动用保安力量，强制押送至京城医院。"他顿了顿："是残忍了些，但这是没有办法的办法，只能这样了。"

其他的人，你看看我，我看看你，一时也说不出什么建议。

就在这时，砰的一声，病房门被从外面推进来，走进一个人，用不容商量的口吻说："我接欧阳兰回家。"

听见说话声，我腾一下从病床上坐起来："'药王菩萨'你可来了。"

这个"药王菩萨"就是许冬梅。

"咱们回家。"

"我想吃油煎馒头片。"

"我做，油放多多的。"

"我还想吃炸牛奶丸子。"

"没问题。你评判，我和你妈谁做得好。"

说来也怪，和许冬梅在一起，我就是正常人，会不自觉地成为"被保护者"，依赖她。所有生活琐事都变得充满乐趣，不再厌烦；干什么都充满喜悦，也不再觉得累。

其实，从许冬梅一进病房，我就嗅到事情将要偏离轨道的气息。这气息从我的病体传出，配合许冬梅，带着执拗的不容商量和喘息的压迫感。

病房里所有的人看着我和许冬梅一唱一和，不明就里，你看着我，我看着你，面面相觑。雷院长火冒三丈，这是医院，这是病房，这是他的管辖地界，哪能允许一个外人在这儿叽叽喳喳，闹得像个农贸市场？病人需要静养，懂不懂。他沉下脸，问："你是谁？"

"她是欧阳兰的小学同学。"李孟结赶忙解释道。

"那也不允许这样吵。"雷院长目光射向许冬梅,"请你现在出去。"

"现在您可以出去了,把欧阳兰交给我。"许冬梅一向不怕来硬的,接住雷院长的话就回击过去。

"岂有此理。"雷院长气得心脏怦怦跳,稍稍平复了一下,他怒气冲冲转向李孟结,"李院士,请您把她拖出去。"

"我看谁敢动我一根汗毛。"许冬梅毫无畏惧。

"雷院长,您息怒,消消气,都是我的错,我的错。"李孟结赶紧当和事佬,自我检讨。

"当然是你的错,你把欧阳兰送到这个破地方。李孟结,噢,不,李院士,咱俩法庭上见。"许冬梅不依不饶,才与雷院长干完仗,又对李孟结开了火。

赵辉、谢清远他们只能以退为进:

"欧阳兰,你好好休养。"

"我们先回去了。"

"有需要随时叫我。"

"等等,你们先别走。"赵辉他们停下脚步,紧张、茫然、不知所措。许冬梅令完,目光一一扫过他们的脸,最终停在刘医生的脸上:"就是你了。你是刘炳奇的大儿子,你该回去看看你爸爸。刘叔很老了,只有一个念想,就是在他死之前能见见你们这几个孩子。"

刘医生一脸五味杂陈,嘴唇嚅了嚅,末了还是没有吐出一个字,转过身走出了病房。

赵辉他们乘机鱼贯而出。

雷院长也觉无趣,只有转移"责任":"李院士,一切后果您自个承担吧。"

雷院长想起了什么似的,刚出门又折转回来,愁容满面:"李院士,明天护送病人去京城治疗是季副省长的决定。为此,京城医院专门从美国请来一位国际顶级的医学专家,明天就会到京城,这可怎么办?"

李孟结手足无措,只会迭声道:"怎么办?……"

"什么怎么办？凉拌。"许冬梅快言快语。

雷院长不理会许冬梅，对着李孟结强调："这位顶级专家很难请……"

"我知道，我知道……"

百无一用是书生，说的就是李孟结这种人。

"许冬梅，咱们回家。"我看着眼前这充满戏剧的一幕，开心得不得了，一扫之前一切的"虚无"，又回到结实的地面。

在回家的动车上——回362基地，我和许冬梅并排而坐，天南地北神仙聊天。起初我提议坐飞机，她反对，说坐动车好，可以聊天，还可以省钱。好吧，就听许冬梅的吧。

我悄声问许冬梅："你怎么知道我被围困在医院病床上？"

她眉飞色舞起来："有一天晚上，我要上床睡觉，结果发现床前立有一堵墙，我穿不过去，上不了床，自然也无法睡觉。我想去拿一柄铁锤来敲碎这堵墙，又怕敲的过程中，万一墙倒下来，把我压在下面，压成肉饼……"

"完全有可能。"我打趣她。

"别打岔不行。"许冬梅嗔怪道，"李冬生见我站在床边直发愣，又叹气，就是不上床，觉得我很奇怪，不正常，于是他问我怎么了。我看着他说，咱家床前立了一堵墙，我上不了床。李冬生扑哧一声，说我中了邪。他扶我上了床，帮我盖好被子。我蒙头就睡，可怎么也睡不踏实，脑子里不知道有什么东西在不断撕扯我的神经。"

"后来呢？"我小心翼翼。

"我被一个人叫醒，我虚汗淋漓。"许冬梅看向我，"你说怪不怪？"

我汗毛直竖："不会是鬼魂吧？"

"还真是！"许冬梅语气肯定。

我接不上话了。

许冬梅一脸神经兮兮："小红姥姥握着我的手啜泣道：'你帮、帮帮欧阳兰，她遭、遭老罪了。'我大惊，问她：'咋回事？'她说：'你跟我走就是了。'我跟着她稀里糊涂来到一座大院子，院门是一个生锈了的铁门，用锁头锁得紧紧的。院子里阴森森的，院子里那座楼黑乎乎的，很可怕，好像随时有可能从里面逃窜出一群张牙舞爪的混世魔鬼。"

听到这里，我的头皮发麻，神经根根刺痛。

"小红姥姥带着我绕过院子正门来到它后面，我看见有一片空地，四周被电铁丝网牢牢箍住。里面有许多怪模怪样的人，像孤魂野鬼似的，在那儿绕了一圈又一圈……看得我心里一抽一抽的。突然，一个披头散发的女人窜过来，我吓得瘫在地上。她的面庞流露出一种'我知道一切'的高高在上的傲慢神情，她说了一堆稀奇古怪的话，我听不懂，自然也记不住。末了，只听明白了一句话：'焦虑就是容易灾难化，总把事往坏处想……'就在这一刻，小红姥姥拽起我，让我听飘在空中的声音：'冬梅啊，拜托你了，兰兰要是遇到难事，你千万要帮她呀。'是的，就是你母亲的临终遗言在空中飘……我这才明白过来。"许冬梅讲到这儿，仿佛陷入深思，戛然而止。

我有一种灵魂被撕裂的疼痛，视线在车窗外飘忽。我没有追问下去，也没有打扰她，回忆是需要力量，一种与"灵魂对话"的力量。母亲和许冬梅，她们在不同的时空发生了量子纠缠。

动车与绿皮火车之间虽然隔着长长的现代化之路，但车厢内，孩子的哭声，大人的闲聊声，莫名其妙的笑声，打电话的噪声，玩手机、玩平板电脑的游戏声，等等，也是一样不少，空气流通性差，味道也不洁净。

我坐在那里有点透不过气来，心下是无尽的慨叹和悲伤。我站起来，端上水杯去车厢连接处打热水，实际目的是想走一走，我在心下自己和自己又纠缠起来：

"你回家后大哭一场，哭出心中的块垒就好了。"

"我对身体、家庭、工作、情绪、环境等等，有更加强烈的中枢神经敏感性，不仅不能承受太强烈的悲伤，还时常陷入愤怒的泥潭不能自拔。"

"愤怒也并非没有价值。如果你根本不会感到愤怒，那情况可能更糟糕。说到底，还是焦虑惹的祸。"

"非常努力的我，害怕自己一旦退休，被迫停下来，会有糟糕的事情发生——被时代彻底抛弃了。有时，我剥削自我到筋疲力尽，还是不肯停下来。"

"过度努力是一个时代病。焦虑的人不允许自己有片刻的休息。"

我没有继续回应我的话，犹豫了一下，便沉默了，沉默得有点古怪。难道，我对我还有保留？

途经上海、成都，我们都没有逗留，直奔362基地。

我仍在旅途疲劳中，我在许冬梅的家里进入深度睡眠，睡得无比香甜。醒来已是早晨近八点，我推开窗户，哇，362基地生活区在尽情享受初冬暖阳的抚摸。

我闻到了油煎馒头片的焦香味，从厨房到客厅香气四溢。我顾不上刷牙洗脸，直奔厨房，从灶台旁盘子里抓起一个油煎馒头片两口就下肚了，又抓起一片塞进嘴里咀嚼，细品它焦香的"灵魂"滋味："真香啊！"

许冬梅为我倒了一杯温开水："进厅坐着吃。"我才发现自己真是渴了，成年后的她确实很会体贴人。她又把一杯热牛奶放在我跟前的餐桌上，奶香随着热气袅袅弥散，我深吸两口气，天天喝牛奶，从来也没这样香过。我正纳闷之际，许冬梅从厨房端来一个瓷盘放在桌上，天哪，炸牛奶丸子，怪不得一股浓浓的奶香味挥之不去，原来是牛奶丸子带来的。

我眼眶一热，垂下眼帘，伸出手……手还没到盘边，就被许冬梅挡了回去："烫，很烫。"

我们坐在餐桌旁，边吃边聊。

"有一回，一大早，我妈炸好馒头片，我刚刚开始吃，结果刘炳奇老婆，噢，不对，刘炳奇前妻挺着个大肚子，带着几个孩子闯入我家，风卷残云般把油煎馒头片全吃光了。那个老大，就是现在的刘医生还不罢休，又把我手里的一片夺走塞进嘴里，吃完还狠狠瞪我一眼……"

"唉，那年月，我也常常饥饿。"许冬梅叹息道。

客厅片刻冷场。

"恍若隔世,又好像发生在昨天。"我眼里染上感伤。我又吃了一个油煎馒头片,而盘子里牛奶丸子则减少了三分之二的量,甚至还要多一点。

许冬梅的早饭还是"老三篇"——稀饭、榨菜丝、馒头,不对,馒头换成了肉包子。

"咱们去基地超市转转,我实在吃得太撑了。"

"买你爱吃的豌豆尖。"

许冬梅起身收拾餐桌,顺手把剩下的油煎馒头片、牛奶丸子装进一只保鲜袋:"一会儿买菜时,顺带捎给刘叔。"

"哦。"这个意外惊到我,有点理不清,我便转移话题,"委屈李冬生了,被你撵到工宣队队长家了。"

"这有啥,老夫老妻了。"许冬梅直来直去。

"上小学那会儿,咱们可都怕工宣队队长,你现在呢?"我顿一下,"怕不怕?"

"怕……"许冬梅故意拖长音,她在逗我玩呢!"不过话说回来,他毕竟是我公公,当然得'怕'了。"

"可李冬生怕你呀。"

哈、哈、哈……开心的笑盈满客厅。

就在这时,响起敲门声。

许冬梅打开门又笑了:"嘿,正念叨您呢,可真不经念。我们准备上门去您那儿,您先来了。"

走进门来的一个老头,把我惊得从桌边躲到窗边,他正是刘炳奇。头发稀疏还全白了,背驼得很厉害。

他进门的第一眼就瞥见了我,目光迅速逃遁,直接转向许冬梅。

"吃饭了吗?"许冬梅问。

"吃了。"

"不用我介绍,你们早就认识。"许冬梅看向我,"你打个招呼呀。"

仿佛直面人生命运的时刻就这样不期而至,我不情愿地走过来,但面带微笑:"刘叔,您好。"

我们两个人的目光火速对视一下，便迅疾闪开。这一眼揪心啊，只有我们两个人才懂：他是念想他的大儿子，而他的大儿子曾是我的主治医生；我是惧怕他，那挥之不去的两个"吊死鬼"模样，每每想起我都心惊肉跳。我担心他问我刘医生咋样，而他更担心想来应该是怕我拒绝回答。我们彼此都毫无思想准备，怎么办好呢？千钧一发了，许冬梅没有让这个尴尬的时刻延宕下去，她迎向刘炳奇："刘叔，我见到刘医生了，他会回来看您的，放心吧。"

我望着许冬梅和刘炳奇百感交集。

我理解刘医生，他在艰辛、愤怒中负重前行太久了，面前突然出现了一扇门，推开门就是人人皆需要的亲情。

可是，对刘医生而言，这扇门太沉重——叫一声爸爸太沉重。一面是亲情，一面是怨恨，推开它确实需要很大的气力和勇气，更需要放下这几十年来他吃尽的苦和流尽的泪。为了母亲，为了弟妹，为了撑起这个家，他至今还形影相吊。

而刘炳奇呢？他这辈子都是活在耻辱和赎罪中，他的苦痛唯有他自己知晓。他亲手毁了自己的家、自己的事业与前程，又连带着毁灭了贺彩花的一生，无论她这一生是平凡也好，是灿烂也罢，都不该是现在这个样子。

我压根不想站在道德高地去评判他们父子的选择。他们都不是圣人，只是芸芸众生中的一员，有着最世俗的情感。

他们的命运会再次逆转吗？

刘炳奇离开后，我逛超市的兴致顿然消失。我是被许冬梅硬拖出家门的。

逛完超市，我们回到家，许冬梅为我的"基地胃"去厨房忙活了。我躲在卧室打开手提电脑，发现邮箱里躺着一封信，定睛看了看，竟是从美国发来的，但又不是许老先生给我的那个邮箱地址。

我听见了自己心脏怦怦的跳动声。

我感觉我逃出一个秘密，又奔向另一个秘密。

我仿佛坠入虚无里，心里空得直想呕吐。

我感受到一双目光正在对我进行审判，我只能躲在深不见底的黑洞中。

信不长，大意是：

至今未收到你的只言片语，甚念。

经过几十年，我早已跨过那个坎，发誓永不再揭那块伤疤。我曾假想过无数个真相，也曾否决过无数个假想，最终我摒弃这种无谓的折腾，决定斩断一切，重塑自我。

事实是，真相比想象更残酷，只有生命本身才有意义。

这封信发出后，这个邮箱也将同时注销。

我的脑电流完全被阻断，意识出现空白，灵魂被摆渡到另一个时空。

这封信真实得不能再真实了！

内容也许是吊诡的梦，但未必就不会是真的。

眼前的电脑把秘密的真相变得更加扑朔迷离，扔给我无边无际的假想空间，我又一次陷入谵妄中难以自拔。

我知道我该吃药了，不然，一个接一个的问题会像漫无边际的黑暗一样，迎面压过来。

"吊死鬼"的往事是如此不堪回首。

隔天的黄昏，我和许冬梅正在生活区转盘路广场散步，接到李孟结打来的电话：

"都好？"

"回家的感觉真好！"

"雷院长打电话告诉我，他被京城那家医院的院长骂得狗血淋头，倒是院长请来的那位美国医学专家挺友善，还说争取找时间和你聊聊。"

"真有这等好事？"

"雷院长是这样说的。"

"哦。"

"谢清远让我转告你，原本在榆林市召开的废物处理技术学术研讨会准备让你参加，只是考虑到你身体因素……"

我打断李孟结："好人全是他做，他在'走钢丝'搞平衡。"

"别这么尖刻。"

"我挂了。"

其实，李孟结真想说两句甜蜜话给我，他也打过无数遍的腹稿，甚至到了烂熟于心的地步，无数的腹稿给李孟结带来无数的感动与激情。可真的到了打电话给我的这一刻，无数的腹稿瞬间被风吹散了，一张没留，不到两分钟他就"汇报"完了。理工男啊，李孟结；李孟结啊，理工男。电话被我挂断后，他即刻觉得自己太草率、太笨，不该是这个样子。他真希望重打一遍电话，显然，李孟结院士有了畏难情绪——我不耐烦了。

"李孟结？"许冬梅问。

"嗯。"

"他也不容易。"

"可你才是我的'药王菩萨'。"

"你啥时候信佛了？"

"我只相信科学的力量。"我顿了顿，"所谓的八大菩萨，唯一具有现实意义的自然是药王菩萨。它让一切众生远离病苦，施与良药，使众生身心安康。"

"我可没那本事。"

初冬的这天清晨，不到七点，许冬梅就把我从床上拽起来："快点，八点三十分开庭不能迟到。"

"开庭？"我顿了顿，"什么开庭？"我目光狐疑。

"开庭这么重要的事，你竟然能忘了？"许冬梅语带责备，并把传票和诉状副本递过来给我。

我赖在床上随手翻了翻：

原告：许××，女，五十八岁，362基地后勤分部仓库保管员，已退休。

被告：李××，男，五十八岁，江南理工大学物理学院教授、博导，中国科学院院士。

起诉事由主要是李××连续家暴他妻子欧阳×，遍体鳞伤，不得不住院。

诉讼要求请法院严惩李××。

我想起来了，是有这桩事。是许冬梅一手在操办，又是请人写诉状，又是请律师来辩护。我抬眼看她："今天开庭？"

"对，你快点，别迟到了。"许冬梅一边催促我，一边给我准备早餐，一边唠唠叨叨，"现在都啥年月了，还敢欺负妇女，真是混蛋。妇女能顶半边天，难道不知道吗？"

上午八点半准时开庭，听众席上坐满了人：有362基地后勤分部的领导，有江南理工大学的领导，有江南省科技厅、应用院的领导，谢清远、罗盈盈他们也都来了，甚至季副省长也亲自来了……只有远在榆林的赵辉缺席了。

辩论前该走的法定程序全部走完后，开始法庭调查辩论。

审判长问许冬梅，李××持续家暴他妻子欧阳×，欧阳×浑身是伤不能不住院，有这件事吗？

许冬梅答，有这件事。

审判长又问李孟结，你对家暴一事供认不讳吗？

李孟结回答，我从未有一丝一毫的家暴行为。

审判长传唤受害人欧阳×上证人席作证。

审判长问我，你丈夫李××天天家暴你，你害怕到不得不住院疗伤，是这样吗？

我答，我丈夫李××是个好丈夫，很体贴我，从未家暴过我。

法庭上的所有人，特别是许冬梅简直不敢相信自己的耳朵。一秒钟冷场后，许冬梅喊起来，欧阳兰，你在说什么？女人，可怜的永远是女人。

审判长一脸严肃地呵斥，保持法庭肃静。

我不怕天，不怕地，更不怕审判长，我大声喊话许冬梅，你撤回状子吧，纯属无中生有，凭空捏造。

许冬梅一脸愤愤不平,自己好心咋就办成了一件"乌龙案"?不觉陷入极度恍惚中。

法庭上又一阵骚动,听众席上议论声不绝于耳。

我走过去拉起李孟结的手,旁若无人地朝法庭门口走去。许冬梅气不过,追上我们,欧阳兰你这样做是为了什么?

我满眼笑意,许冬梅,咱们回家吧,回家的感觉真好!

我睁开眼睛时发现,天还没有亮,我仰起身朝窗户看去,窗玻璃被窗帘遮得很严实,窗外的景物是透不进来的。我打量这间卧室,很陌生,也有点熟悉,然后才醒悟,这是许冬梅的家,她把她的主卧让给我睡,我现在身在362基地。

对于刚刚法院开庭的一幕,我必须让自己深信,那是梦中的场景,虽然我记得我曾经睁开过眼睛。

夜还在梦中,梦也在夜中……

我睡在许冬梅的主卧里,李孟结的气息却无处不在,床铺、枕头、被子甚至壁柜、天花板上……到处都是,我使劲嗅着,似乎要把这些气息全部装进脑子里,装进心肺里,然后,全部带走,带到只属于我们两个人的时空里。

许冬梅的家,好像也是我阔别已久的家,住在这里,我毫无违和感。在海舟飘浮数十年,最终我心心念念的还是这里。

我父母他们过于强大的精神和气场,使得他们离开的时候都无法把自己的灵魂全部带走,留下了一部分来陪伴我,安抚我,与我交流,与我共生。

没有结局的结局

人生的际遇谁能说清?一夕物理世界,一夕穿越时空。这一天,突如其来的一天,让我在毫无思想准备的时刻,秘密真相大白,瞬间，一切变得沧海桑田……

一大早，我们吃好饭，许冬梅说她有点事要出去一下，让我在家里等她。

我推开客厅的窗户，眺望阳光倾泻在远处群山峻岭上，就像小时候一样，"粉碎的春光"，此时此刻，更像一幅神秘的画卷，孕育生命，聚集能量，毫不吝啬地把它的温暖和爱洒向生活区。

生活区的喧嚣早已开始，每一条马路、每一栋楼房、每一棵树木、每一个路边不起眼的小草小花……都是热闹的，也是热情的，人间烟火如蒸腾的雾气在生活区四处弥漫。

钥匙的开门与推门声，让我转过身看向房门，刚想张口问许冬梅……几乎同时，我们发出惊叹：

"欧阳兰。"

"周卫。"

绝对不可思议，两个三十多年没见面的人，竟然都能第一眼就认出对方。一切都是命运使然。

他去清华大学，我去江南理工大，自此，我们便没有再见过面，他的情况我是从许冬梅那儿听说的。清华大学一毕业，他就留学去了美国，混得不错，现在是加州大学伯克利分校终身教授。

站在我对面的他，是个壮实的中老年人，当然，他就是中老年人，然而我还是吃惊了，有些失望的吃惊——他自信的气质荡然无存。清瘦的脸颊不可避免地长了中老年人的松弛皮肉，虽然不明显。如果，我没有见过他童年、少年，包括青葱岁月的模样，周卫看起来还是顺眼的。我眼前流星般划过他在主题班会上讲我爸爸是坐"砖车"来的……他和我在362基地俱乐部棋牌室，为漂亮姐姐伤感长聊的那一次……

无论男女，年轻时的美丽或漂亮、帅气，更能反衬中老年后的变化。

周卫脸上吃惊的表情比我更强烈。我变得那么厉害吗？老了？丑了？我忍不住问他，他连连摇头："你比我想象的好多了，'骄、娇'

二气没了。"

什么？我一个意外。

"干吗都站着，坐下来。"许冬梅快言快语命令道。

我和周卫不自然地笑笑，在餐桌旁坐下。"干吗不坐沙发，等吃饭啊？"许冬梅自己先扑哧一下，轻松和谐开始在空气中上下跳动。

许冬梅从厨房端来两杯茶："周卫，来，喝口热茶。"又把脸转向我："喝完茶，你带周卫去俱乐部棋牌室叙叙旧。李冬生都安排妥了。"

"你考虑得真周到。"周卫满含感激地看着许冬梅。

"我的围棋刚刚入门，周卫，你呢？"我也不能总僵着，也想打破尴尬。

"我的棋艺相当不错，一会儿咱们杀上一盘。"

是吗？我又一个意外，他在美国一步一步打拼，还会去学围棋？

我带着周卫来到俱乐部。一座现代设计风格，又透着久远历史故事，只有三层高的建筑呈现在我们面前。

李冬生已在那儿等候我们了。

"变了，一切都变了，变得很陌生。"周卫慨叹的语气里浸满伤感。

"进去参观完再抒情。"李冬生一边引导我们走进大门，一边调节气氛。俱乐部大厅装修得低调奢华，给人一种宾至如归的感觉。

"我们这里中央空调、内循环通风系统、远程服务器等一应俱全。"李冬生有点小得意了。

"全变了，完全颠覆了我儿时的记忆。"周卫忍不住慨叹。

"一楼正中是个剧场，左右两侧是电影院……"他跟着缀一句，"爱看电影的传统咱362基地传承得相当好哟。"语调诙谐风趣。"二楼是各类排练厅：舞蹈、唱歌、乐曲、武术、太极拳……样样不少。"李冬生一边介绍，一边又带我们坐电梯到了三楼，"这一层是棋牌室，也可以打麻将，打扑克，隔音效果杠杠的。"他领我们走进一间围棋室，空间不大，但很通透，让人很有一种舒适感。"天暗了，打开灯，灯光很亮但绝不刺眼。"李冬生生怕我们不知道。

一位年轻女孩用托盘端来两杯茶，放在围棋桌旁的一边一个小茶几上。她脚步轻盈，面带微笑，想来也是训练有素。

"这是熟普，不刺激胃，照顾欧阳兰女士。"

"谢谢。"我有点哽咽。

"谢啥，你们叙旧，我先撤了。回头我再来喊你们，咱们一块回去吃饭。"李冬生目光看向周卫，"我可要检验一下你的胃还是不是咱'基地胃'。"

"肯定是'基地胃'，错不了。"

我们一边一个坐定后，我望着面前的黑白棋子，忽地有一种这里是一场生死之战的感觉——决定"秘密真相"的生与死。我很不喜欢这种感觉，真相与死亡本来就是共生关系。

我默然，故意不先开口。我对他上了清华大学后就与我断了联系至今耿耿于怀。我对青涩岁月的往事总是难以忘怀，那是我生命里最纯真的岁月，我以为我早就过了斤斤计较的年龄，其实不然，见到他的瞬间，心又动荡，五味杂陈……

我想了想，刚才在他面前自己是否失态？没有，应该没有。我故意显得疏离，好像只是见到一个刚刚从记忆电脑中捞出来的小学同学。

他在美国，漂亮姐姐也在美国，他们有联系吗？

周卫打破沉默："我从许冬梅那儿获知，你如今是个了不起的研究员，丈夫还是中国科学院院士，你是个成功者。"

"我真不算什么，在国内，专家学者千千万万。"我的这句话，将我们两个都送入尴尬境地。我一动不动，沉浸在某种情绪里。

"你记得班主任张老师吗？"又是周卫打破尴尬。

嗯？我有些不解，他干吗扯出张老师？他应该知道我烦张老师。为了不失态，不失礼，我只好主动开始中篇小说叙述："听许冬梅讲，张老师儿子接她去加拿大温哥华帮忙照看两个孙子，不承想，她和儿媳水火不容，最后婆媳交战很激烈……"我顿一下："只是，很奇怪，真的很奇怪，突然，她就与362基地断了一切联系，一点消息也没有。许冬梅通过一些渠道打听过，结果一无所获。"我缓了一口气："有一年我回362基地探亲，专程去问过刘校长，她说她也不知道。

想想上小学那会儿，她不喜欢我，总是批评我的'骄、娇'二气，教训我要克服资产阶级思想，要做一个合格的革命事业接班人。好像没有她的谆谆教诲，我就会走向邪路似的，所以，我最烦她，烦透了。"语调沉重，又带着气恼。

周卫摇头，眼神染上哀痛："不要再怪张老师，她不是故意的，是那个时代的需要。她更不是不想与362基地保持联系，她是不能……"他的喉头发出了哽咽声。

"不能？"我不屑的口吻，"为什么不能？"

"十二年前，初秋的一天傍晚，她不幸被车撞飞了，当场就死了。"

"你说什么？"我惊愕无比。

"那天，她和她儿媳大吵了一架，气得不顾一切地冲出家门，一个人在街道上茫然乱逛，不料意外发生了……"

我脑子全乱了，心不住地抽搐。我骨子里仍然在意她，那是因为这个在意，更多的是怨恨。恨她，更恨我自己。不是所有的恨都可以释怀，无底线的宽恕，是对曾经过往一切的背叛。长长的时光和种种的磨砺，还是没能改变我。

"我和他儿子也是偶尔联系一下，大家都忙，为了一日三餐在奔波。那天深夜，不，应该是凌晨四点钟，他从加拿大给我打来电话，在电话中，他足足哭了二十来分钟，才断断续续给我讲张老师发生悲剧的前前后后。当讲到他夹在母亲和妻子之间的难堪时，又哭了。他对他两个姐姐谎称母亲是突发心脏病走的。他的两个姐姐因为张老师只偏心宠爱弟弟一人，对她心存芥蒂，悲痛之余，与弟弟绝了交，到现在他们姐弟都不往来。十二年来，张老师儿子把自己钉在十字架上，背负着枷锁，每天都在向母亲赎罪。他儿子千交代万叮咛，让我不能把一丝一毫的消息透露出去。两个姐姐又不在362基地，父亲又走得早，你们自然不知道她的情况了。"

周卫一口气说了这么多，说完，他把整个后背靠在座椅上，身子微微后仰，呼出几口气，好像回忆消耗了他不少精气。

张老师不与362基地联系的真相大白了，我不觉得轻松，反而心情更加杂乱与沉重，那个块垒依然压得我不容喘息。

"这一刻，我改变了主意，我把张老师的死讯告诉你……"周卫抬眼盯牢我，"我们都在黑暗中走了太久，我们到了需要放下沉重枷锁的时候了，让苦难的灵魂到另一个世界吧。"

我想说什么，但最终还是没有张开口。

棋牌室陷入一片死寂。

"你叫欧阳兰？"欧阳兰发出的声音异常生涩。

九岁的欧阳兰点点头："你认识我？你怎么会来我家？"

欧阳兰笑笑："你邀请我的呀。"

"那你应该是我朋友。可是，我怎么会不记得你这个朋友？"

欧阳兰既没否定也没承认，却说："你没有兄弟姐妹，很孤单的。"

"那你有兄弟姐妹吗？"

"我也没有。我和我父母没有血缘关系，我是他们抱养的。"

"真的？"九岁的欧阳兰一脸傻气。

"你不知道的事情还有很多，你只知道缠着别人为你读小说，可是你……"

"我告诉你一个秘密，我最喜欢邻居漂亮姐姐，她常常给我们读小说。"

欧阳兰双眸染上了一层沉郁的暮色："那一天，阳光很好。一个小女孩来到我家，手上拿着一本《三探鲤鱼洞》的小说，非要我读给她听。我说，你自己看不好吗？她说不好，就喜欢听我读。这本小说讲的是地质工人的战斗生活。描述了一支钻探队在江南青莲山区为战备工程找水所经历的阶级斗争、路线斗争和生产斗争，展示了波澜壮阔的生活画卷。"

"当时，我好崇拜小说里红小兵吴小龙的英雄形象。"

"你知道吗？告密是一种非常恶劣的品行。"

欧阳兰每说一句话，四十多年前的记忆就随之渐渐复苏，就像不断回放的电影镜头般活灵活现。正如欧阳兰上一秒所预料的那样，九岁的欧阳兰爬到小床上不停地打冷战，缩成一团，一个又一个黑暗紧紧地罩住了她……

无论如何我也没有料到，我竟在红砖楼的家里同四十多年前的我相遇。

我好像又回到了那个恐惧的晚上，黑暗包围了我，我的脖子被我的手卡得紧紧的，完全没法呼吸。另外一个我则死死扭住我的双臂，我毫无反抗之力，整个人像一团面蜷缩在床上……我只是一个九岁的小孩子，我怎么会？

这一天，这一晚，都是我的耻辱，我只能把耻辱的秘密悄悄地藏起来，诅咒自己，憎恨自己。这四十多年来，隐秘的内心里，总有一块是沉浸在黑色的血液里。

我的眼神虚了，我感觉我自己已经不完全是我自己，一会儿是我，一会儿是九岁的欧阳兰，一会儿是欧阳兰……

真是不可思议！

仅仅沉寂二三分钟，欧阳兰却飞逝回到四十多年前，而四十多年后，我成了优秀研究员，变成现在这个样子。

"这样子不好吗？"欧阳兰笑带魅惑地反问我。

我好像走进了一个遥远的噩梦中，但未必就不会是真的。

"欧阳兰……欧阳兰……"周卫急切地喊道，"你没不舒服吧？"

"我可能进入了另一个次元。"

"你怎么了？"

"我眼中的现实，你自然看不到。"我的逻辑思维还算正常。

暖暖的阳光透过窗户投射进来，我和周卫坐在阳光中。

谁人没有秘密？我的耻辱，也并非只有一条死路。四十多年了，我背负着它走啊……走啊……我自己累了，别人也累了。周卫说得对，是到了该放下一切的时候了，我要向周卫全盘托出，我要毫无保留地坦白一切。

"你有话想说？"到底是周卫，睿智得很。

"我收到一封从美国发来的邮件，看内容不像你写的，我又没有什么美国朋友。"

"是雯雯姐（漂亮姐姐）写的。"

收到邮件后，我的种种猜测和纠结，这一刻终于有了结果。"你这么肯定？"

"雯雯姐亲口告诉我的。"

"你们一直在联系？"我已经不再惧怕这个敏感话题。

"我上清华后，我们开始联系的。那时，孙伯伯在清华大学高能物理研究所工作，在学业上给了我很多帮助。孙伯母的病情得到有效治疗，恢复得很不错。我赴美留学的手续是雯雯姐一手操办的。"

"哦。"一个长长的停顿，"你为什么……"

"我知道你一直责怪我与你断了一切联系，现在，我告诉你原因，但请别打岔，有疑问等我讲完后再问。"周卫神色凝重地打开了话匣子，"我刚到清华，同学、老师、校园环境，一切的一切都是陌生的，于是，一到周末我就去孙伯伯家，他家就在清华园内，孙伯母特别疼我，总是做她老家嘉兴菜让我吃，说学校食堂的菜没营养。也许是天意吧，那天，孙伯伯去参加一个重要学术会议，家里挺安静，我和孙伯母聊起雯雯姐。我实在忍不住，小心翼翼地问她，当年是谁告的密，作的孽。孙伯母眼眶红了，哽咽着一句话还没说，便泪如雨下，平复了好久，她才道出了事情的原委。孙伯母的泪水擦了又流，流了再擦。

得知一切真相后，我无比震惊，也深感意外，更多的是愤恨和痛苦。我萌生出逃离的念头，绝不再见362基地的任何人，跟基地有关的一切都不见不听。其实，最初那几年我也是不正常的。"说到这里，周卫眼中闪现百味杂陈，他长长地吐出一口气。

又一个片刻冷场。

当年的周卫多么痛苦！完全不亚于我。此刻我想走过去拥抱他，却羞于这么做，我们这代人没有学会面对面表达感情，只牢牢记住男女授受不亲。

那个发生在暗夜的故事，日复一日纠缠着我，时光越长，年龄越大，越发令我寝食不安，万般焦虑——"欧阳兰，好好听小说。"

欧阳兰的声音异常生涩。

九岁的欧阳兰看见书桌上有一沓厚厚的作业本,便伸过头去看,用手翻了翻:"高中生要写这么多作业呀!"欧阳兰及时拽住了九岁欧阳兰的手:"不想听小说,我就不读了。"九岁的欧阳兰赶紧说:"想听,想听。"但,作业本首页上的"少女之心"四个大字被她牢牢记下了。

第二天第一节课就是语文课,张老师站在讲台上,脸色严肃,她说:"362基地中学有个别同学私底下乱看乱抄黄色小说,你们小学生绝对不能瞎掺和。如果发现重大情况,必须马上报告我。"

一下课,欧阳兰就报告了张老师,一切猝不及防地发生了……她连她最好的朋友许冬梅也没有透露一丝的口风。

那一刻,欧阳兰——九岁的一个小孩子,中了魔法,中了邪术,被恶魔钳住了灵魂……

"我是那么崇拜你、喜欢你,没想到却害了你,也害了我自己。那时候我太小,根本不懂现实的残酷。"欧阳兰悔疚得无地自容。

"我恨死你了,欧阳兰,该死的是我。"我的拳头不停地捶打在我自己的胸前,"一想到欧阳兰害了那么多人,我就痛悔得不能喘息,这是天意在捉弄我,那一刻就像世界毁灭,我只有绝望。"

在这一瞬之间,就在棋牌室里,我真真切切感受到漂亮姐姐从另一个时空投射过来的怨恨目光,我全身颤抖起来。

"你怎么了,脸色难看?"周卫被迫中断叙述,他担心我是不是哪儿不舒服了。

"噢,我……我没打岔……"我这才从失神中走过去,面带愧疚,"你接着讲。"

"雯雯姐在劳教所吃尽了苦头,她遭受的凌辱连狗血的国外大片都很少涉及。她的美丽,成了她遭受百般凌辱的'原罪',成了她挥之不去的'恶魔'。白天,她在管教所做缝纫女工,有时累得腰都直不起来。一到晚上,管教所一些混蛋,有年老的、中年的,也有刚刚参加工作的,他们便纷纷挥舞手中的'管教大棒',以管教之名,任意强暴她……天天晚上都要，甚至连她的生理期也不肯放过。雯雯姐，生，生不得；死，死不了。她绝食过，也割腕过……"周卫的语气一会儿冷酷，一会儿愤怒，一会儿绝望。忽地，他腾一下站起身，用手狠狠砸向棋盘，顷刻间，黑白棋子乱飞乱窜，溃不成军。

棋牌室就是一场生与死的交锋战场。

我被惊悚感死死钳住。

空气凝固了。

周卫平复之后，他坐下来，看见我还蹲在地上捡棋子，便说："别捡了，咱们继续，完了，我来捡。"

我们重新坐定，彼此一个凝望，目光都是寒冷的。罪孽，真是罪孽，该死的是欧阳兰。

周卫继续他的叙述："万幸，令人窒息的日子终于熬了过去。那一天，天下着蒙蒙细雨，草帽书记和他老伴坐着基地专车去管教所接雯雯姐。接上雯雯姐后，他们直接驱车到武元市火车站，亲自护送雯雯姐到北京，当面交给孙伯伯、孙伯母。两位老人感激涕零，老泪纵横，孙伯母在草帽书记老伴面前长跪不起……"周卫哽咽着说不下去，我早已泪流满面。

"草帽书记又动用他部队的人脉资源，安排雯雯姐住进320部队医院，请了最好的医生为她进行生理和心理双治疗。从黑暗绝境中走出来的雯雯姐，用超乎常人的意志力和生命力，最终战胜了病魔。"周卫端起杯子，猛喝几口水。

"她彻头彻尾变了一个人，带着全新的气势、全新的憧憬远渡重洋去了美国，义无反顾选择了心理学专业。从此，她与国内斩断了一切联系。我到美国的第一晚，时差尚未倒过来，雯雯姐就迫不及待拉着我的手，说她这辈子不会再回到'噩梦'之地，拜托我千万替她照顾好她的父母，替她为他们二老送终。她说她带给父母的只有耻辱和伤害，她不配做他们的女儿。'拜托你了，我的好弟弟'，她说她退无可退了。还有，至今为止，她一次也没有去看望过她此生的大恩人，她说她有愧，更有罪。我若回国，一定一定替她在草帽书记跟前磕头谢罪，她泣不成声……"

"草帽书记……"又是一个深深的意外，我马上打住想问的念头，周卫不允许我打岔。

"就这样，我只要回国探亲或讲学，除了去秦山核电站看望我父母外，大部分时间都留给了孙伯伯、孙伯母老两口。只要时间允许，就也会去成都看草帽书记，多好的一个老头，现今再也难遇见了。他老人家临终前，我紧紧握住他的手，他已不能开口说话了，但那一刻，我坚信，他一定能听得见我说的话。我告诉他雯雯姐一切都好，我们当年那群小孩子也都好，没有给咱基地丢脸……"

我再也忍不住，伏在棋盘上无声地痛哭起来，双肩抽动得厉害。周卫走过来，轻轻抚着我的肩头，他也流泪了，只是我看不见。

周卫站在我身旁又开始叙述，语气更加低沉："是长长的时光消磨了我的怨恨。在国外，一切都靠自己打拼，创业的艰辛，背负的沉重，让我十分渴望灵魂的自由，我反而释怀了，这样雯雯姐也会好受点。于是，我主动联系了许冬梅……"他深叹一口气："只有你，是我还迈不过的那个'坎'。"

我抬起头，泪眼模糊地看向他，绝望般抓住他的双臂。他又深深地吐了口气："别怪我对你无情。是张老师的突然死亡，是他儿子的凄凉哭声，是雯雯姐的致命疾病，他们像三根铁棒猛然击碎我的'痛恨'，我决定放下过往。当我把自己完全融入你的角色时，我能切肤体会到你那种背负枷锁的无比痛楚。"

"致命疾病？"

"肝癌。"

我更紧地抓住周卫的双臂，脸贴在他的胸前再次无声地哭泣，哭得几乎背过气去。

过了很久，我渐渐平复下来，我对周卫说："我累了，咱们回家吧。"

周卫点头，随即给李冬生打电话。李冬生很快就推门进来，看见一地的黑白棋子，愣住了。我赶紧解释："我围棋输给周卫，不甘愿，只好拿棋子出气。"

李冬生显然不相信我的话，但他没吭声，只是吩咐服务员过来打扫"战场"。

我们三个走出俱乐部。

一进客厅，我们看见许冬梅正把一个汤锅端到餐桌上，周卫三步并作两步，打开锅盖，鸡汤的香味随着热气袅袅弥漫。"真香！"周卫用鼻子猛吸几下，"我的'基地胃'不会闹饥荒了。"话音还没落地，我们三个禁不住笑了，周卫一脸蒙圈，许冬梅忙说："欧阳兰也说过这句话。"

周卫一愣，继而耸耸肩，姿态里有他身上自带的善解人意。

我们坐定开吃，这当口，我的手机铃声响了。我只顾着喝鸡汤，根本没意识到是我的手机在响。

"你手机响了。"许冬梅提高音量，用胳膊肘轻碰我一下。

一个醒悟："哦。"我放下汤匙，拿起手机看屏幕闪现的是谢清远，摁下接听键，他的声音钻进来："你的研究团队被评为全省'敢为争先'先进集体，省里近期将召开表彰大会，你赶紧回来，务必参加。咱们科研系统就你一个研究团队，很不容易。"

谢清远风格，完全谢清远风格——煞有介事。

我关上手机，对他们一笑："院里通知我开会。"

"下午，周卫想去'沟里'转转，你陪一下。"许冬梅给我下命令。

我又一笑。

"冬生一切都安排妥了……"许冬梅话还没说完，我的手机又响了，不会又是谢清远吧，烦人着呢。我扫了一下屏幕，是李孟结，心跳了跳。

"在喝鸡汤吧？"李孟结语带调侃。

"你咋知道？"我有点吃惊。

"你的'基地胃'，许冬梅的'基地厨艺'，我能不知道？"

我扑哧一声笑了，但耳朵里听得清清楚楚："今天上午，一位从美国来的国际知名医学专家在江南卫健委学术报告厅做了一场精彩的学术报告……"

"你说什么？"我惊问，打断他的话。

"是雷院长、刘医生他们打电话告诉我的。刘医生说，他听后真是醍醐灌顶。还说，昨天他陪着这位专家看了一上午门诊，自愧不如啊。"

这都哪跟哪儿啊？"怎么一回事？你长话短说。"我敏感上头了。

"我们明天一早就坐飞机去362基地，见了面再向你汇报。"李孟结说完就挂了。

我愣神了，我需要时间消化这些无厘头的话。

"李孟结？"许冬梅问。

"嗯。"

"还是我来说吧。"周卫又来长篇小说叙述？中篇小说叙述？管他呢，我只要听他说就好。

"那位医学专家就是雯雯姐。我们一道从美国回来，我直接回362基地，她先拐到海舟市做一场讲座。江南省卫健委一位副主任，曾在美国做过访问学者，跟了雯雯姐一年。她很崇拜雯雯姐，几次邀请她来海舟市，都被雯雯姐婉拒了。当雯雯姐得知自己不久于人世后，这一次，她答应得很爽快。我们飞到北京，去八宝山革命公墓祭拜了她的父母；又去上海看望我年迈的母亲。我姐姐住在上海，一直是她在照顾母亲，我也是个不孝子，我父亲前年走了。"周卫哽咽了。

须臾，他又继续："保守秘密不容易，知道真相又需要勇气。事实上，知道了真相又如何？并不能减少已经受到的伤害。有时，一个人受到的伤害，往往会波及很多人。以受害者的视角来审视受害者的生活，可能会更接近真相。"周卫埋藏起悲愤与痛楚。

空气有了重量。

我脱离了对线性的物理时间的参与，但，我在内心的感知时间里觉醒。

转天，李冬生借了一辆中巴车，除许冬梅留在家里做美食外，我们全体出动去接雯雯姐他们。

在接机大厅，我看见一位满头银发，面容清瘦苍白，眼角皱纹扎心，背略有一点驼，但气质绝佳，气场强大的老年妇女从里面走出来，凭心灵感应，我断定这是雯雯姐。

我径直朝她走去，她却先开口了："兰兰，是你吧？"

"雯雯姐。"我哭了。

"见到你比我想象得还要好，你走出了焦虑的日子，非常好。"她拉过我的手。

我哽咽得说不出一句话。

李冬生忙前忙后招呼大伙上车。

李孟结走到我身边，轻声道："上车吧。"

"对，上车。"雯雯姐拉着我的手朝接机大厅门口走去。一个人从后面蹿上来。

"欧阳兰，你好。"

"你……"竟是刘医生，我的意识出现短暂空白。

在中巴车上，我和雯雯姐并排坐着，她一直拉着我的手，我的眼睛起雾了……

"雯雯姐，你给我们这帮小屁孩读小说吧。"周卫提议，调节气氛。

"没问题，就读著名女作家张洁的短篇小说《爱，是不能忘记的》。我和周卫都认识张洁，她后来也到了美国，我们常聚会。"

"可惜红砖楼拆了。"我惋惜道。

"到俱乐部读，那儿的听众才多呢！"李冬生三句不离本行。

中巴车直接把我们拉到362基地抢建历史陈列室，人还没进大门，雯雯姐已经泪流满面："草帽书记，我来看您了。"我们久久地驻足在草帽书记的大照片前……我眼中的雾气凝成了水，哗哗地往下淌。

醒来时，我已经睡在海舟市理工大学我家的床上，此刻是北京时间上午七点零二分。阳光透过窗帘急不可耐地倾泻进来……

结　语

据媒体报道：中国科学院曾经发布年度国民心理健康调查报告，根据他们对八万名大学生的心理健康状况调查，发现抑郁和焦虑风险的检出率分别是 21.48% 和 45.28%。

一项研究表明，焦虑会让人更多地关注自己，情绪也常常处于一种比较隔离的状态，容易妖魔化，人也会更加痛苦。

后　记

完稿搁笔时，我长长舒了一口气。《时空轶事》之外，我亦是一位归人——逆时空而溯游，再自晃动的春光里归来。

这本书写得不轻松，几次卡壳，数易架构，甚至有一阵子起了暂歇的念头。这期间，身边的好友遇上人生曲折，情绪起伏无序，我居中调停宽慰，颇觉世间万象似有迹可循，却无由无常，一如我尚未写就的故事，又有了续上的期许。

这种期许感隐约且坚定，是一种包含着惴惴不安的欢喜。欢喜是缘于写出心中块垒的舒畅，也是缘于那些安放心灵自由的文字。而文字，是我最初的喜爱与坚守。

在现实的琐碎叙事里，既写人们的迷茫感、失意事，也写实在的获得感、幸福情，不管是故事情节，还是叙事场景，我都希望能呈现出每一个时代独具的精气神和"烟火气"。所以在主人公欧阳兰的角色塑造上，我是费了许多心血的，少年欧阳兰的纯真质朴，中年欧阳兰的欲望挣扎，"疯子"欧阳兰的自我剖白，都尽量真实鲜活，有生命张力，力求通过个人艰难的心路探索来映射时代必然的历史变迁，以此绘出一幅时代精神的"演变图谱"。

当下现代人的精神世界，是需要钥匙的，用于慰藉、阐释和滋养心灵创伤。而生活中许多不期而遇的温暖，糅合上最初的热爱，便是那把钥匙，似一抹微光，能散心头寒雾，能亮前行道路。我写五十九岁的欧阳兰与九岁的欧阳兰，隔着岁月长河坐在一起面对面"聊愈"，就是想表达这样的隐喻与象征——明心见性，是多么值得敬重和珍惜的品质。

  珍视温情平和，呵护真诚善良，是中华民族一脉相承的基因内涵。无论于长长的时间甬道，还是临深深的命运峡谷，我们都要学会感恩、守住美好，都要秉持本心、勇敢追梦。

  阳光急不可耐，那就让其倾泻进来，温暖心田。

  最后，诚挚感谢作家出版社，以及各位前辈和好友的诸多帮助。

  为记。

一笔
2024 年 3 月

图书在版编目（CIP）数据

时空轶事 / 一笔著. —北京：作家出版社，2024.5
ISBN 978-7-5212-2912-7

Ⅰ.①时… Ⅱ.①一… Ⅲ.①长篇小说—中国—当代 Ⅳ.① I247.5

中国国家版本馆 CIP 数据核字（2024）第 111577 号

时空轶事

作　　者：一　笔
责任编辑：张　平
封面设计：书游记
出版发行：作家出版社有限公司
社　　址：北京农展馆南里 10 号　　邮　　编：100125
电话传真：86-10-65067186（发行中心及邮购部）
　　　　　86-10-65004079（总编室）
E-mail:zuojia @ zuojia.net.cn
http://www.zuojiachubanshe.com
印　　刷：三河市北燕印装有限公司
成品尺寸：152×230
字　　数：325 千
印　　张：22.75
版　　次：2024 年 5 月第 1 版
印　　次：2024 年 5 月第 1 次印刷
ISBN 978-7-5212-2912-7
定　　价：68.00 元

作家版图书，版权所有，侵权必究。
作家版图书，印装错误可随时退换。